GIL McNEIL | Mit Liebe gestrickt

Über dieses Buch

Auch ein Jahr nach dem Tod ihres Mannes hat Jo Mackenzie alle Hände voll zu tun: Ihre beiden energiegeladenen Söhne im Zaum zu halten, ist jeden Tag wieder ein Drahtseilakt, dazu der Wollladen ihrer Großmutter, der endlich floriert, zwei nahende Hochzeiten, ein Schulprojekt, Trevor, der unerzogenste Hund der Welt ... Und dann hat auch noch ihr kurzes Abenteuer mit Starfotograf Daniel Fitzgerald unerwartete Folgen. Kann es noch schlimmer kommen? Ja, es kann! Ein Brand zerstört das gerade erst neu gestaltete Geschäft.
Jo ist erst einmal außer sich. Doch dann nimmt sie es – ganz ihre Art – als Chance und erweitert den Wollladen zusammen mit Freundin Connie kurz entschlossen um ein Café. Vielleicht haben Kaffee und Kuchen ja anregende Wirkung auf die allgemeine Strickbegeisterung in Broadgate?

Über die Autorin

Gil McNeil hat bereits vier Bestsellerromane veröffentlicht, die teilweise für das britische Fernsehen verfilmt wurden. Mit »Komme, was Wolle«, dem ersten Roman um die sympathische Heldin Jo Mackenzie, eroberte sie auch in Deutschland die Herzen zahlloser Leserinnen. Sie ist Direktorin der Wohltätigkeitsorganisation PiggyBank-Kids. Gil McNeil stammt aus einer Familie exzellenter Strickerinnen und lebt mit ihrem Sohn in Kent.

Gil McNeil

Mit Liebe gestrickt

Roman

Aus dem Englischen von Ingrid Klein

Diana Verlag

Die Originalausgabe erschien 2008 unter dem Titel
Needles and Pearls bei Bloomsbury Publishing Plc, London

FSC
Mix
Produktgruppe aus vorbildlich bewirtschafteten Wäldern und anderen kontrollierten Herkünften

Zert.-Nr. SGS-COC-1940
www.fsc.org
© 1996 Forest Stewardship Council

Das für dieses Buch verwendete
FSC-zertifizierte Papier *Holmen Book Cream*
liefert Holmen Paper, Hallstavik, Schweden.

Deutsche Erstausgabe 02/2010

Redaktion | Vanessa Lamatsch
Umschlagmotiv | © Jonathan Ring
Umschlaggestaltung | Hauptmann & Kompanie Werbeagentur,
München – Zürich, Teresa Mutzenbach
Herstellung | Helga Schörnig
Satz | Christine Roithner Verlagsservice, Breitenaich
Druck und Bindung | GGP Media GmbH, Pößneck
Printed in Germany 2010

978-3-453-35437-1

http://www.diana-verlag.de

Für Joe

Inhalt

KAPITEL EINS – Februar

Zwei Hochzeiten und ein Jahr nach der Beerdigung

Es ist Sonntagmorgen halb acht, und ich sitze in der Küche, stricke ein blassrosa Kaninchen und zerbreche mir den Kopf, was ich heute anziehen soll. Bei all diesen Sendungen, in denen Frauen mit schlaffen Haaren und sackartigen Hosen ein kleines Vermögen später mit neuem Haarschnitt und erstklassig aufeinander abgestimmter Garderobe wieder auftauchen, bekommt man nie Tipps, was man anziehen soll, wenn man ein Jahr nach der Beerdigung seines Ehemanns zum Friedhof fährt, um sein Grab zu besuchen. Schon gar nicht in Verbindung mit einem Lunch mit Künstlerin Elizabeth, der früheren Schwiegermutter, die todsicher etwas Elegantes erwartet, wahrscheinlich etwas in Richtung kleines Schwarzes, zur Not auch Dunkelblaues. Und da ich weder ein schwarzes noch ein dunkelblaues Kostüm besitze, stecke ich möglicherweise in der Klemme.

Vielleicht wäre alles halb so schlimm, wenn ich gestern Nacht anständig geschlafen hätte, aber das Geräusch des Windes und der Wellen hat mich wach gehalten. Das ist einer der Nachteile vom Leben am Meer: Es ist wunderschön im Sommer, Strandhütten und massenhaft Tagesgäste, die in den Laden strömen, wenn es anfängt zu nieseln, aber langsam wird mir klar, dass der Winter ziemlich hart sein kann. Ständig eiskalter Nebel und Wind, und wenn es hier stürmt, dann stürmt es richtig. Vielleicht hätte ich nicht ganz so viele Träume, in denen ich als Schiffbrüchige versuche, zwei kleine Jungs über Wasser zu halten, wenn das Haus weiter als zehn Minuten vom Strand entfernt läge.

Gegen zwei bin ich endlich eingedöst und wurde prompt von Archie geweckt, der hereingetrottet kam, um mir mitzuteilen, dass er wieder seinen Weltraummonstertraum hatte. Noch etwas, was nicht ganz so toll ist, wie es laut Packungsbeschreibung klingt: Wie kriegt ein Fünfjähriger es hin, einerseits ein großer, schon zur Schule gehender Junge zu sein, der viel zu alt ist für langärmlige Unterhemden, aber andererseits noch unbedingt sein Nachtlicht und seine Schmusedecke zu brauchen, sobald man es geschafft hat, den kleinen Rabauken in seinen Pyjama zu stecken? Nicht, dass Archie je eine besondere Vorliebe für Schmusedecken hatte – anders als Jack, der sieben ist, aber immer noch sehr an seiner Fischdecke hängt, die ich ihm für sein neues Schlafzimmer am Meer gestrickt hatte –, aber seine Mutter weckt er immer noch gern mitten in der Nacht auf, um ihr von Monstern zu erzählen und über ein eventuelles Bonbon zu verhandeln.

Ich schreibe eine neue Fassung meiner nie endenden Was-zu-erledigen-ist-Liste, während der Regen in Strömen gegen das Küchenfenster prasselt. Bei gestreiften Pullis und kunstvoll drapierten Fischernetzen können wir uns möglicherweise nicht mit Whitstable messen, aber was strömenden Regen angeht ganz bestimmt. In der Hight Street gibt es jetzt eine Kunstgalerie, die durchaus das eine oder andere schicke Teil im Schaufenster ausstellt, wie zum Beispiel eine raffiniert beleuchtete große Holzschale, sodass wir auf diesem Gebiet langsam mithalten können. Außerdem gibt es hier Häuser, die sich normale Menschen leisten können, und einen morschen Pier und frisch gestrichene

Strandhütten, die nicht für mehr Geld versteigert werden, als die meisten Menschen für ihr erstes Haus bezahlt haben. Gran hatte ihre jahrelang vermietet, was mich daran erinnert, dass ich noch etwas auf meine Liste setzen muss: Ich muss ein neues Handtuch mitnehmen, wenn wir das nächste Mal zum Strand gehen. Gestern sind wir mit dem nervtötenden Wunderhund Trevor spazieren gegangen, und Archie ist mal wieder im Wasser gelandet.

Ich koche gerade Tee, als Archie, dessen Haare in kleinen Büscheln abstehen, im Pyjama mit umgebundenem Bademantelgürtel nach unten kommt.

»Es ist nicht sinnvoll, nur den Gürtel zu tragen, Schätzchen. Du wirst dich erkälten.«

»Nein, werde ich nicht. Ich mag es so, es ist mein Seil, falls ich irgendwo raufklettern muss. Und ich esse keine Shreddies zum Frühstück – ich will Würstchen, nur Würstchen. Ich muss auch keine Shreddies essen, weil Wochenende ist. Und am Wochenende kannst du dir wünschen, was du willst, und kriegst es.«

Wie nett; ich glaube, ich bestelle mir Eier Benedict und ein Glas Champagner. Oder vielleicht ein kleines Stück leckeren geräucherten Schellfisch.

Ich genieße gerade mein Fantasiefrühstück in vollen Zügen, als Archie den Kühlschrank inspiziert und empört schnaubt.

»Da sind gar keine Würstchen.«

»Ich weiß.«

»Warum nicht?«

»Weil du letzte Woche gesagt hast, dass du Würstchen hasst, als wir welche zum Abendessen hatten.«

Er schnaubt wieder.

»Das war doch nur Spaß.«

Jack kommt hereingeschlurft und sieht schlecht gelaunt aus.

»Ich will keine Würstchen. Ich will Rühreier.«

Offenbar betreibe ich eine Art Bed-and-Breakfast für Kinder. Vielleicht sollte ich mir einen kleinen Notizblock und einen Stift besorgen.

»Also, da wir keine Würstchen haben, wie wäre es mit Rühreiern, Archie, bevor wir uns anziehen und zu Granny fahren?«

»Igitt. Letztes Mal hast du doofen Käse reingetan, und sie haben einfach eklig geschmeckt.«

»Tja, entweder gibt's Shreddies oder Rühreier. Sonst nichts. Also entscheidet euch.«

Er seufzt, während Jack an der Tür steht und aussieht, als würde er noch halb schlafen.

»Mochte Daddy Käse in seinen Rühreiern?«

Mist. In letzter Zeit waren die »Hat mein wunderbarer Vater das auch gemocht?«-Fragen sehr viel seltener geworden, aber eigentlich wundert es mich nicht, dass sie heute wieder auftauchen.

»Ja, Schätzchen, mochte er.«

»Also, dann möchte ich meine mit Käse.«

Archie zögert.

»Also, ich nicht. Er mochte sie auch ohne Käse, nicht wahr, Mum?«

»Ja, Schätzchen.«

»Und es gibt keine Würstchen?«

»Nein.«

»Bist du sicher?«

Glaubt er vielleicht, dass ich eine Packung in meinem Bademantel verstecke?

»Ganz sicher, Archie.«

»Also, ich nehme Rühreier, und Toast. Aber die Eier nicht auf dem Toast – der soll auf einen Extrateller.«

Herrjemine.

Ellen ruft an, als ich das Frühstücksgeschirr abwasche.

»Du wirst es nie erraten. Frag mich, wer dich anruft.«

»Ich weiß, wer mich anruft, Ellen. Du bist es, Großbritanniens beliebteste Moderatorin.«

»Ja, aber frag mich trotzdem. Sag einfach: ›Wer ist da?‹«

»Wer ist da?«

»Die zukünftige Mrs. Harry Williams. Er hat mich gestern Abend gefragt, als wir beim Dinner waren. Hat einen Kniefall gemacht und alles – hatte sogar einen Ring gekauft. Tiffany. Echte Diamanten. Mit allem Drum und Dran. Es war absolut perfekt.«

»Oh, Ellen, das ist wunderbar.«

»Ich weiß, aber warum er es nicht am Valentinstag getan ist, ist mir unbegreiflich. Er sagte, er habe warten wollen, bis der Gips ab ist, weil es sonst schwierig geworden wäre mit dem Kniefall, aber ich glaube, die ganze Herzen- und Blumen-Nummer war ihm einfach ein bisschen zu viel.«

»Das ist absolut verständlich.«

»Der Valentinstag war immer ein lausiger Tag für mich, sodass jetzt all die Jahre, in denen ich nicht mal 'ne Karte gekriegt habe, wettgemacht sind.«

»Du hast immer Karten bekommen, Ellen. Haufenweise, so lange ich dich kenne.«

»Nur von Spinnern, die mich im Fernsehen sehen, nicht von richtigen Männern.«

»Tja, jetzt hast du einen richtigen Mann, und einen Ring, der es beweist.«

»Ich weiß. Du liebe Güte. Ich kann es immer noch nicht fassen.«

»Erzähl mir alles. Was hat er gesagt? Was hast du gesagt? Einfach alles.«

»Zuerst habe ich die Kühle gespielt und gesagt, ich würde nach reiflicher Überlegung wieder auf ihn zukommen, aber dann brachte der Kellner den Champagner, und ich habe kapituliert. Wer hätte gedacht, dass er der zukünftige Mr. Malone werden würde? Ist das Leben nicht toll?«

»Ich denke, wir hören jetzt lieber auf, ihn Dirty Harry zu nennen. Das klingt nicht sehr brautgemäß.«

»Oh, ich weiß nicht: Wollen Sie, Ellen Malone, Dirty Harry zu Ihrem gesetzmäßigen … mir gefällt das ziemlich gut.«

»Was ist es für ein Ring?«

»Ein verdammt großer.«

»Kluger Junge.«

»Also, wirst du meine Brautjungfer sein?«

»Sind Achtunddreißigjährige mit zwei Kindern nicht eher Matronen?«

»Das ist totaler Schwachsinn. Ich möchte, dass du meine Brautjungfer bist; ich dachte an Reifröcke aus rosa Spitze. Mit dazu passenden Handschuhen.«

»Grundgütiger.«

»Oder möglicherweise etwas von Vera Wang.«

»Das klingt schon besser.«

»Und die Jungs in Kilts.«

»Harry in einem Kilt?«

»Nein, du Dummerchen, meine Patensöhne.«

»Mein Jack und Archie in Kilts?«

»Ja. Was denkst du?«

»Ich denke, das kommt darauf an, wie groß die Bestechung ausfällt.«

»Riesig.«

»Dann ist das kein Problem, allerdings sollten wir lieber darauf achten, dass sie keinen Dolch im Strumpf tragen, sonst könnte es heikel werden. Hast du es deiner Mum und deinem Dad schon gesagt?«

»Ich bin noch dabei, mich seelisch darauf vorzubereiten. Genau genommen wird es eine deiner Brautjungernpflichten sein, Mum davon abzuhalten, eine Familienhochzeit daraus zu machen. Die meisten Verwandten kann ich eh nicht leiden, und mich mögen sie auch nicht. Ich will nur Menschen, die ich wirklich mag.«

»Dann braucht es ja auch keine große Kirche, da wir nur ungefähr zu sechst sein werden.«

»Genau. Hier, da ist Harry.«

»Morgen, Jo.«

»Herzlichen Glückwunsch, Harry.«

»Danke, Schätzchen, und da ich auf dich und deinen beruhigenden Einfluss auf sie zähle, musst du diese Brautjungfernnummer übernehmen.«

»Wie bitteschön stellst du dir das denn vor?«

»Pillen vielleicht? Einer meiner Onkel kennt einen Typen, der uns vielleicht ein paar Pferdetranquilizer rüberschieben kann; das müsste sie eigentlich eine Idee verlangsamen. Irgendwas musst du jedenfalls unternehmen, sonst sehe ich mich gezwungen zu verduften.«

»Wage es ja nicht. Und außerdem würde sie dich finden.«

Ich höre etwas, was nach einem Handgemenge klingt, und dann ist Ellen wieder am Telefon.

»Harry ist gerade hingefallen.«

»Ach ja? Komisch.«

»Ich glaube, sein Bein funktioniert noch nicht wieder richtig.«

»Nein, und das wird auch nie der Fall sein, wenn du den armen Mann weiter so herumschubst. Ihm ist gerade erst der Gips abgenommen worden.«

»Er ist gestolpert. Hör zu, ich höre jetzt lieber auf, er macht nämlich Toast, und den lässt er jedes Mal anbrennen.«

»Setz einen neuen Toaster auf deine Hochzeitsliste. Einen Harry-sicheren.«

»Du liebe Güte, die Hochzeitsliste habe ich ja völlig vergessen. Mann, wie viel Geld ich über die Jahre für diese verdammten Listen ausgegeben habe. Das ist spitze, Rache kann doch sehr süß sein. Ob Prada wohl Listen ausgibt – ich wette, sie tun es – und ich denke an eine standesamtliche Trauung, wie bei dir und Nick, sodass Mum gar nicht erst die Chance hat, die örtliche Kirche unter grauenhaften Satinbändern zu begraben.«

»So wie dieser Mann, der ganze Gebirge einwickelt?«

»Ja, aber bei Christo gibt es nicht überall Freesienkörbchen, und er verlangt auch nicht, dass jeder eine Nelke im Knopfloch trägt. Du liebe Güte, ich würde dich zu gern sehen. Warum kommst du nicht heute vorbei, und während wir anfangen zu planen kann Harry mit den Jungs in irgendein Museum humpeln?«

»Würde ich liebend gern, aber ich muss doch heute zum Lunch bei Elizabeth und Gerald.«

»Ach herrje, habe ich ganz vergessen. Tut mir leid, Darling.«

»Meinst du, ich muss ich Schwarz tragen?«

»Natürlich nicht, Schätzchen. Trag das, wonach dir ist.«

»Sie wollte, dass wir zum Morgengottesdienst in die Kirche gehen, aber ich habe gesagt, dass wir das nicht rechtzeitig schaffen würden. Also sind sie bestimmt im besten Sonntagsstaat. James und Fiona und die Mädchen kommen auch. Himmel, ich wette, sie tragen alle Hüte.«

»Du kannst jederzeit deine Pudelmütze tragen.«

»Damit sie aussehen, als wären sie auf dem Sprung nach Ascot, und ich eine Pennerin?«

»Zieh einfach das an, worin du dich am wohlsten fühlst.«

»Meinst du nicht, dass es ein bisschen merkwürdig aussieht, wenn ich in meinem Pyjama aufkreuze?«

»Nicht, wenn du ihn mit einer Wollmütze abrundest; sehr bohemien und dekonstruktiv; Björk mit einem Schuss trauernde Witwe. Was ist mit deiner schwarzen Hose, die, die du immer zu deinen Stiefeln trägst?«

»Die habe ich bereits probiert, aber ich bekomme den Reißverschluss nur zu, wenn ich mich flach auf den Boden lege. Ich glaube, sie ist eingelaufen.«

»Eingelaufen?«

»Vielleicht habe ich es im Laden etwas übertrieben mit den Keksen. Und außerdem ist Regen angesagt. Weißt du noch, wie es auf der Beerdigung geregnet hat? Ich dachte, jeden Moment fällt der Pfarrer ins Grab, oder Archie, und weiß der Himmel wie viel Therapiestunden man braucht, nachdem man kopfüber ins Grab seines Dads gefallen bist. Ziemlich viele, schätze ich.«

»Die Mistkerle würden dich bestimmt einen Abbuchungsauftrag unterzeichnen lassen, bevor sie dich auch nur durch die Tür lassen.«

»Meinst du, ich sollte Blumen mitnehmen? Die Jungs haben Briefe geschrieben und Bilder gemalt.«

»Wie süß.«

»Sie haben Stunden dafür gebraucht. Jack hat eins vom Haus gemalt, und Archie eins von Trevor, und ein Boot. Aber ich habe nichts zum Mitnehmen.«

»Darling, du hättest mich daran erinnern sollen. Hör zu, ich kann mich ins Auto setzen und runterkommen. Wann musst du los?«

»Nein, alles ist bestens, ich mache nur unnötigen Wirbel, und Blumen sind okay. Ich besorge auf dem Weg welche bei Sainsbury, und du machst dir einen tollen Tag und feierst mit Harry. Ich rufe dich an, wenn ich zurück bin.«

»Sicher?«

»Absolut.«

»Aber?«

»Nichts. Es ist nur so, dass ich mir so scheinheilig vorkomme. Ich sollte die trauernde Witwe sein, aber ich bin immer noch schrecklich wütend auf ihn. Ich dachte, ich hätte es langsam verarbeitet, oder ihm sogar verziehen, aber das habe ich nicht. Ich meine, ich verzeihe ihm die Affäre. Es ist seltsam, aber darüber bin ich wirklich hinweg. Vielleicht hat mein Minimoment mit Daniel in Venedig mir geholfen, das irgendwie in die richtige Perspektive zu rücken und auch dazu geführt, dass ich mich nicht mehr total abgelehnt fühle.«

»Ganz bestimmt, Darling.«

»Aber ich kann ihm immer noch nicht verzeihen, dass er vorhatte, die Jungs zu verlassen. Damit habe ich nicht annähernd meinen Frieden gemacht. Nicht annähernd.«

»Natürlich nicht. Wie solltest du auch? Herrgott, endlich wird er befördert, und du glaubst, jetzt beginnt dein neues Leben als Frau des Auslandskorrespondenten, aber dann stellt sich heraus, dass er eine Affäre hat und die Scheidung will. Und an dem Abend, an dem er dir das eröffnet, schafft er es auch noch, sich bei einem Autounfall umzubringen. Wie um alles in der Welt solltest du das schon verarbeitet haben? Das dauert Jahre.«

»Danke, das ist sehr ermutigend.«

»Darling, du machst es großartig, genau genommen sogar fantastisch. Statt zusammenzubrechen hast du weitergemacht, mit all den Schulden und der verdammten zweiten Hypothek, von der er dir nicht mal erzählt hatte. Du hast das Haus verkauft und bist in die hinterste Wallachei gezogen, damit du im Wollladen deiner Gran arbeiten kannst. Und bevor du mich darauf hinweist, ja, ich weiß, dass es jetzt dein Laden ist, und du hast es fantastisch gemacht und bist jetzt die beste Freundin der Diva und überhaupt. Offizieller Strick-Coach von Amazing Grace, aber trotzdem. Ich wäre ganz bestimmt scheißwütend auf ihn. Eigentlich ist es sogar ganz gut, dass er dieses Auto zu Schrott gefahren hat, weil ich ihn sonst persönlich umgebracht hätte, wenn ich ihn in die Pfoten gekriegt hätte. Mistkerl.«

Das ist mit das Beste an Ellen: Sie ist so wunderbar parteiisch. Sie betrachtet einen Streit nie von beiden Seiten oder sagt dir, dass du dich beruhigen, darüber nachdenken und es mal von einem anderen Standpunkt aus betrachten sollst. Und sie war so großartig letztes Jahr mit der Beerdigung und allem. Weiß der Himmel, wie ich es ohne sie geschafft hätte.

»Ich weiß, Ellen, aber zum Teil war es auch mein Fehler.«

»Oh, bitte, ist schon wieder der Schuld-Trip angesagt? Wie zum Teufel noch mal sollte es dein Fehler gewesen sein?«

»Ich hätte es wissen sollen, das mit dem Geld. Ich hätte es irgendwie mitbekommen müssen. Und wenn ich nicht so auf die Jungs fixiert gewesen wäre, hätte ich bemerkt, dass er sich zunehmend langweilt. Wenn ich jetzt darüber nachdenke, hätte ich sehen müssen, dass er sich mehr und mehr von uns gelöst hat, aber ich habe es bewusst ignoriert. Er wurde immer schrecklich wütend, wenn ich versucht habe, mit ihm darüber zu reden, also habe ich es gelassen.«

»Und ich nehme an, es war auch deine Schuld, dass er den UN-Teenager gebumst hat, oder?«

»Sie war sechsundzwanzig, Ellen.«

»Sechsundzwanzig oder sechzehn, das macht keinen Unterschied, außer durch bessere Kleidung. Jetzt reiß dich zusammen, Darling. Er hat unglaubliche Scheiße gebaut. Und es war zwar nicht dein Fehler, aber du durftest die Scherben aufsammeln. Es ist Schwachsinn, von welcher Seite auch immer du es betrachtest.«

»Wahrscheinlich. Obwohl ich jetzt gern hier lebe.«

»Ich weiß, Pollyanna. Du warst schon immer gut darin, alles positiv zu sehen… wie war das noch mit der Zitrone?«

»Wenn das Leben dir Zitronen schenkt, mach Limonade draus.«

»Du meine Güte.«

Wir fangen beide gleichzeitig an zu kichern.

»Was für ein Müll – klingt ganz nach deiner Diva. Wie die Nummer, dass Menschen dir nur was anhaben können, wenn du sie lässt; alles Karma.«

»Ja, aber ich glaube, da ist etwas Wahres dran.«

»Oh, definitiv. Es ist sehr gutes Karma, wenn du unglaublich reich und irre dünn bist und deine letzten drei Filme Megahits waren. Es ist allerdings nicht ganz so leicht, wenn du bei Burger King arbeitest und gerade die Zwiebelringe angekokelt hast.«

»Stimmt.«

»Übrigens, wie geht es deiner Amazing Grace? Bekommt ihr die Mutterschaft?«

»Sehr gut, als ich sie zuletzt gesehen habe. Und sie sieht eher noch fantastischer aus als vor dem Baby, irgendwie noch strahlender. Ich weiß, das klingt bekloppt, aber es ist so. Und das Baby ist zauberhaft. Ich mache ein neues Baby-Schaufenster für den Laden; ich stricke seit Tagen Babysachen. Ist schon ein bisschen seltsam – es erinnert mich daran, wie ich gestrickt habe, als ich mit Archie schwanger war. Und das hat auch nicht gerade sonderlich geholfen.«

»Du machst das heute schon – du wirst sehen. Also, bist du sicher, dass ich nicht kommen soll?«

»Ganz sicher. Du hast recht. Ich werde das schon deichseln, und zumindest eine gute Nachricht hat es heute gegeben.«

»Was denn?«

»Meine beste Freundin heiratet, und ich trage Vera Wang, pfirsichfarben mit Handschuhen und Pudelmütze.«

»Ruf mich an, wenn du wieder zu Haus bist, versprochen?«

»Ja.«

»Und wenn Elizabeth dir zu sehr auf die Nerven geht, knall ihr einfach eine. Spiel die hysterische Witwe, und hau die alte Schachtel um. Du wirst dich viel besser fühlen, glaub mir.«

»Das muss ich echt mal ausprobieren.«

»Hurra. Mann, jetzt würde ich wirklich gern mitkommen.«

Als wir ankommen, sind sie gerade zurück aus der Kirche, und in der Küche entbrennt zwischen Elizabeth und Fiona ein kleiner Streit über die Frage, wie lange der Braten ruhen muss, bevor Gerald ihn anschneiden kann. Es regnet immer noch in Strömen, was für unsere Stippvisite zum Grab nach dem Essen nicht gerade ideal ist, und Gerald reicht mir einen ziemlich monumentalen Sherry. Aus irgendeinem nur ihm bekannten Grund scheint er zu glauben, dass ich ausflippen könnte, wenn ich nicht ständig ein volles Glas in der Hand halte. Wahrscheinlich denkt er das, weil es Nicks übliche Taktik war, das sonntägliche Mittagessen bei seinen Eltern zu überstehen. Was im Prinzip eine sehr vernünftige Taktik ist, wenn man nicht gerade diejenige ist, die nach Hause fahren und zwei kleine Jungs in einem Haus voller Porzellanfiguren und sehr hellem Teppich bei Laune halten muss.

Fiona, die ihre geblümte Latzschürze trägt, hat eine Dokumentation über Schimpansen gefunden, die sich die Kinder ansehen dürfen. Sie sollen sich brav aufs Sofa setzen, schön leise sein, und in zehn Minuten gibt's Essen.

»Also seid nicht zu laut, weil Daddy seine Zeitung liest.«

Ich fühle mich, als wäre ich in eine Werbesendung aus den Fünfzigerjahren zurückkatapultiert worden.

Lottie und Beth blicken ziemlich besorgt in James' Richtung, der beim Zeitunglesen seinen Whisky trinkt und dauernd missbilligende Töne von sich gibt, wenn er auf etwas stößt, was ihm gegen den Strich geht.

»Gibt es irgendwelche Cartoons?« Archie probiert es mit seinem strahlendsten Lächeln.

»Nein, Archie, aber ich bin sicher, dass du es interessant findest. Wir lieben Tiersendungen, nicht wahr?«

Lottie und Beth nicken, obwohl Lottie nicht sonderlich begeistert aussieht.

»Ich versuche, den Konsum von Cartoons einzuschränken, du auch, Jo? Einige sind schrecklich gewalttätig, nicht wahr? Wirklich schrecklich. Jetzt muss ich mal schnell einen Blick in die Küche werfen, ob Elizabeth mich braucht.«

»Kann ich irgendwas helfen?«

Sie sieht mich an wie einen Teenager, der gerade angeboten hat, das Haus neu zu verkabeln. Meine hausfraulichen Fähigkeiten haben von Fiona und Elizabeth immer schon null Punkte bekommen. Ich glaube, für ihren Geschmack nehme ich nicht genügend Rosetten zum Verzieren.

»Alles ist unter Kontrolle. Setz dich einfach, und ruhe dich von der Fahrt aus.«

James gibt ein würgendes Geräusch von sich und liest uns jetzt die Geschichte von einer Frau vor, die ihren Boss wegen permanenter Belästigungen verklagt hat.

»Nur weil sie mit einem Kunden einen Club besucht haben, in dem sie sich unwohl fühlte. Du lieber Gott, was ist bloß aus diesem Land geworden?«

James ist im mittleren Management bei einem Finanzdienstleister tätig und etwas rechter als der Hunnenkönig Attila.

Fiona versucht es mit einem Lachen, aber es klingt ziemlich nervös und grell.

»Also, Darling, lass uns jetzt bitte nicht mit Politik anfangen.«

Du liebe Zeit. Aber ich kann einfach nicht widerstehen.

»Was für eine Art Club war es denn, James?«

Er blickt auf die Zeitung und errötet leicht.

»Eine Art Tanzclub.«

»Lap Dancing, vielleicht?«

»Wahrscheinlich, aber es gibt nun mal kein Patentrezept. Jedenfalls ist es nichts, weswegen man gleich zum Anwalt rennt – ist doch nur ein bisschen Spaß.«

»Also, wenn all deine Chefs Frauen wären und dich in einen Club mitnehmen würden, wo Männer in Lederhosen rumtanzen und das Finale ganz viel Babyöl beinhaltet, würde dir das nichts ausmachen?«

Fiona ist recht blass geworden und probiert es noch einmal mit einem kleinen Lachen.

James wirft ihr einen gereizten Blick zu.

»Ich glaube, Frauen sollten realisieren, dass es eine große, taffe Welt ist da draußen, und wir alle manchmal Dinge tun müssen, zu denen wir keine Lust haben. Vor ein paar Wochen musste ich mit einem Haufen Japaner zum Essen gehen und stundenlang mit gekreuzten Beinen auf dem Fußboden sitzen, aber deswegen verklage ich doch niemanden.«

»Und am nächsten Tag hatte er schreckliche Knieprobleme, nicht wahr, Liebling?«

Er dreht sich um und will sie gerade anschnauzen, als Archie angeschlendert kommt und sich ankuschelt.

»Was ist Lap Dancing, Mum?«

»Eine ziemlich traurige Art zu tanzen, Schätzchen.«

»Tun sie das in Discos?«

»Nicht wirklich.«

»Wir haben Discos in unserer Schule.«

»Ich weiß, mein Spatz.«

Bitte lass ihn nicht fragen, ob ich ihm Lap-Dance-Tipps geben kann. Ich glaube nicht, dass es das ist, was der Elternbeirat im Sinn hatte.

»Ich kann gut tanzen. Manchmal drehe und drehe ich mich, bis mir schwindlig ist.«

»Ich weiß. Aber führe uns das jetzt nicht vor, in Ordnung? Du könntest etwas zerbrechen.«

Er kichert, und Fiona sieht erleichtert aus. Sie fühlt sich offenbar wieder auf sicherem Terrain.

»Was ich dir noch erzählen wollte, Jo. Die Mädchen machen ihre Sache so gut im Ballettunterricht, dass Beth ausgewählt wurde, bei der letzten Aufführung ein Solo zu tanzen, nicht wahr, Liebling?«

Beth lächelt albern und nickt.

Lottie verdreht die Augen.

»Und ich war ein Giftpilz.«

»Ach ja? Das hört sich lustig an.«

Sie grinst.

»Ich zeig es dir, wenn du möchtest, Tante Jo, aber du musst deine Stiefel ausziehen.«

Fiona scheint nicht sonderlich scharf darauf zu sein.

»Nicht jetzt, Liebling. Das Mittagessen ist gleich fertig.«

Archie seufzt.

»Ich wäre gern ein Giftpilz. Kannst du es mir auch zeigen?«

Beth macht ein Geräusch, das sich nach Kichern anhört.

»Giftpilze sind nur für Leute, die beim Ballett nicht sehr gut sind. Ich war ein Hirsch. Ich kann es dir zeigen, wenn du möchtest, Jack.«

Jack sieht ziemlich panisch aus.

»Ein was?«

»Ein Hirsch. Wie in *Bambi*.«

Archie ist begeistert.

»Ja. Und dann können wir ihn erschießen.«

Nach einer kleinen Yorkshire-Pudding-Krise in letzter Minute, der auf mich einen absolut perfekten Eindruck macht, offenbar aber nicht richtig aufgegangen ist, ruft Elizabeth uns zum Essen und wirkt recht angespannt. Gerald schwankt leicht, als er das Roastbeef anschneidet: vielleicht war der zweite Sherry letztlich doch keine so gute Idee.

»Hättest du gern Meerrettich, Jo?«

»Danke.«

Elizabeth reicht mir eine kleine Porzellanschüssel.

»Ich finde, richtiger Meerrettich ist sehr viel besser als der schreckliche fertig gekaufte, findest du nicht auch? Diesen hat Fiona gemacht. Es ist ein Rezept von unserem Frauenverein.«

»Wunderbar.«

Fiona lächelt.

»Es ist ganz einfach, wirklich.«

»Ich mag keinen Meerrettich.«

Jack sieht ziemlich besorgt aus; irgendwie war schon gegen seinen Willen der eine oder andere Rosenkohl auf seinem Teller gelandet.

»Du musst nichts davon nehmen, wenn du nicht möchtest. Iss aber die leckeren Wurzeln auf. Und versuch mal einen Rosenkohl, Spatz; vielleicht magst du ihn inzwischen. Und wenn nicht, lass ihn einfach auf dem Teller liegen, okay? Solange du einen Bissen probierst, hat keiner was dagegen.«

Genau genommen wird Elizabeth definitiv etwas dagegen einzuwenden haben, weil sie definitiv noch zur Schule »Was auf dem Teller ist, wird aufgegessen« gehört, aber ich halte nichts davon, Kinder zum Essen zu zwingen, nicht zuletzt, weil es total kontraproduktiv ist.

»Allmächtiger.«

Wir alle drehen uns um zu James, der furchtbar hustet.

»Meerrettich. Etwas stark.«

Ihm tränen die Augen.

Wir probieren nacheinander den Meerrettich, und dann wünschte ich, wir hätten es gelassen. Verdammter Mist, meine Zungenspitze ist total taub geworden.

Fiona sieht aus wie vom Donner gerührt.

»Ich bin mir sicher, dass ich das Rezept haarklein befolgt habe.«

Gerald hustet und schenkt sich Wein nach.

Zeit, das Thema zu wechseln, glaube ich.

»Das Roastbeef ist köstlich, Elizabeth. Archie, lehne dich mit dem Stuhl nicht so weit zurück, sonst kippst du noch um.«

»Nein, tue ich nicht.«

»Archie.«

»Ich kipp nie um. Jake Palmer ist beim Schullunch vom Stuhl gefallen und hat sein ganzes Wasser verschüttet. Aber ich tue das nie.«

»Archie, setz dich einfach ordentlich hin, bitte. Möchtest du, dass ich dir dein Fleisch klein schneide?«

Er sieht mich sauer an.

»Nein, will ich nicht. Ich bin kein Baby.«

»Also, dann iss bitte auch ordentlich.«

Elizabeth lächelt ihn ermutigend an.

»Es gibt Wackelpudding und Eis für Jungs, die schön aufessen. Granny möchte hübsche leere Teller sehen.«

Ich glaube tatsächlich, sie versucht zu helfen.

Archie sieht sie an.

»Für Mädchen auch?«

»Wie bitte, Schatz?«

»Kriegen Beth und Lottie auch Eis, wenn sie aufessen?«

»Ja, Schatz.«

Er blickt auf seinen Teller.

»Und kriegt man Eis auch ohne Wackelpudding, wenn man nicht alles aufisst?«

Gerald lacht.

»Gutes Argument, mein Junge, ausgezeichnet. Immer schön verhandeln, so ist es richtig. Also dann, wer möchte noch etwas Wein?«

»Nicholas liebte Wackelpudding und Eis, als er klein war. Es war seine Lieblingsnachspeise.« Elizabeth sieht jetzt weinerlich aus, und ich glaube nicht, dass es nur der Meerrettich ist.

Du liebe Güte, nun geht es los.

»Granny, wusstest du, dass Affen an alle Bäume pinkeln, wenn sie Sex haben wollen? Das war in unserer Sendung.«

Elizabeth verschluckt sich beinahe, und Lottie fängt an zu kichern.

»Archie, das ist kein nettes Thema für ein Gespräch beim Essen.«

»Affen wissen nicht, dass es nicht nett ist.«

»Archie.«

Er seufzt.

»Ich mag Wackelpudding nicht mal.«

Als wir über das Gelände in Richtung Kirche trotten, bin ich kurz davor, jemandem eine runterzuhauen, höchstwahrscheinlich mir selbst, weil ich nicht verhindert habe, dass wir volle Familienbegleitung bei dem haben, was ein ruhiger Moment für die Jungs sein sollte. Verdammter Mist. Elizabeth ist jetzt ernsthaft beleidigt, weil Gerald nach seinem vierten Glas Wein Scheiße gesagt hat. Und von mir wollte sie, dass ich Grace Harrison als ihren VIP-Gast zum nächsten Golf Club Dinner mitbringe, und ich musste ihr sagen, dass ich das für ziemlich aussichtslos halte. Fiona muss sich immer noch von dem Meerrettichdebakel erholen, und James führt ein langes Selbstgespräch über Golf. Alles ist pitschnass, und meine Stiefel versinken im Gras, aber wenigstens hat es endlich aufgehört zu regnen, als wir in den Kirchhof einbiegen.

Jack trägt in einer Plastiktüte die Briefe und Bilder und wird ziemlich blass, als wir uns Nicks Grab nähern. Vor dem Grabstein stehen gelbe Tulpen in einer schwarzen Marmorvase, und ein kleiner Strauß Rosen liegt auch da.

Fiona hüstelt leise.

»Die Rosen sind von den Mädchen. Wir haben sie vorhin gebracht.«

Ich nicke. Ich bin mir nicht sicher, ob ich im Moment einen Ton herausbringe; es ist ein derartiger Schock, das Grab wiederzusehen. Jack schmiegt seine Hand in meine, und wir gehen weiter, und ich bücke mich, um meine Blumen niederzulegen, aber sie sehen unpassend aus in ihrer Zellophanhülle – so, als hätte Fleurop gerade eine Sonderlieferung zugestellt oder so – also knie ich mich hin, um sie auszuwickeln, wobei ich nasse Knie kriege. Jack und Archie stehen jetzt links und rechts von mir. Sie wirken viel kleiner und stiller als sonst.

»So, das ist schon besser. Ihr könnt eure Briefe und eure hübschen Bilder jetzt auf die Blumen legen, wenn ihr möchtet.«

Sie legen ihre zusammengefalteten Briefe und Bilder sehr behutsam auf die Blumen, als Elizabeth auf uns zukommt und anfängt, die Tulpen neu zu ordnen.

»Sollen wir noch kurz in die Kirche gehen und ein Gebet sprechen?«

»Ich glaube, wir bleiben lieber ein zwei Minuten ganz ruhig hier stehen, wenn das okay ist. Geht ihr nur schon vor.«

Fiona und James machen sich mit den Mädchen und Gerald auf den Weg zur Kirche, während Elizabeth noch zögert.

»Ich dachte, ein Gebet wäre nett. Würdest du nicht gern ein Gebet sprechen für deinen Daddy, Jack?«

Jack sieht jetzt aus, als sei er den Tränen nahe. Blöde Kuh.

»Elizabeth, ich glaube, wir würden gern einen Moment allein sein, wenn das für dich in Ordnung ist.«

Mit anderen Worten, verpiss dich, alte Schachtel.

Ich lege meinen Arm um Jack, und wir gehen zu der hölzernen Sitzbank unter dem Baum in der Ecke des Friedhofs.

»Es ist nass, Mum.«

»Ich weiß, Schätzchen, aber das ist egal, wir haben ja unsere Mäntel an. Setzen wir uns und knuddeln ein bisschen, ja?«

Er lächelt.

»Wie sieht Daddy unsere Bilder?« Archie klingt jetzt auch ziemlich zittrig.

Tatsächlich weiß ich nicht, ob ich das schaffe. Mir fehlen die richtigen Worte; die magischen Worte, die für sie alles richten. Herrgott, das ist so unfair. Warum sollen sie sich darum sorgen, wie ihr Dad es schafft, die Bilder zu sehen, die sie ihm gerade aufs Grab gelegt haben? Ich hasse das. Ich hasse das unglaublich.

Ich nehme sie in die Arme.

»Ich glaube, das Wichtigste ist, dass Daddy weiß, wie sehr wir ihn lieben.«

Jack nickt.

»Ich könnte ewig so weiterknuddeln, ihr auch? Ich glaube, wir brauchen eine dicke Extraportion, weil mein Knuddelkonto beinahe leer ist.«

Sie schmiegen sich beide enger an mich, und ich küsse sie, und sie tun so, als sei ihnen das unangenehm.

»Möchtet ihr in die Kirche gehen und ein Gebet sprechen? Wenn ihr das möchtet, können wir das tun.«

Jack scheint kurz darüber nachzudenken.

»Nein danke, Mum. Ich glaube, dies ist besser, findest du nicht auch?«

»Ja, finde ich auch, Schätzchen.

Archie kuschelt sich an mich.

»Wir schmusen für Daddy, nicht wahr?«

»Ja, Schätzchen.«

»Und dann können wir nach Haus fahren?«

»Ja.«

»Aber erst, nachdem Lotti uns ihren Giftpilz gezeigt hat.«

»Ja.«

»Und gibt es Kuchen zum Tee?«

»Ich glaube ja, Granny hat gesagt, dass sie einen speziellen gemacht hat.«

Jack nickt.

»Sie hat gesagt, sie hat den gemacht, den Daddy am liebsten mochte, als er klein war.«

Beide kuscheln sich noch etwas enger an mich.

Ich werde ihm nie verzeihen. Ich weiß, er hatte keine Schuld, es war einfach Pech, und es ist eine furchtbare Vergeudung und überhaupt. Aber ich werde ihm verdammt noch mal nie verzeihen.

Archie schläft ein auf der Nachhausefahrt und ist besonders übellaunig, als ich ihn aufwecke, aber ich kann ihn unmöglich wie früher ins Haus tragen, sodass er stattdessen von mir gestützt quengelnd ins Haus Richtung Treppe schlurft.

»Das ist nicht fair. Ich hab noch nicht mal Abendbrot gekriegt und hatte mich so drauf gefreut.«

»Du kannst nicht hungrig sein, Archie – du hast bei Granny getoastete Brötchen und zwei Stück Kuchen gegessen.«

»Ja, aber das ist schon ewig her. Ich brauche Abendbrot, wirklich, Mum.«

»Na gut, zieh erst mal deinen Pyjama an, dann sehen wir weiter.«

Er schnaubt.

Dann brechen sie im Bad einen mordsmäßigen Streit vom Zaun, wer wessen Bein absichtlich oder aus Versehen getreten hat, und jede Menge Wasser platscht auf den Fußboden, bis ich verspreche, dass es möglicherweise Käsetoast für alle gibt, die keine Schreierei veranstalten. Dann kehrt endlich wieder Frieden ein, und wenigstens habe ich Archies Gesicht von dem Matsch befreit, mit dem er sich bei seinen begeisterten Giftpilzmanövern beschmiert hat.

Beide sitzen mit feuchten Haaren am Küchentisch, als Gran ankommt. Sie hat ein Päckchen Schokolinsen für jeden dabei. Normalerweise lehnen sie Schokolinsen als zu babyhaft ab, aber heute Abend scheinen sie gewillt zu sein, eine Ausnahme zu machen.

»Aber iss sie alle auf, Jack; nichts für später aufbewahren. Und nicht vergessen, nach dem Abendbrot müssen noch die Zähne geputzt werden.«

Jack bewahrt seine Süßigkeiten gern so lange wie möglich auf; nicht zuletzt, weil es Archie ärgert. Er verteilt seine Linsen eifrig auf dem Teller, während Gran den Kessel aufsetzt und ich Käse schneide.

»Und wie war Eure Majestät, Liebchen?«

Gran mochte Elizabeth nie besonders gern.

»Es ging, ein bisschen Gemecker, dass sie uns so selten sieht, aber als ich sagte, dass sie ja jederzeit hier willkommen seien, hat sie gleich einen Rückzieher gemacht. Sie hätte am liebsten, dass wir jedes Wochenende rüberfahren, aber ich habe ihr gesagt, dass ich das wegen des Ladens und allem anderen auf keinen Fall schaffe. Und natürlich gab es wie immer ein paar tränenreiche Mein-wunderbarer-Sohn-Momente.«

Gran wirft den Jungs, die mit ihren Schokolinsen beschäftigt sind, einen Seitenblick zu, und fängt an zu flüstern.

»Ich könnte es sehr schnell richtigstellen.«

»Ich weiß, Gran, aber was bringt das?«

»Sie sollte wissen, womit du zu kämpfen hattest, dann wäre sie vielleicht nicht ganz so hochnäsig. Aber Reden ist Silber, Schweigen ist Gold, schätze ich.« Sie wendet sich wieder an die Jungs. »Hattet ihr einen schönen Tag bei Granny McKenzie, Jack?«

»War ganz okay. Ich musste Rosenkohl essen, sonst kriegte man kein Eis, aber Mum hat ein paar gegessen, als sie nicht hingeguckt hat. Und wir haben Daddy unsere Bilder gebracht, nur war der Boden ganz nass. Aber das macht nichts, Gran, oder?«

»Nein, Schätzchen, das macht überhaupt nichts.«

Jack nickt.

»Granny hat einen Kuchen gemacht zum Tee, aber Jack mochte ihn nicht, weil er ein doofes Baby ist.«

Jack funkelt Archie an.

»Kuchen mit Stückchen drin mag ich nun mal nicht, das ist alles.«

»Das waren Nüsse, keine Stückchen. Blödi.«

»Der Käsetoast ist fast fertig. Wer möchte noch mehr Saft?«

Beide heben die Hände, wie in der Schule, was Gran ein Schmunzeln entlockt, und wir wollen gerade unser mehr oder weniger friedliches Abendbrot essen, als unmissverständliches Kratzen und Kläffen an der Hintertür ertönt. So ein Mist. Der verdammte Trevor ist zum Spielen vorbeigekommen.

»Bitte, Mum. Bitte.«

Sie sehen mich beide unglaublich erwartungsvoll an.

Mist.

»Auf keinen Fall. Ihr geht nicht mehr nach draußen – es ist zu kalt.«

Trevor springt jetzt am Küchenfenster hoch und bellt noch lauter.

Verdammter Mist.

Ich schließe die Tür zum Flurdurchgang, während Gran die Hintertür öffnet und Trevor wie eine haarige Exocet Rakete in die Küche schießt, sich einen Käsetoast schnappt und Archie umwirft.

Gottverdammter Mist.

»Soll ich den Kessel aufsetzen für Mr. Pallfrey, Liebchen?«

»Danke, Gran. Archie, lass ihn nicht dein Gesicht ablecken, das habe ich dir schon mal gesagt.«

»Ich kann es waschen.«

»Ich weiß, aber, ach, egal.«

Gran öffnet die Hintertür für Mr. Pallfrey, der wie immer total außer Atem ist.

»Tut mir schrecklich leid. Wir sind für einen kurzen Spaziergang rausgegangen, und ich glaube, er hat gesehen, dass Ihr Auto wieder da ist. Er hat Sie heute vermisst. Blieb vor Ihrer Pforte stehen und hat immerzu gewinselt.«

»Eine Tasse Tee?«

»Nun ja, wenn Sie sicher sind, meine Liebe, das wäre sehr schön.«

Nach ganz ganz viel Hundestreicheln und -tätscheln und mit dem Versprechen, ihnen eine Extrageschichte vorzulesen, bringt Gran die Jungs nach oben ins Bett. Mr. Pallfrey versucht, Trevor wieder aus der Küchentür zu kriegen, aber der liegt auf dem Fußboden und stellt sich schlafend, allerdings ist sein permanent wedelnder Schwanz etwas verräterisch.

»Er liebt Ihre Jungs.«

Er zerrt wieder an der Leine, und Trevor rutscht ungefähr einen Zentimeter über die Küchenfliesen.

»Ist mir furchtbar peinlich – das hat er noch nie getan.«

»Wie wäre es, wenn wir das Licht ausmachen und uns in das andere Zimmer setzen?«

»Möglicherweise gerät er in Panik und zerbricht etwas. Ich habe es zu Hause mal probiert, als er einen meiner Slipper gefressen hat. Dachte, ich lasse ihn sich mal etwas abkühlen.«

»Und was ist passiert?«

»Er hat zwei Stühle in meiner Kochnische zerbrochen. Er weiß einfach nicht, wie stark er ist, das ist das Problem.«

Wie immer wünschte ich, dass Mr. Pallfreys Tochter Christine sich etwas weniger Eselgroßes ausgesucht hätte, als sie einen Hund wollte; vielleicht einen netten kleinen Spaniel, irgendeinen, den du aufheben und wegtragen kannst, wenn er dir auf die Nerven geht. Aber die Jungs lieben Trevor abgöttisch, und außerdem ist der Zug abgefahren. Er kommt beinahe täglich vorbei zum Fußballspielen im hinteren Garten, und sie liegen mir ständig in den Ohren, dass sie ihn ausführen wollen. Also ist es hoffnungslos.

Mr. Pallfrey zerrt jetzt den flach auf dem Boden liegenden Trevor zur Tür.

»Er wiegt eine Tonne, wenn er schläft.«

»Davon bin ich überzeugt, aber er schläft nicht wirklich, oder?«

Du liebe Güte, wir werden noch die ganze Nacht hier sitzen.

»Nein, aber er tut so, als wäre er ganz schlapp.«

»Wie wäre es, wenn ich eine Tasse Wasser über ihn kippe?«

Mr. Pallfrey sieht mich mit einem Schimmer von Bewunderung in den Augen an.

»Das könnte funktionieren.«

Leider ist Trevor nicht annähernd so dumm, wie er aussieht. Als ich mich mit einem Becher voll Wasser über ihn beuge, setzt er sich aufrecht hin und leckt meinen Arm, was echt bedauerlich ist, weil ich mich schon richtig darauf gefreut habe, ihn zu begießen.

»Zeit nach Haus zu gehen, Trevor.«

Er legt sich wieder hin.

»Möchtest du etwas trinken, Trevor?«

Ich tröpfele ihm Wasser auf den Rücken, und er dreht den Kopf und sieht mich an. Ich glaube, wir haben uns verstanden. Er bewegt sich auf die Tür zu, immer noch halb liegend, und sieht dabei aus, als würde er schmollen oder könnte seine Hinterbeine nicht richtig einsetzen. Ich klicke seine Leine ein und reiche sie Mr. Pallfrey.

»Danke für den Tee.«

»Gern geschehen. Wir sehen uns wahrscheinlich morgen?«

»Ja, und was ich noch sagen wollte, ich bin im ›Meeresküste in Blüte‹-Komitee, und sie haben mich für die Vorgärten und Blumenkübel in unserer Straße eingetragen. Ich hoffe, auf Sie zählen zu dürfen?«

Du liebe Zeit.

»Auf mich zählen wofür?«

»Nur ein paar Blumen. Sie sagten doch, dass Sie dieses Jahr mit Ihrem Garten anfangen wollen, nicht wahr?«

»Schon, aber ich wollte eigentlich nur die Brennnesseln und das Unkraut loswerden.«

»Überlassen Sie das mir; ich suche ein paar Pflanzen für Sie aus. Ich habe einige wunderschöne Geranien, die in meinem Treibhaus überwintern – sie sehen großartig aus – und ich lege Ihnen ein paar Blumenbeete an. Ich züchte immer Blumensaat vor.«

»Tja, wenn Sie meinen. Nur …«

»Nichts Aufwendiges, ich werde …«

Trevor hat offenbar genug von unserem kleinen Schwätzchen, springt urplötzlich zur Tür und zieht Mr. Pallfrey mit ziemlicher Geschwindigkeit den Weg hinunter.

Verdammt. Ich glaube, ich habe gerade zugestimmt, an einer Art Gartenwettbewerb teilzunehmen, und dabei bin ich bereits verantwortlich für das besondere Ladenschaufenster für den Schönste (kleine) Küstenstadt-Wettbewerb. Wir haben letztes Jahr die Silbermedaille gewonnen, und dieses Jahr wollen alle unbedingt Gold, sodass ich bereits den halben Gemeinderat im Laden hatte, der mir praktische Tipps erteilt hat. Ein Unglück kommt selten allein, wie Gran sagen würde.

Sie kommt wieder herunter und kichert.

»Er ist aber auch 'ne Marke, unser Archie. Unglaublich, was er so von sich gibt. Er sagte, er bräuchte möglicherweise ein Glas Wasser, wisse es aber noch nicht genau. Wenn das der Fall sei, würde er uns Bescheid geben, aber wenn er eine Glocke hätte, müsste er nicht extra aufstehen. Ich weiß nicht, woher er diese Einfälle hat, wirklich nicht.«

»Er meint die kleine aus Messing, die Betty uns zu Weihnachten geschenkt hat. Er hat es in einem Film gesehen, glaube ich. Da lag jemand im Bett und schwenkte eine Glocke, damit die Bediensteten mit etwas Leckerem kommen. Seitdem ist er hinter einer her.«

»Du würdest den ganzen Abend hoch und runterlaufen.«

»Ich weiß, deswegen habe ich sie ja auch versteckt.«

»Gute Idee, Schätzchen. Trinken wir noch eine Tasse Tee? Reg sollte bald hier sein, um mich abzuholen. Es sei denn, du möchtest auch ins Bett gehen?«

»Um zehn nach neun?«

»Du siehst müde aus.«

»Bin ich auch, aber so früh gehe ich nicht ins Bett – so schlimm ist es auch wieder nicht.«

»Gut, weil ich dich etwas fragen wollte.«

»Was denn?«

»Setz dich erst hin.«

»Es geht nicht schon wieder um den Seenotrettungsdienst, Gran? Weil ich dafür wirklich keine Zeit habe.«

»Nein, das habe ich schon mit Betty geregelt.« Sie setzt sich auch und sieht ziemlich nervös aus.

»Es gibt doch kein Problem, oder, Gran?«

»Nein, überhaupt nicht. Es ist nur … also … die Sache ist die, es geht um Reg. Er hat mir einen Heiratsantrag gemacht. Und ich habe ja gesagt. Und ich hoffe, du findest es nicht albern in unserem Alter, es ist nur so, dass er ein wirklich netter Mann ist, und abends ein bisschen Gesellschaft zu haben ist bestimmt schön. Und, tja. Das ist es. Was denkst du?«

Da schlägt's dreizehn.

»Oh Gran, ich finde es wunderbar.«

»Findest du? Wirklich? Oh, ich bin ja so froh. Und du glaubst nicht, dass dein Grandad etwas dagegen hätte, oder? Ich mache mir solche Gedanken deswegen, und er war so ein wunderbarer Mann, musst du wissen. Ein wirklicher Gentleman.«

»Gran, es ist über fünfzig Jahre her.«

»Ich weiß, Liebchen, aber es kommt mir nicht so lange vor.« Sie blickt hinunter auf ihren Ehering. »Ich werde meinen Ring weitertragen, weißt du. Ich habe Reg gesagt, dass ich ihn umarbeiten lasse, damit er auf meinen anderen Finger passt.«

»Das ist eine wundervolle Idee.«

Sie lächelt.

»Du freust dich also?«

»Ja. Ich schwöre es. Wann hat er dich gefragt?«

»Heute Morgen. Als er mir die Zeitung vorbeigebracht hat, sagte er, dass er eigentlich warten wollte und mich zu einem richtigen Dinner ausführen, aber er könne einfach nicht länger warten. Er war so nervös, der Gute.«

Ich stehe auf, um ihr einen Kuss zu geben, und sie hält meine Hände fest.

»Wir haben beschlossen, dass es eine richtige Hochzeit werden soll, in der Kirche. Ich weiß, es ist verrückt in meinem Alter, aber ich hatte mit deinem Grandad nie eine – wir hatten kein Geld, und dann war ja auch Krieg … und bei Reg war es das Gleiche. Sie sparten für ein Haus, sodass es nur einen Teeempfang bei seiner Mutter gab. Also wollen wir dieses Mal das volle Programm, nur ohne Hochzeitskleid, ich werde ein Kostüm tragen. Und ich wollte Betty und dich fragen, ob ihr meine Matrone und meine Brautjungfer seid. Was denkst du, Schätzchen? Ich dachte, die Jungs könnten die Pagen sein – ich habe einige sehr hübsche kleine Samtanzüge in einem meiner Kataloge gesehen. Was allerdings deine Mutter dazu sagen wird, steht in den Sternen.«

»Wahrscheinlich nichts Nettes.«

»Nun ja, sie muss nicht kommen, wenn es ihr nicht passt. Das werde ich ihr auch sagen. Wenn sie vorhat, unfreundlich zu sein, kann sie in Venedig bleiben. Ich lasse nicht zu, dass sie alle Welt vergrault, wie sie es normalerweise tut.«

»Sie meint es nicht so, Gran.«

»Oh doch, das tut sie. Ich sage es über mein eigen Fleisch und Blut nicht gern, aber sie benimmt sich wie eine richtige kleine Prinzessin, so war sie schon immer. Und das kommt nicht von meiner Seite, das kann ich dir sagen. Deine Grandma Butterworth war genauso, wollte immer im Zentrum der Aufmerksamkeit stehen. Als sie starb, hätte ich am liebsten die Fahne gehisst und gefeiert, ehrlich. Ich weiß, es ist schrecklich, das zu sagen, aber wenn ich an all die Jahre denke, in denen ich in diesem Laden feststeckte und sie mit mir rummeckerte, also, dann ist es wirklich erstaunlich, dass ich es ausgehalten habe. Allerdings hätte ich auch nirgendwo anders hingehen können.«

»Ich weiß, Gran.«

»Sei's drum, das ist jetzt vorbei, und du bist hier, und die Jungs, sodass ich froh bin, ausgehalten zu haben, wirklich. Wir dachten daran, Regs Haus zu verkaufen und in meinem zu leben. Auf die Weise haben wir genug Geld, um alle ein bisschen zu verwöhnen.«

»Ihr solltet euch selbst verwöhnen. Ihr könntet wieder eine Kreuzfahrt machen, eine Flitterwochenkreuzfahrt.«

Sie errötet.

»Reg liegt mir deswegen schon in den Ohren. Er hat alle Reisekataloge besorgt, und es gibt wirklich sehr schöne Schiffe, mit Suiten und Balkonen, obgleich ich da bei Sturm Angst hätte. Du könntest völlig durchnässt werden, wenn du die Tür offen lässt. Und sie kosten eine schöne Stange Geld, und ich bin nicht sicher, ob es für uns von Vorteil wäre, da ich ja nicht schwindelfrei bin.

Mal sehen. Also, ich wollte es deinem Bruder erzählen, aber könntest du die Nummer für mich wählen, weil ich mich immer verwähle, wenn ich ihn anrufen will. Ich dachte, ich frage ihn, ob er mich zum Altar führt. Glaubst du, dass ihm das gefiele?«

Vin ist Meeresbiologe und gewöhnlich irgendwo auf einem Schiff unterwegs, es könnte also ziemlich schwierig sein, ihn zu fassen zu kriegen.

»Bestimmt gefällt ihm das. Er wird begeistert sein.«

Ich sitze am Kamin mit meiner Zu-erledigen-Liste und überlege, wo Jacks Turnsachen wohl sein könnten, als Ellen anruft.

»Also, wie lief es?«

»Weniger traumatisch als befürchtet. Fiona hat einen sauscharfen Meerrettich gemacht, sodass die übliche ›Ich bin die perfekte Hausfrau und du nicht‹-Nummer etwas weniger penetrant ausfiel, und Elizabeth wurde irgendwann ziemlich weinerlich, aber abgesehen davon war es ganz nett. Irgendwie seltsam, aber ganz nett.«

»Seltsam?«

»Ein Grab zu besuchen hat schon etwas Seltsames, wenn man versucht, herauszufinden, was man einem Marmorgrabstein und nasser Erde sagen soll. Sie sollten Telefonkabinen aufstellen, so ähnlich wie im Gefängnis, wo man seine Hand auf die Scheibe legen und in den Hörer sprechen kann. Nur dass dann am anderen Ende der Leitung niemand da ist.«

»Sind dafür nicht Therapeuten zuständig?«

»In den ersten Wochen habe ich sein Diensthandy angerufen, nur um seine Stimme zu hören. Es hat alles irgendwie realer gemacht, aber dann kam eines Tages nur noch die Nachricht ›kein Anschluss unter dieser Nummer‹. Die Personalabteilung muss den Vertrag gekündigt haben.«

»Diese knickrigen Idioten.«

»Nun ja, er konnte es ja schwerlich noch benutzen, nicht wahr? Ich schätze, sie haben gar nicht mitbekommen, dass ich manchmal anrief. Wie auch immer, lassen wir das jetzt, ich habe nämlich zur Abwechslung mal gute Neuigkeiten für dich. Gran und Reg heiraten. Ist das nicht süß?«

»Du meine Güte.«

»Ich weiß. Sie ist so aufgeregt, und Vin soll sie zum Altar führen, und ich soll Brautjungfer sein. Die ganze Stadt wird wahrscheinlich da sein, was das einzig Heikle ist. Weißt du noch, was du über rosa Reifröcke gesagt hast? Also, das ist genau das, was ihr vorschwebt.«

»Ich habe mir heute Nachmittag einige Websites angeschaut, und du kannst dir nicht vorstellen, was für Hochzeitsklamotten angeboten werden. Es ist fast so, als gäbe es irgendeine schreckliche Verschwörung ›Wie man ein perfektes enges Kleid mit Tüll und Stickerei komplett versaut‹. Und diese Schleiernummer ist auch der nackte Wahnsinn. Vielleicht nehme ich eine Tiara. Und etwas Blumiges ginge eventuell für deine Gran – es gibt einige halbwegs anständige blumige Brautjungfernkleider.«

»Ich kann mir dich gut mit einer Tiara vorstellen. Und blumig klingt auch hübsch.«

»Ja, aber keine blassen Farben – knallgrün, purpurrot, so etwas. Nicht Laura Ashley.«

»Gott bewahre.«

»Meine Güte, es gibt unglaublich viel zu erledigen.«

»Es wird wunderbar, Ellen, und wir haben noch ewig Zeit, du wirst sehen. Wir machen dieses Wochenende einen Plan. Alles wird absolut perfekt.«

»Versprochen?«

»Versprochen.«

»Gut. Also, was hast du diese Woche vor, außer, der Diva deine Ehrerbietung zu erweisen?«

»Morgen habe ich in der Schule eine weitere Sitzung mit den Lehrern für den Strickunterricht. Unterrichtspläne erstellen oder so. Und Annabel Morgan wirft mir immer noch böse Blicke zu.«

»Was hast du ihr jetzt schon wieder getan?«

»Nichts, aber ihrer Meinung nach heißt Vorsitzende des Elternbeirats zu sein, dass sie die Eltern für Schulprojekte rekrutieren darf, und ich stehe definitiv nicht auf ihrer Liste.«

»Ignorier sie einfach.«

»Ja, aber das ist leichter gesagt als getan, wenn sie quer über den Schulhof mit diesem irren Grinsen im Gesicht auf dich zugerast kommt und dich nach deinen Plänen löchert. Sie will einen schriftlichen Entwurf, für ihre Akten.«

»Das ist leicht, Darling. Benutze einfach Managementsprache.«

»Für Stricken?«

»Ja. Umfassende Entwicklung der Fähigkeiten, Unterstützung der Kreativität, so'n Zeugs.«

»Übergreifende, interdisziplinäre Lernziele?«

»Perfekt.«

»Toll, dann wird das also Montag erledigt. Und Freitag gehe ich mit Martin essen.«

»Der gute alte Schwalbenschwanz.«

»Ja, aber hör auf, ihn so zu nennen – diese Regale sind wirklich nützlich. Ich wollte ihn eigentlich fragen, ob er mir für unten noch ein paar anfertigt, damit ich mehr Ware auslegen kann.«

»Du führst ihn also zum Dinner aus, um wieder über Holz zu quatschen?«

»Ich habe ihm ein Dinner versprochen, als Archie verschwunden war und er ihn gefunden hat, erinnerst du dich?«

»Ja. Und du hast ihn geküsst.«

»Aus Versehen. Und es ist mir immer noch peinlich, also vielen Dank auch, dass du mich daran erinnerst.«

»Darling, ich habe dir gesagt, dass er fantastisch sein könnte, wenn er diese tragische Frisur los würde.«

»Seine Haare sind ein bisschen gewachsen, seit du ihn zuletzt gesehen hast.«

»Gut.«

»Und er denkt daran, sich eine Wohnung zu kaufen.«

»Spitze. Je schneller er Elsies Klauen entkommt, desto besser: Er ist viel zu alt, um noch zu Haus bei seiner Mutter zu leben.«

»Es war nur vorübergehend, so lange die Scheidung lief.«

»Was ziehst du an?«

»So ein Dinner ist es nicht. Es ist rein freundschaftlich.«

»Du brauchst keine weiteren Freunde – du hast mich.«

»Ja, aber du bist nicht wirklich nützlich, wenn es um das Anfertigen und Aufstellen von Regalen geht. Egal, wie ich schon sagte bin ich praktisch mit ihm aufgewachsen; wir waren jeden Sommer in den Ferien hier, vergiss das nicht. Er ist wie ein Cousin für mich.«

»Offenbar ein Cousin, den man küsst.«

»Hör auf. Außerdem weißt du, was letztes Mal passiert ist, als ich es mit etwas Romantik probiert habe.«

»Ich nehme an, wir reden jetzt über Daniel Fitzgerald?«

»Ja.«

»Das war einfach Pech. Und du hattest einen wunderbar extravaganten Moment in Venedig. Was willst du mehr?«

»Vielleicht, dass er nicht zu seiner Exfreundin zurückkehrt?«

»Lass dich von einem kleinen Rückschlag bloß nicht gleich

umhauen, Darling. Lock Martin aus seiner Reserve, und bring ihn etwas in Schwung. Wer weiß, vielleicht überrascht er dich.«

»Ja, und für Elsie wäre es auch eine nette Überraschung. Sie würde im Laden so was von die Eingeschnappte spielen, darauf kann ich nun wirklich echt verzichten.«

»Wie willst du das wissen, wo sie doch sowieso die meiste Zeit eingeschnappt ist?«

»Glaub mir, wenn ich ihren Martin auch nur ansatzweise in Schwung bringe, werde ich es merken.«

»Na los, Darling. Du hast dir ein bisschen Spaß verdient.«

»Ich glaube nicht, dass es mit Martin einfach nur ein bisschen Spaß wäre – er ist zu nett. Und er ist immer noch nicht über seine Frau hinweg.«

»Glaube mir, wenn du etwas Enges anziehst, kommt er locker darüber hinweg.«

»Im Moment ist alles eng, also das wird nicht weiter schwierig. Ich habe dir ja gesagt, Elsie füttert mich im Laden ständig mit Vanillekeksen.«

»Wahrscheinlich will sie ein Mastschwein aus dir machen, damit ihr Martin dich nicht mag.«

»Tja, es funktioniert.«

»Versprich mir einfach, dass du keinen ausgeleierten Pullover trägst.«

»Also, entweder das oder mein Nachthemd.«

»Das ist nicht sehr subtil, Darling, aber die Grundidee gefällt mir durchaus.«

»Gute Nacht, Ellen.«

»Nacht, Darling.«

Verdammt, ich war bisher überhaupt nicht nervös wegen Freitag, aber jetzt bin ich es. Ellen versucht immer, die Dinge zu verdrehen und etwas in ihnen zu sehen, was nicht da ist, obwohl sie mit Daniel recht hatte, kurzfristig jedenfalls. Aber Martin ist völlig anders: Er ist absolut nicht kosmopolitisch wie Daniel. Berühmte Fotografen können bestens mit unbedeutenden Affären umgehen, es gehört praktisch zu ihrem Job, aber Martin ist einfach nicht der Typ dafür. Und überhaupt, Ellen bildet sich nur etwas ein, wie üblich. Es wird ein nettes, freundschaftliches Essen, und es wird absolut keine Rolle spielen, was ich anziehe. Aber trotzdem. Verdammt.

Morgens sitze ich in der Küche und trinke eine Tasse Tee, nachdem ich die Lunchboxen für die Schule fertig gepackt habe, und bin sehr zufrieden mit mir, wenigstens einmal eine gut organisierte Mutter zu sein, auch wenn ich Jacks Turnzeug immer noch nicht gefunden habe. Ich bin beinahe fertig mit dem rosa Kaninchen und überlege immer noch, wie ich das schreckliche pfirsichfarbene Morgenjäckchen, das Elsie für das Schaufenster gestrickt hat und das meine gesamte Farbzusammenstellung ruinieren würde, verschwinden lassen kann. Ich will Baumwolle in den Farben Muskatnuss und Karamell und Buttermilch auslegen, kleine Jacken und eine gestreifte Decke, und einige winzige Söckchen sollen mit kleinen, hölzernen Wäscheklammern an einer Wäscheleine befestigt quer über das Schaufenster gehängt werden. Gran strickt noch ein paar Entenküken in blassgelb, sodass ich jetzt zusammen mit dem rosa Kaninchen ein paar Spielsachen ins Schaufenster legen kann. Einen Pinguin und einen hellblauen Elefanten habe ich bereits, und eine Puppe mit Puppenkleidern zum Wechseln, was hoffentlich einige Mütter-und-kleine-Töchter-Combos in den Laden locken wird. Es war ziemlich ruhig seit Weihnachten, sodass ich die Geschäfte gern ankurbeln würde, bevor die neu bestellte Ware für den Sommer eintrifft.

Ich will gerade ins Bett gehen, als Mum anruft.

Verdammt.

»Ich habe eben mit deiner Großmutter über die Hochzeit gesprochen.«

»Ist das nicht wunderbar?«

»Wunderbar? Es ist lächerlich, und ich hätte mir denken können, dass du ihre Partei ergreifst. Wer ist dieser Reg überhaupt?«

»Ein sehr netter Mann. Er war jahrelang der Mannschaftsführer des Bowlingteams. Sie kennt ihn schon ewig.«

»In ihrem Alter noch zu heiraten ist lächerlich.«

»Sie ist sehr glücklich, Mum. Ist das nicht die Hauptsache?«

»Es ist so spießig. Heutzutage heiratet niemand mehr.«

»Du bist doch auch mit Dad verheiratet.«

»Stell dich nicht absichtlich dümmer als du bist, Josephine – das ist schrecklich unattraktiv. Glaubst du, dass er hinter ihrem Geld her ist?«

»Welches Geld?«

»Dieser scheußliche Bungalow muss inzwischen ein Vermögen wert sein.«

»Er hat sein eigenes Haus, Mum.«

»Na gut, ich halte es trotzdem für sehr verdächtig, und ich bin nicht sicher, ob dein Vater und ich hier wegkommen. Wir haben im Moment schrecklich viel zu tun, und denk nur an die Entfernung. Ich habe einen neuen Auftrag angenommen. In der örtlichen Kirche, die mit dem fantastischen Altar, die ich euch gezeigt habe. Dort gibt es einige schöne Paneele, und ihrer Meinung nach bin ich die einzige Person, der sie sie anvertrauen würden. Sie haben mich praktisch angefleht. Es war richtig rührend.«

»Es wäre nur für einige Tage, Mum.«

»Ich nehme an, wir könnten bei dir wohnen, aber dass ausgerechnet Vincent sie zum Altar führen soll, also, so etwas Albernes habe ich in meinem Leben noch nicht gehört. Wenn jemand das tun sollte, dann ich. Oder dein Vater, obwohl der es bestimmt vermasseln würde. Nein, ich denke, ich muss es tun. Sag es ihr bitte, ja?«

»Ihr sagen, was?«

»Dass ich sie zum Altar führen werde.«

»Ich glaube, das ist ihre Entscheidung, Mum, meinst du nicht?«

»Ich hätte wissen müssen, dass ich mich darauf verlassen kann, dass du absolut hoffnungslos bist, wie gewöhnlich.«

Ich zähle inzwischen bis zehn.

»Bist du noch da, Josephine?«

Ich bin versucht, zu sagen nein. Ich bin im Bad, hinterlasse mir bitte eine Nachricht.

»Ja, Mum.«

»Ich werde deinen Vater bitten, mit ihr zu sprechen.«

»Geht es seinem Knie schon besser?«

»Ihm geht es bestens – er hat nur dramatisiert. Du weißt ja, wie er ist. Die Ärzte haben ihm einige Tabletten mitgegeben, und die Fäden werden bald gezogen, ich weiß also wirklich nicht, was das ganze Getue sollte.«

Tatsächlich macht mein Vater nie um etwas Getue, nicht mal, wenn er von einer Leiter fällt und sich das Knie aufschlägt, aber egal.

»Mein Handgelenk quält mich immer noch schrecklich. Falls du fragen wolltest.«

Mum erfindet immer irgendein mysteriöses Wehwehchen, wenn jemand in der Familie krank ist: Als ich Jack zur Welt brachte, hatte sie ein Blinddarm-Drama, und bei Archie war es eine unsichtbare Halsverletzung, für die sofort eine dieser Plastikhalskrausen zum Einsatz kam. Die sie immer abnahm, wenn sie sich unbeobachtet fühlte.

»Du liebe Zeit.«

»Ich bin sicher, dass ich es mir gebrochen habe. Ich traue den hiesigen Ärzten nicht, aber ich gehe jetzt zu einem netten Mann, der sich auf Kräuterheilung spezialisiert hat, und er sagt, er kann es kaum glauben, wie ich derartige Schmerzen ertragen konnte. Er ist natürlich sehr teuer, aber er ist es wert. Ich rufe dich Ende der Woche noch mal an, wenn du Zeit hattest, ihr etwas Vernunft beizubringen. Nacht, Darling.«

Verdammter Mist.

Morgen rufe ich Vin an, und wir überlegen uns einen Schlachtplan, wie wir damit umgehen sollen. Er kommt in der Regel viel besser mit Mum klar als ich, hauptsächlich, weil er dazu neigt, sie vollständig zu ignorieren. Aber ich bin entschlossen zu verhindern, dass sie Gran alles verdirbt. Vielleicht kann der neue Kräuterheilkundige ein spezielles »Nicht die Hochzeit deiner Mutter ruinieren«-Mittelchen mixen: ein bisschen Kamillentee mit einem Spritzer Arsen vielleicht. Oder sie schafft es nicht rechtzeitig. Ich frage mich, wie viel man Easy Jet für einen ungewöhnlichen Umweg zahlen muss: Über Reykjavik vielleicht, oder eine nicht mehr benutzte Flugzeugbasis, irgendwo, wo es kein Telefon gibt.

Ich schließe die Hintertür ab und suche ein letztes Mal nach Jacks Turnzeug, als er unten auftaucht.

»Ich kann nicht wieder einschlafen. Ich habe schon geschlafen, aber dann bin ich aufgewacht, und jetzt geht es nicht mehr.«

Ich gehe wieder mit ihm nach oben und flüstere, dass wir Archie nicht aufwecken dürfen.

»Komm mit, ich wickel dich schön kuschelig ein, und in null Komma nix bist du wieder eingeschlafen.«

»Ist Dad im Himmel, Mum?«

Oh Gott. Ich bin zu müde dafür.

»Also, wenn es einen Himmel gibt, dann bin ich sicher, dass er da ist, Spatz. Und er weiß, wie sehr du ihn liebst, und das ist das Wichtigste.«

»Absolut definitiv?«

»Absolut?«

»Und er kann immer in meinem Herzen sein, nicht wahr, Mum?«

»Ja, mein Schatz.«

»Menschen, die du liebst, sind immer in deinem Herzen, nicht wahr?«

»Ja, mein Schatz, für immer und alle Zeit.«

»Ja. Und ich habe ganz viel Liebe in meinem Herzen, nicht wahr? Und am liebsten sind mir Trevor und du und Gran und Archie.«

Na spitze: durch einen Scheißköter vom ersten Platz verdrängt.

»Ab ins Bett jetzt.«

»Und wenn wir einen eigenen Hund kriegen, kann er auch in meinem Herzen sein, oder, Mum?«

»Hübscher Versuch, Schätzchen.«

Er lächelt.

»Es wäre so schön, einen eigenen Hund zu haben. Das wäre mein Allerallerliebstes.«

»Und mein Allerallerschlimmstes.«

Er kichert.

»Ich wünsche es mir ganz ganz doll, und dann wird es wahr.«

»Nacht, mein Spatz.«

»Ich habe Angst, dass ich wieder meinen bösen Traum habe. Wenn ich in zehn Minuten immer noch nicht eingeschlafen bin, darf ich dann in dein Bett kommen?«

»Zwanzig?«
»Fünfzehn?«
»Okay.«
Er grinst.
Verdammt.

Kapitel zwei – Februar

Die dünne blaue Linie

Bisher läuft der Montagmorgen nicht besonders gut, und es ist erst halb neun.

»Du bist ein großer fetter Brummpotamus.«

»Archie, zieh deine Socken an und sei nicht so frech.«

»Na ja, ist er aber. Und du auch. Und ich will keinen Käse auf mein Pausenbrot. Ich hasse Käse. Ehrlich.«

»Schuhe und Socken, Archie, und beeil dich ein bisschen, Jack, sonst kommen wir zu spät zur Schule.«

Jack seufzt.

»Alicia hat manchmal Krabbensandwiches. Und Nudelsalat.«

Archie nickt.

»Und Tyrone hat Käsedips, was noch viel besser ist.«

»Ich dachte, du hasst Käse.«

»Schon, aber keine Dips.«

»Gleich zähle ich bis zehn, und wer zuletzt im Auto ist, ist die faule Tomate.«

Beide tun so, als würden sie das ignorieren, aber ich weiß, dass sie alles tun werden, um ja nicht die Tomate zu sein, verfault oder sonstwie. Vielleicht wären spezielle Sticker eine gute Lösung, von denen ich gleich eine ganze Serie anfertigen könnte: Ich esse ganz ganz langsam, morgens bin ich eine schreckliche Nervensäge und so weiter. Wäre eine tolle Alternative zu den

»Ich bin ein guter Helfer«-Stickern, die sie in der Schule bekommen. Ich könnte wahrscheinlich ein Vermögen damit verdienen.

»Schuhe, Archie, nun mach schon. Vier. Vier und ein halb.«

Jack rast zur Haustür, dicht gefolgt von Archie, der einen Schuh in der Hand hält und auf einem Bein hüpft. Na spitze.

Auf halbem Weg zur Schule fällt mir ein, dass ich die Strickprojektnotizen für Annabel Morgan vergessen habe. Mist.

Archie summt unmelodisch vor sich hin und freut sich offenbar immer noch, dass ich, da ich als Letzte am Auto war, offiziell die faule Tomate bin.

»Was gibt es zum Abendbrot, Mum? Wir könnten Spaghetti mit Tomatensoße essen.«

Beide kichern.

»Sehr witzig, Archie.«

»Oder kriegen wir Würstchen?«

»Vielleicht, wenn ich Zeit habe, zum Schlachter zu gehen.«

»Dann könnten wir Würstchen im Schlafrock kriegen.«

»Vielleicht.«

»Versprich es.«

»Archie, ich sagte vielleicht. Lass uns einfach abwarten, okay?«

»Nein, versprich es einfach.«

Verdammt, wenn ich jetzt kneife und es nicht fest verspreche, wird er fuchsteufelswild, und mir ist absolut nicht schon wieder nach einem tränenreichen Marsch über den Schulhof, besonders nicht nach der oskarverdächtigen Vorstellung von letzter Woche, als sie hörten, dass es Hühnersuppe zum Abendbrot gibt.

»In Ordnung, ich verspreche es.«

Von den Rücksitzen ertönt jetzt Applaus.

Im Schulhof warten bereits Connie, Marco und Nelly auf uns, und Annabel Morgan, die ihr Elternbeiratsklemmbrett umklammert. Himmel Hilf.

»Guten Morgen, Jack und Archie. Sind wir alle bereit für einen feinen Schultag?«

Archie nickt, während Jack nervös aussieht. Annabel hat auf Kindersprache umgeschaltet, was ein heiteres Lächeln und eine sehr laute Stimme einschließt.

Archie fängt sich ziemlich schnell.

»Ich habe gestern einen Goldsticker für mein Bild gekriegt. Es waren Blätter, und ein Tiger. Kein sehr großer, weil Jason Lenning das Orange gleich wiederhaben wollte. Aber Mrs. Berry sagte, es war ein sehr guter Tiger. Wie der Tiger, der zum Abendbrot kommt, aber ohne Abendbrot. Wir kriegen Würstchen im Schlafrock zum Abendbrot.«

Annabel sieht jetzt nicht mehr so glücklich aus. Ihr Sohn, der schreckliche Harry, der seine Klassenkameraden gern heimlich kneift und hänselt, ist in Archies Klasse, und jegliche Erwähnung von Goldstickern provoziert in der Regel pädagogisches Konkurrenzverhalten.

»Goldsticker sind wirklich fein, nicht wahr? Harry freut sich auch immer darüber. Wir befestigen sie an unserer Pinnwand zu Hause. Wir haben inzwischen so viele, dass wir bald eine neue Pinnwand brauchen.«

Sie lacht trillernd und vergisst auch nicht, sich zu vergewissern, dass wir alle mitbekommen haben, was für eine rekordverdächtige Sammlung von Goldstickern sie zu Hause haben.

»Oh, da ist ja Mrs. Berry. Zeit, sich aufzustellen, Schätzchen.«

Sie tippt mit dem Stift auf ihr Klemmbrett, als wir ihnen dabei zusehen, wie sie auf ihre jeweiligen Reihen losmarschieren: Jack und Marco im Laufschritt, während Archie und Nelly eher bummeln. Der schreckliche Harry ist bereits an der Spitze der Reihe, und es sieht so aus, als schubse er einen kleineren Jungen weg, um der Erste zu sein, was Annabel aber nicht zu bemerken scheint.

»Also dann, mal sehen … es gibt ja so viel zu organisieren. Aber warum sollte man schließlich Vorsitzende sein, wenn man nicht bereit ist, die Arbeit zu erledigen, nicht wahr? Lassen Sie mich kurz meine Liste überprüfen. Oh ja, das Sommerfest. Haben Sie schon irgendwelche Ideen für Ihren Stand?«

»Unserem was?«

Sie lächelt mich an, als sei ich geistesgestört.

»Ihr Stand, für das Fest. Ich bin davon ausgegangen, dass Sie beide gern etwas zusammen machen wollen. Es wäre super, wenn Sie mich also einfach wissen lassen, was Sie planen. Ich bin sicher, dass Sie viele fantastische Ideen haben, wo Sie beide doch im lokalen Gewerbe tätig sind.«

So wie sie »Gewerbe« ausspricht, klingt es, als würden wir beide reichlich Zeit damit verbringen, im Dunkeln an Straßenecken zu stehen. Und sie tippt immer noch auf ihr dämliches Klemmbrett.

»Ich habe mir ehrlich gesagt noch keine Gedanken gemacht, Annabel, aber …«

»Die meisten Stände sind natürlich bereits vergeben, aber Sie könnten noch Gesichter anmalen oder die Tombola übernehmen. Oder lustige Fische – die sind immer beliebt.«

Connie sieht verwirrt aus.

»Wieso sind die Fische lustig?«

»Oh, das ist echt super – Sie müssen nur das Planschbecken füllen, und Mrs. Palmer hat ganz hervorragende Arbeit geleistet, all die kleinen Fische anzumalen. Die Angelruten sind zwar ein bisschen verheddert, aber das kriegen Sie bestimmt hin. Die orangen Fische sind Preise, und für jede andere Farbe gibt es nur eine kleine Süßigkeit. Sie würde auch mit Ihnen zu Cash-and-Carry fahren. Sie hat unsere Karte, und es spart wirklich eine Menge Geld. Und im Schuppen des Hausmeisters ist ein Schlauch. Soll ich Sie dafür eintragen?«

Verdammter Mist, wir werden völlig durchnässt sein.

»Tut mir leid, Annabel; ich weiß nicht so recht. Im Sommer ist im Laden schrecklich viel zu tun. Können wir nicht irgendetwas Einfacheres übernehmen?«

Genau genommen war es im vergangenen Sommer ziemlich ruhig, aber ich hoffe, dass es dieses Jahr mit speziellen Sommersonderangeboten besser wird, wenn ich denn je die Zeit habe, sie zusammenzustellen. Und Connie wird auf jeden Fall irre viel zu tun haben im Pub – letztes Jahr waren sie jedes Wochenende voll ausgebucht.

Annabel lächelt. Ich glaube, ich bin gerade in eine geschickt ausgelegte Falle getapst.

»Also, da wäre auf jeden Fall der weiße Elefant, denke ich – wir bekommen ja immer viele Tüten mit Ramsch. Gut, dann trage ich Sie also dafür ein – Sie können die Sachen am Tag des Festes sortieren. Im Laufe der nächsten Wochen bringe ich Ihnen Ihre Anweisungen und Zielvorgaben vorbei, und demnächst findet ein Treffen des Vorbereitungskomitees statt. Es ist so wichtig, dass jeder weiß, was von ihm erwartet wird, sonst ist es das totale Chaos, nicht wahr? Gut. Und haben Sie die Notizen für Ihr kleines Strickprojekt dabei? Ich halte meine Unterlagen immer gern auf dem Laufenden.«

Verdammter Mist: ein weißer Elefanten-Stand mit Zielvorgabe, und jetzt macht sie auch noch einen Aufstand wegen dieser verdammten Notizen. Also, jetzt reicht's, verdammt noch mal.

»Nein, ich hatte keine Zeit, Annabel. Vielleicht sollten Sie

Mrs. Chambers fragen, wenn Sie gern mehr Details für Ihre Unterlagen hätten. Ich glaube, sie hat alles bestens unter Kontrolle, und da es genau genommen ihr Projekt ist, glaube ich, dass es eher eine Sache des Lehrkaders als des Elternbeirats ist. Aber ich bin sicher, dass sie Ihnen das Projekt gern erläutert. Und was den weißen Elefanten betrifft, werden Connie und ich es am Tag selbst schon schaffen, aber ich fürchte weder sie noch ich können an Vorbereitungssitzungen teilnehmen. Wir haben schlicht keine Zeit. Wegen unserer Tätigkeiten im lokalen Gewerbe. Das verstehen Sie sicherlich.«

Sie ist ziemlich blass geworden. Vor Wut, nehme ich an.

Connie sieht aus, als müsste sie sich schwer beherrschen, um nicht loszuprusten.

»Vielleicht können wir einige kleine Änderungen vornehmen. Connie kann möglicherweise Mark überreden, einige seiner wunderbaren Kuchen zu backen, und wer eine Tüte mit Ramsch kauft, bekommt ein Stück gratis. Auf die Art und Weise sind wir bestimmt innerhalb von zehn Minuten ausverkauft.«

»Oh, ich weiß nicht, ob den Damen vom Kuchenstand das gefallen würde. Es könnte ein ziemliches Durcheinander geben.«

»Tja, dann sagen wir es ihnen am besten einfach gar nicht. Ich bin sicher, dass jeder den Unterschied zwischen einem Kuchenstand und einen Haufen Ramsch erkennen wird. Wie auch immer, danke, Annabel, aber jetzt müssen wir uns sputen.«

Wir gehen über den Schulhof auf die Eingangspforte zu und lassen Annabel mit offenem Mund stehen, die sich ihr Klemmbrett immer noch fest an die Brust presst.

»Das hätte ich wirklich nicht tun sollen.«

Connie kichert.

»Ich glaube, das wird lustig, ich mag Elefanten.«

»Es gibt keine Elefanten, Con, nur einen Haufen schäbigen alten Ramsches.«

»Und Kuchen?«

»Normalerweise nicht, nein.«

»Also, dann eben ein italienischer Elefant. Mit einem Gläschen Prosecco und Kuchen, vielleicht Aprikosentörtchen?«

»Bist du sicher, dass Mark nichts dagegen hätte, Kuchen zu backen? Ich hätte ihn nicht einfach als Freiwilligen rekrutieren dürfen. Tut mir leid.«

Sie hebt die Augenbrauen.

»Wenn wir ihn auf die richtige Art und Weise fragen, wird er glücklich sein. Und du kannst ein paar weiße Elefanten stricken, und alles wird perfekt. Annabel wird überrascht sein, glaube ich?«

»Ja. Und verdammt wütend. Und dann wird sie uns schrecklich auf die Nerven gehen.«

»*Porca Madonna.*«

»Oh ja. Zweimal *porca*, würde ich sagen, und nur ganz wenig *Madonna.*«

Gran ist schon da, als ich zum Laden komme; ich glaube, sie genießt es richtig, dass sie, seit ich ihn übernommen habe, nichts mehr damit zu tun haben muss. Aber heute ist offensichtlich eine Ausnahme, und zwar wegen der Neuigkeiten über ihre Hochzeit, die sich in der High Street herumgesprochen haben. Sie hält mit ihrer Freundin Betty Hof, und Elsie scharwenzelt natürlich auch herum. Gran war bereits beim Vikar wegen der Kirche, und jetzt reden sie über Blumen, während ich eingequetscht im Schaufenster stehe und versuche, einen kleinen gestrickten Pinguin am Umfallen zu hindern. Ein stetiger Strom alter Damen, die scharf sind auf den neuesten Klatsch, rollt im Laufe des Morgens seine Einkaufswägelchen in den Laden, und es bildet sich eine starke Lobby für Nelken und Freesien, bevor sie alle zu Mrs. Davies nach nebenan gehen, die seit Jahrzehnten den Blumenladen betreibt und alle örtlichen Hochzeiten ausstattet.

Ich arrangiere die von Elsie in außerordentlich beißenden Farbkombinationen einsortierten schottischen Tweeds neu, trenne die salbeigrüne Wolle von der dunkelvioletten mit einer Pufferzone von schiefergrau und hellbeige, während Elsie mir dabei auf die Finger schaut. Sie hat es gar nicht gern, wenn ich die Vorräte umsortiere; aber wir haben uns auf einen vorsichtigen Waffenstillstand geeignet: Ich versuche zu verhindern, dass der Laden aussieht, als hätte eine farbenblinde Irre Wollknäuel in willkürliche Haufen verteilt, während sie mit verschränkten Armen da steht, mich beobachtet und zwischendurch den Kessel aufsetzt, Tee kocht und Custard Creams vertilgt. Ich gebe mir große Mühe, immer daran zu denken, dass wir genug Kekse in der Dose haben. Es kostet mich ein Vermögen, aber sie sind der Schlüssel zu meinem Personaltrainingsprogramm.

Elsie kann unglaublich despotisch sein, wenn sie will, aber im Grunde ist sie sehr nett, und absolut zuverlässig, sodass ich es mir nicht leisten kann, sie zu verlieren. Sie kennt alle Welt, und da sie nur zwei Straßen weiter wohnt, ist sie immer bereit einzuspringen, wenn ich mal keine Zeit habe oder sie um eine Extraschicht bitte. Aber ich weiß, dass ihre herrische Art und der Fakt, dass sie ständig eingeschnappt war, Gran über die Jahre echt an die Nieren gingen, deswegen versuche ich, mich nicht davon anstecken zu lassen. Und die Kekse helfen definitiv.

Gran kommt summend aus dem Blumenladen zurück.

»Du glaubst ja nicht, was einige dieser Blumensträuße kosten.«

Betty nickt.

»Schrecklich, du kämst nie auf die Idee, dass ein paar Rosen und ein bisschen Farnkraut unterm Strich beinahe fünfzig Pfund kosten, nicht wahr? Sie sollten sich was schämen.«

»Ja, aber sie sagt, dass sie mir etwas ganz Besonderes machen wird. Ist das nicht nett von ihr? Ich habe die Broschüre in meiner Handtasche. Möchtest du sie sehen?«

»Sehr gern, Gran, aber lass mich zuerst das hier fertig machen.«

Elsie beugt sich leicht vor und möchte nichts lieber, als einbezogen werden.

»Soll ich den Kessel aufsetzen, Mary? Es ist so viel zu organisieren, nicht wahr? Ich weiß noch, wie es bei meinem Martin war, auch wenn sie mich ständig daran gehindert hat, es richtig zu machen und auf der Kirche in der Nähe ihrer Eltern bestanden hat, die unserer absolut nicht das Wasser reichen kann. Scheußlicher Betonkasten. Und die Blumen waren schrecklich. Ich habe versucht, es ihm zu sagen. Ich habe von Anfang an gesehen, wie sie war – nur darauf aus, so viel wie möglich zu kriegen. Nun ja, er hat seine Lektion auf die harte Tour gelernt, und er kann nicht behaupten, dass ich nicht versucht habe, ihn zu warnen.«

Gran und Betty nicken teilnahmsvoll, obwohl mir schleierhaft ist, warum es immer noch eine Rolle spielt, was Martins Frau Patricia für ihre Hochzeit ausgewählt hat, besonders, da sie geschieden sind und sie jetzt mit dem Gebietsverkaufsleiter der Firma zusammenlebt, in der Martin gearbeitet hat. Offenbar legt sie jetzt Wert darauf, Patsy genannt zu werden und trägt ein goldenes Kettchen ums Fußgelenk.

»Soll es ein Lunch- oder ein Teeempfang werden, Mary? Ich finde Tee ja sehr schön, und auf die Weise musst du nicht für ein großes Essen sorgen. Einige Leute können dir echt die Haare vom Kopf fressen, wenn du es zulässt.«

Wenn es irgendjemanden in Broadgate gibt, der besser als Elsie weiß, wie man sich an einem Hochzeitsbüfett gütlich tut, dann würde ich den gern kennenlernen.

»Ich dachte an einen Teeempfang, und dann vielleicht an ein ruhiges Dinner im Kreis der Familie.«

»Sehr schön.« Sie lächelt, aber ihre Augen glitzern ziemlich stählern, und ich glaube, wir alle wissen nur zu gut, dass der Teufel los wäre, wenn sie nicht zum Dinner eingeladen wird.

Die Klingel über der Tür scheppert, und wir drehen uns um zu Mrs. Marwell, deren Rollwagen sich in der Fußmatte verhakt. Sie ist in Begleitung von Mrs. Davies. Na spitze. Noch mehr Blumenstraußklatsch.

»Ich dachte gerade, Mary, wie wäre es mit Maiglöckchen? Ich weiß, wie sehr du sie magst.«

Elsie regt sich hinter der Theke und runzelt die Stirn. Sie ist hin und her gerissen zwischen ihrem langjährigen Streit mit Mrs. Davies über Wechselgeld für Zehn-Pfund-Noten und dem Bedürfnis, auch nicht das kleinste Detail der Maiglöckchen-Diskussion zu verpassen.

Mrs. Marwell hat es endlich geschafft, ihren Rollwagen über die Fußmatte zu zerren.

»Ich fand ja Freesien schon immer sehr schön bei Hochzeiten.«

Alle stimmen zu, dass Freesien bei Hochzeiten sehr schön sind, und Elsie schaltet wieder um auf Verkaufsleiterin und wuselt geschäftig hinter der Theke herum.

»Hat sich die rosa Wolle gut verstrickt, Mrs. Marwell?«

»Oh ja, sehr gut, danke, Elsie, aber jetzt brauche ich etwas Dunkelblaues für meinen Enkel Stewart. Ich will ihm einen

Pullover mit einem Zug auf der Vorderseite stricken, so wie der, den ich ihm gestrickt habe, als er klein war. Sie alle lieben ja Züge in dem Alter, nicht wahr?«

Elsie nickt.

»Er muss schon ziemlich groß sein. Wie alt ist er denn inzwischen?«

»Elf, beinahe zwölf. Also, wo habe ich nur das Muster gelassen? Es muss hier irgendwo sein.«

Ich bin mir nicht sicher, ob ein Pullover mit einem Zug vorn drauf für einen beinahe Zwölfjährigen das Richtige ist; Jack bekäme einen Anfall, wenn er so etwas Babyhaftes anziehen müsste, und er ist erst sieben. Ich glaube, ich schlage lieber etwas anderes vor, bevor sie ihr Muster findet und ewig an etwas strickt, was ihr Enkelsohn garantiert auf Anhieb hassen wird.

Sie wühlt in ihrem Wagen und legt nach und nach bei ihrer Suche einiges auf den Tresen: eine Thermoskanne, Schnüre, verschiedene Einkaufstüten und aus einem nur für sie ersichtlichen Grund einen sehr alten, verrosteten Dosenöffner. Es erinnert mich stark an die TV-Serie *The Generation Game* aus den Siebzigerjahren.

»Vielleicht wäre ein erwachseneres Muster besser, Mrs. Marwell. Sie sind ja so pingeling in dem Alter, nicht wahr? Ich habe hier ein sehr schönes Zopfmuster, und ich weiß, wie gut Sie Zopfmuster stricken können. Warum begleiten Sie Gran nicht nach oben, und ich suche Ihnen was Hübsches heraus?«

Gran nickt.

»Wir wollten gerade hinaufgehen auf eine Tasse Tee, wenn du auch eine magst?«

»Oh, na ja, wenn du meinst … das wäre schön.«

Gran zwinkert mir zu, als sie durch den Laden nach hinten zur Tür an der Treppe gehen. Ich habe gleich nach dem Ankommen im Arbeitsraum den Kamin angemacht, sodass es inzwischen gemütlich warm sein sollte. Und, was noch wichtiger ist, ich habe sie mir vom Hals geschafft, denn ich glaube nicht, dass ich noch weitere Diskussionen Freesien versus Nelken ertrage.

Ich suche etwas dunkelgraumelierte Doppelstrickwolle für Mrs. Marwell heraus und gebe ein paar Bestellungen auf, wobei von oben ein stetiger Geräuschpegel aus Gesprächen und Teegeschirrklackern an mein Ohr dringt. Gerade will ich Elsie herunterholen, damit ich zum Schlachter gehen kann, als Lady Denby mit Algie und Clarkson, ihren Labradors, hereinrauscht. Na toll: perfektes Timing, wie üblich.

Elsie, die das Gehör einer Fledermaus hat, kommt gleich nachdem sie mitbekommen hat, dass Lady Denby zu Algie »Sitz« sagt, die Treppe heruntergepoltert. Das entwickelt sich langsam zu einem Spitzentag für sie: zuerst Grans Hochzeit, und jetzt auch noch unsere örtliche Adlige.

»Komme gerade vom Komitee und dachte, Sie wüssten gern, dass wir beschlossen haben, diesen Sommer die High Street völlig neu zu schmücken. Wir müssen uns wirklich ins Zeug legen, wenn wir dieses Jahr Gold gewinnen wollen. Wir rechnen fest mit einem Ihrer besonderen Schaufenster, meine Liebe. Wissen Sie, einige Orte haben mehr als einmal gewonnen, was, wenn Sie mich fragen, nach Bestechung riecht. Also, legen wir uns lieber ordentlich ins Zeug, nicht wahr? Hervorragend. Schätze, bei Ihrer Großmutter ist eine Gratulation angebracht. Ich muss schon sagen, ich finde es sehr begrüßenswert, in den Hafen der Ehe einzulaufen. Ist nie zu spät … richten Sie ihr bitte meine besten Wünsche aus.«

»Sie ist oben, Lady Denby, wenn Sie kurz hinaufgehen und hallo sagen wollen.«

Elsie macht jetzt praktisch einen Hofknicks.

»Ist sie? Gut, also, dann werde ich das mal tun.«

Sie händigt Elsie zwei sehr alt aussehende Hundeleinen aus, und Algie und Clarkson stehen auf. Beide lecken Leuten außerordentlich gern die Füße, besonders Clarkson, und ich bin mir ziemlich sicher, dass Algie gerade gefurzt hat.

Elsie sieht jetzt sehr nervös aus, was ich ihr nicht verdenken kann, also nehme ich ihr die Hundeleinen ab und wende mich zur Eingangstür.

»Ich gehe kurz mit ihnen nach draußen, Lady Denby, wenn Sie nichts dagegen haben. Einige Kunden mögen Hunde nicht so gern, und ich bin sicher, dass die beiden lieber draußen in der frischen Luft sind. Ich mache sie am Geländer fest, ja? Gehen Sie nur nach oben, Elsie zeigt Ihnen den Weg.«

Elsie wirft mir einen Blick unendlicher Dankbarkeit zu, der dem ziemlich ähnelt, den Clarkson meinen neuen Stiefeln zuwirft, als ich an der Leine ziehe und versuche, in sicherer, sprich Nichtleckdistanz zu bleiben.

»Ich verschwinde dann, Elsie. Wenn Mr. Prewitt anruft, richte ihm bitte aus, dass ich die Kassenbücher später vorbeibringe, ja?«

»Ist in Ordnung, meine Liebe. Hier entlang, Lady Denby. Haben Sie schon gehört, dass wir spezielle Strickkurse in der Grundschule geben? Ich werde mit aushelfen – und ich freue mich schon darauf.«

Lady Denby sieht beeindruckt aus.

»Großartig, habe früher auch allen Mädchen das Stricken beigebracht.«

»Die Jungs werden es ebenfalls lernen, Lady Denby.«

»Oh ja, sehr richtig. Heutzutage herrscht ja sexuelle Gleichberechtigung, nicht wahr?«

Elsie zögert bei der Erwähnung des S-Wortes, verdaut es aber verhältnismäßig schnell, während sie die Treppe hinaufgehen.

»Darf ich Ihnen eine Tasse Tee anbieten, Lady Denby?«

Teufel noch eins; manchmal denke ich, ich sollte einfach einen Teesalon eröffnen.

Es beginnt zu regnen, als ich Richtung Graceland fahre, aber wenigstens bin ich jetzt den Hochzeitsfestvorbereitungen entkommen. Ich habe einige Knäuel Kaschmir-Seiden-Gemisch in Himbeerrot und dunkler Schokolade dabei. Maxine, Graces persönliche Assistentin, rief gestern an und sagte mir, dass Grace eine weitere Decke für Lily stricken möchte. Weiß der Himmel, woher sie mit einem drei Wochen alten Baby die Zeit nehmen oder die Energie aufbringen will zu stricken. Aber eine Nanny, einen Koch und einen Fahrer sowie eine Vollzeit beschäftigte PA und einen Sicherheitsmann wie Bruno zu haben, hilft möglicherweise, und ich nehme an, dass ich auch zum Personal zähle, da ich offiziell als Strickcoach für Ms. Harrison auf der Gehaltsliste stehe. Was wirklich toll ist, weil die 400 Pfund im Monat, die sie bezahlen, mir das Leben retten. Manchmal ist es mehr, als ich in ruhigen Zeiten in einer ganzen Woche im Laden verdiene. Obwohl sich die neue Ware langsam auszahlt und es wie zum Beispiel dieses Wochenende vorkommt, dass mehrere Leute gleich eine ganze Tüte der teureren Wolle zusammen mit Bambusnadeln kaufen.

Das Haus wirkt im Nieselregen feucht und eisig und sehr viel weniger wie ein prächtiges Herrensitz als gewöhnlich. Weiß der Himmel wie sie es damals, als das Haus gebaut wurde, überlebt haben in ihren Musselinkleidern und Seidenslippern – die meiste Zeit müssen sie halb erfroren gewesen sein. Kein Wunder, dass sie ständig in Ohnmacht fielen: Es lag höchstwahrscheinlich an Unterkühlung.

Ich warte am Tor, dass Bruno mich auf dem Überwachungsbildschirm erkennt und auf den Summer drückt, um mich durchzulassen, als PC Mike, der für unsere Nachbarschaft zuständige Polizist, zu einem Plausch herüberkommt. Er trägt heute seine fluoreszierende Jacke und sieht höchst zufrieden mit sich aus.

»Ziemlich ruhig heute Morgen. Gestern ging es hier zu wie in einem Irrenhaus. Ich musste um Verstärkung bitten.«

Grace hat noch keine Fotos von ihrem Baby Lily herausgegeben, sodass massenhaft Pressefotografen hier herumlungerten, die auf Leitern kletterten und versuchten, über die Mauer zu gelangen und innerhalb eines Umkreises von fünf Meilen aller Welt auf die Nerven gingen.

»Du liebe Zeit, was ist passiert?«

»Es waren Massen hier und haben die öffentliche Bundesstraße versperrt, aber denen habe ich sehr schnell Beine gemacht. Damit kommen sie möglicherweise in London durch, aber nicht hier unten. Nicht, solange ich im Dienst bin.«

Die Pforte öffnet sich langsam, sehr langsam.

»Ich winke Sie hinein, okay? Achte darauf, dass niemand Ihnen folgt?«

»Danke.«

Er genießt es außerordentlich, auf Patrouille am Tor zu sein. Etwas weiter die Straße hinauf parken zwei Jeeps und ein grüner VW Golf, in denen mehrere Männer mit um den Hals geschlungenen Kameras hocken, die in ihre Handys sprechen und unendlich gelangweilt aussehen. Bei meiner Ankunft flackerte kurz Interesse bei ihnen auf, aber da mein Name auf keinerlei A-Liste auftaucht, außer auf Annabel Morgans für »außerordentlich ärgerliche Personen«, machen sie nur ein paar halbherzige Schnappschüsse und wenden sich wieder ihren Handys zu.

PC Mike stellt sich mit ausgestreckten Armen seitlich ans Tor, so als wollte er unsichtbare Horden fernhalten, während ich hineinfahre.

»Danke, Mike.«

Er salutiert.

Du meine Güte.

Ich parke seitlich vom Haus, so weit wie möglich entfernt von dem monumentalen neuen silbernen Jeep entfernt, neben dem mein Auto noch schäbiger aussieht als neben dem glänzenden schwarzen, den sie davor hatten, und will gerade aussteigen, als zwei riesige Hunde auf mich zugewetzt kommen. Mann, das müssen Dänische Doggen sein oder etwas in der Art. Ich mache schnell die Tür wieder zu und verriegele sie. Wahrscheinlich können sie keine Türen öffnen, aber da möchte ich lieber kein Risiko eingehen. Es ist fast, als befände ich mich plötzlich mitten im *Der Hund von Baskerville*, nur dass es gleich zwei von diesen Monsterviechern gibt. Eins von ihnen springt auf die Motorhaube und besabbert meine Windschutzscheibe. Verdammter Mist.

Bruno kommt um die Ecke gelaufen und bläst kräftig in eine Trillerpfeife, aber das scheint kaum Wirkung auf die Baskerville-Jungs zu haben.

Er packt sie bei den Halsbändern, zerrt sie weg und lacht, als ich mein Fenster herunterkurbele.

»Tut mir leid, Jo. Sie wollen nur spielen.«

»Das kannst du mir nicht weismachen.«

»Ich bin dabei, sie abzurichten, aber sie haben den Dreh noch nicht so richtig raus.«

»Stimmt.«

Wir betrachten beide meine Windschutzscheibe, die jetzt undurchsichtig ist.

»Ich bringe das wieder in Ordnung für dich, Schätzchen. Ich glaube nicht, dass er den Lack zerkratzt hat, aber wir kommen natürlich für jeglichen Schaden auf. Willst du es mal eben überprüfen?«

»Bruno, das Auto wird ausschließlich von Beulen und Kratzern zusammengehalten – mach dir keinen Kopf. Ich habe mich nur ein bisschen erschrocken.«

Ich steige aus, und die Viecher lecken mir die Hände, während Bruno versucht, ihnen »Sitz« beizubringen.

»Es sind noch Babys.«

»Du lieber Himmel.«

»Genau das ist ja die Absicht, um diese Mistkerle davon abzuhalten, sich durch den Wald aufs Gelände zu schleichen.«

»Wie heißen sie?«

Ich erwarte Titan und Trojan.

»Tom und Jerry.«

»Gute Namen.«

»Grace wollte Namen, die sie sich merken kann. Hör zu, ich bringe deinen Wagen wieder in Ordnung für dich, wasche ihn, mach dir keine Gedanken. Und wenn du es Ihrer Hoheit gegenüber nicht erwähnen würdest, wäre ich dir sehr dankbar. Es hat mich nämlich Ewigkeiten gekostet, sie davon zu überzeugen, dass wir die Hunde brauchen.«

»Okay.«

»Sie sind weich wie Butter, wenn du sie erst mal richtig kennst.«

»Tja, wer's glaubt wird selig.«

Er kichert und zerrt wieder an ihren Halsbändern, als Maxine aus einer Seitentür tritt und über den gekiesten Hof auf uns zukommt.

»Hi Jo, wie ich sehe, hast du Brunos Babys bereits kennengelernt?«

»Ja.«

»Ich wollte dich noch warnen – tut mir leid.«

Bruno versteift sich.

»Sie sind ein wichtiger Teil unseres Sicherheitssystems.«

»Und was war dann mit letzter Nacht? Wen haben sie angebellt? Einen Eindringling?«

Bruno blickt auf seine Füße.

»Ein Mitglied der Presse, das auf ein Überraschungs-Interview hoffte?«

Bruno murmelt etwas, und Maxine zwinkert mir zu.

»Sorry, Bruno, was hast du gesagt?«

»Sie lernen noch.«

»Es war ein Eichhörnchen. Richtig?«

»Ja. Aber es zeigt, dass sie hellwach sind.«

»Wir waren alle hellwach, Bruno. Nur war es leider verdammt noch mal erst halb drei morgens.«

»Hat sie was gesagt?«

»Grace? Oh ja. Sie hat ziemlich viel gesagt, aber das möchte ich vor Jo lieber nicht wiederholen.«

Bruno sieht jetzt ein bisschen besorgt aus.

»Ist schon in Ordnung, du darfst sie fürs Erste behalten, aber du solltest ihnen lieber einen Schalldämpfer verpassen, wenn sie mal wieder auf Eichhörnchenjagd gehen. Die Flutlichter haben sich eingeschaltet und alles.«

Er nickt.

»Ich wasche Jo ihren Wagen. Möchtest du deinen auch gewaschen haben?«

Sie wirkt schon etwas besänftigter.

»Ja, bitte, und Ed kommt bald, also kette Tom und Jerry schön fest, weil er sonst bestimmt durchdreht, wenn sie auf seinen kostbaren Porsche springen. Du weißt ja, wie er ist.«

Bruno grinst.

»Aber kurz begrüßen dürfen sie ihn doch, wenn ich sie an der Leine habe, oder?«

Maxine lacht.

»Ja, dürfen sie, aber das will ich unbedingt sehen. Grace ist oben, im grauen Zimmer, Jo, wenn du schon mal hoch gehen willst. Tee?«

»Wunderbar.«

Grace liegt auf einer der grauen Samtchaiselongues und hat eine hautenge Jeans und ein hellblaues T-Shirt an, während Lily zu ihren Füßen in einem Körbchen schläft.

»Entschuldige meinen Aufzug – ich bin gerade erst mit Stillen fertig.«

Sie sieht toll aus, und auch wenn sie ein Megafilmstar ist, bin ich immer wieder aufs Neue erstaunt, wie umwerfend sie aussieht, egal, was sie anhat. Es ist, als ob sie aus irgend einem anderen Stoff gemacht wäre als der Rest von uns: etwas Ätherischerem oder Fotogenerem. Sie trägt ihr Haar zurückgebunden und riesengroße, tropfenförmige Ohrringe, die leicht klirren, als sie sich vorbeugt und zum Telefon greift.

Sekunden später taucht die Nanny auf, die eine hübsche gestreifte Uniform trägt, und hebt das Moseskörbchen auf.

»Ich trage sie schnell hinüber in ihr Zimmer, ist das recht, Miss Harrison?«

»Danke, Meg, aber rufen Sie mich, wenn sie aufwacht. Okay?«

»Natürlich.«

Meg schließt die Tür hinter sich, und Grace setzt sich auf.

»Ich bringe sie einfach nicht dazu, mich Grace zu nennen, und es macht mich wahnsinnig. Sie vergisst es jedes Mal. Es ist, als wäre ich plötzlich in das verdammte *Haus am Eaton Place* versetzt, und das ist so absolut nicht mein Stil. Bringt Max uns einen Tee hoch?«

»Ja.«

»Wunderbar. Ich bin derartig ausgetrocknet nach dem vielen Stillen, aber ich glaube, ich habe Meg endlich so weit, meinen Rhythmus zu akzeptieren.«

»Auf mich wirkt sie sehr tüchtig.«

»Oh ja, außer dass sie mich ständig Miss Harrison nennt, ist sie das auch, aber sie nerven alle schrecklich mit dieser Alle-vier-Stunden-Baby-stillen-Nummer, diesem ganzen Quatsch.«

»Was passiert, wenn das Baby aufwacht?«

»Man lässt es plärren, denke ich. Du liebe Zeit. Als ob das passieren würde. Natürlich nicht bei meinem wunderbaren Mädchen. Wie hast du das mit deinen Jungs gemacht?«

»Ich habe sie ständig gestillt. Ich habe zwar versucht, bestimmte Zeiten einzuhalten, aber darauf waren beide nicht sonderlich erpicht. Ich glaube, es kommt auf das Baby an. Einige sind einfach hungriger als andere.«

Sie lächelt.

»Lily ist wie ich, sie ist ständig hungrig. Allerdings hatte ich jahrelange Übung, sodass ich daran gewöhnt bin.«

»Tatsächlich?«

Sie wirft mir einen Blick zu, als wäre ich kurz davor, die Gefahrenzone ›persönliche Fragen‹ zu betreten. Bei all unseren Unterhaltungen gibt es die unausgesprochene Regel, dass sie einem etwas erzählt, man aber niemals Fragen stellt. Aber in Anbetracht der Tatsache, wie viele Menschen auch noch das kleinste Fitzelchen an Information oder falscher Information über sie meistbietend verkaufen, kann ich ihr wirklich keinen Vorwurf machen.

»Tut mir leid, ich wollte nicht …«

»Ich lebe seit Jahren auf Diät – das gehört zum Job. Glaubst du, dass dies alles reine Glückssache ist? Es kostet dich Stunden über Stunden harte Arbeit, so auszusehen.«

»Nein, sorry, natürlich … es ist nur so, du siehst so gesund aus und alles.«

»Das liegt daran, dass ich es nicht zwanghaft betreibe. Na ja, schon irgendwie, aber auf gesunde Weise. Ich nehme keine Tabletten. Oder lasse mich operieren. Noch nicht. Aber ich kann dir immer noch den Fettgehalt jeder einzelnen Substanz auf der Welt nennen. Ich habe es mit der Glyx-Diät, mit Trennkost und mit Farben probiert. Egal was, ich habe alles ausprobiert.«

»Farben?«

»Nur grüne Sachen essen. Ein bisschen purpurrot, sehr wenig weiß. Nichts genau genommen.«

»Das klingt gut. Würde Pflaumencrumble als purpurrot durchgehen?«

Sie lächelt.

»Leider nicht.«

Maxine kommt mit dem Tee herein.

»Danke, Max. Spielt Bruno immer noch mit diesen verdammten Kötern?«

»Ja, und er wäscht Jos Auto. Sie sind ein bisschen aus dem Häuschen geraten bei der Begrüßung von Jo.«

Grace grinst.

»Ich hoffe, dass sie Jimmy abhalten, wenn er beschließt, hier aufzutauchen.«

Der Rockstar Jimmy Madden ist Graces Exfreund und der Vater von Lily, und er ist hier die absolute Persona non gratis, wie Gran sagen würde. Er war nach Lilys Geburt in der Presse und jammerte darüber, wie gern er sein Baby sehen würde, aber ich glaube nicht, dass er es tatsächlich schon probiert hat.

»Ist es denn wahrscheinlich, dass er hier auftaucht?«

»Bei Jimmy weiß man nie.«

»Aber hat er denn Kontakt aufgenommen?«

Sie zögert. Verdammt, ich habe es schon wieder getan, habe mich auf Klatschblattterritorium verirrt.

»Nicht direkt, aber das ist nur eine Frage der Zeit. Er tut es bestimmt, sobald er seine Exklusivstory in trockenen Tüchern hat. Ist Ed schon da, Max?«

»Er kommt jede Minute.«

»Gut, bring ihn gleich nach oben bitte. Also dann, Wolle. Zeig mir, was du dabeihast, Jo, und ich hoffe, dass kein Kreischpink dabei ist.«

»Wie klingt Himbeere und dunkle Schokolade?«

»Perfekt.«

Ich schlage zweihundert Maschen für sie auf, als Ed eintrifft, übersät mit Pfotenabdrücken vorn auf seiner Hose.

»Verdammte Köter, wessen toller Einfall war das denn? Und wohin haben sich all die Polizisten verpisst? Da draußen steht nur noch ein einziger. Das kann man wahrhaftig eine ›dünne blaue Linie‹ nennen.«

»Morgen, Ed. Freut mich auch, dich zu sehen. Wie ist der letzte Stand bei den Fotos?«

»Wäre *Vanity Fair* Ihnen genehm, Madam?«

»Sicher. Mit wem?«

»Das prüfen sie gerade. Daniel Fitzgerald wahrscheinlich, wenn sie ihn kriegen können.«

Ich versuche, mir nichts anmerken zu lassen bei der Erwähnung von Daniels Namen, aber ich glaube, Grace hat es bemerkt. Sie sieht mich ziemlich prüfend an, als Ed sich auf eins der grauen Sofas setzt.

»Erinnerst du dich noch an Daniel, Jo? Er war derjenige, der das Fotoshooting im Sommer gemacht hat. Das mit dem Ruderboot.«

»Oh ja, vage.«

Ich versuche es immer noch mit Nonchalance, aber ich bin nicht sicher, ob es funktioniert.

Mist.

»Die einzige Sache ist die, dass sie ein Interview wollen.«

»Sag ihnen, dass sie tot umfallen sollen.«

»So etwas würde ich nicht mal im Traum sagen.«

»Sie können mit dem arbeiten, was wir ihnen geben und basta. Oder wir einigen uns mit einem anderen Blatt.«

»Nein, das werden wir verdammt noch mal nicht tun. Überlass es mir, Kleines, und ich komme wieder auf dich zu. Ja?«

»Kleines?«

»Scheiße. Tut mir leid.«

»Ab mit dir.«

»Herrjemine. Nicht schon wieder.«

»Ed.«

»Ist ja gut, ich gehe schon.«

Ed erhebt sich und sieht ziemlich bedient aus.

»Wenn er mich Kleines nennt, muss er dreimal ums Haus laufen. Ist Bruno immer noch draußen?«

»Ich glaube ja, warum?«

»Dann hat er gleich Tom und Jerry als Gesellschaft.«

»Heilige Scheiße.«

Wir hören Gebell und Schreie, und dann stellen wir uns ans Fenster und sehen zu, wie Ed, gefolgt von Tom und Jerry, volle Pulle an den Autos vorbeirennt.

Grace dreht sich um zu mir und mustert mich außerordentlich forschend.

»So so. Daniel Fitzgerald? Erzähl mir alles.«

»Dir erzählen, was?«

»Es ist völlig sinnlos, mir etwas vormachen zu wollen – ich kenne jeden einzelnen Trick. Komm, erzähl schon.«

»Ich weiß nicht, was du meinst, Grace. Es gibt nichts zu erzählen.«

»Entweder hattet ihr eine Affäre oder seid dem ziemlich nahe gekommen. Ich brauche Details. Wie war er, auf einer Skala von eins bis zehn? Ich habe mich das immer schon gefragt. Erzähl es mir, oder du bist entlassen.« Sie lächelt, aber ich bin mir nicht ganz sicher, ob sie scherzt.

Oh Gott.

»Es gibt wirklich nichts zu erzählen.«

»Ich meine es ernst.«

Grundgütiger.

»Zehn.«

Sie lacht und klatscht in die Hände.

»Ich wusste es, obwohl eigentlich niemand eine zehn ist außer mir natürlich. Wann?«

»Grace, es war nur eine einmalige Sache.«

»Natürlich. Wann?«

»In Venedig.«

»Wie schön für dich. Hast einen Weg gefunden, Weihnachten mit deiner Mutter ein bisschen erträglicher zu gestalten, was? Clever.«

»Ja, aber es war wirklich nichts Ernsthaftes oder so, und er ist jetzt wieder mit seiner Exfreundin zusammen.«

»Liv, ja, habe ich gehört. Nebenbei bemerkt, ein absolutes Miststück; hat ständig versucht, mir damals bei diesem Weltraumfilm Einstellungen zu klauen.«

»Ach was.«

»Ich habe trotzdem alle Preise gewonnen. Dennoch, sie ist schon ein ziemlicher Brocken. Er wird gut zu tun haben, es ihr recht zu machen, aber das hat er nun davon. Du bist also darüber hinweg?«

»Oh ja. Es war nett, sehr schön genau genommen, aber es war irgendwie nicht wirklich.«

Sie sieht mich an und bedenkt mich mit einem ihrer Megastarlächeln, und ich fühle mich, als hätte ich gerade einen Preis gewonnen.

»Freut mich für dich, Darling, und du hast absolut recht: Es ist nie wirklich mit Männern wie ihm. Sie wollen ständig umgehauen werden, von Schönheit überwältigt sein, so kreative Typen wie er wollen das immer. Sie ist perfekt für ihn, sie posiert ständig. Aber sie wird ihn letztendlich total fertigmachen.«

»Warum?«

»Sie wird sich irgendwann langweilen. Glaub mir. Kenne ich alles, und Diamanten habe ich auch gekriegt. Und Perlen.«

Sie bewegt ihren Kopf etwas, und die Ohrringe klirren.

»Oh.«

»Sind heute Morgen angekommen. Ich glaube, er wollte nur prüfen, ob ich ihm die Urgroßmutter aller Vaterschaftsklagen an den Hals hänge. Und bevor du fragst, nein, ich rede nicht von Jimmy. Und mehr gibt es zu dem Thema nicht zu sagen.«

»Alles klar.«

»Aber sie sind schon richtige Schätzchen, was?«

»Und ob.«

»Du musst sie im Unklaren lassen. Und wissen, wann man aufhören muss. Timing ist alles, richtig?«

»Ja.«

»Also, wenn er hier ist und Aufnahmen macht, ist das okay für dich?«

»Natürlich.«

»Gut. Also, was hältst du von Perlmuster für meine Decke? Langsam finde ich es langweilig, immer nur ›eine schlicht, eine kraus‹ zu stricken.«

»Sehr schön. Oder vielleicht die Umrandung in Perlmuster und sonst einzelne Quadrate? Du könntest einige schlicht stricken, und einige mit Noppen. Du wolltest doch auch mal Noppen probieren, oder?«

»Ja, und auch dieses andere. Wie hieß es noch gleich? Das, was du mir bei der kleinen Mütze gezeigt hast.«

»Das war auch Perlmuster. Du kannst ja mehrere von denen, die wir uns angeschaut haben, ausprobieren. Wenn du magst, strick einfach unterschiedliche Quadrate.«

»Klingt perfekt.«

Freitagmorgen regnet es in Strömen, und ich fühle mich, als trüge ich einen sehr engsitzenden unsichtbaren Hut, was besonders deswegen unfair ist, weil ich gestern Abend beim Strick & Zick-Treffen keinen Tropfen getrunken habe, da ich zu viel zu tun hatte. Alle brannten darauf, mehr von Grans Hochzeit zu hören, und natürlich auch zu erfahren, wie es Grace und dem Baby geht. Offenbar hat gestern Nachmittag einer der Fotografen versucht, an PC Mike vorbeizukommen, der ihn prompt festgenommen hat. Daraufhin wurde die dünne blaue Polizeilinie etwas verstärkt, und PC Mike ist selig. Laut Tina werden sie im Lokalblatt darüber berichten, und fotografiert haben sie ihn auch. Allerdings sorgt er sich ein bisschen, was sein Sergeant wohl dazu sagen wird, weil der gern auf jedem Foto im Mittelpunkt steht.

Den größten Teil des Abends haben wir damit verbracht, über unsere tollsten Hochzeitsmomente zu sprechen. Tina Davis erzählte uns alles über ihre Flitterwochen mit Feuerwehrmann Graham, dessen Mannschaft von der Feuerwehrstation ihren Flitterwochencaravan mit Schaum gefüllt hatte, was fantastisch gewesen sein muss. Linda hat uns von ihrer Frauenparty vor der Hochzeit erzählt, die darin gipfelte, dass sie mit Handschellen an einen Laternenpfosten gefesselt wurde, bekleidet nur mit einer Korsage und Strumpfbandhaltern. Aber ich kann mir nicht vorstellen, dass Gran sich auf so etwas einlässt, und es war alles in allem ein sehr schöner Abend.

Es läuft inzwischen sehr entspannt in der Gruppe, was genau das ist, was ich mir vorgestellt hatte; so, als würden sich Freundinnen treffen und den neuesten Klatsch austauschen, ohne sich ständig ansehen zu müssen, wenn es mal etwas peinlicher wird oder sich die Unterhaltung wieder mal der verdammten Freesien versus Nelken-Diskussion zuwendet. Das ist das Tolle am Stricken: Du kannst einfach stur auf dein Strickzeug sehen, wenn du dich mal langweilst oder ein wenig Freiraum brauchst. Genau wie letzte Woche, als Maggie von ihrer Mutter erzählte, die eine echte Kuh sein muss. Wir haben sie einfach reden lassen, bis sie fertig war, und dann holte Linda ihr ein Taschentuch, während Connie ihr noch ein Stück Kuchen abschnitt.

Gestern Abend gab es fantastische Mandeltörtchen, mit denen Mark laut Connie fürs Restaurant experimentiert, wo sie mit selbst gemachtem Aprikosensorbet serviert werden sollen; es ist wirklich kein Wunder, dass sie an den Wochenenden immer ausgebucht sind. Allein wegen der Dessertkarte müssten die Leute bis auf die Straße Schlange stehen.

Ich habe Tina bei ihrem Poncho geholfen, der ein bisschen zu rechteckig zu werden drohte, und wir haben Wolle für Lindas neue Jacke ausgesucht. Gemeinsam haben wir uns über Tinas jüngste Zusammenstöße mit Annabel Morgan aufgeregt, die ihr immer unhöflichere Notizen schickt, Graham endlich zu überreden, seinen Feuerwehrwagen in der Schule vorzuführen. Er ist nicht sonderlich erpicht darauf, dass unterschiedlichste Kleinkinder darauf herumturnen, an allen Knöpfen spielen und versuchen, die Leiter raufzuklettern, und das kann ich ihm weiß Gott nicht verdenken.

Maggie hat einen Pulli mit kompliziertem Zopfmuster angefangen, aber sie hatte sich schon in der ersten Reihe vertan, weshalb auch die zweite nicht mehr stimmte. Also zeigte ich ihr, wie man das repariert, während Connie mit einer Jacke anfing, die sie für Mark zum Geburtstag strickt. Sie hat wunderschön melierten Wintertweed mit dunkelgrünen Hals- und Ärmelbündchen ausgewählt, und ich habe ihr versprochen, die Ärmel zu stricken, weil sie im Pub so viel zu tun haben. Marks Zweitgeschäft mit den Festtorten entwickelt sich ziemlich rasant, und er ist jetzt sieben Tage die Woche in der Küche beschäftigt, deshalb sucht Connie noch mehr Aushilfskräfte. Letzte Woche hat sie ihn tief und fest schlafend neben dem großen Mixer gefunden, mit Marzipan an der Stirn.

Archie versucht einen Neustart seiner Kampagne für Frühstücksmüsli, das die Milch bunt verfärbt. Wie er allerdings auf die Idee kommt, dass ich Wert auf ein massiv überzuckertes sechsjähriges Schulkind lege, ist mir schleierhaft.

»Das ist unfair. Nie gibt es bei uns richtiges Müsli. Immer nur so doofes.«

»Shreddies sind genau richtig, Archie, und hör auf zu schreien, ich habe Kopfschmerzen.«

»Ja, hör auf zu kreischen wie ein Baby. Das ist lächerlich.«

Archie funkelt Jack an; jede Minute werden sie anfangen, sich gegenseitig zu schubsen und anzurempeln. Manchmal denke ich, ich sollte einfach eine Trillerpfeife und einen Satz rote Karten kaufen.

»Jack, steh auf und putz deine Zähne, und Archie, hör auf, so einen Aufstand zu machen, und iss deine Shreddies.«

Er schnaubt, fängt aber an zu essen, wenn auch in Zeitlupe.

»Beeil dich, Schätzchen, ich glaube, du hast heute Morgen Musikunterricht.«

»Verdammt.«

»Archie.«

»Ich hasse Musikunterricht. Und ich hasse Mrs. Nelson, sie ist so doof. Sie will immer, dass wir die ganze Zeit mit gekreuzten Armen sitzen, und ich kann mit gekreuzten Armen nicht richtig laut singen.«

»Ich wette, du kannst es. Du hast eine schöne Stimme.«

Er beginnt, »If You're Happy and You Know it Clap Your Hands« zu schmettern. Na toll.

Offenbar sind wir immer noch glücklich und wissen es, als wir im Auto sitzen und auf dem Weg zur Schule sind, aber das Händeklatschen wurde durch Fußstampfen und Bruderschubsen ersetzt, sodass ich widerwillig das »Zehn grüne Flaschen«-Gegenmanöver angestimmt habe. Bis wir die Sicherheit des Schulhofes erreicht haben, sind wir bereits bei zwei grünen Flaschen, und mein unsichtbarer Hut sitzt deutlich strammer als noch vor einer halben Stunde.

Connie wartet mit einer Auswahl von Beuteln um den Hals am Zaun, während die Kinder die letzten fünf Minuten vor dem Gong zum Herumtollen ausnutzen. Irgendeine Art von Fangspiel läuft gerade, und Nelly scheint den Fänger spielen zu müssen. Sie rennt wie eine Irre herum und versucht, Marco und seine Freunde zu fangen, die viel schneller sind als sie.

»Er weiß, dass sie nicht so schnell laufen kann. Gleich fängt sie an zu weinen. *Marco, vieni qui.*«

Er ignoriert sie, und genau wie Connie vorhergesagt hat, fängt Nelly an zu weinen. Archie trabt hinüber, flüstert ihr etwas ins Ohr und dann grinsen beide.

»Du liebe Zeit, das sieht nicht gut aus.«

Connie lacht.

»Jetzt geht es ihr wieder gut, wo Archie in ihrem Team ist.«

»Ja, aber gilt das auch für Marco?«

Wie zu erwarten war, hatte Archie sich etwas Gerissenes überlegt, wie sie Marco und Jack in die Zange nehmen können, und nach einigem Gerangel und Geschubse haben sie die beiden schnell abgeklatscht und Marco und Jack müssen Fänger spielen. Nelly rennt schnell zu ihrer Mutter und holt sich eine Streicheleinheit, während Archie außer Atem hinter ihr hertrottet und triumphierend aussieht.

»Wir haben ihn, wir haben ihn.«

»Ja, du hast es geschafft. Gut gemacht, Schätzchen, aber jetzt ist gut. Es wird Zeit – gleich klingelt es.«

»Aber, Mum …«

Er sieht hinüber zu Jack und Marco, die jetzt einige Meter außerhalb der Mummy Sicherheitszone stehen und drohend aussehen, während sie darauf warten, dass sie Nellie und Archie wieder abklatschen können.

»Jack, komm doch mal kurz hierher.«

Er kommt herübergeschlendert, kann es sich aber nicht verkneifen, Archie im Vorbeigehen einen vernichtenden Blick zuzuwerfen.

»Was ist?«

»Ich möchte dich nur kurz in den Arm nehmen, bevor die Schule beginnt, das ist alles.«

»Jetzt gleich?«

»Ja.«

Er seufzt.

Connie lächelt und winkt Marco mit dem Zeigefinger herüber.

»Wir können eine Gruppenumarmung machen.«

Die Kinder sehen entsetzt aus.

»Oder ihr könnt spielen, aber keine Spiele mehr, in denen die Großen die Kleinen jagen, ja?«

Sie nicken, offensichtlich erleichtert, der Gruppenumarmung entkommen zu sein.

»*Brava.*«

Sie stieben davon zur anderen Seite des Schulhofs und tauschen gegenseitiges Mitgefühl für ihre schrecklichen Mütter aus, die öffentliche Umarmungen propagieren, als Mrs. Chambers mit der Glocke heraustritt und alle sich aufstellen. Hervorragend: keiner beginnt die Schule in Tränen aufgelöst oder mit einem Racheschwur für die Pause auf den Lippen.

Wir haben gerade den Eingang zum Schulhof erreicht, als der schreckliche Harry mit Annabel eintrudelt, die völlig aufgelöst aussieht. Normalerweise ist sie schon lange vor uns da und fuchtelt mit ihrem Klemmbrett herum, also hatte sie wohl einen hausfraulichen Moment. Ich hoffe, dass es eine lecke Waschmaschine war, weil es nichts Besseres gibt, als einen Freitagmorgen damit zu beginnen, hektoliterweise Wasser von deinen Terrakottafliesen aufzuwischen. Aber was auch immer es war, Harry schmollt definitiv, als er zu seiner Reihe rennt und versucht, sich ganz vorn hineinzudrängen. Die Kinder schließen die Reihe fest, und als er auf Höhe von Archie und Nelly ist, schmeißt er sich plötzlich dramatisch zu Boden, genau wie ein italienischer Fußballspieler, nur mit weniger überzeugenden Handbewegungen.

Mrs. Berry kommt aus dem Klassenzimmer, als er sich schreiend auf dem Boden wälzt, aber sie hat die Szene offenbar beobachtet, weil sie nicht darauf hereinfällt. Bevor er es sich versieht, steht er ganz hinten in der Schlange und scheint damit auch keine Probleme zu haben.

Ganz anders als Annabel, die sofort auf Mrs. Berry losgeht. Die lässt sich nicht beeindrucken, was wirklich tapfer von ihr ist, aber bevor wir uns versehen, rast Annabel über den Schulhof auf uns zu und wirkt sehr dünnlippig. Herrjemine. Ziemlich viele Eltern stehen auf dem Schulhof, und sie ist wieder ganz die Vorsitzende.

»Ich hoffe, Sie haben das gesehen, Mrs. Mackenzie. Ihr Sohn hat gerade den armen Harry zu Boden gestoßen. Ich finde wirklich, dass Sie ein Wörtchen mit ihm reden sollten. Diese Art von Benehmen möchten wir in der Schule nicht unterstützen. Ich bin sicher, dass Sie mir da zustimmen.«

Verdammter Mist. Ich bin noch dabei, mir eine Antwort zu überlegen, die nicht die Wörter »verpissen« und »Scheiße« einschließt, als Connie vortritt und selber auch ziemlich dünnlippig aussieht.

»Archie hat nicht gestoßen, er war nicht mal in seiner Nähe. Wie kann er sich also für etwas entschuldigen, was er nicht getan hat?«

Annabel bedenkt sie mit einem besonders herablassenden Blick.

»Vielleicht haben Sie den Vorfall nicht ganz so klar gesehen wie ich, Mrs. Maxwell.«

Connie murmelt etwas auf Italienisch, und einige Mütter schnappen vernehmlich nach Luft. Wenn wir uns nicht vorsehen, werden sie innerhalb von einer Minute »Kampf, Kampf, Kampf« brüllen.

Ich lächele versuchsweise, um die Gemüter ein bisschen abzukühlen, aber ich bin mir nicht sicher, ob das funktioniert.

»Ich habe sie auch beobachtet, Annabel, und ich glaube nicht, dass Archie Harry geschubst hat. Ich weiß, sie hatten in der Vergangenheit ihre Differenzen, aber ich glaube, darüber sind sie hinweg. Also vielleicht sollten Sie ein Wörtchen mit Harry reden. Ich glaube, er ist gestolpert, als er versucht hat, sich ganz vorn in die Reihe zu stellen.«

Tina Davies steht jetzt neben uns und nickt.

»Er versucht immer, sich reinzudrängeln.«

Annabel funkelt sie an.

»Mein Travis war genauso, aber man muss es ihnen sagen, nicht wahr? Sie können nun mal nicht immer Erster sein.«

Annabel sieht jetzt richtig angespannt aus; wahrscheinlich hatte sie als Letztes eine Schulhofmeuterei erwartet, und jetzt lächeln auch noch ziemlich viele Mütter. Ich glaube, ihr dämmert langsam, dass sie die Dinge möglicherweise ein ganz klein wenig falsch eingeschätzt hat.

Sie zögert einen Moment, dann fasst sie sich aber wieder.

»Also, ich bin ja so froh, dass wir diese kleine Unterhaltung hatten. Es ist unglaublich wichtig, diese Dinge schon im Keim zu ersticken, und wir alle müssen unser Bestes tun, damit unsere Schule ein glücklicher Ort bleibt, wie Sie mir bestimmt recht geben. Und nun muss ich aber sehen, dass ich weiterkomme. Wie üblich gibt es schrecklich viel zu tun, aber danke, dass Sie es angesprochen haben. Schließlich bin ich dafür da, dass alles glattläuft. Bin jederzeit gern bereit zu helfen. Guten Tag.«

Sie nickt den anderen Eltern zu, macht eine scharfe Drehung auf ihren halbhohen Pumps und marschiert auf den Ausgang zu.

Connie murmelt etwas vor sich hin, und Linda lacht.

»Was war das, Connie?«

»Ich kann nicht übersetzen, es ist zu unhöflich.«

»Oh, mach schon, ganz leise, ich habe unhöfliche Wörter gesammelt, als ich klein war. Hat meine Mum wahnsinnig gemacht.«

Ich mag Tina, sie ist ein echter Kumpel, und ihr Travis ist auch ein Schatz, nur ist er die Art Schatz, bei der du heilfroh bist, dass er nicht deiner ist. Als er das letzte Mal im Laden war, hat er mir alles über Elektrizität und Schaltstellen erzählt, und auch wenn er erst siebendreiviertel ist, kann er im Gartenschuppen einen Motor bauen, der so helles Licht erzeugt, dass es Papier verbrennt. Also könnte sich wahrscheinlich sehr bald als nützlich erweisen, dass sein Dad Feuerwehrmann ist.

»Soll ich dich mitnehmen, Tina? Ich setze Connie ab und fahre dann in den Laden.«

»Ja, gern, Liebes – es sieht so aus, als würde es jede Minute anfangen zu gießen. Ich glaube, ich gehe auf einen Sprung beim Bäcker vorbei und kaufe mir Brötchen, um zu feiern. Ich wollte dieser Annabel schon lange meine Meinung geigen.«

Wir überqueren die Straße und gehen zum Auto.

»Also, wir behalten diese Rundschreiben vom Elternbeirat besser im Auge, sonst müssen wir ab jetzt bis in alle Ewigkeit bei jedem Klassenausflug den Spuckeimer halten.«

»Da mach dir mal keine Sorgen. Sie kommt zu uns in den Salon, und wenn sie es zu weit treibt, kann ich ihr jederzeit eine so krause Dauerwelle machen, dass sie ihr Samthaarband eine ganze Weile nicht tragen muss. Eingebildete Kuh. Wie dem auch sei, vergessen wir sie. Was ziehst du heute Abend an?«

»Wie bitte?«

»Zu deinem Dinner mit Martin. Hat mir ein kleiner Vogel gezwitschert.«

Ich schaue Connie an, die den Kopf schüttelt.

»Welcher kleine Vogel war das, Tina?«

»Ein ziemlich großer, genau genommen, Betty. Sie war gestern im Frisiersalon, und ganz unter uns, ich glaube nicht, dass Elsie sehr begeistert ist.«

»Oh, aha.«

Mir ist aufgefallen, dass Elsie gestern besonders pampig zu sein schien. Es ist alles andere als eine leichte Übung, Wollknäuel geräuschvoll in die Regale einzuordnen, aber sie hat definitiv ihr Bestes gegeben.

»Es ist nicht wirklich ein Dinner. Ich will mich nur für die Regale im Laden bedanken.«

Tina zieht die Augenbrauen hoch.

»Aha.«

»Ich kenne ihn seit Jahren, Tina, schon seit wir Kinder waren. Es ist ein rein freundschaftliches Dinner.«

»Schade. Meine Regale dürfte er jederzeit bauen.«

Connie lacht.

»Meine auch. Mark ist hoffnungslos.«

»Mein Graham auch. Er hat in unserem Flur zwei Rollen verkehrt herum tapeziert, ehrlich. Alle Vögel sehen aus, als würden sie einen Sturzflug zu Boden machen. Jedes Mal, wenn ich diese Tapete ansehe, bin ich sauer. Blöder Kerl.«

Connie plant, zu Ehren ihrer Eltern, die Ostern aus Italien kommen, ihr Gästezimmer zu tapezieren, sodass sie ganz wild auf Tapeziertipps von Tina ist. Deswegen wird das Thema meines Dinners mit Martin Gott sei Dank fallengelassen. Als ich in den Laden komme, ist Elsie noch nörgeliger als gestern. Sie wischt Staub, und das tut sie nur, wenn sie ihren Standpunkt deutlich machen möchte.

»Morgen, Elsie, ich setze nur mal eben den Kessel auf. Möchtest du eine Tasse Tee?«

»Nein danke, ich möchte das hier fertig machen, und dann ist da auch noch mehr Ware, die ausgepackt werden muss.«

»Oh gut, sie ist also gekommen. Tweed und Chunky Mix wurden am Wochenende schon ziemlich knapp.«

»Ja, also, ich wünschte, du würdest mir sagen, wann du neue Bestellungen aufgibst.«

»Es stand im Buch, Elsie.«

»Na gut, mag sein, aber früher, für deine Gran, habe ich alle Bestellungen gemacht.«

Ja, und deshalb war der Laden gerammelt voll mit schrecklichem pastellfarbenen Four-Ply.

»Ich weiß, wie beschäftigt du bist, Elsie, und außerdem tue ich es gern – es hilft mir, auf dem Laufenden zu bleiben. Ich helfe dir gleich. Bist du sicher, dass du nichts willst? Ich habe gestern neue Kekse gekauft, Hafer und Vollkorn.«

Sie zögert.

»Na gut, ich könnte schon etwas gebrauchen, was mich ein bisschen aufmöbelt, ich bin seit sechs auf den Beinen. Habe alle meine Einkäufe erledigt, bevor ich hierhergekommen bin. Und ich fühle mich, als wäre ich schon den ganzen Tag auf den Beinen.«

Ich weiß genau, wie sie sich fühlt.

Nach einem hektischen Tag im Laden mit einer dauernd meckernden Elsie und einem ständigen Strom von Kunden – einschließlich Mrs. Dent, die ihre völlig verkorkste Strickerei mitbrachte, damit wir sie für sie mal wieder in Ordnung bringen, und einer Gruppe von Frauen aus Tonbridge, die sich die gesamte Farbpalette ansahen, bevor sie alle Mohairwolle für Schals und Chunky Tweeds für Pullover kauften –, bin ich wieder zu Hause und stehe vor meinem Kleiderschrank in der Hoffnung auf Inspiration, als Ellen anruft.

»Wie geht's, Darling? Hast du schon dein Killer Outfit gefunden?«

»Nicht wirklich. Meine schwarze Jeans sitzt ziemlich eng. Wenn ich den Reißverschluss hochgezogen habe, kriege ich keine Luft mehr.«

»So wie überhaupt keine Luft kriegen, oder nur gerade sitzen, um Luft zu kriegen?«

»So wie ohnmächtig werden, mit-dem-Gesicht-in-die-Suppe-fallen keine Luft kriegen.«

»Dann zieh den Samtrock an, aber dazu ein enges Oberteil.«

»Das wird nicht das Problem sein, glaube mir.«

»Du triffst dich im Pub mit ihm, und Connie ist vollständig gebrieft, richtig?«

»Sie weiß, dass wir zum Essen kommen, wenn es das ist, was du meinst. Ich habe schließlich nicht unter falschem Namen reserviert oder etwas in der Art. Es ist wirklich keine große Sache, Ellen.«

»Es sei denn, du küsst ihn wieder.«

»Hör zu, ich habe dir schon mal gesagt, es war kein Kuss in dem Sinne. Er hatte nur gerade Archie gefunden – das war etwas anderes. Es war ein Dankeschön-Kuss.«

»Wie du meinst. Aber ruf mich später an mit einem vollständigen Bericht.«

»Okay.«

»Und Darling …«

»Ja?«

»Wenn dir danach ist, ihn wieder nicht zu küssen, nichts wie ran.«

Na toll. Jetzt bin ich schon sehr viel ruhiger.

Gran liest Geschichten vor, als ich gehe, und verspricht, sich nicht beschwatzen zu lassen, länger als bis halb neun vorzulesen. Natürlich wissen wir beide, dass sie nachgeben wird. Es ist ein zehnminütiger Gang zum Pub, und ich fühle mich ziemlich erwachsen, abends ohne die Jungs auszugehen. Ich weiß gar nicht mehr, wann ich das letzte Mal essen gegangen bin ohne eine kleine Person im Schlepptau, und ohne meine Pommes wegen eventueller extra knuspriger Exemplare im Auge zu behalten.

Martin trägt einen dunkelgrauen Anzug, als ich komme, und sieht ungewöhnlich schick aus. Mist. Jetzt fühle ich mich in meinem schlichten Rock mit Pullover gar nicht mehr so wohl; ich hätte wenigstens hohe Absätze statt meiner Stiefel tragen sollen. Er sitzt am Tisch mit einer Flasche Wein vor sich, und Connie zwinkert mir zu, als sie mir den Mantel abnimmt.

Er steht auf, als ich das Lokal durchquere.

»Du siehst wunderbar aus. Tut mir leid, dass ich das hier anhabe, aber es war entweder das oder Jeans, und im Moment sind die meisten davon mit Farbe beschmiert.«

»Du siehst toll aus, Martin.«

Er wird rot.

»Nein, ich sehe aus, als wäre ich auf dem Weg zu einer Verkaufskonferenz, aber Mum hat ein Hemd gebügelt, nicht dass ich sie darum bitte, für mich zu bügeln oder so, absolut nicht, aber sie lässt sich nicht davon abbringen.«

»Im Laden ist sie genauso. Oh, tut mir leid, ich wollte dich nicht …«

»Nein, schon gut. Ich weiß, wie sie ist.«

Betretenes Schweigen setzt ein. Verdammter Mist: schon habe ich es geschafft, dass er sich nicht nur in seinem Anzug unwohl fühlt, sondern ich habe mich auch noch über seine Mutter lustig gemacht, und dabei habe ich mich gerade erst hingesetzt. Ich frage mich, was mir wohl als Zugabe einfällt.

»Möchtest du ein Glas Wein? Connie hat diesen hier gebracht; sie sagte, das ist einer deiner Lieblingsweine.«

»Sehr gern.«

»Verstehst du viel von Wein?«

»Eigentlich nicht, aber Connie bringt gewöhnlich eine Flasche mit, wenn wir unser Strick & Zick Treffen haben.«

»Das ist deine Strickgruppe, nicht wahr?«

»Ja, Stricken und Kuchen. Mark macht sie. Ich glaube, sie sind die wirkliche Attraktion.«

Er lächelt.

»Und wie läuft es, mit dem Laden meine ich?«

»Ganz gut. Ich werde zwar nie Reichtümer anhäufen, aber so lange ich die Rechnungen bezahlen kann, bin ich glücklich, und es macht wirklich einen Unterschied, dass wir jetzt auch oben geöffnet haben mit unseren neuen Regalen und allem und so viel mehr Platz für Ware. Ich denke daran, Samstags noch eine weitere Gruppe zu starten, für Anfänger. Wolle kauft man eigentlich nicht spontan, es sei denn, man strickt bereits, aber sobald man einmal angefangen hat, macht es richtig süchtig.«

»Hast du mal an eine Website gedacht?«

»Schon. Das steht mit auf meiner Liste, aber ich bin nicht sonderlich gut mit Computern; ich kann Bestellungen aufgeben und E-Mails schreiben, aber damit hat es sich auch schon.«

»Ich könnte dir helfen, wenn du möchtest. Es muss ja nichts Kompliziertes sein, aber du solltest wirklich eine haben – jeder hat heutzutage eine.«

»Nicht in Broadgate, da nicht.«

»Tja, dann bist du eben die Erste.«

Bis unser Essen kommt, hat er drei Papierservietten vollgekritzelt, und ich scheine zugestimmt zu haben, dass ich eine Website mit Online-Shopping Zugang brauche und eine Kundendatei.

»Hast du eine Digitalkamera?«

»Ich hatte eine, bis Archie sie ins Wasser gehalten hat, um einen Krebs zu fotografieren.«

»Du brauchst eine, damit du Fotos auf deine Website stellen kannst.«

»Okay … Dieser Fisch ist köstlich. Ist deiner auch gut?«

»Sehr gut. Was für einen Laptop hast du?«

»Einen blauen.«

Er lächelt und schüttelt den Kopf.

»Wie hoch ist dein Budget?«

»Ungefähr zwanzig Piepen.«

»Spüre ich hier so etwas wie leisen Widerstand?«

»Tut mir leid, nein, es wäre toll, ich bin mir sicher, dass es toll wäre. Es ist nur, also, stell dir bitte mal vor, wie du dich fühlen würdest, wenn ich dir ein Wollknäuel und einige Nadeln in die Hand drückte und dich bäte, einen Pullover zu stricken?«

Er legt seine Gabel hin.

»Würde das nicht ein ziemlich kleiner Pullover werden mit nur einem Knäuel Wolle?«

»Sehr clever. Dann eben ein Handschuh. Würde dich das nicht ein ganz klein wenig entmutigen?«

»Ich wäre mehr als entmutigt, besonders wenn es ein Notfallhandschuh wäre.«

»Ein Notfallhandschuh?«

»Wenn wir in der Arktis wären.«

Er lächelt.

»Hör zu, ich weiß, was du mir sagen willst, aber ehrlich, sobald ich sie einmal eingerichtet habe, ist es kinderleicht. Und deine Geschäfte könnten im Handumdrehen doppelt so gut laufen, vielleicht sogar dreimal so gut, ohne große Anstrengung. Du solltest darüber nachdenken, finde ich.«

»Das werde ich, versprochen.«

»Glaubst du, dass Grace Harrison dir erlauben würde, ihr Foto einzusetzen? Das wäre toll – du könntest eine VIP Kundenseite einrichten.«

»Vielleicht, solange ihnen das Foto zur Genehmigung vorgelegt wird. Ich denke, ich könnte sie fragen, aber ehrlich, Martin, ich habe auch ohne Computer mit dem Laden und den Kindern schon genug am Hals. Ich möchte es langsam angehen lassen, auf keinen Fall etwas Kompliziertes, und außerdem möchte ich nicht zu viel von deiner Zeit in Anspruch nehmen.«

»Um ehrlich zu sein habe ich einen Hintergedanken dabei.«

»Oh?«

»Ich brauche deine Hilfe bei Mum.«

»Hilfe bei was?«

»Weißt du noch, dass ich dir erzählt habe, wenn meine Scheidung durch ist, will ich mich hier nach einer passenden Bleibe umsehen?«

»Ja.«

»Also, ich habe etwas gefunden. Nur ist es eigentlich kein richtiges Haus, es ist mehr eine Art Scheune.«

»Eine umgebaute Scheune kann sehr schön sein.«

»Ja, aber dies ist definitiv eine Scheune vor dem Umbau.«

»Hat sie ein Dach?«

»Teilweise.«

»Oh.«

»Es steckt so viel Potenzial darin, und ich kann dort wohnen, während ich sie restauriere, und es wäre einfach toll für mein ganzes Holz und alles, und das ist es, was ich wirklich gern tun würde. Ich habe nichts gegen Computer, vor allem, wenn ich wie jetzt frei arbeite, ich kann es nur nicht ertragen, den ganzen Tag im Büro zu hocken. Aber es ist nicht das, worauf ich wirklich Lust habe. Und es ist wichtig, Spaß an dem zu haben, was man den ganzen Tag tut, nicht wahr?«

»Absolut.«

»Ich möchte Schränke bauen. Tischlerarbeiten im Allgemeinen. Wahrscheinlich muss ich alle möglichen Aufträge übernehmen, bis ich etabliert bin, aber das ist mein Plan. Wirst du mir also helfen, es ihr zu erklären? Dad steht hundertprozentig hinter mir, aber du weißt ja, wie sie ist – ich möchte nicht, dass sie sich Sorgen macht.«

»Oder alle fünf Minuten mit einem Eintopf vorbeischaut.«

Er lacht.

»Das auch nicht. Ich weiß, dass sie einen Aufstand machen wird, und ich hasse das zutiefst. Sie plustert sich schrecklich auf, aber darunter ist sie weich wie Butter, wirklich, ist sie. Aber sie macht sich nun mal Sorgen. Und dann wird sie despotisch, und ich würde sie am liebsten umbringen. Was nicht gut ist.«

»Natürlich helfe ich dir, wenn ich kann. Wie schlimm steht es denn um die Scheune? Gibt es Elektrizität?«

»Oh ja, jeglichen modernen Komfort. Na ja, kein Gas, aber es gibt Wasser. Ziemlich viel Wasser genau genommen. Das meiste in Pfützen über den Fußboden verteilt.«

Elsie wird einen Anfall kriegen.

»Aber es gibt einen Wasserhahn, und ein Klo?«

»Nicht direkt.«

Sie wird ausflippen. Total.

»Dann wird es eine Weile lang mehr Camping?«

»Ja. Ich wusste, dass es sich eines Tages auszahlen wird, jede Woche zu den Pfadfindern geschickt zu werden. Ich kann Marshmallows über offenem Feuer toasten, während ich mir überlege, wie ich die Scheune vor dem Totalzusammenbruch rette.«

Vier Servietten später weiß ich genau, wo er die neue biologisch abbaubare Senkgrube anlegen will, weil die Scheune nicht an das allgemeine Abwassersystem angeschlossen ist, und wo die Solarpaneelen installiert werden sollen, und die Holzpelletsanlage, und wie schön die alten Balken werden, sobald er sie gereinigt hat, abgesehen von den verfaulten, die er durch Eiche ersetzen wird, die schon lange bei ihm lagert. Und warum Esche ein ganz wunderbares Holz ist, und welches Design er für seine Stuhlbeine im Kopf hat.

Connie bringt uns den Kaffee, und er zeigt auch ihr seine Zeichnungen, und dann fängt er an, mir von Eibenholz zu erzählen, und wie biegsam es ist, weshalb sie früher Langbogen daraus gefertigt haben, was eine weitere Serviette erfordert.

Als wir nach Hause gehen, erzählt er mir von der über zweihundert Jahre alten Eibe auf dem Friedhof, die offenbar praktisch ein Teenager ist nach Eibenmaßstab.

»Es gibt eine in Irland, die ist über tausend Jahre alt. Ich habe Bilder gesehen, aber ich würde gern mal hinfahren, um sie mir anzusehen. Nicht dass ich besessen bin oder so. Ich möchte nicht, dass du mich für einen Schwachkopf hältst. Ich habe dich doch nicht gelangweilt, oder?«

»Absolut nicht.«

Tatsächlich stimmt das, so merkwürdig es klingt; auch wenn ich nicht wusste, dass ich so viel über Holz erfahren wollte, aber er ist so leidenschaftlich bei der Sache, dass es wirklich Spaß gemacht hat, ihm zuzuhören.

»Noch mal danke für das Essen, obwohl ich immer noch finde, dass wir uns die Rechnung hätten teilen sollen.«

»Ich wollte dich einladen, Martin, als mein Dankeschön.«

»Na gut, lass mich wissen, wenn du noch weitere Regale brauchst. Wäre mir ein Vergnügen. Ich habe immer gern ein Projekt am Laufen.«

»Es klingt so, als würde die Scheune dich vollauf beschäftigen.«

»Wenn ich sie bekomme, ja. Aber das ist ein großes Wenn.«

»Ich habe schon an einige weitere Regale gedacht, für unten neben der Ladentür, wenn du dir sicher bist, aber nur, wenn du mich dieses Mal bezahlen lässt, besonders wenn das dein zukünftiger Beruf ist. Du kannst mir ja ein gutes Angebot machen. Wäre das in Ordnung?«

»Das wäre spitze. Du kannst mein erster offizieller Kunde sein. Aber es hat mir Spaß gemacht, die ersten zu bauen, wirklich. Hat mich abgelenkt. Eine Scheidung kann ziemlich schwierig sein.«

»Es hat mir leidgetan für dich, als ich es gehört habe, Martin. Es muss sehr schwer gewesen sein.«

»Mir auch … ich meine, das mit deinem Mann. Nicht, dass es das Gleiche ist.«

Wir schweigen.

»Tut mir leid.«

»Ist schon gut, Martin. Ich glaube, in bestimmter Hinsicht war es wahrscheinlich leichter. Wenn etwas wie das passiert, bekommst du sehr viel Mitgefühl, aber bei einer Scheidung reagiert jeder parteiisch. Und es ist nicht immer so einfach, nicht wahr?«

»Nein. Es war zuerst ein bisschen beschämend, weil er mein

Boss war und alles. Aber jetzt ist es, um ehrlich zu sein, eine große Erleichterung. Wir hätten nie heiraten sollen; ich war von Anfang an nicht der richtige Ehemann für sie. Ich verkrieche mich einfach viel zu gern in meiner Werkstatt, und sie hat all das Holz wirklich gehasst – sie wollte immer alles nur aus Chrom und Glas. Stell dir vor, wir mussten sogar einen Esstisch aus Glas haben. Meine Güte, wie ich den gehasst habe. Es war hauptsächlich mein Fehler. Sie wollte unbedingt heiraten, und ich wollte von zu Hause weg und von Mum, meine eigene Wohnung haben. Ich habe übereilt in eine Ehe eingewilligt. Wie auch immer, ich bin sicher, dass sie jetzt viel glücklicher ist.«

»Und was ist mit dir?«

»Mit mir? Oh, hundertmal. Tausendmal, wenn mein Angebot für die Scheune akzeptiert wird, bevor jemand anders sie entdeckt. Ich habe bereits mit dem Makler gesprochen, und ich versuche, eine Hypothek aufzunehmen. Ich hoffe nur, dass niemand mehr bietet als ich.«

»Also ich drücke dir die Daumen.«

Das scheint ihn sehr zu freuen, und er fängt an zu pfeifen, als wir gerade in unsere Straße einbiegen, was leider die Aufmerksamkeit von Trevor erweckt, der Mr. Pallfrey nach dem Abendspaziergang nach Hause führt. Hundeleine und Menschenbeine verheddern sich kurz ineinander, und es gibt ganz viel Handlecken, und Mr. Pallfrey erzählt uns von seinen neuesten Plänen für den ›Meeresküste in Blüte‹-Wettbewerb, als wir meine Gartenpforte erreichen. Dann setzt betretenes Schweigen ein, während Mr. Pallfrey mit Trevor kämpft, der vorzuhaben scheint, einen Abstecher in meinen Garten zu machen, um zu sehen, ob er meine Jungs aufwecken kann.

»Gute Nacht, meine Lieben. Komm jetzt, Trevor, mein Junge, gehen wir rein – es wird langsam ein bisschen frisch.«

»Nacht, Mr. Pallfrey.«

Martin zögert an der Pforte.

»Danke noch mal für das Essen, Jo. Ich versuche, morgen in den Laden zu kommen, zum Ausmessen, okay?«

»Das wäre großartig.«

»Nacht dann.«

»Nacht.«

Er beugt sich vor, um mir einen Gutenachtkuss zu geben; ich glaube, er will mir ein Küsschen auf die Wange geben, aber es endet damit, dass er mir das Ohr küsst. Das war schön, aber er ist verlegen.

»Du liebe Zeit, sorry. Ich bin ein bisschen aus der Übung. Sorry.«

»Ist schon gut, Martin. Das war sehr schön.«

Obwohl es dunkel ist, kann ich sehen, dass er rot wird.

»Dann sehe ich dich also morgen, im Laden?«

»Wunderbar. Und ich drücke die Daumen für die Scheune.«

Ich drehe mich um, um ihm einen Gutenachtkuss zu geben, aber obwohl ich eigentlich vorhabe, es ganz ungezwungen freundschaftlich zu gestalten, geht alles ein bisschen in Richtung Mund-zu-Mund. Herrjemine, ich habe es schon wieder getan.

»Du liebe Zeit.«

Seine Stimme klingt jetzt recht schroff.

»Sorry, Martin. Vielleicht sollten wir auf Spiegeln üben.«

»Wie bitte?«

»Hast du das nicht getan, Küssen geübt auf dem Badezimmerspiegel?«

»Nein.«

»Oh.«

»Klingt aber lustig.«

»Tatsächlich kommt man sich ein bisschen trottelig vor.«

Er lacht.

»Wir müssen das irgendwann wiederholen, essen gehen meine ich. Abends, oder mittags. Oder Tee trinken. Nein, keinen Tee. Sorry. Dinner. Wir gehen abends essen.«

»Das würde ich gern.«

»Würdest du? Wirklich?«

»Ja.«

»Du liebe Zeit.«

»Ich freue mich darauf. Allerdings unter einer Bedingung.«

»Ja. Ich weiß. Ich probiere das mal mit dem Spiegel, wenn du glaubst, dass es hilft.«

»Tatsächlich meinte ich deine Mutter.«

»Oh, richtig. Na ja, ignoriere sie einfach. Es ist mir wirklich egal.«

»Das mag ja sein, aber nur, weil du nicht den ganzen Tag mit ihr in einem Laden arbeiten musst.«

»Kapiert. Alles klar, dann machen wir eben Aktion Eichhörnchen, okay?«

»Aktion Eichhörnchen?«

»Ja. Wir halten es geheim fürs Erste, was meinst du? Absolut unnötig, dass sie es mitkriegt und sich aufregt.«

»Absolut.«

Aktion Eichhörnchen-Dinner mit potenziellen Kussübungen. Wer hätte das gedacht? Ich könnte vor Freude in die Luft springen.

»Nacht, Jo.«

»Nacht, Martin.«

Er zögert, und dann küsst er mich ganz langsam und bewusst auf die Wange, bevor er die Straße hinauf geht, pfeifend.

Du liebe Zeit.

Gran ist schon an der Haustür, bevor ich den Gartenweg halb hinter mir habe.

»Ich dachte, du würdest ihn vielleicht hereinbitten. Ich hatte das Wohnzimmer ein bisschen aufgeräumt, nur für alle Fälle. Nicht, dass ich irgendwelche Hintergedanken hatte, ich dachte nur an einen Kaffee oder so.«

»Hintergedanken?«

Sie errötet.

»Du weißt, was ich meine, ein so nett aussehender Mann wie er. Niemand würde es dir verdenken, wenn du gern eine kleine Affäre hättest, Liebchen. Das ist schließlich nur natürlich.«

Du liebe Güte. Jetzt empfiehlt mir doch tatsächlich meine Großmutter, dass ich rangehen soll.

»Gran, es ist wirklich ganz im Anfangsstadium, und es war nur ein Essen. Ich habe auch ohne Affären schon genug um die Ohren.«

Sie lächelt.

»Du bist ein gutes Kind, aber es schadet wirklich nicht, ein bisschen Spaß zu haben, weißt du.«

»Ich habe jede Menge Spaß, Gran.«

»Hast du das, Liebchen? Na, dann ist ja gut. Das Leben ist zu kurz, das sage ich immer. Na gut, ich rufe nur kurz bei Reg an, und er ist in fünf Minuten hier. Er sieht sich heute Abend Snooker an. Langweiliges Spiel, wenn du mich fragst, aber er scheint es zu mögen. Also, wo habe ich meine Brille hingelegt?«

Ich rufe Ellen an, um ihr zu berichten, sobald Reg Gran abgeholt hat.

»Mann, was wird nur seine Mutter dazu sagen?«

»Darüber möchte ich lieber nicht nachdenken. Ich habe es nicht absichtlich getan, Ellen. Trotzdem, es war ziemlich nett.«

»Ziemlich nett? Du meine Güte, Darling, das war verdammt brillant. Genau das, was du brauchst, einen Mann, der gut mit seinen Händen umzugehen weiß.«

»Also, mal sehen, wie es läuft – ich habe nicht vor, irgendetwas zu überstürzen. Und er auch nicht. Was perfekt ist.«

»Ich liebe Männer, die sich Zeit lassen.«

»Hör auf.«

»Wann siehst du ihn wieder?«

»Morgen irgendwann im Laden. Er kommt zum Ausmessen.«

Sie macht ein unanständiges Geräusch.

»Versuche bitte, nicht vor seiner Mutter mit ihm zu knutschen, Darling, sonst ersticht sie dich womöglich mit einer Stricknadel.«

»Ich weiß. Tatsächlich haben wir uns schon darauf geeignet, uns an der Front bedeckt zu halten.«

»Klingt nach einem guten Plan. Also bleibt es nach wie vor bei morgen Abend mit uns?«

»Natürlich.«

»Ganz sicher? Keine Sonnabendabendpläne mit Schwalbenschwanz?«

»Nein. Und hör auf, ihn so zu nennen.«

»Na gut, wenn du deine Meinung ändern solltest, bitte ihn dazu, und wir können Strippoker spielen. Das trennt immer die Spreu vom Weizen, sprich die Männer von den Jungs. Und bei Männerfreundschaften ist Harry echt spitze. Er wird sich gezielt auf alle Geheimnisse stürzen.«

»Ich glaube nicht, dass Martin Geheimnisse hat, Ellen.«

»Tja, jetzt hat er eins.«

Samstagmorgen fahre ich zu Sainsbury's, um die Wochenendvorräte aufzufüllen, während Gran zu Hause ein Auge auf die Jungs hat. Ich bin immer noch unentschlossen, ob es heute zum Abendessen mit Ellen und Harry gebratenes Hähnchen oder Lamm geben soll, und vervollständige meine Einkaufsliste an jeder roten Ampel, und im Radio fängt eine Frau an, über ihren Ehemann zu reden, der letztes Jahr bei einem Autounfall gestorben ist, der ziemlich ähnlich klingt wie der von Nick. Ihre Art zu reden – sehr ruhig mit recht langen Pausen, so als ob sie völlig erschöpft wäre – geht mir irgendwie nahe, und plötzlich muss ich weinen. Und ich kann gar nicht wieder aufhören. Verdammt, das ist doch lächerlich. Und es kommt mir auch absolut nicht so vor, als ginge es hier wirklich um Nick; es wirkt eher wie damals, als ich schwanger war mit Archie und ständig aus dem nichtigsten Anlass in Tränen ausbrach. Und es ist völlig unmöglich, dass ich schwanger bin, also kann es das nicht sein. Es sei denn. Oh. Mein. Gott.

Oh. Mein. Gott.

Meine Hände beginnen zu zittern. Verdammter Mist. Das kann nicht sein. Ich bin nur in Panik. Es muss eine Art hormonelles Echo sein, weil ich in den vergangenen Wochen mehrfach Lily gesehen habe. Irgendwie hat dieses Neugeborene solche Gefühle in mir ausgelöst. Ich kann nicht schwanger sein – das ist einfach zu lächerlich. Ich hole mir jetzt einen Test, und alles ist gut. Ich mache jetzt meine Einkäufe, dann den Test, und er wird negativ sein. Und alles ist wieder in bester Ordnung. Keine Überraschungen von einem weihnachtlichen Moment in Venedig, definitiv nicht. Du liebe Güte.

Ich sitze in einer Formica Kabine auf der Damentoilette von Sainsbury's, starre auf den Plastikstab, und obwohl ich weiß, dass es nur negativ sein kann, fühle ich mich ein bisschen so, als hinge ich an einem Seil von einem sehr hohen Gebäude und traute mich nicht, nach unten zu schauen. Oder nach oben. Es ist genau dieselbe Testmarke, die ich gekauft habe, als ich mit Archie schwanger war. Nur dass das Stäbchen letztes Mal positiv war und dieses Mal negativ sein wird, und ich werde mir gleich rundherum dämlich vorkommen. Genau genommen werde ich mir, unabhängig davon, wie das Resultat ausfällt, rundherum dämlich vorkommen. Du liebe Zeit. Ich halte den Atem an, was wahrscheinlich keine so gute Idee ist, da ich wirklich nicht möchte, dass mich das Kundendienstteam ohnmächtig auf dem Fußboden liegend vorfindet, während ich immer noch meinen Plastikstab umklammere. Vielleicht sollte ich versuchen, in eine Papiertüte zu atmen oder etwas in der Art. Aber ich habe nur eine Plastiktüte bei mir und weiß nicht so recht, ob das den gleichen Effekt hätte.

Im Fenster erscheint ein blaues Kreuz.

Scheiße. Es ist positiv. Ich lese den Beipackzettel nochmal.

Scheiße.

Ich rufe Ellen an.

»Was ist los? Du klingst so seltsam. Wo bist du?«

»Auf dem Klo bei Sainsbury's. Und ich muss dich sehen.«

»Sorry, was hast du gesagt? Ich kann dich so schlecht verstehen.«

»Ellen.«

»Ja?«

»Ich muss dich sehen.«

»Ich bin gegen fünf bei dir, Darling. Was ist los?«

»Ich glaube, ich bin vielleicht schwanger.«

»Was?«

»Venedig.«

»Verdammte Scheiße.«

»Ich weiß.«

Schweigen.

»Hast du einen Test gemacht?«

»Ja.«

Weiteres Schweigen.

»Dann waren es also nicht die Custard Creams.«

»Wie bitte?«

»Weshalb du nicht mehr in deine Jeans gepasst hast.«

»Offensichtlich nicht.«

»Verdammte Scheiße.«

Oh Gott, ich weine schon wieder.

»Schnuffi, nicht weinen. Hör zu, ich komme früher; wir sind so früh wie möglich da, okay?«

»Ja.«

»Meine Güte, Darling, ausgerechnet als du es für absolut ungefährlich gehalten hast. Ich fasse es nicht.«

»Ich weiß.«

»Ich komme so früh es geht.«

Als ich wieder zu Hause bin und meine Einkäufe ausgepackt und verstaut habe, wird es auch schon Zeit, in den Laden zu gehen. Gran ist mit den Jungs und Reg und Trevor zu einem Strandspaziergang aufgebrochen, und ich habe es schon fast geschafft, mich wieder zu beruhigen, hauptsächlich, weil ich versuche, gar nicht daran zu denken.

Ich sortiere die Mohair- und Seidenwolle und tue so, als wäre alles normal, als Martin kommt und pfeifend ein Maßband hinter sich her schleift.

»Zwei Regale oder eins?«

»Wie bitte?«

»Neben der Tür. Möchtest du ein Regal an jeder Seite oder nur an einer?«

»Ich weiß nicht so recht. Auf beiden Seiten, glaube ich.«

»Okay. Das sollte nicht zu schwierig sein. Tolles Essen gestern Abend. Aber nächstes Mal bin ich dran.«

»Klar.«

»Also, wann hast du Zeit?«

»Sorry?«

»Wann hättest du Lust ... Hör mal, alles in Ordnung mit dir? Du wirkst ein bisschen seltsam. Wenn du deine Meinung geändert hast oder so, also, ich würde es absolut verstehen.« Er sieht jetzt sehr besorgt aus.

»Nein, das ist es nicht. Es ist nur, na ja ...«

»Was?«

»Ich glaube, ich bin schwanger.«

Herrjemine, warum um alles in der Welt habe ich das gesagt?

Er tritt einen Schritt zurück.

»Aber das kann nicht sein. Es war nur ein Kuss.« Er klingt jetzt mächtig panisch.

Der arme Mann muss denken, dass bei mir gerade alle Leitungen durchgebrannt sind; ein Kuss und schon verkünde ich, dass ich schwanger bin.

»Ich weiß, Martin. Sorry, ich hätte den Mund halten sollen – das geht dich eigentlich gar nichts an. Ich habe es nur gerade herausgefunden, das ist alles.«

»Oh, na gut, einen Moment dachte ich ... sorry. Also wer, ich meine, Gott, tut mir leid, hör einfach nicht hin. Es geht mich nichts an.«

»Erinnerst du dich an diesen Fotografen, der in den Laden kam, als Ellen hier war, vor einigen Monaten? Der, der die Fotos von Grace für die Zeitschrift gemacht hat? Also, wir haben uns getroffen, in Venedig. Wie auch immer, ich habe es gerade erst herausgefunden, ich hatte wirklich noch keine Zeit zum … also, wie auch immer, tut mir leid, ich sollte dir das alles gar nicht erzählen. Sag bitte nichts.«

Es herrscht Schweigen.

»Natürlich. Na gut. Tut mir leid.«

»Hör bitte auf zu sagen, dass es dir leidtut, Martin.«

Er macht einen Schritt auf mich zu, dann hält er zögernd inne.

»Ich sollte wahrscheinlich gehen.«

»Okay.«

»Wir können jederzeit über die Regale reden – sag einfach nur Bescheid. Ich habe alle Maße, die ich brauche.«

»Großartig.«

»Aber ruf mich an, wenn du etwas brauchst. Nicht dass ich von großem Nutzen sein würde, aber trotzdem, tut mir leid … Hör zu, ich gehe jetzt lieber.«

»Danke, Martin.«

Verdammt. Wie es aussieht, ist alles vorbei, bevor es überhaupt angefangen hat, was auch immer es war.

Als Ellen und Harry eintreffen, bin ich erschöpft. Ich habe den größten Teil der Waren umsortiert und zwischendurch Kunden bedient und Tina geholfen, die Maschen für das Vorderteil ihrer Jacke aufzunehmen; alles hervorragende Ablenkungstaktiken, aber ziemlich anstrengend. Die Jungs bauen Eisenbahnschienen über den gesamten Wohnzimmerfußboden. Harry hilft ihnen, während Ellen und ich in der Küche sitzen.

»Also, wie fühlst du dich, Darling? Ein bisschen weniger ausgeflippt, jetzt, wo du Zeit zum Nachdenken hattest?«

Ich nicke, und dann breche ich in Tränen aus, so leise ich

kann, sodass es ziemlich viel Schulterbeben und ersticktes Luftholen beinhaltet.

»Es ist vielleicht noch nicht endgültig. Wie viele Tests hast du gemacht?«

»Drei.«

»Oh.«

»Ja. Und außerdem weiß ich es einfach. Ich kann es gar nicht fassen, dass ich so blöde war – es ist haargenau wie bei den Jungs. Herrgott, man sollte doch denken, dass ich es früher hätte merken müssen. Und was, wenn etwas schiefgeht? Was, wenn ich sterbe? Was wird dann mit den Jungs passieren?«

»Nichts wird passieren.«

»Aber was, wenn doch?«

»Dann würden ich und deine Gran sich um sie kümmern, und Vin und Lulu, aber nichts wird passieren, bitte. Lieber Himmel, gleich heule ich mit dir.«

»Ich weiß nicht, was mit mir los ist.«

»Doch, das weißt du. Weißt du noch, wie besessen du wurdest, als du mit Archie schwanger warst? Du hast von uns allen verlangt, dir unsere Lebensversicherungspolicen vorzulegen, und du hast Nick gezwungen, einen Erste-Hilfe-Kurs zu machen.«

»Ja, und ich wünschte verdammt noch mal, dass ich selber auch hingegangen wäre. Ich kann nicht mal künstliche Beatmung oder sonst irgendwas.«

»Konnte Nick auch nicht. Er hatte nur gelernt, wie man etwas schient und bandagiert, weißt du noch? Er hatte den Verband um meinen Arm so fest gemacht, dass ich nicht mal mehr mein Glas halten konnte.«

»Ja, aber ich weiß nicht mal, wie man einen Bruch schient. Meine Güte, ich glaube wirklich nicht, dass ich das schaffe, Ellen.«

»Du meinst, du willst es abtreiben lassen? Das wäre in Ordnung, Darling – du würdest dir ja wirklich sehr viel aufladen.«

»Nein, das könnte ich nicht, nicht, nachdem ich die Jungs bekommen habe. Ich hätte das Gefühl, als würde ich das Schicksal herausfordern.«

»Wie bitte?«

»Die Chance auf ein weiteres Baby auszuschlagen, das käme mir egoistisch vor, wo ich so viel Glück hatte mit den Jungs. Die Götter würden mich bestrafen oder etwas in der Art. Ich habe zu viele Ultraschallfotos gesehen. Du liebe Güte, was, wenn es ein Mädchen ist? Mit einem Mädchen käme ich nicht klar. Ich komme ja kaum mit Jungs klar.«

Sie lächelt.

»Natürlich kommst du das.«

»Ich bin beinahe vierzig, um Himmels willen. Ich dachte, ich bewege mich langsam auf die ersten Hitzewallungen zu, nicht auf noch ein Baby.«

»Vierzig ist nicht alt, Darling.«

»Das weiß ich, aber ich hatte meine Babys, und außerdem waren wir vorsichtig, wir haben Kondome benutzt, wirklich, haben wir. Es ist so peinlich, ich komme mir wie ein kompletter Idiot vor.«

»Dann ist es also ein Versehen?«

»Also, ich habe es bestimmt nicht geplant, das ist mal sicher.«

»Ich weiß, aber ich habe auf der Fahrt hierher darüber nachgedacht, und vielleicht ist es eine Art Rückzahlung für all den Mist, den du letztes Jahr am Hals hattest. Es ist etwas Positives und Neues, so als hätte das Schicksal zugeschlagen. Vielleicht ist es alles nur Teil der wundervollen Irrungen und Wirrungen des Lebens.«

Sie versucht, ernst zu bleiben, aber dann prustet sie los, was auch mich zum Lachen bringt.

»Herrgott. Bei dir kommt einfach immer eins zum anderen, nicht wahr?«

»Danke.«

»Ich war immer so eifersüchtig auf dich.«

»Aber jetzt nicht mehr, richtig?«

Sie lächelt.

»Nein. Doch, eigentlich bin ich es immer noch.«

»Dann musst du verrückt sein.«

»Darling, sieh es doch mal so: Du hast Nick getroffen und geheiratet und zwei wunderbare Junge bekommen, und alles war so perfekt, dass es manchmal kaum zum Aushalten war. Nicht dass ich in Nick verliebt war oder so was.«

Wir lächeln beide.

»Aber trotzdem, alles war so erwachsen und bodenständig, dass ich mir manchmal wie deine blöde Teenagerschwester vorkam, die nie etwas richtig auf die Reihe bekommt.«

»Und da ist noch etwas, was mir nicht in den Kopf will, die Vorstellung, dass es nicht Nicks Kind ist, weißt du. Ich möchte ihn in Jerusalem anrufen und ihm sagen, Nummer drei ist unterwegs und ihn sagen hören: »Du liebe Zeit, wir sind doch gerade erst das Kinderbettchen losgeworden«, wie er es bei Archie getan hat. Und dann hat er beim Ultraschall geweint und so getan, als täte er es nicht und dann hat er mit der Hebamme geflirtet.«

Sie legt mir die Hand auf den Arm.

»Hör auf.«

»Okay.«

»Dies ist dein Baby. Und Daniels. Wenigstens nehme ich an, dass es Daniels ist, es sei denn, du hast noch mehr Überraschungen in petto. Mann, ich brauche einen Drink.«

»Ich auch, aber ich glaube, ich bleibe lieber bei Tee. Wenn du darauf Lust hast, es ist immer noch etwas von dem Wodka in der Speisekammer, den du letztes Mal mitgebracht hast.«

»Halleluja.«

Sie füllt ein Glas mit Eis und schenkt sich etwas ein, was ein vierfacher Wodka sein muss, und bringt einen sehr viel bescheideneren Harry hinüber.

»Sie amüsieren sich fantastisch da drinnen – überall sind Züge. Also, hast du schon darüber nachgedacht, was du wegen Daniel unternehmen wirst?«

»Ich glaube, ich warte, bis ich ganz sicher bin, dass alles in Ordnung ist.«

»Guter Plan.«

»Und dann, ich weiß nicht, ich werde es ihm sagen müssen, aber ich glaube nicht, dass er daran teilhaben möchte, nicht jetzt, wo er wieder mit Liv zusammen ist. Und das ist auch in Ordnung.«

»Wirklich?«

»Ja. Absolut. Er hat sich schließlich nicht dafür angemeldet.«

»Du auch nicht.«

»Nein, aber ich habe eine Wahl. Wenn ich mich also dafür entscheide, und das werde ich, dann möchte ich nicht, dass er irgendwelche Schuldgefühle kriegt oder uns wie Dreck behandelt. Das möchte ich wirklich nicht. Es wäre für alle Scheiße, aber was am wichtigsten ist, es wäre Scheiße für die Jungs.«

»Oder Jungs und Mädchen.«

»Bitte.«

»Also, wie du meinst. Ich würde warten, bis das Baby geboren ist, wenn ich du wäre. Auf diese Weise wäre es einfacher, falls er einen DNA-Test will.«

»Ich glaube nicht, dass es dazu kommt, Ellen.«

»Er ist reich, Darling – er wird denken, dass du hinter seinem Geld her bist. Was du verdammt noch mal auch sein solltest. Warum sollst du es allein tragen?«

»Weil ich es bin, die das Baby bekommt. Ich habe ihn nicht um seine Entscheidung gebeten, und das werde ich auch nicht tun. Dies ist allein meine Entscheidung, und es macht keinen Sinn so zu tun, als wäre es anders. Ich werde es ihm sagen, natürlich werde ich das, und dann wird es darauf ankommen, was er hinsichtlich eventueller Besuche oder dergleichen will, aber das ist auch alles. Wir sind kein Paar, Ellen, und das waren wir auch nie. Herrgott, wenn du mir letztes Jahr um diese Zeit gesagt hättest, dass das passieren würde, hätte ich dir nie im Leben geglaubt.«

»Nein, aber wenigstens bringst du dein Heu ein, während die Sonne scheint.«

»Ich mag kein Heu – davon kriege ich Ausschlag.«

»Ich wollte nur helfen. Wenn man es recht bedenkt, dann passieren alle wichtigen Dinge einfach so, zumindest die wirklich wichtigen Dinge wie Kinderkriegen. Und Sterben. Nicht dass die beiden etwas miteinander zu tun haben. Aber wir glauben, wir haben alles unter Kontrolle, obwohl alles, was wir tun können, ist, irgendwie zurande zu kommen.«

»Hast du wieder eins deiner ›Männer sind vom Mars, Frauen von der Venus‹-Bücher gelesen?«

»Nein. Aber es stimmt, du kannst nur die Karten ausspielen, die du bekommen hast, richtig?«

»Also, ich glaube, ich versuche es einfach mal mit dem Blatt in meiner Hand, falls keiner was dagegen hat. Ich werde es einfach aussitzen und Chips essen.«

Sie lächelt.

»Aber du willst es definitiv kriegen, richtig? So oder so?«

»Ja, definitiv.«

»Na gut, ich auch, ich probiere es.«

»Probieren, was?«

»Mit einem Baby. Na bitte, ich habe es gesagt. Ich möchte wirklich eins. Und ich möchte nur mal erwähnen, dass es absolut typisch für dich ist, genau in dem Moment schwanger zu werden, wo mir bewusst wird, was ich wirklich möchte. Ich werde wieder unglaublich eifersüchtig sein. Schon wieder.«

»Oh meine Süße, ich dachte, du hättest dich bereits dagegen entschieden?«

»Darf eine Frau nicht mal ihre Meinung ändern?«

»Hast du schon mit Harry geredet?«

»Er macht mit, wenn ich es möchte. Aber es ist nicht sein sehnlichster Wunsch. Sodass es so oder so prima ist. Überleg doch nur, wenn ich mich beeile, könnten wir zusammen schwanger sein. Wäre das nicht fantastisch? Ich kann eine dickere Braut sein als geplant, und wir können stricken und unsere Bäuche bewundern.«

»Das kann ich jetzt bereits, vielen Dank.«

»Schon, aber wenigstens hast du jetzt eine gute Entschuldigung.«

»Es ist noch sehr früh, weißt du, Ellen. Es kann noch alles Mögliche passieren. Ständig geht etwas schief.«

»Ich weiß, aber ich sehe dich bereits mit einem weiteren Baby.«

»Tatsächlich?«

»Ja?«

»Und wie mache ich mich?«

»Großartig. Und die Jungs auch.«

»Gott sei Dank. Wenn ich das letzte Jahr überlebt habe, kann ich dieses auch überleben, nicht wahr?«

»Genau. Und wenn du ein Mädchen bekommst und ich einen

Jungen, können wir jederzeit tauschen, nicht wahr? Jungs stehen nicht besonders auf Shoppen, hm?«

»Nicht dass ich es bisher mitbekommen hätte; es sei denn, es schließt Plastikschwerter mit ein.«

Sie lacht.

»Ich komme um vor Hunger. Was hast du im Kühlschrank?«

»Weiß der Henker. Worauf hättest du denn Lust?«

»Auf Lammkoteletts mit Selleriepüree und zum Nachtisch Passionsfrüchte mit Baiser und Sahne.«

»Wie wäre es mit Spaghetti Carbonara? Ich wollte eigentlich ein Hähnchen kaufen, aber ich habe es vergessen. Aber ich habe zwei Päckchen KitKats, und eine Riesenpackung gemischte Minischokoladen.«

»Klingt prima.«

»Geh und verkaufe es den Jungs, bist du so lieb?«

»Wie bitte?«

»Schwatze ihnen die Carbonara auf, und erwähne nicht die KitKats, sonst wollen sie sie jetzt gleich. Und lass Jack ja nicht anfangen, über den Schinken zu jammern. Er glaubt, dass er ihn nicht mag, aber das stimmt nicht. Und Archie ist nicht sonderlich scharf auf Parmesan – er wird dich fragen, ob Käse dran ist. Sag einfach nein. Er mag es, wenn er geschmolzen ist, also sag es ihm nicht.«

»Also kein Schinken, unsichtbarer Käse und keine Erwähnung von KitKats, um den Schlag zu dämpfen. Und wenn ich versage?«

»Sie werden beide jammern und sich weigern, irgendetwas zu essen, und Archie wird sehr pampig werden – das wird er immer, wenn er hungrig ist – und einen Anfall kriegen.«

»Verdammter Mist. Also überhaupt kein Druck, richtig?«

»Willkommen in meiner Welt.«

Kapitel drei – April

Jetzt sind wir sechs

»Um wie viel Uhr ist dein Krankenhaustermin?«

»Um zehn, aber das kann leicht bis mittags dauern, wenn es hier so ist wie in London.«

»Und du bist sicher, dass ich nicht mitkommen soll, Darling?«

»Nein, musst du nicht, Ellen. Jack, geh nach oben und such deine Socken, und sag Archie, er soll seine Zähne putzen, Spatz. Wir müssen gleich los zur Schule.«

»Ist dir immer noch schlecht?«

»Ein bisschen.«

»Sollte das nicht eigentlich nach den ersten zwölf Wochen vorbei sein?«

Ellen hat recherchiert; sie redet immer noch davon, ein Baby zu wollen, und sie ist immer gern sorgfältig vorbereitet, wenn sie eine größere Geschichte in Angriff nimmt.

»Ich habe gestern Abend zwei Ostereier vertilgt, das hat möglicherweise etwas damit zu tun. Ich wollte sie aufessen, damit die Jungs endlich aufhören, sich deswegen zu zanken.«

»Ist das nicht Mogelei?«

»Ich mache das jedes Jahr, sonst habe ich wochenlang Schüsseln mit halb aufgegessener Schokolade im Kühlschrank. Jack kann ein kleines Stück Schokolade länger aufbewahren als jeder andere, den ich kenne.«

»Aber nur, um Archie zu ärgern, richtig?«

»Hauptsächlich, aber er war schon immer so – er liebt es, Dinge aufzusparen.«

»Wahrscheinlich wird er mal Banker.«

»Tja, das wäre dann ja ganz nützlich. Oh, warte mal kurz, bleib dran.«

Von oben ertönen dumpfe Aufschläge und Geschrei, und mein mütterlicher Radar sagt mir, dass Jack Archie nicht an die Zahnpastatube lässt.

»Hör auf, Jack, komm jetzt runter, und zieh deine Schuhe an.«

Es wird still, was so viel heißt wie, dass sie sich jetzt leise weiter angiften, aber wenigstens endet es nicht wieder damit, dass der ganze Badezimmerboden mit Zahnpasta beschmiert ist.

»Alles ruhig an der Westfront?«

»Vorübergehend.«

»Wie läuft der Laden?«

»Prima, ich bin sicher, dass ich ihn noch ausbauen kann, und am Wochenende fängt Martin mit den Regalen an, sodass ich bald schon mehr Ware auslegen kann.«

»Dann ist er also darüber hinweg, dass du wieder schwanger bist?«

»Scheint so. Das war eigentlich letztes Mal kein Thema. Er wirkte ein bisschen zerstreut; ich glaube, er konzentriert sich jetzt auf sein Gebot für die Scheune. Aber er hat wieder von der Website angefangen, und wie sie ganz sicher die Verkäufe ankurbeln würde. Wie heißt es so schön: nicht härter, sondern smarter arbeiten?«

»Das lässt sich hören, aber am besten wäre es, du ziehst wieder hierher, und ich bringe dich bei den Nachrichten unter. Du würdest im Handumdrehen ein Vermögen verdienen, und wir könnten wieder zusammen Mittag essen, wie früher. Das wäre toll.«

»Und informiere ich sie beim Einstellungsgespräch darüber, dass ich schwanger bin, oder was? Um ehrlich zu sein muss ich das gar nicht tun – man sieht es bereits.«

»Na gut, dann eben nach dem Baby. Es ist ein brillanter Plan, und wir könnten uns eine Nanny teilen.«

»Vielleicht sollten wir warten, bis du tatsächlich schwanger bist, bevor wir über Nannys reden.«

»Es steht auf meiner Liste.«

»Ich weiß, Schätzchen, aber manchmal dauert es eine Weile.«

»Bei dir nicht.«

»Doch, bei Jack schon.«

»Oh ja, das hatte ich vergessen.«

»Ich bin sicher, dass alles glattgeht.«

»Eine Nanny zu teilen, würde uns ein Vermögen sparen, nicht wahr?«

»Ja, aber es gefällt mir hier, Ellen, das weißt du, und den Jungs auch, und ich brauche Gran zur Unterstützung. Ich glaube nicht, dass ich es ohne sie hinkriege, wirklich nicht. Sie gibt mir das Gefühl von Sicherheit, und im Moment kann ich davon gar nicht genug bekommen.«

»Davon gehe ich mal aus.«

»Und außerdem kann ich es mir nicht leisten, in London zu leben. Was auch immer ich verdienen würde, ginge drauf für eine Hypothek und Kinderbetreuung, und unterm Strich wäre ich kein Stück besser dran – nur bedeutend gestresster. Und die Jungs auch.«

Archie kommt nach unten und sieht wütend aus.

»Er hat auf meinen Arm gespuckt, absichtlich.«

»Hör zu, ich mache jetzt lieber Schluss – hier unten ist Spucken angesagt. Aber ich rufe dich später an.«

»Sobald du im Krankenhaus fertig bist.«

»Versprochen.«

»Viel Glück, Darling.«

»Er hat es absichtlich gemacht. Wirklich, Mum. Sag ihm das.«

»Ich bin sicher, dass es nicht absichtlich war, oder, Jack?«

Jack steht an der Küchentür und sieht etwas verlegen aus, während ich seinen Bruder zahnpastafrei mache.

»Tut mir leid, Arch.«

»Nein, tut es nicht. Das akzeptiere ich nicht. Das darf man sagen, wenn jemand tut mir leid sagt und du ihm nicht glaubst. Mrs. Berry sagte, dass man das darf.«

»Aha.«

»Ja, weil Harry mich geschubst hat beim Malen, und er hat tut mir leid gesagt, aber er meinte es nicht so, weil er gelächelt hat, und er hat es absichtlich getan, weil ich so toll gemalt habe. Also habe ich ihn auch geschubst, und er hat einen schrecklichen Aufstand gemacht. So hat er gemacht.« Und er fängt an zu brüllen und umklammert seinen Arm. »Wie ein dummes Baby, so als hätte ich ihm wirklich wehgetan. Aber das tue ich auch, wenn er es wieder tut.«

»Leuten wehzutun ist nie richtig, Archie, das weißt du. Es macht alles nur noch schlimmer. Was hat Mrs. Berry gesagt?«

»Sie hat gesagt, dass es von uns beiden falsch war, weil Schubsen nie die Antwort ist. Aber das ist sie, bei Harry ist sie das.«

»Nein, ist sie nicht, Archie. Wenn jeder jeden schubsen würde, stell dir mal vor, wie schrecklich das wäre.«

»Für Leute, die gute Schubser sind, wäre das nicht schrecklich.«

»Aber früher oder später würden sie auf jemanden treffen, der größer ist als sie, und dann würden sie auch geschubst werden.«

Er funkelt mich wütend an.

»Sag es nicht, ich weiß schon. Du musst nett und freundlich sein und bla bla bla. Das ist so doof.«

»Archie.«

»In Ordnung, reg dich ab.«

»Ich habe dir verboten, das zu sagen, Archie. Es ist sehr ungezogen. Und wenn Harry es wieder tut, gehst du zu Mrs. Berry und bittest sie um Hilfe, versprochen?«

»Ja, weil ich einer ihrer Lieblinge bin.«

Jack schnaubt.

»Bin ich, ich habe sie gefragt. Und sie sagte, alle ihre Kinder sind ihre Lieblinge, also habe ich gesagt, dass sie mein Liebling ist, von der ganzen Welt, von allen Lehrern, sogar noch vor Mr. O'Brien, und er hat Bonbons. Und sie hat sich sehr gefreut, das habe ich gesehen.«

»Ab ins Auto mit dir, Schätzchen.«

»Mum, kann Mrs. Berry zu meiner Geburtstagsparty kommen?«

»Ja, aber es kann sein, dass sie zu viel zu tun hat.«

Mir ist aufgefallen, dass Lehrer dazu neigen, Geburtstagsfeiern aus dem Wege zu gehen. Nicht, dass ich ihnen das verdenken kann. Im Laufe eines Schuljahres auf ungefähr dreißig Geburtstagsfeiern aufzukreuzen, um »reiche das Päckchen weiter« zu spielen übersteigt wirklich bei Weitem jegliche Dienstpflicht, auch wenn man sich für einen sozialen Beruf entschieden hat.

»Aber wir können ihr trotzdem einen Partybeutel geben, auch wenn sie nicht kommen kann, ja?«

»Ja, natürlich. Jetzt hol deinen Schulranzen, Schätzchen.«

Mist, noch etwas, was ich vergessen habe, auf meine Liste für seine Geburtstagsparty zu setzen: verdammte Partybeutel zum Mitnehmen nach Hause. Obwohl man hier wahrscheinlich mit einem Päckchen Smarties und einem Stück Torte davonkommen kann, anders als bei den Londoner Versionen, die von Jahr zu Jahr anspruchsvoller wurden. Archie möchte auch eine Feier mit Freudenfeuer, so wie wir sie letztes Jahr für Jack hatten, als wir erst ein paar Monate hier waren. Nur mit *Superhelden*-Kostümen. Aber wenigstens hat er das Feuerwerk vergessen.

»Mummy?«

»Ja, Archie.«

»Ich will auf meiner Party auch Feuerwerk, wie Jack, nur möchte ich mehr Hundekerzen, und ich will nicht, dass Elsie dafür verantwortlich ist, weil sie so viel kommandiert.«

»Es heißt Wunderkerzen, Archie, und ich bin nicht sicher, dass ich um diese Jahreszeit welche kriege.«

»Ich wette, du kriegst welche, wenn du es ganz doll versuchst.«

Mist.

»Legen Sie sich bitte einfach hin, dann schauen wir uns das mal an, okay?«

Die Ultraschalltante trägt zu viel Lippenstift und lächelt auf diese für Gesundheitsprofis typische Art und Weise.

Da mir gerade ziemlich schlecht ist, frage ich mich, ob sie immer noch lächeln würde, wenn ich ihr vernünftiges Schuhwerk vollspucke.

»Es könnte einen kleinen Moment dauern, das Baby zu finden, wenn wir angefangen haben, also machen Sie sich keine Sorgen.«

Mir keine Sorgen machen? Warum sollte ich mir Sorgen machen? Hierbei handelt es sich doch nur um den eigentlichen Moment der Wahrheit, wo ich den endgültigen Beweis bekomme, dass dies wirklich passiert. Halb rede ich mir ein, dass es sich um eine Art Phantomschwangerschaft handelt, weil meine Hormone verrückt spielen, und halb verfolgen mich Gedanken, wohin ich ein Kinderbett stellen soll und wie die Jungs wohl reagieren. Aber hiernach gibt es kein Zurück mehr. Wenn in ein bis zwei Minuten ein Baby auf dem Bildschirm zu sehen ist, kann ich meiner Phantom Du-kommst-aus-dem-Gefängnis-frei-Karte ade sagen. Ich habe einen verstohlenen Blick in eins meiner alten Schwangerschaftsbücher geworfen, als ich gestern Abend im Bad war, und das Baby müsste jetzt ungefähr siebeneinhalb Zentimeter groß sein und Finger und Zehen haben. Es könnte möglicherweise schon lernen, am Daumen zu lutschen. Oh Gott.

»Heben Sie bitte Ihr T-Shirt hoch, meine Liebe. Das Gel ist ein bisschen kühl, fürchte ich. Haben Sie schon irgendwelche Bewegungen gespürt?«

»Ich glaube ja.«

Leichtes Flattern, wie ich es noch von Archie her erinnere, so, als hätte ich zu schnell zu viel Sprudelwasser getrunken. Obwohl ich versuche, weniger Tee und Kaffee zu trinken und stattdessen flaschenweise San Pellegrino, für das ich eine Leidenschaft entwickelt zu haben scheine, sodass es auch das sein kann. Aber so leide ich wenigstens nicht unter Flüssigkeitsmangel, auch wenn ich nicht schwanger bin.

Ich blicke auf den flackernden Monitor, und da ist nichts. Kein Baby, kein Flattern, nichts. Oh Gott.

»Jetzt spüren Sie möglicherweise einen leichten Druck, und, oh, tut mir leid, ich habe den Monitor noch gar nicht angeschaltet. Also dann wollen wir mal sehen, ja? Das kann ein klein wenig dauern … oh, na bitte.«

Da ist ein Baby. Auf dem Monitor. Das mir anscheinend zuwinkt.

Herrgott. Ein wirkliches Baby.

Fast möchte ich zurückwinken; was ich genau genommen

wirklich möchte, ist, den Bildschirm berühren und hallo sagen. Da ist eine winzig kleine winkende Person, genau wie ich mich bei Jack und Archie daran erinnere. Und es fühlt sich an, als hätte es nichts mit mir zu tun, als hätte das Baby es irgendwie ganz allein geschafft, trotz einer Mutter, die so bescheuert ist, dass sie nicht mal gemerkt hat, dass sie schwanger ist. Vielleicht ist diese Winkerei ein Versuch, sicherzustellen, dass die Botschaft endlich bei mir ankommt. Hallo. Hier bin ich.

Ich weine jetzt, ein ziemlich leises, zurückhaltendes Weinen statt eines posaunenartigen Schluchzens.

»Tut mir leid.«

»Kein Grund, sich zu entschuldigen, meine Liebe.«

Sie reicht mir ein Taschentuch, und ich liege da und betrachte den Bildschirm, während sie diverse Knöpfe anklickt und Berechnungen anstellt.

»Sie müssen einen der besten Jobs der Welt haben.«

»Meistens, ja. Manchmal kann es auch schwierig sein.«

Schweigen setzt ein, und plötzlich fühle ich eine Welle von Schuldgefühl in mir aufsteigen. Es gibt so viele Frauen da draußen, die diesen Augenblick, diesen Zustand herbeisehnen, und ich habe versucht so zu tun, als würde es nicht wirklich passieren. Aber nicht mehr.

»Vor Ihnen hatte ich Zwillinge, und das ist immer schön.«

Verdammter Mist. Zwillinge.

»Es gibt kein Anzeichen für Zwillinge, oder?«

Sie lächelt.

»So weit ich sehen kann nicht.«

»Und alles sieht okay aus?«

»Absolut perfekt.«

Absolut perfekt. Das Baby ist absolut perfekt.

»Ellen?«

»Ja?«

»Es ist ein Baby, alles absolut perfekt, die richtige Größe und alles, und sie haben alle Tests gemacht, und meine Hausärztin bekommt die Resultate, aber alles sieht bestens aus, ein bisschen zu groß für meine Daten, aber alles gesund. Und mein Blutdruck und alles ist total normal, außer, dass ich ständig heule. Ist das nicht wundervoll?«

»Na besten Dank auch. Ich selber fühlte mich auch ziemlich weinerlich, den ganzen verdammten Morgen schon.«

»Ich war auch bei dem Schwangerschaftsberater, was mehr ist, als ich in London je getan habe. Er war sogar ziemlich nett, keine witzige Fliege oder dergleichen, und er hat mich auch nicht behandelt, als wäre ich eine Idiotin. Sie empfehlen mir einen Kaiserschnitt, wie bei Archie, aber ich kann auch eine vaginale Entbindung haben, wenn ich möchte.«

»Vaginale Entbindung, Herrgott – hatten sie nichts auf Lager, was noch deprimierender klingt?«

»Sie reden alle so. Wie auch immer, ich habe gesagt, ich würde darüber nachdenken, bin aber ziemlich sicher, dass ich mich für einen Kaiserschnitt entscheide. Auf die Weise kann ich das genaue Datum bestimmen und alles Notwendige für die Jungs organisieren. Und es ist auch sicherer für das Baby, besonders bei einer so alten Mutter wie mir.«

»Hallo?«

»Alles über neunzehn gilt in der wundervollen Welt der Schwangerschaft als alt, sei unbesorgt. Und unter neunzehn giltst du als Teenager, und sie verlangen von dir, spezielle Kurse zu besuchen, du kannst also nicht gewinnen.«

»Schweinepriester.«

»Es gab nur einen schlimmen Moment, nämlich als ich mich

bei der Hebamme anmeldete. Sie fragte mich nach dem Namen meines Mannes, also gab ich ihn ihr, und erst als sie mich nach seiner geschäftlichen Telefonnummer fragte, fiel es mir wieder ein. Wie bescheuert ist das?«

»Ach, Schnuffilein.«

»Sie musste ein neues Anmeldeformular herausholen und von vorn anfangen, sodass ich mir wie ein kompletter Idiot vorkam. Aber zumindest hieß das, dass sie mich nicht nach dem Namen des Vaters gefragt hat. Sie hat mich allerdings gefragt, ob ich eine Geburtsbegleitung habe.«

Ellen möchte unbedingt meine offizielle Geburtsbegleitung sein, und sie lässt deswegen zunehmend unsubtilere Andeutungen vom Stapel.

»Und?«

»Ich sagte ihnen, dass ich Mum heute Abend anrufen werde, ob sie dazu bereit ist.«

»Oh, verstehe.«

»Ellen, ich bin schwanger, nicht durchgeknallt. Natürlich möchte ich dich, wenn du es willst. Obwohl ich es verstehen würde, wenn du im Flieger unterwegs zu einer wichtigen Geschichte wärst. Ich werde auch Gran fragen, quasi als zusätzliche Absicherung.«

»Sag ihr, dass ich die offizielle Geburtsbegleitung bin: Ich möchte nicht, dass sie sich einmischt. Ich werde es in meinen Lebenslauf aufnehmen.«

»Großbritanniens beliebteste Nachrichtenmoderatorin und Teilzeit-Geburtsbegleitung?«

»Ja.«

Als ich in den Laden gehe, ist es beinahe halb eins, und Elsie saust nach Hause, um ihre Wäsche von der Leine zu kriegen, weil es nach Regen aussieht.

»Ich glaube, Martin ist zu Haus, also bleibe ich wahrscheinlich und mache ihm etwas zu essen.«

»Natürlich, ich bleibe bis drei hier, überhaupt kein Grund zur Eile.«

Genau genommen sind ein paar Stunden allein im Laden genau das, was ich nötig habe. Ich denke ständig, dass jeder erraten haben muss, dass ich schwanger bin, sodass es schön ist, ein wenig Ruhe und Frieden zu haben.

Ich stehe hinter dem Tresen und sehe mir meine Ultraschallfotos an, als Martin hereinkommt, pfeifend.

»Ich habe sie.«

»Wie bitte?«

»Die Scheune.«

»Oh Martin, das ist fantastisch.«

»Ich habe die Papiere vom Makler, wenn du sie sehen möchtest?«

»Wahnsinnig gern.«

Das Papier ist zerknittert und gefaltet und auf der Rückseite mit Schmutzflecken besprenkelt, also nehme ich an, dass er draußen war und einiges abgemessen hat. Es wirkt, anders als erwartet, eigentlich mehr wie ein großes Feld mit den bloßen Überresten einer zusammengebrochenen Scheune, aber ich bin sicher, dass sie umwerfend aussehen wird, wenn sie erst mal fertig ist.

»Wie schön.«

»Ich weiß, ich kann es immer noch nicht richtig fassen. Wenn ich etwas haben möchte, kannst du normalerweise ziemlich sicher sein, dass ich es nicht kriege.«

»Aber nicht dieses Mal.«

»Nein.«

Er strahlt.

»Also, ich freue mich wirklich für dich, und wenn es irgendetwas gibt, was ich tun kann, sag Bescheid. Hast du es Elsie schon gesagt?«

»Nein, ich bereite mich noch seelisch darauf vor.«

»Also, sag Bescheid, wenn du Unterstützung brauchst. Soll ich anfangen, von Scheunen als hervorragende Investition zu reden?«

»Bitte, das wäre großartig.«

Er beugt sich über den Tresen, küsst mich auf die Wange und ich reiche ihm gerade die Papiere zurück, als Elsie die Ladentür öffnet.

Scheiße.

Ich glaube nicht, dass sie irgendetwas gesehen hat, weil ich ziemlich sicher bin, dass sie mir falls doch längst eine Ohrfeige verpasst hätte, aber trotzdem.

»Da bist du ja, Martin. Ich habe dir Schinken gekauft zum Lunch. Ich dachte, du wärst wieder zurück.«

»Ich sagte doch, dass ich unterwegs sein würde, Mum.«

Sie wirft mir einen wütenden Blick zu.

»Martin hat gerade mit mir über die Website geredet, Elsie. Ich glaube, sie wird echt großartig für das Geschäft.«

Sollte sie herausfinden, dass er mir zuerst von der Scheune erzählt hat, wird sie mir das ewig vorhalten.

»Kommt mir persönlich ziemlich unsinnig vor. Nicht viele unserer Kundinnen haben Computer, weißt du.«

»Stimmt, aber das ist es ja gerade, Mum. Es wird euch helfen, neue Kunden an Land zu ziehen. Wie auch immer, ich mache mich lieber auf den Weg, Jo. Ich schreibe noch ein paar Ideen auf und zeige sie dir dann.«

»Ist gut.«

Er beugt sich vor und küsst mich noch einmal, so als täte er das bei aller Welt, was nicht der Fall ist. In dieser Gegend geben sich die Menschen nicht andauernd Küsschen. Aber trotzdem, man muss seinen Mut bewundern. Er zwinkert mir zu.

»Bis später, Mum. Wann kommst du nach Haus? Nur weil ich gern etwas mit dir besprechen möchte.«

»Ach ja, was denn?«

»Etwas Privates, Mum. Nichts, worüber du dir Sorgen machen müsstest, nur eine Idee, die ich gern mit dir besprechen möchte.«

Sie lächelt und ist sichtlich besänftigt durch die Idee, die er keinesfalls in meiner Gegenwart mit ihr besprechen möchte.

»Also, ich bin Viertel nach sechs zu Hause. Es gibt Lammkoteletts zum Abendbrot.«

Pfeifend macht er sich von dannen, und Elsie lächelt.

»Ich setze schnell den Kessel auf, ist dir das recht?«

»Wunderbar.«

Cleverer alter Martin.

Ich sitze im Auto vor der Schule und betrachte wieder mein Ultraschallfoto. Ich bin ein paar Minuten zu früh und möchte auf keinen Fall riskieren, ohne Unterstützung auf dem Schulhof zu warten, falls Annabel mich zu fassen kriegt und für eine weitere ihrer verdammten Listen requiriert. Connie tapeziert zu Hause mit Mark ihr Gästezimmer, sodass ich heute Nelly und Marco abhole. Sie freut sich unglaublich, dass ihre Eltern aus Italien kommen und möchte, dass alles für sie perfekt ist. Deshalb haben wir mit Grans alter Nähmaschine gekämpft und im Laden neue Gardinen genäht, was uns beinahe einen ganzen Nachmittag gekostet hat, weil Elsie uns ständig praktische Tipps gab.

Aber jetzt wird tapeziert und gemalert. Meine Güte, ich schätze, ich muss demnächst auch einiges in der Richtung erledigen, nämlich das Gästezimmer in ein Babyzimmer verwandeln. Wie auch immer, das Wichtigste zuerst; ich muss erst einen Weg finden, wie ich es den Jungs beibringe, bevor ich mir Gedanken über Schlafzimmer mache.

Jemand klopft an die Scheibe, sodass ich zusammenfahre, und natürlich ist es die vermaledeite Annabel.

»Hallo, Sie sahen ja sehr nachdenklich aus.«

Ich gehe zusammen mit ihr über die Straße.

»Habe mir nur ein paar neue Ideen für den Laden überlegt, Annabel.«

»Ihr kleiner Laden muss schrecklich anstrengend sein. Ich weiß nicht, wie all die berufstätigen Mütter das schaffen, wirklich nicht. Der Tag scheint schon so nicht auszureichen bei mir. Natürlich habe ich ziemlich hohe Standards, das stimmt schon. Aber trotzdem.«

Ich lächele versuchsweise, was sie aber übersieht, und jetzt bin ich in Panik, dass sie eventuell mitbekommen hat, wie ich mein Ultraschallfoto ansehe. Ich versuche mich zu erinnern, ob ich es in meinen Terminkalender zurückgelegt habe, bevor sie ans Fenster klopfte, und ich bin auch ziemlich sicher, dass es so war, aber trotzdem.

»Also, ich muss weiter, Elternbeiratspflichten. Mr. O'Brien hat mich gebeten, noch mehr Sportausrüstungen unter die Lupe zu nehmen, also habe ich Kataloge bestellt, die ich jetzt durchsehen muss. Gute Ausrüstung ist ja so wichtig. Harry ist in einem großartigen Sportclub, privat natürlich, aber das ist die Sache wert. Er ist so gut in seinem Kampfsportkursus, dass sie ihn eine Gruppe höher eingestuft haben. Sie sollten ihre Jungs auch anmelden, obgleich die Kurse meistens am Samstag sind, was mit dem Laden möglicherweise ein Problem für Sie wäre. Wie auch immer, muss mich sputen.«

Heiliges Kanonenrohr, als Krönung darf ich jetzt auch noch Schuldgefühle haben, dass wir keinem privaten Turnclub angehören. Obwohl ich mir nicht sicher bin, ob ich wirklich möchte, dass meine Jungs Kampfsport lernen. Es ist auch schon so schwierig genug, sie ins Bett zu kriegen, ohne von zwei kleinen Gestalten in weißen Anzügen überwältigt zu werden.

Zum Abendessen gibt es Pommes und Würstchen, eine bewusste Goodwill-Aktion meinerseits, obwohl die Fertigpommes immer am Backblech festkleben, und die beiden sitzen danach relativ friedlich vor dem Fernseher und sehen sich Cartoons an, als Gran kommt, um mir ihren neuesten Schwung Kreuzfahrtkataloge zu zeigen. Vielleicht wäre jetzt ein guter Zeitpunkt, um ihr meine Ultraschallaufnahme zu zeigen – das würde sie sicher davon abbringen, sich den Kopf über Kabinengrößen zu zerbrechen. Und wenn die verdammte Annabel tatsächlich im Auto einen Blick darauf erhascht hat, gibt es wahrscheinlich spätestens morgen ein dringendes Rundschreiben vom Elternbeirat, weshalb es wahrlich nicht schaden würde, wenn Gran es bereits wüsste.

»Du siehst blass aus. Bist du sicher, dass du nicht irgendwas ausbrütest, Liebchen?«

»Nein, mir geht es gut, Gran.«

»Gut.«

Also los.

»Allerdings würde ich dir gern etwas sagen.«

»Ich wusste es.«

»Wusstest was?«

»Irgendwas stimmt nicht, nicht wahr? Ich wusste es – Mrs.

Marwell hat dich vor ein paar Wochen beim Arzt gesehen, und letzte Woche schon wieder. Sie hat es Betty gesagt, und die sagte, dass du unglaublich blass aussahst. Was ist es?«

Meine Fresse, sie sind wie der Secret Service. Gott sei Dank haben sie noch nicht den richtigen Dreh mit Handys raus, sonst würden sie sich unentwegt gegenseitig Videoaufnahmen schicken.

»Es geht mir gut, Gran, ehrlich.«

»Aber?«

»Es gibt kein Aber.«

»Josephine, du redest hier mit deiner Gran. Ich sehe es dir doch an.«

Mist, ich bin kurz davor, alles zu vermasseln.

»Ich bin nicht krank, Gran. Es ist nur, na ja, ich bin schwanger.«

Eine Weile herrscht Schweigen, dann lächelt sie.

»Also, Gott sei Dank. Ich habe mir solche Sorgen gemacht. Aber bist du sicher, Liebchen? Es könnten die Wechseljahre sein, weißt du. Es liegt in unserer Familie, dass wir sehr früh damit anfangen.«

Ich greife nach meinem Terminkalender und reiche ihr das Ultraschallbild.

»Also, du meine Güte. Und wie ist das passiert? Du musst es mir nicht sagen, wenn du nicht möchtest. Er stammt nicht von hier, oder?«

»Nein, Gran.«

»Also, das macht die Sache leichter. Du weißt ja, wie die Leute hier sind, zählen zwei und zwei zusammen und kommen auf sechs. Und wird er hierher ziehen?«

»Das glaube ich nicht, Gran. Er ist nur eine Zufallsbekanntschaft, nichts Ernsthaftes … Gott, ist das peinlich. So etwas ist eigentlich nicht meine Art, weißt du. Eigentlich tue ich so was nie.«

»Das weiß ich doch, Schätzchen. Nun mach dir bloß keine Vorwürfe. Was geschehen ist, ist geschehen, und wir werden es schon schaffen. Zeig mir das Bild noch einmal. Ist das nicht süß. Sieh nur diese winzigen Finger, wie kleine Perlen. Tatsächlich finde ich, dass er ein wenig wie unser Archie aussieht.«

»Du glaubst also, dass es ein Junge ist?«

»Oh ja, du siehst genauso aus wie bei den Jungs, aber worauf es wirklich ankommt, ist das, was du denkst, Liebchen.«

»Tja, es war anfänglich schon ein ziemlicher Schock, aber jetzt, wo ich mich an den Gedanken gewöhne, freue ich mich. Wirklich. Und ich bin sehr glücklich. Ich hätte nie gedacht, dass ich noch ein Baby bekommen würde, aber jetzt, also, ich bin sehr froh.«

Mir war nicht klar, wie sehr das der Wahrheit entspricht, bis ich es tatsächlich laut ausgesprochen hatte. Nick und ich haben nie über ein weiteres Kind geredet. Ich wusste, dass er alles andere als begeistert wäre, sodass wir es nie diskutiert haben, und ich hatte den Gedanken irgendwie verdrängt, ohne zu realisieren, dass ich noch eins wollte.

»Also, ist das nicht großartig? Und wie nehmen es die Jungs auf?«

»Ich habe es ihnen noch nicht gesagt. Ich wollte, dass du dabei bist.«

Sie lächelt.

»Tja, was du heute kannst besorgen, das verschiebe nicht auf morgen.«

»Ja, aber was ist, wenn sie sich aufregen? Sie mussten so viel verkraften, Gran, und ich möchte sie nicht beunruhigen. Vielleicht sollte ich noch ein bisschen warten.«

»Du möchtest bestimmt keine Geheimnisse haben, mein Schatz. Geheimnisse sind etwas Schreckliches.«

»Ich weiß, und es wird ihnen wahrscheinlich noch ganz unwirklich vorkommen, solange das Baby noch nicht da ist. Okay, sagen wir es ihnen. Ich habe Erdbeereis im Kühlschrank – ich dachte, es könnte helfen.«

»Gute Idee, Schätzchen.«

Das Erdbeereis kommt gut an, und sie nehmen die Neuigkeiten bemerkenswert ruhig auf. Eigentlich sind beide sehr viel interessierter daran, wieder zurück zu ihren Cartoons zu kommen, obwohl sie einmütig der Meinung sind, dass ich unter keinen Umständen ein Mädchen bekommen darf. Aber abgesehen davon scheinen sie kein Problem damit zu haben. Aber ich wappne mich im Stillen für spätere Fragen.

Gran zeigt mir ihre Kreuzfahrtbroschüren und geht dann, um Reg die guten Neuigkeiten zu überbringen, und es geht auf halb neun zu, als ich es schaffe, die Jungs ins Bett zu kriegen.

»Nacht, Archie.«

»Nacht, Mum. Und Mum?«

»Ja?«

»Wenn du ein Baby bekommst, kriegen wir dann Geschenke? Als Seth Johnsons Mum ihr Baby kriegte, hat er ein Geschenk gekriegt. Er hat ein Fahrrad gekriegt.«

»Ach ja? Tja, mal sehen, was wir da tun können.«

Er klatscht in die Hände.

»Und ich bin dann nicht mehr das Baby, also darf Jack mich nicht mehr Baby nennen, nicht wahr? Und ich weiß schon, was ich als Geschenk möchte.«

»Ach ja, was denn?«

»Einen Hund. Genau wie Trevor.«

»Nacht, Archie.«

»Nacht, Mum. Und glaubst du, dass ich meinen Fisch zum Geburtstag kriege?«

»Ich weiß es nicht, Archie. Wir müssen abwarten.«

Ich habe ihm bereits zwei Goldfische in einem kleinen Tank gekauft, den Gran in ihrer Küche aufbewahrt. Ich habe ihm gesagt, einer der Gründe, warum wir keinen Hund haben können, ist der, dass wir vorher mit kleineren Haustieren üben müssen, sodass er Goldfische mit auf seine Geburtstagsliste gesetzt hat, nachdem ich mein Veto gegen eine Schlange oder alles mit Pelz eingelegt habe. Ich habe ihm ein Anfängeraquarium gekauft, einschließlich einer kleinen Piratenschatztruhe, die Luftblasen erzeugt, und ich hoffe, dass die Fische zumindest ein paar Wochen überleben werden.

»Ich möchte sie wirklich, mehr als alles andere, und dann kannst du sehen, wie vernünftig ich bin, und wir können einen Hund haben.«

»Nacht, Archie.«

Als ich Jack ins Bett packe, veranstaltet er übertriebenes Getue mit der Strickdecke, die ich ihm zum Einzug gemacht habe. Er hat es gern, wenn sie gefaltet über seiner Bettdecke liegt, aber nur zehn bis zwanzig Zentimeter.

»Leg sie noch einmal richtig hin, bitte, Mum.«

»Besser?«

»Ja.«

»Nacht, Schätzchen.«

»Mum?«

Na bitte, da haben wir es.

»Ja, Jack?«

»Kennst du das neue Baby?«

»Ja.«

»Also, ist es übrig geblieben von damals, als Dad noch lebte?«

Hilf Himmel, damit hatte ich nun nicht gerechnet.

»Nein, Schätzchen.«

»Dann bekommt es also einen anderen Dad?«

»Ja.«

»Aber er lebt nicht bei uns. Nicht wie Dad?«

»Nein.«

Er ist ganz still.

»Es tut mir leid, mein Schatz. Ist das alles ein bisschen verwirrend?«

Er weint jetzt, ganz leise, wie es seine Art ist. Ich knie mich neben sein Kissen und lege meinen Arm um ihn.

»Was ist los, mein Herzblatt?«

»Es ist nur, dass ich dachte, er käme vielleicht zurück. Nicht wirklich. Weißt du. Nur. Naja, ein bisschen.«

Ich halte ihn im Arm und streichele seinen Rücken.

»Aber das tut er nicht, nicht wahr?«

»Nein, Schätzchen. Wenn ich das in Ordnung bringen könnte, würde ich es tun. Das weißt du. Aber einige Dinge können nicht in Ordnung gebracht werden.«

»Ich weiß. Es ist eine verdammte Scheiße.«

»Jack!«

»Das ist sehr ungezogen, nicht wahr?«

»Ja. Aber du darfst es noch einmal sagen, wenn du möchtest. Nur noch einmal und dann nie wieder.«

»Verdammte Scheiße.« Er kichert. »Wenn Archie das wüsste, würde er es wahrscheinlich in der Schule sagen. Aber ich sage es nie in der Schule, weil ich dein bester Junge bin, stimmt doch, Mum?«

»Mein bester großer Junge.«

»Und das werde ich immer sein. Für immer und ewig?«

»Ja.«

»Bleibst du hier, bis ich eingeschlafen bin, und streichelst meinen Arm, in Kreisen? Bitte. Bitte bitte.« Er kuschelt sich in sein Kissen und legt seinen Arm über die Decke, damit ich ihn streicheln kann, in Kreisen.

»Okay, aber nicht mehrere Stunden, sonst werden meine Knie ganz taub.«

»Ich mache so schnell ich kann, aber versprich, dass du bleibst, bis ich richtig schlafe.«

»Ich verspreche es.«

Ich räume das Badezimmer auf und gehe nach unten, aber ich komme nicht zur Ruhe. Ich muss andauernd an Daniel denken und wie falsch es sich anfühlt, dass ich ein Ultraschallbild habe und er nichts davon weiß. Vielleicht sollte ich ihn anrufen, aber vielleicht sollte ich auch lieber warten, meinetwegen muss er es wirklich nicht erfahren. Und ich könnte im Moment wirklich gut etwas weniger Stress gebrauchen. Ich gehe meinen Filofax durch und trage all meine Krankenhaustermine ein, aber ich schaue immer wieder nach seiner Nummer. Na gut. Ich werde mir jetzt eine Tasse Tee machen und dann eine Entscheidung treffen. Vielleicht helfen auch Kekse dabei. Ich werde ein Skript schreiben, mal sehen, wie sich das liest. Das hilft immer, wenn man einen heiklen Anruf machen muss. Und dann entscheide ich.

Du liebe Güte.

Die Kekse haben nicht wirklich geholfen, aber wenn ich ihn anrufen will, sollte ich in die Gänge kommen, bevor es noch sehr viel später wird. Ich wähle die Nummer, und mir ist übel. Aber das waren möglicherweise die Kekse.

»Hallo, Daniel, hier ist Jo.«

Schweigen.

»Jo? Oh, Jo, toll. Wie geht es, mein Engel?«

»Prima, danke.«

»Alles okay mit den Jungs?«

»Bestens.«

»Ich habe erst kürzlich an dich gedacht. Liv hat gestrickt, und das hat mich an deinen Laden erinnert. Wie läuft das Geschäft?«

»Ganz gut, danke.«

Oh Gott, das ist viel schwieriger, als ich dachte. Und wir sind bereits von meinem Skript abgewichen. Ich werfe einen Blick auf mein Blatt.

»Daniel, ist dies ein guter Zeitpunkt zum Reden?«

»Klar.«

»Ich muss dir etwas sagen.«

Erneutes Schweigen.

»Es ist, also, es ist … ich bekomme ein Baby.«

»Ach ja? Also, meinen Glückwunsch, Engel – das ist toll, wenn du dich darüber freust. Was du bestimmt tust, sonst würdest du es mir nicht … oh, Scheiße.«

»Ja, aber ich möchte wirklich nicht, dass du dich …«

»Du meinst?«

»Ja.«

»Verdammte Scheiße.«

»Ich weiß, und es tut mir leid, na ja, nicht richtig leid, natürlich freue ich mich wirklich, aber …« Jetzt klinge ich wie eine Vollidiotin. Ich konsultiere erneut mein Skript. »Ich weiß, dass das nicht geplant war, und ich bin völlig damit zufrieden, es allein durchzuziehen. Ich möchte, dass du das verstehst; völlig zufrieden. Aber ich dachte, du solltest es wissen, damit du so einbezogen werden kannst, wie du möchtest, oder auch überhaupt nicht. Wie auch immer, das Baby ist bei all dem das Wichtigste, aber ich wollte, dass du es weißt.«

»Wann ist es so weit?«

»Oktober.«

»Dann ist es zu spät für eine Abtreibung?«

Herrgott.

»Ja. Und sowieso bin ich sicher, dass ich die richtige Entscheidung getroffen habe.«

»Für dich mag das zutreffen.«

»Hör zu, ich weiß, dass es ein Schock ist, Daniel, aber sobald du ein bisschen Zeit zum Nachdenken hattest, bin ich sicher, dass wir einen Weg finden, der für alle funktioniert.«

»Es gibt kein Wir.«

»Sorry?«

Er klingt jetzt sehr viel feindseliger.

»Das einzige Wir hierbei sind ich und Liv. Wir haben über Heirat gesprochen. Also das Letzte, was ich jetzt brauchen kann, ist solche Scheiße. Bist du hundertprozentig sicher, dass es von mir ist?«

»Natürlich bin ich sicher.«

»Also, ich möchte nicht, dass Liv das erfährt, okay? Nicht bevor ich die Gelegenheit hatte, darüber nachzudenken.«

»Ganz wie du willst, Daniel.«

»Wie meinst du das? Soll das eine Drohung sein?«

Verdammt, ich glaube, ich mache das nicht besonders gut.

»Nein, natürlich nicht, du meine Güte. Ich meinte nur, dass es deine Entscheidung ist. Ich erzähle es dir nur, weil ich dachte, dass du ein Recht hättest, es zu erfahren. Ich will nichts von dir, Daniel – wir werden prima zurechtkommen, wir alle. Die Jungs sind ziemlich begeistert. Ich wollte nur, dass du es weißt, das ist alles. Ich dachte, du solltest eine Wahl haben.«

»Also, es kommt mir nicht gerade so vor, als hätte ich eine verdammte Wahl.«

»Ich meinte eine Wahl, wie du damit umgehen willst.«

»Gar nicht. Herrgott, wenn Liv es herausfindet, wird sie mich ganz sicher rausschmeißen. Himmelherrgott, was für eine Scheiße. Hör zu, ich muss dich zurückrufen.«

»Natürlich.«

Die Leitung ist tot, und ich fühle mich seltsam ruhig.

Mann, was für eine Erleichterung. Jetzt muss ich nicht länger das Geheimnis mit mir herumschleppen. Und wieder mit ihm zu sprechen hat mir klar gemacht, dass ich nicht irgendwo tief in mir auf einen ›Herz und Blumen‹-Moment hoffte. Ich hatte befürchtet, dass es mir etwas ausmachen würde, wenn er nicht erfreut wäre. Aber es macht mir nichts aus, nicht wirklich. Hoffentlich ruft er erst wieder an und will vorbeikommen, wenn das Baby da ist oder so, aber wenn er das nicht möchte, dann ist das auch in Ordnung. Um ehrlich zu sein tut er mir ein bisschen leid; ich glaube, ich kann mir ziemlich gut vorstellen, wie seine Beziehung mit Liv läuft. Sie ist genauso, wie es bei mir und Nick war, wo alles durch den Partner und was er denkt gefiltert wird. Aber ich habe es Daniel gesagt, sodass ich jetzt weitermachen kann und nicht mehr das Gefühl habe, ihn irgendwie zu betrügen, wenn ich es ihm nicht sage.

Na wunderbar. Ich rufe Ellen an.

»Wie lief es?«

»Du hattest recht – Gran ist begeistert, und für die Jungs ist es auch in Ordnung.«

»Sagte ich ja.«

»Ich bin mir allerdings nicht so sicher, ob Daniel es eilig hat, zur Mütterberatung zu rennen.«

»Mann. Du hast ihn angerufen.«

»Ja.«

»Und?«

»Er war nicht erfreut. Ziemlich feindselig, genau genommen. Ich glaube, es hat hauptsächlich mit Liv zu tun, und was sie davon halten wird. Was ich verstehe.«

»Pech für ihn. Er wird sich dran gewöhnen müssen. Es ist ja nicht so, als hättest du es geplant.«

»Ich weiß, das habe ich auch gesagt.«

»Man weiß ja nie, vielleicht entdeckt er noch irgendwelche versteckten väterlichen Instinkte. Gib ihm Zeit.«

»Das bezweifle ich. Aber das ist okay. Ich schaffe das allein. Das wusste ich immer, wirklich. Ich bin sicher, dass es funktioniert, wenn ich sorgsam plane.«

»Du machst dir doch keine Sorgen um Geld, oder?«

»Ellen, ich bin schwanger und muss zwei Schokosüchtige ernähren. Das ist schon ein bisschen beängstigend, ja.«

»Ich weiß, aber Daniel kann einiges übernehmen, und wenigstens musst du nicht auch noch eine Hypothek abbezahlen.«

»Sie hätten das Haus wahrscheinlich inzwischen versteigert, wenn ich eine hätte. Ich verdiene schon jetzt kaum genug, um uns über Wasser zu halten, auch ohne das Baby. Und ich will Daniels Geld nicht.«

»Aber …«

»Wir hatten diese Diskussion bereits, Ellen. Entweder ist er da, oder er ist nicht da, aber es kann nicht um Geld gehen. Ich werde schon klarkommen.«

»Nimm Nicks Lebensversicherung.«

»Das ist meine Rücklage für schlechte Zeiten.«

»Und das zählt nicht dazu, Darling?«

»Nein, noch nicht, und ich habe immer noch etwas Geld vom Hausverkauf in London übrig, also müsste ich es schaffen, wenn ich sparsam wirtschafte. Der Laden entwickelt sich ziemlich gut, weißt du – ich muss ihn nur noch etwas mehr ankurbeln.«

»Darling, du kannst nicht gleichzeitig dein Geschäft verdoppeln, die Mutternummer durchziehen und schwanger sein mit Nummer drei.«

»Warum nicht?«

»Weil du dann fix und fertig sein wirst.«

»Tja, das wäre dann ja mal 'ne nette Abwechslung.«

Am nächsten Morgen bin ich im Laden und versuche, den Mut aufzubringen, Mum anzurufen. Gestern Abend habe ich es einfach nicht fertiggebracht, obwohl ich nach meinem Gespräch mit Ellen Vin angerufen habe. Er war zauberhaft, und Lulu kam ans Telefon und war ganz aufgeregt, was sehr schön war. Aber ich bin ziemlich sicher, dass Mum weniger enthusiastisch reagieren wird. Sie war alles andere als begeistert, als ich sie über meine erste Schwangerschaft informierte, und bei Archie hielt sie mir gar einen Vortrag, dass ich mein Leben mit Windelwechseln vergeuden würde. Deswegen hege ich dieses Mal auch nicht sehr viel Hoffnung.

Um Zeit zu gewinnen wechsle ich die Kassenrolle, als Tina hereinkommt, die sehr aufgekratzt aussieht.

»Maggie war gerade bei uns und hat erzählt, dass wir gewonnen haben – die Bücherei bleibt geöffnet. Sie hatten eine Sitzung gestern Abend, und es ist offiziell.«

»Das ist großartig.«

»Ich wette, unser Knit-in hat geholfen, und die Petition.«

»Da bin ich mir sicher.«

Tatsächlich glaube ich, dass die Ankunft von Megastar Grace

und Ellens Interview mit ihr über die Wichtigkeit von öffentlichen Büchereien es geschafft hat, während wir alle im Hintergrund gestrickt haben, aber egal.

»Das müssen wir heute bei Strick & Zick feiern.«

»Gute Idee.«

Sie lächelt.

»Und es gibt noch etwas zu feiern, wenn ich richtig informiert bin?«

»Ach ja?«

»Betty war heute Morgen im Salon. Sie war so aufgeregt, dass sie nicht an sich halten konnte, und deine Gran war vor Freude ganz aus dem Häuschen. Aber natürlich sagen wir kein Sterbenswort, wenn du nicht möchtest, dass jeder es erfährt.«

»Also, wer weiß es?«

»Alle.«

»Aha.«

»Und deine Gran sagt, du willst es allein durchziehen. Stimmt das?«

»Ja.«

»Tja, schön für dich. Aber wenn er von hier ist, werden wir dafür sorgen, dass er das Richtige tut, sei unbesorgt. Mein Graham kann sehr überzeugend sein, wenn er will.«

»Danke, Tina, aber alles ist gut, ehrlich.«

»Du weißt, wie die Leute reden. Sie werden zu erraten versuchen, wer er ist, wenn du ihnen keinen reinen Wein einschenkst.«

Mann, das wird ja wie ein »Errate-das-Gewicht-des-Kuchens«-Wettbewerb.

»Vielleicht sollten wir eine Tombola veranstalten an unserem Weißer-Elefant-Stand auf dem Sommerfest. Wahrscheinlich sehe ich bis dahin sowieso aus wie ein Elefant.«

»Gute Idee.«

»Oder ich hänge eine Ankündigung ins Schaufenster. Glaubst du, das würde sie aufhalten?«

»Vielleicht. Oder du erzählst es einfach Betty und wartest ein zwei Stunden; sie wird schon dafür sorgen, dass es die Runde macht. Wie auch immer, ich wollte dir nur das mit der Bücherei sagen und dir gratulieren. Ich finde es sehr schön. Bis später dann.«

»Danke, Tina. Und er ist nicht von hier, okay?«

»In Ordnung. Überlass es mir.«

Betty und Gran kommen als Nächste. Gran ist rot vor Wut, und Betty verlegen.

»Es tut mir schrecklich leid, Jo. Mary hat mir das Versprechen abgenommen, kein Wort zu sagen, aber ich war so aufgeregt. Nur stand es mir wirklich nicht zu, etwas zu sagen. Und es tut mir sehr leid.« Sie sieht wirklich am Boden zerstört aus; ich glaube, sie hat sogar geweint. Gran kann ziemlich direkt sein, wenn sie will.

»Die Leute hätten es früher oder später sowieso bemerkt, Betty. Mach dir keine Gedanken.«

Gran schnaubt.

»Ja, aber es hätte später sein können, nicht wahr, wenn nur eine bestimmte Person ein Geheimnis hätte bewahren können.«

»Es war ja kein richtiges Geheimnis, Gran, nicht, wenn die Jungs es wissen; du weißt ja, wie Archie ist. Er hat es wahrscheinlich schon in der Aula verkündet.«

Sie lacht, während Betty mir einen Briefumschlag gibt.

»Das sind nur die Schnappschüsse, von denen ich dir erzählt habe. Ich wollte sie schon lange vorbeibringen. Ich habe dir Abzüge machen lassen.«

Da sind zwei Schwarzweißfotos von Betty und Gran im Krieg.

Auf einem sitzen sie strickend am Meer, und auf dem anderen steht Betty mit einem Soldaten vor dem Laden in einem sommerlichen Ausgehkleid und Sandalen und sieht ziemlich glamourös aus.

»Und ich wollte nur sagen, dass ich es ganz wunderbar finde, und ich hätte das Gleiche getan, wenn ich du wäre. Na ja, hätte ich ja auch beinahe, ich nehme an, deine Gran hat es dir erzählt.«

»Nein.«

»Es ist schon sehr lange her, und damals war natürlich alles ganz anders. Er war Amerikaner; er wurde getötet, bevor ich wusste, dass ich ein Kind erwarte, aber ich war so glücklich, dass es mir egal war. Nur sollte es nicht sein.« Jetzt ist sie den Tränen nahe.

»Es tut mir so leid, Betty.«

»Es ist sehr lange her, Liebchen, und ich habe ein Jahr später meinen Ted geheiratet, und dann bekamen wir unseren Simon, sodass am Ende alles gut war. Obgleich ich mich manchmal frage. Ich hätte gern noch eins gehabt. Wie auch immer, ich sage Simon ständig, dass er sich beeilen soll, mir ein paar Enkel zu schenken, weil ich schließlich nicht ewig leben werde.«

Gran tätschelt ihr den Arm.

»Du wirst uns alle überleben, Betty. Komm jetzt, wir kommen zu spät, wenn wir den Bus verpassen. Bye, Schätzchen.«

»Bye, und danke für die Fotos, Betty. Sie sind sehr schön.«

»Heute Nachmittag bin ich bei den Rettungsbooten, aber wahrscheinlich komme ich später noch mal auf einen Sprung vorbei.«

»Danke, Gran.«

Sie liegt seit Langem mit Mrs. Oakley in Streit, wer die Kasse im Rettungsbootscafé bedient, und wenn sie Dienst hat, begleitet Betty sie in der Regel als moralische Unterstützung.

»Keine Sorge, Mary, ich werde ihr heute mal anständig meine Meinung sagen. Ich bin absolut nicht in Stimmung für sie, wirklich nicht.«

Ich habe jetzt eine ganz anständige Sammlung von Fotos im Laden. Maggie hat einige Schwarzweißaufnahmen von unserer Strick & Zick-Gruppe gemacht, und es gibt eins von den Zeitschriftenfotos, die Daniel von Grace gemacht hat, wie sie strickend in einem Ruderboot sitzt und ein Abendkleid trägt. Und ein sehr schönes von Gran und mir, als ich ungefähr acht war, auf dem ich neben ihr auf dem Sofa sitze und eine Puppendecke aus glänzender rosa Wolle stricke, die ich damals geliebt habe, wie ich noch weiß. Ich werde auch diese von Betty einrahmen und sie hinter der Kasse zu den anderen hängen.

Ich bin dabei, einen Ärmel für Connies Pullover zu stricken, als Elsie hereinschneit und ziemlich grantig aussieht. Sie wartet nicht mal, bis sie ihren Mantel ausgezogen hat.

»Ich nehme an, dass wir ein freudiges Ereignis erwarten dürfen.« Sie hat die Arme über der Brust verschränkt und sieht wütend aus.

Vielleicht sollte ich doch die Ankündigung ins Schaufenster hängen.

»Ja, tut mir leid, Elsie. Ich hatte gehofft, es dir selbst erzählen zu können, aber …«

»Du hättest es mir zuerst sagen sollen.«

»Wie bitte?«

»Ich weiß bereits über alles Bescheid.«

»Bescheid, worüber, Elsie?«

»Dass du und mein Martin essen gegangen seid. Ich schätze, die Scheune wird jetzt warten müssen.«

»Ich glaube, darüber solltest du mit Martin reden.«

»Also, er kann sein Geld nicht an eine schmutzige alte Scheune verschwenden, wenn ein Baby unterwegs ist, oder? Und bevor du irgendetwas sagst, lass mich ausreden. Ich kann zwar nicht sagen, dass ich mich über die Art und Weise freue, wie alles gehandhabt wurde. Ganz und gar nicht. Er hätte es mir zuerst sagen müssen, wie es sich gehört, und ich werde noch ein Wörtchen mit ihm reden, darauf kannst du dich verlassen. Aber was geschehen ist, ist geschehen.«

Verdammter Mist.

»Elsie, du denkst doch nicht, dass das Baby irgendetwas mit deinem Martin zu tun hat, oder?«

»Ich glaube, ich weiß überhaupt nicht mehr, was ich denken soll.«

»Also, hat es nicht.«

»Bist du sicher?«

Ich bedenke sie mit einem, wie ich hoffe, strengen Blick.

»Absolut.«

Sie sieht ziemlich unsicher aus, und ein ganz klein bisschen geknickt.

»Oh. Aha. Also, dann tut mir das, was ich gesagt habe, leid.«

Wir schweigen beide.

»Es ist nur, na ja, ich habe mir immer Enkel gewünscht.«

Herrgott, jetzt fühle ich mich auch noch schuldig, dass dieses Baby nicht ihr erstes Enkelkind wird.

»Also, was hattet ihr dann miteinander zu flüstern vor Kurzem, als ich von der Mittagspause zurückkam?«

»Er hat mir die Papiere für die Scheune gezeigt.«

»Oh. Aha. Na gut, weil ich nicht möchte, dass er in irgendetwas Unerfreuliches verwickelt wird, nicht dass ich meine, also, das war jetzt missverständlich, aber er hatte im letzten Jahr genug zu verkraften mit Madam. Hättest du gern eine Tasse Tee, meine Liebe, oder einen Keks? Ich könnte genauso gut eine Weile bleiben, wo ich schon mal hier bin. Ich könnte auch schnell zum Bäcker springen und Ingwerkekse kaufen – sie sollen genau das Richtige sein, wenn man sich schlecht fühlt. Leidest du unter Übelkeit? Bei mir war es schrecklich mit Martin. Konnte wochenlang nichts bei mir behalten.«

»Mir geht's gut, Elsie, danke, aber ich hätte gern eine Tasse Tee. Es gibt neue Teebeutel im Schrank unter der Spüle, entkoffeinierte.«

»Gibt es das nicht nur bei Kaffee?«

»Nein, Tee hat auch ziemlich viel Koffein.«

»Sieh mal an. Also, ich setze dann mal den Kessel auf, okay?«

»Sei so gut.«

Sie tätschelt mir den Arm, als sie an mir vorbeigeht.

»Und dann kannst du mir alles erzählen.«

Herrjemine. Mit ihr und Betty und Tina im Salon können wir jetzt mit Fug und Recht davon ausgehen, dass die ganze Stadt im Bilde ist; also wird es letztendlich doch nicht nötig werden, einen Aushang im Schaufenster zu machen. So viel zu dem Versuch, mich bedeckt zu halten.

Freitagmorgen haste ich durch Sainsbury's, um noch schnell die letzten Einkäufe für Archies morgige Geburtstagsparty zu tätigen, bevor ich los muss zur Schule, um mit der ersten Klasse stricken zu üben. Und meine Jeans rutschen ständig herunter, weil ich den Reißverschluss nicht mehr hochkriege: Ich habe mich mit einem Gummiband beholfen, aber das funktioniert nicht richtig. Ich muss mich umziehen, wenn ich die Lebensmittel nach Haus bringe. Rutschende Hosen sind das Letzte, was man brauchen kann, wenn man es mit gemischten Kleinkindern zu tun hat.

Die Dinge an der Baby-Nachrichtenfront haben sich Gott sei Dank nach und nach beruhigt, jetzt, wo jeder innerhalb eines Radius von fünf Kilometern schon im Laden vorbeigeschaut hat, um mir zu gratulieren oder mich zumindest auf dem Schulhof angelächelt hat. Bis auf Annabel natürlich, die ihren überheblichen, missbilligenden Blick perfektioniert hat. Es wirkt so, als würde ich an einer Art Wettbewerb teilnehmen in der Kategorie Schwanger-und-kein-Mann-in-Sicht, aber die Aufregung legt sich langsam: nicht zuletzt, weil Mrs. Taylor aus der Apotheke schließlich doch noch mit dem Mann durchgebrannt ist, der die Multivitamine verkauft. Mr. Taylor hat sich damit revanchiert, dass er den größten Teil davon auf die Straße geworfen hat. Jeder konnte seinen Vorrat an Vitamintabletten aufstocken und Klatschfetzen, wer was zu wem gesagt hat, aufschnappen, was mich als Spitzenthema abgelöst und in die Sparte unter ferner liefen verdrängt hat, Gott sei Dank.

Sogar Mum hat es einigermaßen gefasst aufgenommen, was, da bin ich mir ziemlich sicher, bestimmt daran lag, dass Vin sie bereits angerufen und vorgewarnt hatte, ja nett zu sein. Sie sagte, dass sie mich für viel zu alt hält und ihr sei unbegreiflich, warum um alles in der Welt ich noch eins wolle, aber dann ging sie relativ schnell dazu über, mir den Namen des Vaters entlocken zu wollen. Sie weiß, dass ich Weihnachten in Venedig Daniel getroffen habe, und da sie auch weiß, dass er ein berühmter internationaler Fotograf ist, würde sie ausflippen, wenn ich andeutete, dass er irgendwas damit zu tun hat. Sodass ich sie durch den Hinweis von der Fährte abgebracht habe, dass wir über jemand von hier reden, der jetzt aber auf und davon ist. Daraufhin verlor sie jegliches Interesse und holte Dad ans Telefon. Und dann kam sie noch mal zurück, um mir zu erzählen, dass sie sich ein fantastisches Kleid in verschiedenen Orangetönen für die Hochzeit gekauft hat. Also etwas, worauf man sich freuen kann. Ich bin in meiner Kindheit viel zu lange hinter ihr hergetrottet, wenn sie Clogs und künstlerische Outfits trug und jede andere Mutter anständige Röcke und Pumps, als dass mich das noch sonderlich aufregen würde. Trotzdem hoffe ich, dass es kein zu knalliges Orange ist und sie nicht wie eine dieser Werbungen für Tangokurse aussieht.

Ich schiebe meinen Einkaufswagen vor mir her, wobei ich regelmäßig meine Hose hochziehe, während ich Connie auf dem Handy anrufe, um herauszufinden, ob Mark wirklich sowohl Minipizzas als auch die Torte für Archies Party machen will, oder ob sie ihn nur gezwungen hat, nett zu sein. Sie will andauernd etwas für mich tun, und sie ist so süß wegen des Babys.

Ihre Mum hat sie gestern zur Strick & Zick-Gruppe begleitet, und sie ist genauso, wie ich sie mir vorgestellt habe: sehr nett mit ganz viel Armwedeln und Umarmen, so ziemlich das Gegenteil von meiner Mutter. Sie hat alle zum Abschied geküsst und mich extralange umarmt, sodass ich verstehe, warum Connie sie so vermisst.

Ihr Dad Salvatore war mit Mark zu Hause und brachte ihm das geheime Familienrezept für eine spezielle Fischsuppe bei, deren Zubereitung Tage erfordert, nachdem er zuvor stundenlang auf dem Fischmarkt in Whitstable seinen Finger in Fische gebohrt hatte und in gespieltem Entsetzen über die Preise wegmarschiert war. Connie hat uns erzählt, dass es Mark so peinlich war, dass er im Wagen sitzen blieb, während Salvatore weiter handelte. Sie sind ein so süßes Paar, und sie haben so viele Geschenke mitgebracht, dass sie einen Extrakoffer brauchten.

Als ich endlich zu Hause bin und versuche, meine Einkäufe

noch in den Kühlschrank zu quetschen, gerate ich in Panik. Mark mag ja heldenmütig die Torte und die Pizzas machen, aber das ändert nichts an der Tatsache, dass zehn kleine Jungs zu mir zum Geburtstagstee kommen, gefolgt von Horden Erwachsener zum Freudenfeuer, und ich habe noch nicht mal angefangen, das Haus aufzuräumen. Ich habe meinen schwarzen Stretchrock angezogen, der höchstwahrscheinlich diesen Nachmittag ohne herunterzurutschen überstehen wird, aber an der Saubere-Küche-Front bin ich noch keinen Schritt weitergekommen. Und dann klingelt das Telefon.

Mist.

»Wie geht's?«

»Prima, danke, Maxine.«

»Dieses Wochenende ist die Geburtstagsfeier, richtig?«

»Ja.«

»Grace würde gern einen Termin mit dir abstimmen, wann du vorbeikommen kannst.«

»Sehr gern, aber geht es nächste Woche? Ich habe ein bisschen viel um die Ohren im Moment.«

»Sicher. Ich nehme an, du warst ganz schön beschäftigt in letzter Zeit. Gratuliere.«

»Danke, ich wollte es euch sagen, wenn ich das nächste Mal da bin.«

»Bruno ist dir zuvorgekommen. Er und PC Mike sind jetzt dicke Freunde. Ja, ich telefoniere gerade mit ihr … ja, ich wollte gerade …«

»Jo, hier ist Grace. Gratuliere. Holst du mir bitte einen Saft, Max, und nicht diesen Mangomist, den hasse ich. Danke. Also, sie ist weg. Dies ist also ein verspätetes Weihnachtsgeschenk aus Venedig, ja?«

»Ja.«

»Spitze. Hast du es ihm schon gesagt?«

»Ja, und ich glaube nicht, dass er sonderlich begeistert war.«

»Keine Sorge, warte ein paar Monate. Bis dahin hat Liv wahrscheinlich mit ihm Schluss gemacht, und wer weiß, was dann passiert.«

»Ich glaube, ich weiß es, Grace.«

»Und macht es dir etwas aus?«

»Überhaupt nicht: Ich hielt es für möglich, bevor ich ihn angerufen habe, aber nein, nicht wirklich.«

Sie lacht.

»Gut. Max stimmt gerade Termine ab für Paris.«

»Paris?«

»Wir drehen dieses Simone de Beauvoir-Teil, und wie es aussieht, wird es auch was mit *Die tollkühne Hexe in ihrem fliegenden Bett*, aber das wird in England gedreht. Und ich möchte, dass du dafür bereitstehst, egal, wie schwanger du bist.«

»Liebend gern. Wie aufregend. Was genau soll ich tun?«

»Mein Strickcoach sein. Du kannst mir helfen, strickend die endlose Warterei zu überstehen. Aber wenigstens ist keiner von beiden ein Kostümfilm, was schon mal ein Vorteil ist.«

»Sind Kostümfilme denn heikel?«

»Der totale Albtraum. Dieses Korsagenzeugs geht einem nach einer Weile echt auf die Nerven, und noch dazu habe ich noch nicht annähernd mein altes Gewicht wieder.«

»Du sahst fantastisch aus, als ich dich letztes Mal gesehen habe.«

»Mag sein, aber mein Hintern war auch nicht auf einer Großleinwand, Darling. Glaub mir. Er ist immer noch riesig. Ich denke ernsthaft über Botox nach.«

»Für deinen Hintern?«

»Klar. Der beste Platz dafür – ich will schließlich nicht eins von diesen leichenartigen Gesichtern haben. Ich denke daran, auch Bruno behandeln zu lassen; er sieht in letzter Zeit sehr wettergegerbt aus. Liegt wahrscheinlich daran, dass er die ganze Zeit draußen bei diesen verdammten Kötern ist.«

»Wird er nichts dagegen haben?«

»Nicht, wenn wir ihn pieksen, während er schläft. Also, die Geburtstagsparty. Sie ist dieses Wochenende, richtig? Und ich weiß, wir haben gesagt, wir schaffen es nicht, aber es sieht so aus, als würden wir es doch schaffen.«

Mist.

»Oh, in Ordnung, also, das ist brillant.«

»Ich lasse Max ein Geschenk besorgen, sag ihr, was er sich wünscht, und wir sehen uns dann morgen. Es wird Lilys erste Party sein. Ich kann es kaum erwarten.«

Mist und noch mal Mist.

Maxine ist wieder in der Leitung.

»Wir dachten halb fünf, ist das okay?«

»Wunderbar. Du weißt, es sind nur ortsansässige Kinder da, und es gibt Torte und ein großes Freudenfeuer mit einigen Leuten aus dem Laden, ja? Nichts auch nur entfernt Glamouröses. Und es wird das reine Chaos sein.«

»Klar. Es kommen nur ich und Bruno mit, und ich glaube nicht, dass viel Presse da sein wird.«

»Presse?«

»Wir haben Montag das offizielle Foto von Lily herausgegeben.«

»Ich habe es gesehen, sie sah wunderschön aus.«

»Also sind wir jetzt nur eine ganz normale Mum, die zu einer Geburtstagsparty zu Freunden geht, als Teil der örtlichen Gemeinde. Okay? Ganz und gar nicht der Superstar, der das Baby vor der Welt versteckt.«

»Oh, ich verstehe.«

»Also, wenn ein paar Knipser vor deinem Haus auftauchen, geht das klar für dich?«

»Sicher, aber das Haus ist ein ziemlicher Saustall.«

»Ich bin sicher, dass du übertreibst, und außerdem hat unsere Gracie ganz normale Freunde und nicht nur Leute mit großen Häusern.«

»Okay, natürlich.«

»Gut. Wir halten uns zurück, sodass sie wahrscheinlich nur ein paar Fotos schießen. Jimmy steht kurz vor der Veröffentlichung seiner Geschichte, wie Grace sich zurückgezogen hat und ihn das Baby nicht sehen lassen will. Nicht, dass er es je versucht hätte. Mistkerl.«

»Wie schrecklich.«

»Keine Sorge. Ed hat die Anwälte darauf angesetzt. Also, Geschenke, was wünscht Archie sich?«

»Einen Hund, aber wenn ihr einen mitbringt, bringe ich euch mit meinen eigenen Händen um.«

Sie lacht.

»Etwas, was man einwickeln kann?«

»Lego, alles angefangen von *Krieg der Sterne* oder irgendwelche Ritter, aber bitte nicht so viel, damit Jack nicht zu neidisch wird, oder Farbstifte und Malpapier, so etwas. Er malt leidenschaftlich gern.«

»Ich besorge was, und wir sehen uns dann morgen.«

»Wunderbar.«

»Und mach dir keine Gedanken über Essen. Sie isst eh nichts. Bruno schon, wenn du ihn lässt. Ich kann extra für Bruno was mitbringen; ich veranlasse Sam, etwas Patisserie vorbeizubringen, oder Götterspeise? Er macht spitzenmäßige Wodkagötterspeisen.«

»Danke, aber ich glaube nicht, dass es eine große Hilfe wäre, sie betrunken zu machen. Aber danke für das Angebot.«

Du liebe Zeit. Eine Teeparty mit Superheldenverkleidung, Freudenfeuer und weiß der Teufel wie vielen Erwachsenen, und einem Megastar mit Knipsern und eigenem Patisseriebäcker. Also absolut kein Druck, alles total locker. Und jetzt komme ich zu spät zum Strickunterricht in der ersten Klasse.

Hervorragend.

Mr. O'Brien geht mit einem kleinen Jungen über den Schulhof, als ich in die Schule komme.

»Wir machen einen kleinen Spaziergang. Stephen und ich finden, dass das hilft, wenn man böse ist auf jemanden.«

Stephen nickt, die kleinen Schultern ganz verspannt und die Fäuste geballt.

»Stephen ist einer meiner besten Jungs. Ich sollte eigentlich keine Favoriten haben, aber ich muss gestehen, dass ich welche habe. Und Stephen ist einer von ihnen.« Mr. O'Brien zwinkert mir zu, und auf Stephens Gesicht flackert kurz ein Lächeln auf.

»Gehen Sie nur schon hinein, wir brauchen nicht mehr lange. Mrs. Chambers ist im Lehrerzimmer, glaube ich.«

»Gut.«

Ich gehe über den Flur und betrachte die aufgehängten Bilder.

Ich habe mit den meisten Lehrern schon ein bisschen geübt, und viele von ihnen konnten bereits stricken, was ein Vorteil ist, und sie waren alle wirklich begeistert, bis auf Miss King, die seit Jahrhunderten an der Schule und absolut nicht scharf auf irgendetwas ist, was ihre Anwesenheit nach halb vier erfordert. Und Mrs. Nelson, eine Freundin von Annabel, die deswegen auch nicht richtig zählt. Ihre Ehemänner spielen Golf zusammen und langweilen einen damit zu Tode, wenn man zufällig bei

Schulbarbecues in ihrer Nähe steht. Sie arbeitet nur zwei Tage in der Woche als Musiklehrerin, aber es ist echt erstaunlich, wie viele Kinder man auch in zwei Tagen nerven kann; besonders wenn ihre Dads nicht Golf spielen.

Die oberste Klasse hat bereits mit dem Strickprojekt angefangen; sie recyceln Plastikeinkaufstüten, indem sie sie in Streifen schneiden und dann Matten und Taschen daraus stricken, und sie haben alle wunderbare Berichte für ihre Projektordner geschrieben. Zum Beispiel über den Van Gogh *Sonnenblumen*-Pullover, den ich aus Venedig mitgebracht habe, und sie haben auch Vorschläge eingebracht für alternative Bilder, die sie gern als Musterquadrate stricken würden. Mrs. Chambers will heute mit ihnen Quadrate anfangen, glaube ich, während ich in der ersten Klasse bin, sodass ich definitiv den kürzeren Strohhalm gezogen habe.

Das Lehrerzimmer ist zusätzlich zu den üblichen Papierstapeln und halb leer getrunkenen Kaffeetassen voller Kartons mit Wolle. Mrs. Chambers hat alle Wollhersteller angeschrieben, und ich habe einige der Vertreter gefragt, und jetzt haben wir mehr Wolle, als wir wahrscheinlich brauchen werden, und jede Menge Sets kleiner Plastikstricknadeln in knalligen Farben.

Sie wühlt in der Wolle und sieht quietschfidel aus.

»Kaffee?«

»Gern.«

Mr. O'Brien kommt herein und lächelt.

»Er ist ein so lieber Junge, dieser Stephen. Er hat mir gerade erzählt, wie man am besten mit Betrunkenen klarkommt. Sein Dad fährt den Nachtbus in Margate, und offenbar kann es manchmal ziemlich übel werden da draußen, sogar mit Schlägereien, aber entscheidend bei der Angelegenheit ist, sie zum Lachen zu bringen. Ich muss daran denken, nie einen Nachtbus in Margate zu nehmen. Ich bin ganz schlecht bei Schlägereien, ich neige dazu, in Ohnmacht zu fallen.«

Mrs. Chambers kichert.

»Wirklich, und es ist eine sehr gute Taktik. In meiner alten Schule in London habe ich, wenn ein besonders bedrohlich aussehender Vater kam und mir eine Tracht Prügel androhte, den Einfältigen gespielt und bin in Zeitlupe zusammengesackt. Es hat jedes Mal funktioniert.«

»Das muss ich mir merken.«

»Tun Sie das, aber ich würde es nicht bei Kindern anwenden. Sie klettern einfach über Sie weg, besonders die kleineren. Also, Mrs. Mackenzie, wie läuft die Operation Stricken? Ich habe das recycelte Teil gesehen, was für eine brillante Idee, und die Projektordner, faszinierend – ich wusste gar nicht, dass die Ägypter das Stricken erfunden haben – und die Fotos vom Krieg, die Mrs. Chambers mir gezeigt hat, sind wundervoll. Sind Socken schwierig zu stricken?«

»Schon, wenn Sie Fersen wollen. Aber Schals sind einfach.«

»Meine Großmutter hat uns am Wochenende vom Schalstricken für die Flieger im Krieg erzählt. Sie sagte, die Piloten brauchten allerdings welche aus Seide, weil die einzige Möglichkeit, wie man überlebte, die war, ständig den Kopf zu drehen und nach Angreifern Ausschau zu halten. Und Wolle hat zu sehr gescheuert, sodass sie einen wunden Hals kriegten. Können Sie sich das vorstellen? Es muss einfach schrecklich gewesen sein. In dieser Gegend gab es auch irgendwo eine Basis, glaube ich.«

»Ja, meine Gran weiß das auch noch.«

»Das müssen wir uns ansehen. Es könnte Geschichte und Geografie verbinden. Wir könnten Landkarten anfertigen und einen Ausflug machen. Mir gefielen auch die anderen Ideen gut, mit Kordeln und Bast arbeiten – das ist sehr nützlich für das Verständnis der Grundrechenarten, wie verschiedene Materialien verschiedene Breiten ergeben. Wie auch immer, Sie haben sehr gute Arbeit geleistet bei der Planung. Wenn Sie mögen, kriegen Sie eins meiner Bonbons für ausgezeichnete Arbeit.«

»Mrs. Chambers hat das meiste gemacht. Aber vielen Dank.«

»Und wie ich höre, ist eine Gratulation angebracht. Ein weiterer Name für unsere Liste der Zukünftigen – wunderbar. Wir freuen uns schon darauf, ihn oder sie in der ersten Klasse zu begrüßen.« Er strahlt jetzt, genau wie Mrs. Chambers. »Sie müssen uns sagen, wenn Sie eine Pause brauchen oder sonst irgendwas. Sie können jederzeit gern mein Zimmer benutzen. Oder das Lehrerzimmer.« Er reicht mir eine Schachtel Kekse.

»Danke.«

»Igitt.«

Wir drehen uns beide um zu Mrs. Chambers, die in einem der Strickhefte blättert, die ich mitgebracht habe.

»Hier ist ein Artikel darüber, wie sie Haare von ihren Haustieren spinnen und mit in Mützen verstricken können.«

»Ich weiß, habe ich auch gesehen. Das ist wohl nichts für uns, was?«

Mr. O'Brien grinst.

»Du liebe Güte, nein; es sei denn, wir möchten Schuld sein an ganz vielen kahlen Goldhamstern.«

Mrs. Chambers lässt das Heft sinken.

»Das stimmt, und ich glaube, Sooty wäre auch nicht gerade begeistert. Das ist unser Schulkater, Jo. Na ja, eigentlich gehört er unserem Hausmeister, aber er erlaubt, dass wir ihn streicheln. Manchmal. Aber ich bin sicher, dass sich das ändern würde, wenn wir Sooty-Mützen stricken würden.«

»Ganz bestimmt.«

Mr. O'Brien setzt sich.

»Erzählen Sie mir von diesem neuen Schulbanner. Ist ein Bild von der Schule nicht ziemlich schwierig zu stricken?«

»Wir wollen alle nur eine Kleinigkeit stricken lassen, braune Quadrate für das Schulgebäude, weiße für die Fenster, verschiedene grüne für die Bäume, so etwas. Und dann nähen wir kleine Streichholzkinder darauf.«

»Na, dann sollte ich mich besser beeilen, es zu probieren. Wenn ich Felsklettern geschafft habe, werde ich Stricken wohl auch schaffen.«

»Felsklettern?«

»Bei unserer Klassenfahrt mit den Schulabgängern. Absolut schrecklich. Aber sie fanden es toll, und der Mittelteil war sehr gut: Sie haben mich abgeseilt, als ihnen klar wurde, dass ich nicht scherze, und das hat den Kindern unglaublichen Spaß gemacht. Eigentlich glaube ich, dass es für einige der Höhepunkt des Tages war. Egal jetzt, wie fange ich an?«

Mrs. Chambers gibt ihm zwei rosa Plastiknadeln.

»Hier, Jim. Jo wird dir den Anfang zeigen. Es ist ganz leicht, wenn du den Dreh erst mal raus hast.«

»Hilf Himmel, ich und meine große Klappe.«

Als ich mich auf den Weg zu Mrs. Tindalls erster Klasse mache, hat Mr. O'Brien ein kleines grünes Viereck gestrickt, und ich habe ihm versprochen, daraus eine Art Busch für das Banner zu machen. Dann ist er in sein Büro verschwunden mit drei Reihen Silberlurex auf seinen Nadeln.

Mrs. Pickering, die allseits beliebte Schulköchin, hilft ihm beim Zunehmen, damit daraus eine Glocke für die Spitze des Glockenturms wird.

Ich war in der Aula, habe kurz nach Archie gesehen, der mal wieder sein Pausenbrot nicht aß, mir dafür aber einen Becher Wasser über die Füße kippte, und konnte kurz auf seinem Weg in sein Klassenzimmer Jack umarmen, aber der ersten Klasse fühle ich mich immer noch absolut nicht gewachsen.

Mrs. Tindall hat ihre Malschürze um, und ein kleiner Junge klammert sich an sie.

»Wir bilden gerade unsere Gruppen, Mrs. Mackenzie. Michael, ich glaube, du kannst jetzt loslassen, Schätzchen, und Trent Carter, mit Maltöpfen laufen wir nie. Geh schön langsam, so ist es brav, sonst hast du überall Farbe, ja, genau so. Geh und wasch dir die Hände, Schätzchen. Also, und jetzt alle die Finger an die Lippen.«

Die Klasse scheint sie geschlossen zu ignorieren.

»ALLE DIE FINGER AN DIE LIPPEN.«

Alle halten sich mit einem Finger den Mund zu, in einigen Fällen sogar mit der ganzen Hand, einschließlich Trent Carter, der jetzt ein orangefarbenes Kinn hat. Der Geräuschpegel und die Balgereien verebben nach und nach.

»Sehr gut macht ihr das. Matthew, setz dich hin und nimm ein Taschentuch, wenn du das tun musst. Also, das ist Mrs. Mackenzie, die uns dabei helfen wird, hübsche Pompons für unsere Sammy Snake zu machen. Und dann werden wir alle etwas für unser neues Schulbanner stricken. Darüber haben wir heute Morgen gesprochen, wisst ihr noch?«

Einige nicken, aber ziemlich viele sehen sie verständnislos an, oder eher ziemlich ängstlich.

»Jetzt setzen wir uns alle fein auf unsere Stühle und zeigen ihr, wie brav wir sein können, okay? Ellie, ist das brav?«

Im Handumdrehen versuche ich mich, umringt von sechs Kindern an meinem Tisch, auf einen winzigen Stuhl zu quetschen und Pompons zu fertigen, als hinge mein Leben davon ab, während Mrs. Tindall Farbe und Klebstoff auswählt und die

Erzieherin Mrs. Channing mit ihrer Gruppe anfängt, kleine braune Quadrate zu stricken. Wir haben ziemlich schnell herausgefunden, dass die meisten es prima hinkriegen, wenn man die Maschen für sie aufnimmt und es ihnen schön langsam zeigt. Aber das waren die Älteren, also wer weiß, wie es mit den Kleinen läuft. Ich habe meinem Grüppchen gezeigt, wie sie die Wolle um die Plastikhälften aus der Pompon-Ausrüstung wickeln sollen, und Finlay und Connor wickeln eifrig, während Natasha und Laura jede meiner Bewegungen mit Argusaugen verfolgen, als ich Kyle und James zeige, wie sie ihre dicke blaue Baumwolle um die Plastikhälfte wickeln sollen.

»Meine Mum sagt, ich kriege einen Hund zum Geburtstag.«

»Wie schön. Wann ist dein Geburtstag, Kyle?«

»In zwei Jahren. Oder vier. Und auf meiner Party habe ich eine Disco, aber nicht mit Mädchen.«

Natasha schnaubt.

»Du kannst keine Disco haben mit ohne Mädchen.«

»Na gut, vielleicht ein paar. Nur du nicht.«

Natasha scheint sich deswegen keine großen Sorgen zu machen.

»Auf meiner Party habe ich einen Zauberer, und Schwimmen. Und eine Disco.«

Kyle sieht ziemlich niedergeschmettert aus und bearbeitet jetzt heftig das Tischbein mit Fußtritten, während er weiter Wolle wickelt.

Finlay meldet sich. Wie lieb.

»Ich will nicht stricken. Das ist Scheiße.«

Der Rest der Gruppe kichert.

Ich glaube, ich tue am besten so, als hätte ich nichts gehört: Ich bin ziemlich sicher, dass wir in der Schule nicht »Scheiße« sagen, wie sehr wir auch versucht sein mögen.

»Jungs stricken nicht. Nur Mädchen tun es.«

Er legt seinen Pompon hin und fixiert mich entschlossen.

»Tja, clevere Jungs schon, Kyle. Vor langer, langer Zeit haben nur Männer gestrickt, in speziellen Gruppen, die man Gilden nannte, und du musstest sehr gut sein, um zugelassen zu werden.« Ich bin recht zufrieden mit meiner ansatzweise erzieherischen Antwort, aber er sieht mich weiter bohrend an. »Und die Seeleute in der Marine haben auch gestrickt, damit sie ihre Segel reparieren konnten, und die Soldaten in der Armee auch, damit sie Socken machen und ihre Uniformen ausbessern konnten. Es ist nicht gut, mitten in einer großen Schlacht zu sein ohne Socken.«

Er nimmt seinen Pompon wieder auf, gerade als Mrs. Tindall herüberkommt, um ihnen zu ihren Fortschritten zu gratulieren, und dann machen wir alle einen Knoten und schneiden unsere Pompons auf, mit sehr stumpfen Scheren, und schon habe ich eine neue Gruppe erwartungsvoller Gesichter vor mir, und mein Rock ist über und über mit Wollfusseln bedeckt.

»Kann Mrs. Channing mit ihrer Gruppe dazukommen? Sie braucht ein bisschen Hilfe.«

Als hätte ich das nicht geahnt.

»Sicher.«

Mrs. Channing bringt ihre Gruppe herüber, und die Kinder quetschen sich alle um den Tisch.

»Wie ging es noch mal, Miss?«

Sie haben einen Reim gelernt, der ihnen beim Stricken helfen soll:

Rein durch die Vordertür,
Dann hintenrum,
Dann durch das Loch,
Und Jack springt kawumm.

Leider stellt sich heraus, dass einer der kleinen Jungs Jack heißt, sodass er uns vorführt, wie toll er kawumm springen kann, bis Mrs. Channing sich fängt und schnell ein bisschen mit Rechnen anfängt. Wir alle fangen an, unsere Maschen zu zählen, mit Antworten, die von drei bis neun rangieren, indem wir unsere Finger hochhalten und zusammenzählen und unsere Nadeln überprüfen, die zur guten Hälfte auf dem Fußboden landen.

»Eins zwei vier sechs.«

Ich bin nicht sicher, ob Michael, der neben mir sitzt, eine spezielle Art binärer Mathematik praktiziert, oder ob er einfach eine Zählschwäche hat, also lege ich meine Nadeln ab und zähle langsam an meinen Fingern ab.

»Eins zwei drei vier fünf sechs.«

Er grinst.

»Ich habe fünf ausgelassen, weil ich die nicht mag. Ich mag vier. Und sieben. Die mag ich am liebsten.«

»Oh, aha. Was ist mit drei?«

»Manchmal mag ich sie ganz gern.«

Ich glaube, er ist entweder ein zukünftiges Mathegenie, oder er ist einer von denjenigen, die eine echte Herausforderung für die Lehrer werden.

Er blickt auf seine Nadeln und seufzt.

»Rein durch die Vordertür. Und Jack springt kawumm.«

Schließlich bringen wir sechs einigermaßen quadratische Teile zustande, und ich helfe ihnen, abzuketten, und dann ist Spielpause, gefolgt von einer weiteren Runde Pompons, und dann Geschichtenpause, in der ich beinahe eindöse. Sodass es ein ziemlicher Schock ist, als ich plötzlich auf dem Schulhof stehe und auf die Jungs warte, und ich frage mich, ob ich vielleicht ein kleines Nickerchen einlegen kann, wenn wir nach Haus kommen, bevor ich mich der Bügelwäsche widme, die im Schrank unter der Treppe geradezu unvorstellbare Ausmaße angenommen hat.

Jack hatte einen guten Tag, aber Archie ist sauer, als er schließlich aus der Klasse kommt und seinen Pausenbrotbeutel hinter sich herschleift.

»Wir hatten doofes Stricken. Dabei war es unsere Wahlstunde.«

»Ich wette, dass du ganz stolz sein wirst, wenn du deine Strickerei auf dem Banner siehst.«

»Nein, werde ich nicht. Ich wollte in der Spielecke mit Autos spielen.«

Er schleudert seinen Brotbeutel herum, lässt ihn los und hätte beinahe den schrecklichen Harry getroffen, der sich gerade heftig mit Annabel streitet.

»Geh und heb ihn auf, Archie.«

»Nein.«

Jack seufzt und geht und holt den Brotbeutel.

Harry klettert jetzt auf den Zaun, während Annabel versucht, ihn herunterzuholen und gleichzeitig zu lächeln. Gott sei Dank ist sie zu sehr abgelenkt, als dass sie eine formelle Beschwerde wegen fliegender Brotbeutel einreicht.

Connie lacht.

»Harry hat heute vielleicht extra Mathe, oder Französisch? Die Stunden, die er so liebt?«

Annabel hat letzte Woche schwer angegeben mit seinem Können in den Französisch- und Mathe für Fortgeschrittene-Kursen; aber es sieht nicht so aus, als wäre Harry besonders scharf darauf.

Archie beschließt, nachzugeben und reumütig zu sein.

»Tschuldigung, Mum.«

»Entschuldige dich bei Jack – er hat ihn aufgehoben.«

»Tschuldigung, Jack.«

»Ist schon gut, Arch. Sowas hab ich auch gemacht, als ich erst fünf war.«

»Aber ich bin jetzt fast sechs.«

Jack überhört das.

»Was gibt's zum Abendbrot, Mum?«

»Käseomelett?«

Beide tun so, als müssten sie sich übergeben.

»Oder Fischstäbchen für alle, die einem nicht auf die Nerven gehen.«

Als die ersten Gäste zu Archies Geburtstagsparty eintreffen, bin ich der totalen Hysterie gefährlich nahe. Diese Zeit, kurz bevor die Feier beginnt, wo du eigentlich noch Zeit hättest, irgendeinen tollen schicken Hintergrund zu basteln, wenn du nur wüsstest was und wie, hasse ich echt. Aber sobald es richtig losgeht, bin ich die Ruhe selbst, was seltsam ist, da ich gleichzeitig Connie beim »Reich-das-Päckchen-weiter« helfe, mit Gran über Würstchen im Schlafrock diskutiere und mit Martin über den richtigen Zeitpunkt für das Freudenfeuer.

Reg hat ein paar Feuerwerkskörper und einen ganzen Karton Wunderkerzen aufgetrieben, und er und Mr. Pallfrey waren fast den ganzen Tag im Garten und haben Eimer mit Sand gefüllt und Raketen in die Beete an der hinteren Gartenmauer eingegraben, und Trevor hat ihnen beim Graben geholfen. Mr. Pallfrey hat bereits fleißig mit dem Wettbewerb »Meeresküste in Blüte« angefangen, sodass der Garten zumindest schon mal or dentlicher aussieht, auch wenn es ein wenig kahl wirkt, jetzt, wo das ganze Unkraut verschwunden ist. Die Diva muss jede Minute eintreffen, und am Gartentor haben sich bereits einige Fotografen versammelt, sehr zur Freude von Jane Johnson, die für sie posiert hat, als sie Seth vorbeibrachte.

Martin trägt die Pudelmütze, die Elsie ihm gestrickt hat, womit er aussieht, als hätte er heute ausnahmsweise mal Ausgang, aber sie ist immer noch mächtig eingeschnappt wegen der Scheune, weshalb er, glaube ich, so entgegenkommend wie möglich ist, ohne fest zu versprechen, den Rest seines Lebens zu Hause wohnen zu bleiben. Bisher scheint er auf jede Menge Empörung und Schmollen zu stoßen, aber seine Beharrlichkeit ist wirklich bewundernswert.

»Soll ich jetzt das Feuer anzünden, damit es schön brennt, wenn sie gegessen haben?«

»Ja bitte.«

»Allerdings wäre es gut möglich, dass diese verdammte Mütze dabei versehentlich ins Feuer fällt.«

»Guter Plan. Aber achte darauf, dass die Kinder es nicht sehen. Was ich wirklich nicht gebrauchen kann, ist Archie auf die Idee zu bringen, dass Feuer die Lösung für Kleidung ist, die man nicht mag.«

Er lacht.

»Ich werde dran denken. Eigentlich stört mich weniger die Mütze als der Troddel.« Er schüttelt den Kopf, und der Troddel bewegt sich.

»Ich verstehe, was du meinst. Trotzdem, sie meint es gut.«

Er schaut mich genervt an.

»Wie auch immer, danke für deine Hilfe, Martin. Ich bin sicher, du könntest deinen Samstag auf schönere Weise verbringen.«

»Oh nein, ich habe Lagerfeuer schon immer geliebt, schon als kleines Kind. Tatsächlich finde ich sie immer noch toll. Ich habe ziemlich viele Feuerstellen bei der Scheune – du musst die Jungs mal mitbringen. Ich glaube, das würde ihnen Spaß machen.

»Sehr gern.«

Also, ob mit ihnen zu einer Baustelle mit Lagerfeuern zu fahren tatsächlich ganz oben auf meiner Liste der in nächster Zukunft zu erledigenden Dinge steht, weiß ich nicht so recht.

»Wie geht es dir?«

»Gut. Oh, du meinst … gut. Großartig.«

Er wird rot.

»Ob sie angekommen ist? An der Gartenpforte ist allerlei los, blitzlichtmäßig, wenn du weißt, was ich meine.«

Elsie öffnet die Haustür, als wir in den Flur gehen und sehen, dass Ellen für die Knipser posiert, bevor sie über den Pfad heranrauscht. Ich bekomme mit, dass Martin schnell seine Mütze abnimmt, sodass seine Haare jetzt in kleinen Büscheln abstehen, und ich bin schwer versucht, mir die Finger anzulecken und sie zu glätten, wie ich es bei Archie tue, aber glücklicherweise schaffe ich es, mich zu beherrschen.

»Hallo, Darling, hi, Martin.«

Sie sieht umwerfend aus in sehr hochhackigen Stiefeln und einem sehr kurzen Tweedrock mit einem fantastischen Ledermantel.

Ich trage immer noch meinen schwarzen Stretchrock, der jetzt viel kürzer ist als sonst, mit einer schwarzen Wollstrumpfhose, die ich getragen habe, als ich mit Archie schwanger war. Ich dachte, ich hätte sie ausrangiert, aber sie tauchte dann wie durch ein Wunder ganz hinten in meiner Strumpfschublade auf, was sich sehr gut fügte, sonst hätte ich Socken anziehen müssen. Die örtlichen Läden scheinen keine Riesenstrumpfhosen zu führen, also setze ich sie auf meine Liste für die nächste Einkaufsfahrt nach Canterbury. Und mein grüner Pulli ist ein bisschen enger, als er sein sollte, aber ich komme einfach nicht hinterher bei meiner unaufhörlich zunehmenden Brustweite.

»Toller Pulli, Darling.«

Sie gibt Martin ein Küsschen, woraufhin er sich ziemlich abrupt in den Garten zurückzieht.

»Gib her, ich häng deinen Mantel auf.«

»Du hattest recht mit seinem Haar, sehr viel besser. Ich glaube, wir sollten ihn definitiv auf der Liste behalten für später.«

»Ich habe keine Liste für später, und es war so schon schwierig genug mit seiner Mutter, als hör auf. Möchtest du einen Drink, oder etwas zu essen? Mark ist in der Küche und hat eine fantastische Fischsuppe gemacht, und Antonella und Salvatore sind da, Connies Mum und Dad, und sie sind zauberhaft. Und Gran macht Würstchen in Blätterteig. Also such dir was aus.«

»Meine Güte, ist es hier laut. Es erinnert mich an diese Fußballnummer, die ich letztes Jahr gedreht habe.«

»Sie werden ruhiger, wenn sie erst mal essen. Na ja, ein bisschen.«

»Also, was kann ich helfen?«

Geburtstagspartys sind eigentlich nicht Ellens Ding, es sei denn, es handelt sich um exquisite Partys in Privatclubs mit Champagner und Michelinstern-veredelten Canapés, aber sie konnte sich die Gelegenheit, auf Grace zu treffen, einfach nicht entgehen lassen, auch wenn sie mir hoch und heilig versprechen musste, sich jegliche Form von Interview zu verkneifen.

»Geh und hilf Connie – sie kümmert sich um die Spiele. Und vergiss nicht, du hast mir versprochen, Grace in Ruhe zu lassen.«

»Ja zum Ersten, wahrscheinlich zum Zweiten. Vielleicht hat sie ja Lust auf ein kurzes offenes Gespräch.«

»Hat sie nicht. Und Bruno wird dich an der Hecke festbinden, wenn du sie drängst. Die Mr. Pallfrey übrigens gerade geschnitten hat. Also tu bitte so, als wärst du nicht Großbritanniens beliebteste Nachrichtenmoderatorin, nur für heute, okay?«

»Entspann dich, Darling. Du kennst mich. Subtiler Charme. Hast du Apfelsinen? Ich kenne ein tolles ›Gib-die-Apfelsine-weiter-Spiel‹ für später, eignet sich auch für Erwachsene, besonders nach einigen Wodkas.«

Du liebe Güte.

Ich bin in der Küche und versuche, das Essen auf Papptellern zu arrangieren und die Apfelsinen zu verstecken, während Elsie die Sachen ins Esszimmer trägt.

Gran stellt Götterspeisen in kleinen goldglänzenden Plastiktassen auf ein Tablett.

»Sind die nicht entzückend? Sie hat sie geschickt, diese Grace Morrison, sie hat einen jungen Mann vorbeigeschickt. Früchtegötterspeisen mit Strohhalmen, sieh nur, und kleine Törtchen. Sind sie nicht hübsch? Ich wusste gar nicht, dass man Zuckerguss in solchen Farben machen kann, und die kleinen goldenen Süßigkeiten sehen entzückend aus, nicht wahr? Aus heiterem Himmel tauchte er heute Morgen hier auf, mit Tabletts und allem, so ein netter junger Mann. Sehr feine Manieren.«

Elsie ist schwer beeindruckt; tatsächlich ist sie derartig aufgeregt, dass sie beinahe einen Teller mit Würstchenspießen fallen lässt, als es klingelt.

Es ist Grace mit Blitzlichtgewitter im Hintergrund und Lily im Arm, die in ihrem Autositz tief und fest schläft, und sie trägt eine Kapuze, sodass man kaum etwas von ihrem Gesicht sieht. Maxine trägt zwei riesige Tragetüten, und Bruno genauso. Herrjemine.

»Dürfen wir reinkommen?«

»Ja, natürlich, sorry.«

»Wo ist denn das Geburtstagskind? Oh, wie hübsch, Luftballons. Ich liebe Luftballons.« Grace hat ihr Megastarlächeln angeknipst, und wir sind alle ziemlich benommen.

Elsie tritt vor.

»Guten Tag, Miss Harrison. Ist sie nicht wunderschön? Wir alle haben die Fotos in der Zeitung gesehen, aber sie wurden ihr überhaupt nicht gerecht.« Elsie macht quasi einen Hofknicks.

»Vielen Dank.«

»Hätten Sie gern ein Würstchen?«

»Ich glaube, wir sollten Grace erst mal ihren Mantel ablegen lassen, Elsie, aber wenn du sie dort auf den Tisch stellen könntest, wäre das prima.«

»Oh ja, natürlich, also gut, lassen Sie mich einfach wissen, wenn Sie etwas möchten, Miss Harrison, dann mache ich Ihnen einen Teller zurecht. Was immer Sie möchten.« Sie geht rückwärts auf die Esszimmertür zu, und als sie sie verfehlt, gibt es einen kleinen Bums.

Du liebe Güte.

Bis wir Musikstatuen, zwei weitere Runden »Reiche das Päckchen weiter« und eine lebhafte »Reise nach Jerusalem« zur Titelmelodie von Batman gespielt haben, was unterm Strich vielleicht ein Fehler war, läuft die Geburtstagsparty sehr gut. Die Erwachsenen drängeln sich in der Küche und loben Mark und Salvatore für ihre Suppe.

Ich glaube, dass alle ihren Spaß haben, obwohl ich bemerke, dass sich Maxine, wann immer Ellen Grace zu nahe kommt, irgendwie auf eine subtile aber wirksame Weise zwischen sie schiebt, was ziemlich beeindruckend ist. Gran darf Lily knuddeln, und Elsie holt sich ein Autogramm von Grace, was ein bisschen peinlich ist, aber davon abgesehen verhalten sich alle, als ob Grace einfach nur eine weitere örtliche Mum ist.

Archie ist begeistert von seinen Geschenken von Grace. Es sind, wie sich herausstellt, Legoschlösser, eins für ihn und eins für Jack, und so gut wie alles an Rittern und Pferden aus der Legoproduktion und zusätzlichen Soldaten mit Schwertern und spitzen Stöcken, und genug Malutensilien, um uns bis in sein Teenageralter über Wasser zu halten. Und es ist alles todschickes Zeugs, ganz dickes Papier und fantastische Farben in kleinen Töpfen, die verdächtig nicht abwaschbar aussehen, sodass ich sie vielleicht lieber erstmal im obersten Regal meines Kleiderschranks verstecke, bis es weniger wahrscheinlich ist, dass er sie sich übers ganze Sweatshirt schmiert. Er ist so aufgeregt, dass er sogar Bruno küsst, um sich zu bedanken, und er liebt seine Goldfische so sehr, dass es eine große Debatte gab, wie er sie nennen soll, bis er sich schließlich für Nemo und Bruce entscheidet.

Wir sind alle draußen im Garten und haben uns ums Feuer versammelt. Die Tür zum Esszimmer haben wir offen gelassen, damit jeder sich noch Essen holen kann. Elsie hat endlich ihre Mission, Grace zum Essen zu bewegen, aufgegeben, und versorgt jetzt Bruno mit Nachschub, der sehr beeindruckt davon ist, wie Trevor immer wieder nach vorn zur Gartenpforte saust und die Fotografen anbellt.

»Er könnte Tom und Jerry echt das eine oder andere beibringen, wisst ihr. Ich könnte sie ja mal mitbringen. Wäre auch nett für sie, mal andere Hunde kennenzulernen.«

Maxine schüttelt den Kopf.

»Sie machen auch ohne neue Tricks schon genug Ärger, Bruno. Tolle Party, Jo, aber ich glaube, wir müssen jetzt los.«

»Oh, okay, also, danke fürs Kommen. Und für die Geschenke. Er ist begeistert.«

»Dachte ich mir.« Sie lächelt. Sie hat auch einen klebrigen Dankeschönkuss bekommen.

Grace kommt zu uns und trägt Lily im Arm, die langsam genug von dem Trubel hat.

»Ich glaube, wir machen uns jetzt lieber auf den Weg, aber ich kann es kaum erwarten, ihre erste Geburtstagsparty zu geben. Sind das alles Kinder aus der Schule?«

»Ja.«

»Gibt es nur Jungs in seiner Schule?«

»Nein, aber er hat die Mädchen dieses Jahr verbannt, bis auf Nelly.«

Sie lächelt.

»Also, wir sehen uns nächste Woche. Fertig, Bruno?« Bruno stopft sich noch schnell ein Blätterteigwürstchen in den Mund.

»Du meine Güte, hörst du eigentlich irgendwann mal auf zu essen? Geh und hol den Wagen.«

Wir gehen zurück ins Haus, und Maxine zückt ihr Handy und stellt sich neben der Haustür auf, während ich ihr einen *Batman* Partybeutel und einen Luftballon reiche; weiß der Himmel was sie mit einer Flasche Seifenblasenlauge, einer Gummischlange und einem Päckchen Smarties anfangen sollen, aber ich denke, Bruno wird sich freuen.

»Da ist auch noch Torte, wenn ihr ein Stück für später möchtet?«

Grace lächelt.

»Alles bestens, danke.«

Maxines Handy klingelt.

»Bruno ist draußen.«

»Wunderbar.«

Eine weitere Runde Blitzlichtgewitter setzt ein, als sie in den Wagen steigt, gerade als Tina eintrifft, um Travis abzuholen, und dann bin ich im hinteren Garten und achte darauf, dass die Wunderkerzen nicht zu irgendwelchen Notaufnahmebesuchen im nächsten Krankenhaus führen. Martin steht unerschütterlich da mit seinem Wassereimer, und Archie ist bereits bei seinem dritten Paar Handschuhe, weil er sie immer wieder in den Eimer taucht, damit die Kerzen auch wirklich ganz gelöscht sind. Gran und Reg behalten ihn im Auge, während Connie wieder Fischsuppe austeilt.

Salvatore sitzt am Küchentisch und flirtet mit Elsie und Betty, als nach und nach Eltern eintreffen, um die lieben Kleinen abzuholen, Gott sei Dank. Gran und ich packen Tortenstücke in die Partybeutel. Mark hat sich wirklich selbst übertroffen mit der Torte: Ich hatte mir ein bisschen Sorgen gemacht, ob das Superheldenthema nicht ein bisschen heikel ist, aber er hat eine runde Fledermaushöhle geformt mit einem Batmobil als Verzierung und schwarzen Kerzen und schwarzgrauem Zuckerguss über einem Schokoladenkuchen mit Kirschkonfitüre. Das Ganze ist so lecker, dass ich schon zwei Stücke gegessen habe, und ich hoffe noch auf ein drittes. Oder vielleicht auch erst noch etwas Suppe und dann die Torte. Ich bin schon echt auf diesem Für-zwei-essen-Trip.

Ellen schenkt sich ein Glas ein, als ich zurück in die Küche komme.

»Tolle Party, Darling. Genau so würde ich gern meine Hochzeit feiern.«

»Mit einer Batmantorte und Luftballons? Ich wette, Harry wäre begeistert.«

»Nein, aber alle wären relaxt, nichts wäre zu formell. Habe ich dir schon gesagt, dass wir wahrscheinlich das Hotel gefunden haben?«

»Toll, wo denn? Warte, Seth. Lauf nicht damit weg, Schätzchen – du könntest stolpern und dir wehtun.«

»Das ist mein Stock für später, ich hab ihn im Garten gefunden. Darf ich ihn behalten?«

»Ja, aber stellen wir ihn lieber hier hin, bis deine Mum da ist, okay?«

»Okay.«

Er rennt zurück in den Garten.

»Sorry, also, wo ist dieses Hotel?«

»In Schottland. Es ist mehr ein Schloss, aber sehr postmodern, fantastischer Wellnessbereich, und ein riesiges Grundstück, sodass die Knipser leicht in Schach zu halten sind. Rebecca hat es aufgetan; sie verhandelt jetzt mit ihnen über die Preise. Noch haben sie gar nicht geöffnet, sodass dies einer ihrer ersten Events sein wird, was uns ein paar Tausender spart.«

»Klingt perfekt.«

»Ich dachte immer, Hochzeitsplaner sind totaler Quatsch, aber ich muss zugeben, sie hat sich als unglaublich nützlich erwiesen, obwohl sie bei dem, was sie berechnet, das verdammt noch mal auch sein sollte.«

»Es wird auch sehr nützlich sein für Harrys Familie.«

»Ja, das ist der einzige Nachteil. Sie werden alle aus Glasgow herbeiströmen, und zwar zu Tausenden.«

»Ich bin sicher, dass es prima wird.«

»Also, wir denken immer noch an Kilts, für die Jungs.«

»Jack könnte klappen.«

»Ich dachte, ich versuche es bei Archie einmal mit Bestechung?«

»Viel Glück.«

»Nächste Woche habe ich eine Kleiderprobe, und dann fängt sie mit deinem an. Welche Größe glaubst du hast du im Juni?«

»Eine riesenhafte.«

»Kannst du vielleicht ein ganz klein wenig präziser sein, Darling? Sie muss es wirklich wissen. Es wird schon auf Zuwachs geplant – wir haben uns für Empirestil entschieden.«

»Dann muss es aber ein verdammt großes Empire sein.«

Sie lacht.

»Wie dick warst du bei Archie? Ich kann mich nicht mehr erinnern.«

»Monströs. Nick hat mich zum Schluss immer Big Bertha genannt. Weißt du das nicht mehr?«

»Oh doch, und abgekürzt hat er dich BB genannt, war es nicht so?«

»Ja.«

Wir schweigen jetzt beide.

»An Tagen wie diesen wünschte ich wirklich er wäre hier.«

»Ich weiß, aber betrachte es mal positiv, Darling. Wenigstens wird dich keiner Big Bertha nennen.«

»Oder mich auslachen, wenn ich nicht mehr aus einem Korbsessel hochkomme.«

»Das war doch ein Kindersessel, oder?«

»Nicht wirklich.«

»Ich werde ihnen sagen, dass sie es extra fließend machen sollen, und dann können wir es angleichen, wenn es zu weit ist.«

»Glaub mir, zu weit wird kein Thema sein.«

»Sind Vin und Lulu bis dahin zurück?«

»Sieht ganz danach aus. Gran heiratet nur eine Woche vor dir, sodass sie sicher da sind.«

»Großartig, ich setze sie auf meine Einladungsliste.«

»Wie viele hast du bisher?«

»Sechshundert. Und der Ballsaal des Schlosses fasst nur dreihundert, maximal, also brauchen wir unbedingt noch ein Festzelt.«

»Hattest du nicht gesagt, dass du Festzelte hasst?«

»Tue ich auch. Aber nicht so sehr wie die Vorstellung, auf meinem eigenen Hochzeitsempfang von Horden genervter Glasgower an die Wand gequetscht zu werden. Das ist ein beschissener Albtraum.«

»Mummy, Tante Ellen hat das S-Wort gesagt.« Archie ist begeistert.

»Hat sie das? Tja, egal … wo sind deine Handschuhe?«

»Sie sind nass geworden. Und, Mum?«

»Ja?«

»Wir sind bald sechs in unserer Familie, wenn das neue Baby kommt, du und ich und Jack und Bruce und Nemo und das Baby, und ich bin auch sechs. Hat Gran mir gesagt. Das war sehr clever, nicht wahr?«

»Ja, Schätzchen.«

»Und wenn wir einen Hund hätten, wären wir sieben. Was sogar noch besser ist. Können wir jetzt unser Schloss bauen, Mum? Wir haben alle Wunderkerzen verbraucht, und Martin sagt, er hilft mir, sodass ich Jack schlagen kann und mein Schloss als Erster fertig habe. Marco hilft Jack bei seinem, aber ich wette, ich und Martin schlagen sie.«

»Okay, aber warte mal kurz – Tante Ellen möchte dich was fragen. Es geht um Kilts.«

Ellen schenkt ihm ihr spezielles Strahlelächeln, während ich noch mal in den Garten gehe, um zu überprüfen, ob alle Wunderkerzen wirklich gelöscht sind und keine Kinder mehr am Lagerfeuer herumlungern. Ellen kann sehr überzeugend sein, wenn sie will, aber ich habe das komische Gefühl, dass sie beim Geburtstagskind auf einen ebenbürtigen Gegner stoßen wird.

KAPITEL VIER – Juni

Hochzeitsglocken

Der Juni ist mit einer unglaublichen Hitzewille gestartet. Zuhause laufe ich mit sackartigen Shorts herum, die ich unmöglich draußen tragen kann, sodass Gran mir zwei sehr weite Trägerkleider genäht hat. Eins mit rosa Blumen und eins mit Lavendel, und in beiden sehe ich aus, als würde ich für *Unsere kleine Farm* vorsprechen. Es fehlt nur noch eine verdammte Haube. Aber die Kleider sind wenigstens schön leicht, und alles andere ist mir im Moment egal.

Als ich Mittwochmorgen die Post öffne, sind einige Versandhauskataloge dabei, und ich freue mich schon darauf, sie bei nächster Gelegenheit durchzublättern. Nicht dass ich irgendetwas kaufen möchte. Es ist schon etwas deprimierend, all diese fröhlichen Muster zu sehen, die demnächst von allen Tabithas und Olivers aus Mittelklassefamilien mit einem Volvo Kombi und privater Lebensversicherung getragen werden. Und ganz abgesehen davon ist das alles jetzt für mich viel zu teuer. Trotzdem blättere ich gern Kataloge durch, um mich zu informieren, was wir tragen würden, wenn wir in Fulham wohnen würden.

Da ist auch ein vornehm aussehender, cremefarbener Brief, den ich öffne, während ich den Kessel aufsetze. Du meine Güte, er ist von Daniel. Genauer gesagt von seinen Anwälten. Mir ist die Firma bekannt; ist eine von denen, die einstweilige Verfügungen im Namen wichtiger Personen erwirkten, wenn wir mitten in der Recherche für eine Geschichte waren. Sehr teuer und sehr aggressiv. Himmel Hilf.

»Ohne Obligo.« Das klingt gar nicht gut.

Ihr Klient habe sie über einen potenziellen Schadensanspruch in Kenntnis gesetzt, und ein Test von einem offiziell anerkannten Labor sei ihrer Meinung nach die beste Vorgehensweise unter den oben angeführten Umständen. Verdammte Scheiße.

Ich rufe Ellen an.

»Das überrascht mich nicht, Darling. Ich habe dir ja gesagt, dass so etwas zu erwarten war.«

»Sie bezeichnen mich praktisch als Lügnerin.«

»Das ist nur der übliche Anwaltsquatsch – so sind sie alle. Besorge dir einen eigenen Verpiss-dich-und-geht-sterben-Anwalt – er wird es für dich regeln. Soll ich mal mit James reden?«

»Nein.«

»Du würdest gewinnen, Darling, sodass er kein Honorar erheben würde. Ich kann ihn mit einem Interview locken – er liebt es, im Fernsehen zu sein.«

»Gewinnen, was?«

»Fang nicht wieder davon an, Schätzchen. Du hast ihm die gute Nachricht mitgeteilt, und jetzt sagt er: beweis es. Also beweis es.«

»Das muss ich nicht. Wenn er mir nicht glaubt, dann ist das sein Problem.«

»Nicht wenn du irgendwelche Unterhaltszahlungen willst, dann nicht.«

»Aber das will ich nicht. Du weißt, dass ich das nicht will.«

»Aber nur deswegen, weil im Moment deine Hormone verrückt spielen.«

»Nein, nicht deswegen, Ellen. Wenn er etwas für das Baby tun möchte, bitte sehr, gerne, aber nicht über mich. Das würde mir das Gefühl geben, ihm irgendwie verpflichtet zu sein, und außerdem ändert sich immer alles, sobald es irgendwie um Geld geht. Er kann meinetwegen, wenn er möchte, einen Sparbrief für das Baby anlegen oder was auch immer. Ich habe immer noch Nicks Geld für Jack und Archie angelegt, dann wäre für alle vorgesorgt.«

»Hör auf, es Nicks Geld zu nennen – es ist dein Geld, du meine Güte. Und was ist mit dir? Wer eröffnet ein Sparkonto für dich?«

»Ich komme prima zurecht.«

»Ja, aber Daniel hat echt viel Kohle, Darling. Warum willst du es dir nicht leichter machen?«

»Weil es nicht leichter wäre, nicht wirklich, und ich schaffe es schon, Ellen. Ich wusste nicht, ob ich es schaffe, als Nick gestorben ist; ich dachte, allein auf mich gestellt würde ich untergehen. Aber jetzt glaube ich daran, dass ich es schaffe. Und ich bin ganz gelassen; ich habe nicht länger das Gefühl, manipuliert zu werden oder dass die Wünsche von jemand anderem immer an erster Stelle stehen. Und das gefallt mir ausgesprochen gut. Na ja, abgesehen von den Wünschen der Kinder, aber das stört mich nicht. Wir müssen schließlich keine Sozialhilfe beantragen oder so. Ich komme zurecht, wenn ich sparsam bin, ich weiß, dass ich das schaffe.«

»Du meine Güte, ist das etwa irgendeine postfeministische Nummer?«

»Mit post hat das absolut nichts zu tun. Und die Schwestern hier unten sind durchaus auf sich allein gestellt und halten zusammen, in Grans Fall sogar schon seit dem Krieg. Und sieh dir Grace an: Keiner würde auf den Gedanken kommen, dass sie eine Postfeministin ist, was immer das sein soll.«

»Das liegt daran, dass sie unglaublich reich ist. Reiche Leute und Aristokraten haben schon immer ihre eigenen Regeln befolgt.«

»Nun, dann können wir anderen das auch tun. Ich meine, wenn es wirklich funktioniert, wie bei dir und Harry, oder Connie und Mark, großartig, aber die durchschnittliche Version wie ich und Nick, die mehr durch die gemeinsame Hypothek zusammengehalten werden als durch irgendwas anderes, also, vielen Dank. Kenne ich zur Genüge. Habe es beinahe schon geschafft, mich deswegen nicht mehr beschissen zu fühlen. Natürlich könnte das auch daran liegen, dass ich keine Hypothek mehr habe. Aber trotzdem, es gefällt mir, dass ich allein für uns sorgen kann, für uns alle. Und das möchte ich auf keinen Fall übereilt ändern, schon gar nicht nur wegen Geld.«

»Ja, aber was hast du dagegen, gleichzeitig hübsche Klamotten zu haben, oder gelegentlich eine fantastische Handtasche? Wäre das denn so schrecklich?«

»Ja, ich glaube schon. Ich habe die Nase voll von Kompromissen; die mache ich für die Kinder, aber nicht für eine Handtasche. Und es ist erstaunlich, mit wie wenig du auskommen kannst, wenn du aufhörst, Zeugs zu kaufen, das du nicht brauchst, weißt du.«

»Oh Gott, langsam jagst du mir richtig Angst ein. Du wirst doch nicht anfangen, dir deine Schuhe selbst zu stricken, oder?«

»Nein, und du weißt genau, was ich meine.«

»Nicht wirklich, aber meine Definition von Bedürfnissen hat sich immer von deiner unterschieden, Darling.«

»Ich weiß nur einfach nicht, wie ich mit dem Brief umgehen soll.«

»Ignoriere ihn, wenn du entschlossen bist, für immer arm zu bleiben. Lass den Mistkerl ruhig schwitzen, dann wird ihm schon klar werden, dass er sich getäuscht hat und dass du wahrscheinlich die einzige Frau in Europa bist, die es nicht auf sein Vermögen abgesehen hat.«

»Klingt nach einem Plan. Großartig. Das mache ich.«

»Was?«

»Ihn ignorieren.«

»Also, was liegt heute noch an? Heute Abend irgendeine bewusstseinserweiternde Sitzung im Laden?«

»Das kommt Donnerstag mit Strick & Zick.«

»Und den fantastischen Kuchen. Das ist definitiv mal eine Frauengruppe nach meinem Geschmack, exzellente Patisserie und was Schickes stricken. Germaine Greer würde vor Neid platzen.«

»Oder auch nicht. Ich wette, sie strickt auch.«

»Ich wette, das tut sie nicht. Übrigens, wie geht's dem wunderbaren Mark? Hält Connie ihn immer noch in der Küche unter Verschluss?«

»Ja, aber er liebt es, obwohl er zu viel arbeitet.«

»Anders als mein zukünftiger Ehemann, der gestern Abend auf Sauftour war, also weiß der Himmel, wann ich ihn zu sehen kriege. Einer seiner auch frei arbeitenden Kumpels hat gefeiert, dass er nicht erschossen, oder angeschossen wurde, sondern alle wichtigen Körperteile mit nach Haus gebracht hat oder etwas in der Art. Ich weiß nicht mehr genau.«

»Klingt nach einem guten Grund zu feiern.«

»Sie brauchen keinen Grund, glaub mir; frei arbeitende Kameramänner leben nach ihren eigenen Gesetzen. Sie müssten Spezialjacken tragen. Sie gehen in Krankenhäusern ein und aus und wollen dir dann weismachen, dass es bei irgendeiner tollen Story passiert ist, aber in der Regel waren sie einfach nur stinkbesoffen und sind irgendwo runtergefallen.«

»Wie war das Treffen mit Rebecca wegen der Gästeliste?«

»Ein totaler Albtraum. Harry hat ständig Namen hinzugefügt, einschließlich seiner gesamten Exfreundinnen.«

»Wie süß.«

»Wie bitte?«

»Er ist offenbar so stolz auf dich, dass er mit dir angeben möchte.«

»Von der Seite habe ich es noch gar nicht betrachtet. Na ja, vielleicht. Aber was, wenn ich total bekloppt aussehe in meinem Kleid? Bei einigen Bräuten sieht es durchaus so aus, als würde das Kleid sie tragen und nicht umgekehrt, weißt du.«

»Aber nicht bei dir. Und als nützlichen Kontrast hast du auch noch eine tonnenartige Person hinter dir.«

»Das stimmt. Danke, Darling. Und du hast recht, scheiß auf den Brief – ab in den Müll damit und basta. Du brauchst weder ihn noch sein Geld. Wenn es mal knapp wird, helfe ich dir aus. Das weißt du, nicht wahr?«

»Danke, Ellen.«

»Und dann werde ich den Mistkerl verklagen.«

Mittwochmorgen bin ich mit Gran und Lulu im Laden. Sie und Vin sind gestern angekommen, mit Jetlag und total gerädert, aber nach einem ausgiebigen Frühstück sind beide schon wieder recht munter, und Vin ist ganz der hilfreiche große Bruder und schiebt zu Hause Betten herum. Wir haben uns von Connie für ihn und Lulu eine Doppelmatratze geliehen, also können Mum und Dad das Gästebett haben, wenn sie morgen kommen, wovor es mir immer noch entsetzlich graut. Gestern am Telefon hat sie schon wieder über die Hochzeit gejammert, sodass ich lieber meinen letzten Wimpel stricke und es verdränge. Die auf eine Schnur aufgereihten Wimpel sollen quer über das Schaufenster gehängt werden.

Gran reicht Lulu Muscheln an, und wir haben bereits dunkelblaues Netz über hellblaues drapiert, um Wellen anzudeuten. An die Trennwand habe ich silbernen Samtstoff geheftet und auch mit Netzmaterial behängt. Es sieht jetzt insgesamt sehr nautisch aus. Und wir haben an jede Fensterseite richtige große Steine gelegt, die wir wieder zurück zum Strand bringen, wenn wir neu dekorieren. Auf den einen kann man prima für ein kleines Teddybärpicknick die kleinen Strickteddys stellen, und auf den anderen legen wir die kleinen gestrickten Badenixen mit ihren gestreiften Handtüchern und Strandtaschen. Sie sind molliger geworden als beabsichtig und sehen erstaunlich lasziv aus für wollige Personen, aber ich hoffe, dass sie Leute dazu verlocken, unsere McKnit-Tüten mit den speziellen Sonderangeboten zu kaufen: immer vier Knäuel Baumwolle in flotten Farben, ein einfaches Strickmuster, zwei hölzerne Stricknadeln plus einer Zuckerstange für pauschal fünfzehn Pfund. Sie laufen ganz gut, was toll ist, besonders da ich an jeder Tüte beinahe sieben Pfund verdiene. Der alte Mr. Prewitt, der die Bücher führt, sagte, die Einnahmen von letztem Monat wären die höchsten gewesen, an die er sich erinnern kann – also ungefähr seit der Steinzeit. Das ist ermutigend, auch wenn ein großer Teil von Graces großer Kaschmirbestellung stammt.

Gran sprüht jede Muschel noch kurz mit einem Reinigungsmittel ab, bevor sie sie Lulu reicht; es gibt so gut wie nichts, was sie nicht putzen oder mit einem feuchten Lappen abwischen kann.

»Hast du schon Jos Ultraschallbild vom Baby gesehen, Lulu? Sieht er nicht genauso aus wie unser Archie?«

Zur zweiten Ultraschalluntersuchung hat Gran mich ins

Krankenhaus begleitet, und sie hat endgültig beschlossen, dass das Baby ein Junge ist, weil die Schwester auch immer von einem »er« geredet hat.

»Wundervoll, was sie heutzutage alles machen können, nicht wahr? Zu meiner Zeit gab es nur Trompeten.«

Lulu sieht etwas verdattert aus.

»Was haben sie denn mit den Trompeten gemacht?«

»Das Baby abgehört, aber du bekamst nie etwas mit, nur die Schwester. Diese Mikrofondinger, die sie jetzt haben, sind viel besser, und sein kleines Herz hat so schnell geschlagen, das habe ich auch Reg gesagt.«

Sie wirft mir einen Seitenblick zu: Es war gar nicht so einfach, sie im Krankenhaus davon zu überzeugen, dass der schnelle Herzschlag des Babys richtig ist und wir deswegen keinen Arzt holen müssen.

»Und seinen Nukleartest hat er auch schon bestanden, der kleine Schlaumeier.«

Lulu dreht sich zu mir um.

»Nukleartest?«

»Nuchal fold. Die pränatale Nackenfaltenmessung, ob das Baby das Downsyndrom hat. Je älter du wirst, desto höher ist die Wahrscheinlichkeit. Aber ich habe letzte Woche die Resultate bekommen, und sie sind besser als bei Archie.«

»Oh, aha. Das ist gut.«

Gran nickt.

»Er ist unserem Archie wie aus dem Gesicht geschnitten, und Reg ist ganz meiner Meinung. Genau wie Betty.«

Gran hat dieses Mal auch einen Abzug vom Ultraschallbild bekommen, und es klingt, als ob es nicht mehr viele Menschen in Broadgate gäbe, die es noch nicht gesehen haben. Sie hat extra einen kleinen Perspex-Rahmen dafür gekauft.

Lulu klettert durch die Luke ins Fenster und fängt an, gestrickte Fische in dem Netz zu befestigen.

»Ich finde, Moby ist ein sehr schöner Name für einen Jungen.«

Gran späht über die Trennwand.

»Findest du, Liebchen? Sieh an. Ich mag Familiennamen. Tom hat mir immer gefallen, oder Albert. Ich hatte einen Onkel Albert, und er war unglaublich nett. Hatte immer Süßigkeiten.«

»Tom ist ein hübscher Name, aber Archie und Albert klingen ein bisschen wie aus einem dieser alten Musicals, findest du nicht?«

Gran reicht ihr weitere Fische.

»Stimmt.«

»Und was, wenn es ein Mädchen wird? Blumennamen sind hübsch, wie Daisy und Rose. Oder Ocean – das ist ein toller Name für ein Mädchen.«

Lulu scheint über das Thema Name ziemlich intensiv nachgedacht zu haben; tatsächlich gibt es diverse Leute, die sich Namen überlegen. Elsie hat sich gestern aus einem nur ihr bekanntem Grund für Stewart stark gemacht.

Gran reicht Lulu einen weiteren gestrickten Fisch.

»Rose ist hübsch, und ich hatte eine Tante Ruby, die auch nett war; und dann ist da natürlich Mary als Familienname, aber davon haben wir bereits viel zu viele, und Pearl. Meine Großmutter hieß Pearl. Sie war eine sehr schöne Frau; und meine Mutter hatte eine Schwester, die Nancy hieß, glaube ich, aber sie hat nie über sie gesprochen. Hatte sich mit den falschen Leuten eingelassen und trank. Weißt du, wir sollten auch die Jungs fragen. Das würde ihnen das Gefühl geben, mit einbezogen zu sein.«

»Das halte ich für keine gute Idee, Gran, es sei denn, du möchtest ein Enkelkind, das Gandalf heißt.«

Lulu und ich hängen jetzt Fische an Nylonfäden auf, und

dann platziert sie die dicken Ladys auf ihrem Stein und legt letzte Hand ans Teddybärpicknick, während ich zwei der McKnit-Strandtüten und einen Eimer und Schaufel an die Haken in der Decke hänge.

»Danke, Lulu. Ich weiß nicht, wie ich das ohne dich bewältigt hätte.«

»Ich finde, es sieht spitze aus.«

»Tja, das ist gut, weil sich sonst alle beschweren kommen, wenn es nicht ihren Anforderungen entspricht.«

Broadgate hat letztes Jahr die Silbermedaille beim »Meeresküste in Blüte«-Wettbewerb gewonnen, und das Schaufenster wurde von einem der Preisrichter extra erwähnt, sodass inzwischen quasi jedes Mitglied der Stadtverwaltung hier war, um mich daran zu erinnern, wie wichtig es ist, dass ich alle Hebel in Bewegung setze.

»Ich wette, du gewinnst die Goldmedaille.«

»Das bezweifle ich. Whitstable ist dieses Jahr in unserer Gruppe, und sie gewinnen grundsätzlich alles. Lady Denby ärgert sich mordsmäßig darüber; sie vermutet Bestechung.«

Lulu bietet heldenmütig an, mit Gran nach nebenan zu Mrs. Davies und ihren Blumeneimern zu gehen und sich volltexten zu lassen, während ich mir langsam Sorgen mache, was Mum wohl zu der Tapete im Gästezimmer sagen wird. Ich versuche, es zu verdrängen, indem ich eine weitere Bestellung für preisgünstige Baumwolle aufgebe, als Lord Denby hereintrottet und noch verwirrter aussieht als gewöhnlich.

»Morgen, meine Liebe. Sie haben nicht zufällig meine Frau gesehen, oder? Sollte sie irgendwo treffen, nur weiß ich zum Donnerwetter nicht mehr wo, und es wird der Teufel los sein, wenn ich sie nicht finde. Kann ich hier warten? Ich glaube, sie hat Wolle erwähnt.«

»Selbstverständlich. Hätten Sie gern eine Tasse Tee, solange Sie warten?«

»Wunderbar.«

Ich reiche ihm einen Tee mit Sahne, während er mir von dem Kampf gegen Blattläuse auf seinen Rosen erzählt, als Lady Denby hereinkommt, die einen gehetzten Eindruck macht und Algie und Clarkson hinter sich herzieht.

»George. Hatten wir nicht vereinbart, dass du im Wagen wartest?«

»Ach ja, meine Liebe? Habe ich total vergessen. Hatte hier ein nettes kleines Schwätzchen mit Moira.«

Lord Denby nennt alle Moira. Und niemand weiß, warum.

Lady Denby sieht mich entschuldigend an.

»Möchten Sie einen Tee, Lady Denby?«

»Nein, vielen Dank, sehr nett, aber wir müssen weiter. George, du bist schlimmer als die Hunde, überall musst du betteln. Ich hoffe doch, er hat sie nicht zu sehr gestört?«

»Überhaupt nicht, wir haben uns über Rosen unterhalten.«

Lord Denby stellt seine Tasse ab.

»Das liebenswerte Mädel hat mir gleich, nachdem ich meinen Fuß in den Laden gesetzt habe, Tee angeboten. Keine Bettelei, Pru. Absolut charmant.«

Lady Denby lächelt mich an.

»Also, da war doch noch etwas, was ich Ihnen sagen wollte. Was war es nur gleich? Oh ja. Wie ich höre, ist eine Gratulation angebracht. So etwas ist im Krieg sehr häufig vorgekommen, wissen Sie.«

»Verzeihung?«

»Unverheiratete Frauen. Haufenweise. Dennoch, die Zeiten haben sich geändert – geht niemanden etwas an, abgesehen von einem selbst. Solange man für seinen Lebensunterhalt sorgen kann, sehe ich persönlich da auch kein Problem, also lassen Sie sich ja nichts anderes einreden. Gibt meiner Meinung nach sowieso viel zu viel Klatsch in dieser Stadt. Ich hoffe, dass es Ihnen gut geht. Fühlte mich bei all meinen Kindern scheußlich.«

»Ja, sehr gut, danke.«

»Gut. Ausgezeichnet. Habe das neue Schaufenster bemerkt – freut mich zu sehen, dass Sie Ihren üblichen Standard eingehalten haben. So leicht lassen wir uns nicht unterkriegen. Das ist genau die richtige Einstellung. Wie Churchill schon sagte, wir werden sie am Strand schlagen, nicht wahr?«

Clarkson schleicht näher und versucht, meine Flipflops zu lecken, wird aber zurückgezogen.

Lord Denby steht auf.

»Vielen Dank für den Tee, Moira. Muss unbedingt dran denken, öfter mal auf einen Sprung vorbeizuschauen, und nicht vergessen, Seifenwasser, das ist genau das Richtige gegen Blattläuse. Das hassen diese Mistviecher. Schönen Tag noch.«

Er zwinkert mir zu, als er die Tür öffnet, dann verheddern sich die Hundeleinen, und für einen Moment gibt es kein Vor oder Zurück im Eingang, bis Lady Denby es schafft, sie zu entwirren.

»Verfluchte Hunde, nächstes Mal bleibt ihr im Wagen, wenn ihr euch nicht benehmen könnt.«

Lord Denby zwinkert mir ein zweites Mal zu, und Lady Denby winkt zum Abschied, als sie ihre »Jungs« zu ihrem alten Volvo geleitet. Ich darf nicht vergessen, Elsie zu sagen, dass er möglicherweise auf einen Tee vorbeischaut und sie Moira nennt: Sie wird restlos begeistert sein. Vielleicht können wir ihm stricken beibringen, und dann kann er oben sitzen und Hundedecken stricken, während Lady Denby einkaufen geht. Laut Betty hat er früher gern mal Frauen in den Po gekniffen, aber ich glaube, darüber ist er inzwischen hinaus. Hoffe ich wenigstens.

Vin und Lulu holen Mum und Dad vom Flughafen ab, während ich die Jungs von der Schule einsammle. Lieber als Mum und ihre Kommentare wäre mir jetzt ein hübsches kleines Nickerchen und irgendjemand, der sich ums Abendessen kümmert.

»Na toll, da kommt Annabel.«

Ich werde mit einem weiteren missbilligenden Seitenblick auf meinen Bauch bedacht, während sie uns das neueste Kommuniqué zum Sommerfest aushändigt. Connie lächelt sie an, was Annabel übersieht und davonmarschiert auf der Suche nach weiteren Leuten, die dumm genug waren, sich zu einem Stand überreden zu lassen. Die neueste Anweisung von Mission Control lautet, dass wir alle viktorianisch kostümiert hinter unseren entsprechenden Ständen zu stehen haben, und die heutige Proklamation informiert uns darüber, dass ein Unterkomitee zur Koordinierung der Outfits getagt hat.

Houston, wir haben da möglicherweise ein Problem.

»Ich wette, dass sie ihnen empfohlen hat, uns als Schornsteinfeger einzutragen.«

»Wir werden dieses Komitee einfach ignorieren, okay? Ich gehe als Königin Victoria. Ich habe ein langes schwarzes Kleid, und Mark kann mir eine Krone basteln. Das wird sie mit Sicherheit hassen, nicht wahr?«

»Spitze. Und ich könnte als Albert gehen – das würde sie noch mehr hassen. Ein unglaublich schwangerer Albert.«

»Oder wir könnten schöne Kleider tragen wie Anna in *Der König und ich*?«

»Ich glaube nicht, dass es so weite Krinolinen gibt, Con. Und außerdem kann ich nicht Walzer tanzen.«

»Ich zeige es dir.«

Wir üben gerade ein bisschen, als die Kinder herauskommen. Jack und Marco schütteln die Köpfe.

»Können wir nach Haus gehen, Mum? Ich möchte Mariella sehen.« Mum besteht darauf, dass die Jungs sie nicht »Gran« nennen, und seit sie in Italien leben, gibt sie Mariella als ihren Vornamen an.

Typisch Jack, mich ruckartig wieder auf den Erdboden zurückzuholen.

Ich stelle eine Vase Tulpen auf die Kommode im Gästezimmer, als Jack die Treppe heraufpoltert und brüllt: »Sie sind da, sie sind da.«

Ich versuche mich mit tiefem Einatmen zu beruhigen, aber es scheint nicht zu funktionieren. Ganz ruhig, Jo, ganz ruhig.

»Hattet ihr einen guten Flug, Mum?«

Vin steht hinten, verdreht die Augen und schüttelt den Kopf.

»Mums Koffer ist verloren gegangen.« Er versucht, sich das Lachen zu verkneifen.

»Ach du liebe Zeit.«

»Du liebe Zeit? Es ist viel schlimmer als das, Josephine. Meine Hochzeitsgarderobe war in dem Koffer, und wenn sie glauben, damit kommen sie durch, dann irren sie sich gewaltig. Ich habe schließlich Verbindungen.«

Vin gluckst.

»Zu wem, Mum? Die Mafia wird bei der British Airways nicht viel erreichen.«

Sie wirft ihm einen wütenden Blick zu.

»Besten Dank, Vincent, sehr hilfreich, wie gewöhnlich. Josephine, du musst einige Anrufe für mich machen. Fang mit deiner Freundin Ellen an.«

»Ellen?«

»Sobald sie wissen, dass die Presse involviert ist, wird ihnen schon was einfallen. Und könnte mir bitte jemand einen Aufguss machen? Ich habe eine spezielle Kräutermischung von meinem kleinen Mann dabei. Laut ihm ist mein Stresspegel ungewöhnlich hoch, und diese Sache wird ihn wohl kaum senken. Derek, wo hast du meinen Notvorrat verstaut?«

Bis ich sie endlich davon überzeugt habe, dass Ellen wohl kaum einen Beitrag über ihren verloren gegangenen Koffer in den sechs Uhr Nachrichten bringen wird, und ich die Gepäcknachforschungsstelle wohl an die hundertmal angerufen und mir die nervtötende Musik angehört habe, nur um mir dann sagen zu lassen, dass sich der Koffer noch nicht angefunden hat und sie uns zurückrufen, sobald es etwas Neues gibt, ist Mum schrecklich eingeschnappt. Die Jungs wollten ihr Trevor den Wunderhund vorstellen, aber sie war nicht sonderlich beeindruckt, also helfe ich ihr beim Auspacken, während alle anderen draußen im Garten Fußball spielen. Glücklicherweise stellt sich heraus, dass ihre gesamten Kräuterbeutel in Dads Koffer sind, sodass wir wenigstens nicht auf die Suche nach einem Notfall-Herbalisten gehen müssen.

»Also, wie findest du das Haus, Mum?«

Ich bereue die Frage auf der Stelle; sie setzt jetzt ihre sogenannte taktvolle Miene auf.

»Es hat durchaus Potenzial, aber man muss noch sehr viel tun. Warum um alles in der Welt hast du den Flur in dieser schrecklichen Farbe gestrichen?«

»Das ist doch nur Magnolia, Mum. Ich hatte noch so viele Dosen vom Renovieren in London übrig, aber es ist immerhin ein Anfang. Es wäre toll, wenn du mich beraten könntest, welche Farben am besten wären.«

»Ich bin viel zu erschöpft, um jetzt an Renovieren zu denken, Josephine.«

»Ich meinte nicht ...«

»Und nimm es mir bitte nicht übel, aber dieses Kleid ist schrecklich unvorteilhaft.«

»Gran hat es mir genäht. Und es ist wirklich unglaublich heiß im Moment.«

»Heiß? Das kann man doch kaum warm nennen. Du solltest es mal mit einem Sommer in Venedig probieren, wenn du wissen willst, was heiß ist. Geht es dir eigentlich gut, Darling? Du siehst ziemlich aufgedunsen aus.«

Aufgedunsen. Na toll. Genau das Aussehen, das ich brauche.

»Ich bin ein bisschen müde, das ist alles. Die Jungs sind wegen des Babys aber schon ganz aus dem Häuschen.«

»Also, das freut mich für dich, Darling, wenn du sicher bist, dass es das ist, was du willst. Aber vielleicht ist dies ein guter Zeitpunkt, um einmal Bilanz zu ziehen.«

»Bilanz wovon?«

»Du kannst nicht für alle Zeiten in diesem schrecklichen Laden festsitzen, und jetzt könnte eine gute Zeit sein, wieder in die Zivilisation zurückzukehren. Ich bin sicher, du könntest es dir leisten, wenn du es versuchen würdest. Besorge dir wieder einen Job beim Fernsehen, eine anständige Karriere. Das wäre sehr viel passender.«

Mit anderen Worten, sehr viel einfacher für sie, weil sie dann vor ihren Freunden mit ihrer Tochter beim Fernsehen angeben kann.

»Aber mir gefällt es hier, Mum. Ich weiß, du hast nicht gern hier gelebt, aber für mich und die Jungs ist es wirklich genau das Richtige.«

»Also, ich kann mir einfach nicht vorstellen, weshalb. Findest du es nicht schrecklich erdrückend? Das ist einer der Vorzüge von Venezia – so viel Freiheit und künstlerischer Geist. Du willst doch sicher nicht für immer hier leben?«

»Ich weiß es nicht, aber im Moment ja. Die Jungs sind wirklich glücklich; sie lieben ihre Schule und in der Nähe von Gran zu sein.«

Sobald ich das gesagt habe, wird mir bewusst, dass es genau das Falsche war. Sie versteift sich und legt ein T-Shirt neu zusammen.

»Ja, also, natürlich, wenn es nach ihr geht, ist Broadgate der Mittelpunkt der Welt.«

»Wohin soll ich das legen, Mum?« Ich halte einen langen grünen Kaftan mit purpurroten Papageien auf den Ärmeln hoch. Du liebe Güte, ich kann nur hoffen, dass sie den nicht zum Frühstück trägt, sonst müsste ich Archie knebeln.

»Auf den Sessel, bitte.«

»Ich möchte dir wirklich gern den Laden zeigen – ich habe ziemlich viel geändert, weißt du. Gran bringt Reg später mit zum Abendessen, und dann haben wir heute Abend noch unsere Strick & Zick-Gruppe. Wenn du Lust hast zu kommen, alle würden dich gern kennenlernen.«

»Vielleicht morgen – heute bin ich viel zu gestresst. Gibt es noch mehr Bügel? Holzbügel bitte – ich möchte gern den Anzug deines Vaters aufhängen. Warum du diese grauenhaften Drahtdinger benutzt, ist mir schleierhaft. In Italien würde kein Mensch auch nur im Traum daran denken, sie zu benutzen.«

»Tut mir leid.«

»Ich glaube, bei mir kündigt sich eine meiner Migränen an.«

Ich weiß genau, wie sie sich fühlt.

»Würdest du bitte die Vorhänge zuziehen? Wenn ich mich ganz ruhig hinlege, kann ich den Anfall möglicherweise abwenden. Vielleicht könntest du mir etwas Leichtes bringen. Hast du Fleischbrühe?«

Fleischbrühe? Du liebe Zeit, als Nächstes wird sie mich fragen, ob ich Kalbshaxengelee habe.

»Ich habe einige Dosensuppen, wenn du magst. Ich schau mal nach.«

»Egal.«

Vin und Dad bleiben zu Hause und bedienen Mum, die eine Dose schottische Brühe und zwei Käsetoast gegessen hat und gerade mit einem Stück Kuchen liebäugelte, als Lulu und ich zum Laden aufbrachen. Sie hat es tatsächlich geschafft, kurz herunterzukommen, um Reg zu begrüßen, bevor sie sich wieder ins Bett zurückzog. Reg schien es nichts auszumachen, er machte viel Getue um sie und war sehr zuvorkommend, was bei ihr immer gut ankommt, aber ich sah, dass Gran verärgert und ein ganz klein wenig verletzt war.

Lulu stellt Tassen und Teller auf den Arbeitstisch, während Connie Kekse auf einem Teller arrangiert: Mark experimentiert seit einigen Wochen mit Keksen, und bisher waren alle köstlich. Heute Abend gibt es Schokokekse und Mandelmakronen, definitiv der erste Lichtblick heute.

»Also, kommt deine Mutter später?«

»Nein, Con, sie ist zu Hause und schmollt. Sie glaubt, sie hat Jetlag.«

»Von einem Zweistundenflug?«

»Gran hat Reg mitgebracht, und ich glaube, die Anstrengung, länger als fünf Minuten freundlich zu sein, hat ihr den Rest gegeben.«

»Aber ihr kommt doch zum Essen morgen Abend, oder?«

»Aber ja.«

»Mark wird etwas Besonderes kochen. Er sagt, es wird eine Art vorhochzeitliches Festessen. Und die Hochzeitstorte ist beinahe fertig. Deine Gran hatte ein Foto von einer mit drei Schichten, aber Mark glaubt, sie befürchtete, dass die zu schwierig für ihn wäre, also hat sie eine kleinere ausgesucht. Aber er hat eine mit vier Schichten gemacht, als Überraschung, und die Leute oben drauf, sie tanzen.«

»Das klingt fantastisch.«

»Hast du dein Kleid schon anprobiert?«

Connie ist über mein Brautjungfernkleid definitiv aufgeregter als ich.

»Noch nicht. Das spare ich mir auf für den großen Tag.«

Genau genommen versuche ich den Gedanken zu verdrängen, dass ich öffentlich in einem riesigen rosa Zelt mit passender Jacke auftreten muss, weil ich im tiefsten Inneren weiß, dass ich wie ein sehr dicker Pudding aussehen werde.

»Es ist rosa, ja?«

»Ja.«

»Wie schön.«

Grundgütiger.

Als alle da sind und wir Kaffee und Tee oder auch Wein ausgeschenkt haben, werde ich langsam ruhiger. Angela zeigt uns die neuesten Fotos von Baby Stanley, und ihre Tochter Penny und deren Partnerin Sally sehen sehr stolz aus. Stanley hat schon eine ziemlich beeindruckende Haartolle für einen neun Monate alten Jungen und scheint ein besonders gern lächelndes Baby zu sein.

Tina reicht ihr den Packen Fotos zurück.

»Er ist ganz süß, Ange. Wie groß er schon geworden ist.«

»Er läuft bestimmt bald, zieht sich schon an ihrem Couchtisch hoch. Sally war so klug, alle Ecken abzupolstern, sodass er sich nicht verletzen kann. Sie ist eine so nette Frau.«

Angela hat sich stark verändert in den vergangenen Monaten. Als sie neu zur Gruppe kam, war sie erst einmal so schüchtern, dass sie praktisch gezittert hat, wenn irgendjemand sie ansprach, aber Großmutter geworden zu sein, hat alles verändert. Ihr Ehemann Peter, der seine Rolle als örtlicher Hausmakler und Säule der Gemeinde sehr ernst nimmt und zu der Sorte Mann gehört, die es ablehnt, wenn Frauen außer bei der Gartenarbeit Hosen tragen, war nicht gerade begeistert über eine schwangere Tochter, die eine Partnerin mit Namen Sally hat, die in allen handwerklichen Dingen sehr gut ist. Aber Angela hat ihn schlicht ignoriert und besucht die beiden regelmäßig.

Cat lächelt.

»Olivia war genauso, als sie noch ein Kleinkind war, ständig hat sie sich an irgendwas gestoßen.«

»Wo ist sie eigentlich heute Abend?«

»Zu Hause und spricht mit niemandem, weil wir ihr verboten haben, in den Sommerferien per Anhalter zu fahren.«

Linda stellt ihr Glas ab.

»Wohin wollte sie denn per Anhalter?«

»Ich glaube, das wissen sie selbst nicht genau. Sie und ihre Freundin Polly haben sich einfach das ausgesucht, was uns ihrer Meinung nach am meisten aufbringt. Sie sind schon ziemliche Nervensägen in diesem Alter. Ich dachte immer, Kleinkinder sind ein Knochenjob, aber Teenager sind echt die Härte.«

Tina nimmt sich noch einen Keks.

»Ich weiß nicht, wie ich es schaffen soll, wenn mein Travis eine noch größere Nervensäge wird als jetzt schon. Letzte Woche hat er mich im Wintergarten eingeschlossen. Ich hatte ihm verboten, sich irgendeinen Film ansehen und war gerade beim Pflanzenbegießen, als er die Schiebetür zumachte und verriegelte. Und Graham hatte Nachtschicht und mag es überhaupt nicht, wenn ich ihn im Dienst anrufe.«

Wir alle unterdrücken ein Lächeln bei der Vorstellung an Tina, wie sie von ihrem Achtjährigen im Wintergarten eingeschlossen wird, obwohl ich sicher bin, dass Archie auch jederzeit bereit wäre, mich in unserem einzuschließen, wenn wir einen hätten.

»Ich dachte daran, vom Nebenapparat aus die Polizei anzurufen, aber Graham regt sich immer auf über Leute, die wegen irgendwelcher Lächerlichkeiten die Feuerwehr anrufen, und ich wette, die Polizei ist da nicht anders. Also habe ich mich einfach ganz ruhig hingesetzt, und das hasst er mehr als alles andere. Und dann sagte ich ihm, dass ich ihn lieb habe. Na ja, ich musste schon schreien durch das dicke Glas, aber ich machte dabei ein ganz trauriges Gesicht. Und dann öffnete er die Tür, und ich sah, dass er dringend in den Arm genommen werden wollte. Also tat ich es. Und was soll ich euch sagen? Er war völlig mit den Nerven fertig und versprach, es nie wieder zu tun. Laut Graham bin ich viel zu nachgiebig mit ihm, aber er selber ist noch viel schlimmer – er gibt jedes Mal nach.«

Connie nickt.

»Mark ist genauso. Nelly wickelt ihn mühelos um den kleinen Finger. Kaum weint sie, ist er weich wie Butter.«

Cath schenkt sich Tee nach.

»Ja, aber jeder braucht nun mal jemanden, der nachgibt, wenn er weint, ist es nicht so? Stell dir vor, wie schrecklich es wäre, wenn das niemanden kümmerte. Verdammt, ich habe schon wieder was falsch gemacht.«

Sie gibt mir ihr Strickzeug, im dem jetzt ein paar mehr Löcher sind, als sein sollten: Sie ist dabei, eine cremefarbene Jacke mit einem komplizierten Zopfmuster an den Ärmeln aus einer Seidenmischung zu stricken, und bis ich ein paar Reihen aufgeribbelt und ihr beim Zopfmuster geholfen habe, braucht Linda Hilfe beim Aufnehmen der Maschen für den Saum ihres Ponchos. Und dann möchte Lulu, dass ich ihr helfe, Wolle für einen Pullover für Vin auszusuchen.

Ich liebe solche Abende, wenn alles fröhlich durcheinanderschwatzt und plant. Angela kauft etwas marineblaue Baumwolle für ein Jäckchen für Stanley, während Lulu noch mal Wasser für einen frischen Tee aufsetzt.

»Möchte jemand diese letzte Makrone?«

»Nein, nimm du sie, Schätzchen – du musst bei Kräften bleiben. Wie geht es dir?« Tina blickt auf meinen Bauch, was mir immer etwas seltsam vorkommt, nicht zuletzt, weil ich ständig wieder vergesse, dass ich schwanger bin.

»Prima, danke.«

»Das ist gut.«

»Lady Denby war gestern im Laden und hat mir gratuliert.«

Linda schnaubt leicht, tut dann aber so, als hätte sie es nicht getan, aber Tina hat es mitbekommen.

»Wir freuen uns alle sehr für dich, nicht wahr, Linda?«

»Ja, natürlich. Es ist nur … ach, egal.«

Angela hüstelt.

»Wenn du etwas zu sagen hast, solltest du es lieber sagen, Linda.« Angela ist rot angelaufen. Mann, sie hat echt den Bogen raus mit ihrem neuen Durchsetzungsvermögen; vielleicht hat sie einen Lehrgang gemacht, oder sie hat eins der Bücher gelesen, die Penny ihr gegeben hat.

»Also, ich möchte nur nicht, dass meine Lauren denkt, dass es in Ordnung ist, ein Baby allein aufzuziehen, das ist alles. Mit der verdammten Grace Harrison und jetzt Jo, na ja, irgendwie scheint es fast was Glamouröses oder so zu sein, und das ist es nicht, nicht für Mädchen wie meine Lauren. Tut mir leid, aber für die ist es das nicht.«

Alle sehen jetzt betreten aus, besonders Linda.

Scheiße.

»Du denkst also, du musst verheiratet sein, um ein Baby zu bekommen, ja?« Connie klingt ziemlich scharf, und ihre Augen haben sich verdunkelt, was nie ein gutes Zeichen ist.

»Nein, natürlich nicht, nicht wenn du ein bisschen was in petto hast, aber für Mädchen wie meine Lauren wäre es die totale Katastrophe. Sie kommt schon jetzt andauernd vom Regen in die Traufe, und das Letzte, was sie gebrauchen kann, ist ein Baby. Sie konnte nicht mal für den Hamster sorgen, den wir ihr gekauft hatten. Meistens hat er sich unter unserem Sofa verkrochen, bis der verdammte Hund ihn erwischt hat.« Sie sieht jetzt wirklich am Boden zerstört aus, und Tina legt den Arm um sie.

»Ich möchte nicht, dass sie denkt, dass sie es sich aussuchen kann, nicht in ihrem Alter. Als ich sechzehn war, musstest du verheiratet sein, wenn du ein Baby wolltest, und das war's. Und ich weiß, dass wir jetzt geschieden sind, ich und ihr Dad, aber trotzdem möchte ich nicht, dass sie denkt, dass ein Baby der reine Spaß ist. Das hat sie mir gesagt, wisst ihr, am Wochenende, vielleicht mache es ja Spaß, und sie denke nicht daran, ihre Zeit damit zu verschwenden, irgendeinen Wichser zu heiraten, nur um ein Baby zu haben.«

»Also, da muss man ihr recht geben, Linda. Aber ich bin sicher, dass sie dich nur auf die Palme bringen wollte.«

»Tja, hat verdammt gut geklappt.«

Cath lässt ihr Strickzeug sinken.

»Aber wir wünschen uns doch wohl nicht die schlimmen alten Zeiten von Engelmachern und Heimen zurück, oder?«

»Nein, natürlich nicht.«

»Dann glaube ich, dass alles eine Frage der Erziehung und des Miteinanderredens ist. Sie müssen wissen, wie viel Arbeit Babys machen. Ich möchte, dass Olivia es sich aussuchen kann, aber ich möchte auch, dass sie sich über die Tatsachen im Klaren ist. Ich bin sicher, dass deine Lauren sehr viel vernünftiger ist, als du glaubst, Linda, und du sprichst mit ihr über alles.«

»Ich weiß. Nützt mir aber nicht viel.«

Angela sammelt die Teller ein.

»Ich persönlich finde nicht, dass etwas nicht stimmt mit Frauen, die sich entschließen, allein ein Baby großzuziehen, jedenfalls nicht mehr. Früher fand ich das schon, aber ich glaube, man wollte die Frauen nur zu Hause halten. Penny hat mir das erklärt.«

Tina lächelt und nickt.

»Und das Gleiche gilt für Heirat, nicht wahr? Zu jung zu heiraten kann auch eine lebenslange Strafe sein.«

Linda seufzt.

»Wem sagst du das. Meine Güte, wenn ich an die Jahre denke, die ich verschwendet habe, wird mir übel. Und es tut mir leid, Jo. Ich wollte damit nicht sagen, dass ich mich nicht für dich freue. Das weißt du, nicht wahr?«

»Natürlich weiß ich das. Hör zu, warum schickst du Lauren nicht mal für ein paar Stunden vorbei zum Windelwechseln, wenn das Baby da ist, vielleicht von Mitternacht bis sechs Uhr morgens? Glaubst du, das würde helfen? Damit sie die weniger glamouröse Seite kennenlernt.«

»Oh, würdest du das wirklich tun? Ich wäre dir unglaublich dankbar.«

Tina legt erneut den Arm um sie.

»Linda, sie will dich nur aufziehen. Deine Lauren ist viel vernünftiger als du denkst.«

»Tja, das hoffe ich verdammt noch mal, weil ich absolut noch nicht bereit bin, Großmutter zu werden. Tut mir leid, Ange, aber bin ich einfach nicht.«

Nachdem alle mich und Connie ausgiebig dafür bedauert haben, dass wir das bevorstehende Sommerfest in viktorianischen Kostümen durchstehen müssen, wenden wir uns Grans Hochzeit zu und der Frage, was jeder anziehen wird, und als alle gehen, hat sich die Stimmung deutlich gebessert. Linda umarmt mich lange zum Abschied, sodass ich glaube, sie ist okay, was mich sehr erleichtert. Ich nehme an, dass das einer der Nachteile des Kleinstadtlebens ist: Du wirst quasi öffentlicher Besitz. Wirst sogar von Teenagern benutzt, um ihre Mütter auf die Palme zu bringen. Du liebe Güte. Ich bin absolut noch nicht bereit für Teenager.

Ich fühle mich total ausgelaugt und erschöpft, als ich mit Connie und Lulu das Geschirr abwasche.

»Du solltest nach Hause gehen und dich hinlegen. Und lass dich nicht von deiner Mutter ärgern. Versprochen?«

»Es ist okay, Con. Alles ist bestens.«

»Nein, ist es nicht. Mit dem Baby und dem Laden, manchmal glaube ich, dass es zu viel ist. Einige Menschen kannst du einfach nicht zufriedenstellen. Also hör auf, es zu versuchen.«

»Okay.«

»*Brava.*«

»Himmel, mir fällt gerade wieder ein, dass ich morgen mit ihr einkaufen gehen muss, wenn ihr blöder Koffer nicht wieder auftaucht.«

»Nein, Lulu wird mit ihr gehen, oder ich, nicht du. Du wirst dich ausruhen vor der Hochzeit.«

»Ach ja? Hat das schon jemand den Jungs gesagt?«

Lulu bringt die letzten Teller herein.

»Ich gehe sehr gern mit ihr einkaufen.«

Lulu ist manchmal so süß; naiv, aber süß.

»Ich sollte dich wahrscheinlich warnen, sie stänkert die ganze Zeit die Verkäufer an. Und wirft Sachen auf den Fußboden, wenn sie nicht passen. Tatsächlich ist sie in Läden ein totaler Albtraum.«

»Klingt doch lustig.«

»Dann nur zu.«

Vin sieht fern, als wir nach Haus kommen, umringt von Eisenbahnschienen.

»War's nett beim Stricken, Mädels?«

Lulu setzt sich auf ihn.

»Halt den Mund, Vin. War's nett, Eisenbahn zu spielen?«

»Ich habe dir schon mal gesagt, wirkliche Männer spielen nicht Eisenbahn, sie sind nur zur Unterstützung des Vergnügens ihrer Neffen da.«

Sie küsst ihn.

»Ehrlich, du bist ein echter Wichser, Vin.«

»Runter von mir, du Fettkloß. Ich kriege keine Luft.«

»Wie reizend.«

»Oh, ich kapiere, ihr hattet eure wollige Frauengruppe, und jetzt seid ihr ganz aufgekratzt und wollt auf mir herumhacken. Na toll. Also, ihr seid lieber schön still, weil Mum und Dad bereits schlafen. Und sie hatte grauenhafte Laune, als ich sie zuletzt gesehen habe, ist immer noch unglaublich sauer wegen ihres Outfits. Ist offenbar orange. Kann man zu einer Hochzeit orange tragen?«

»Wenn du wie eine Spinnerin aussehen möchtest, ja. Wann sind die Jungs ins Bett gegangen?«

»Gegen halb neun.«

»Vin.«

»Kurz vor zehn.«

»Na ja, dann können wir wenigstens ausschlafen. Lulu hat freiwillig angeboten, morgen mit Mum einkaufen zu gehen, falls der Koffer nicht auftaucht. Hat was von Mission Impossible. Würdest du sie bitte darauf vorbereiten, damit sie weiß, worauf sie sich einlässt?«

Lulu lächelt.

»Mir gefällt ihre Art sich zu kleiden – sehr ungewöhnlich.«

Vin küsst sie.

»Manchmal mache ich mir echt Sorgen um dich, Lu. Warte nur bis Samstag – wahrscheinlich trägt sie eine Tiara mit Blinklichtern.«

»Wann kriegen wir denn dein Kleid zu sehen, Jo? Ich bin unglaublich neugierig.«

Vin kichert.

»Ich auch.«

»Hört auf, alle beide. Es ist rosa, mehr sage ich dazu nicht. Von Kopf bis Fuß rosa, und ganz ganz viel davon. Also, ich gehe jetzt ins Bett, und versucht bitte, leise zu sein, wenn ihr nach oben geht, denn wenn Archie aufwacht, müsst ihr es allein regeln. Ihr dürft alles essen, worauf ihr Lust habt. Es gibt Jammie Dodgers im Schrank neben der Waschmaschine, und Kakao, wenn ihr wollt.«

Lulu klatscht in die Hände, und Vin zwinkert mir zu: Sie liebt die mit Pflaumenmarmelade gefüllten Kekse und Kakao, deswegen hatte ich extra einen Liter Milch mehr eingekauft.

»Sollen wir dir einen Kakao hochbringen?«

»Nein danke, sobald ich im Bett bin, schlafe ich. Ich bin völlig erledigt.«

Es ist zwei Uhr morgens, und ich kann einfach nicht einschlafen. Stattdessen habe ich eine meiner in Zeitlupe ablaufenden Panikattacken, was verdammt lästig ist. Ich glaube, es ist die Kombination aus Mum und dem Baby, die an meinen Nerven zerrt. Und die Vorstellung, mich vor allen, die mir lieb und teuer sind, als Pudding verkleiden zu müssen, hilft auch nicht gerade. Und danach sind wir in Schottland mit Ellen, und sie redet immer noch über Kilts, und mir ist unwohl und heiß, und ich kann und kann nicht einschlafen, also werde ich auf allen Hochzeitsfotos wie ein verdammter Pastellpanda aussehen.

Ich würde echt begrüßen, wenn alles einfach mal eine Minute lang anhalten könnte. Genau genommen wären ein paar Wochen gut. Die verdammte tragische Witwe zu sein, von der alle annahmen, dass sie die Liebe ihres Lebens verloren hat, obwohl ich wusste, dass er die Scheidung wollte, war schon schlimm genug. Aber das hier ist um einiges komplizierter, und Linda hat recht, Babys sind eine große Aufgabe, und ich weiß wirklich nicht, ob ich es allein schaffe.

Allmächtiger. Es ist alles so lächerlich. Ich kenne Daniel kaum; wie kann ich sein Baby bekommen? Abgesehen davon, dass es nicht richtig seins ist, nicht so, wie die Jungs Nicks Jungs waren. Und davon abgesehen hatte ich auch geglaubt, Nick recht gut zu kennen, und nun sehe sich einer an, was daraus geworden ist. Und ich bin ziemlich sicher, dass Mimi, die verdammte bei der UN angestellte Teeny-Nymphe, nicht seine erste Affäre war. Das ist mir vor Kurzem durch den Kopf gegangen, und urplötzlich dämmerte mir, wie weit er sich schon von uns entfernt hatte, und zwar seit Langem. Eigentlich war er schon seit Jahren nicht mehr da, wenn ich darüber nachdenke. Aber ich werde mit diesem Baby nicht allein sein, das darf ich nicht vergessen. Ich habe die Jungs, und Gran, und alle möglichen anderen, die täglich vorbeikommen. Also wird der einzige Unterschied der fehlende Mittelteil sein, der, wo du ihn heiratest und er dich verlässt oder sein Auto gegen einen verdammten Baum fährt. Sodass dieses Baby wenigstens nicht das Gleiche durchmachen muss wie Jack und Archie. Die fühlten sich verloren und hatten Angst und befürchteten, dass ihren Vater zu verlieren etwas mit ihnen zu tun hat, so wie Jack, der diese Angst immer noch ein ganz klein wenig hegt, glaube ich. Sollte Daniel überhaupt vorhaben, hier aufzukreuzen, dann wissen wir alle von Anfang an, dass er kein Teil unserer Familie ist, was bestimmt besser ist für das Baby. Aber dennoch, weiß der Teufel, wie ich das alles auf die Reihe kriegen soll, einschließlich den Laden weiterzuführen und überhaupt.

Was ich wirklich brauche ist eine Nanny, keinen weiteren Ehemann. Genau genommen zwei Nannys: eine für das Baby und eine für mich. Und dann kann eine Weile jemand anders die Verantwortung übernehmen; jemand anders kann sich um den Boiler kümmern, der jetzt nur noch heißes Wasser produziert, wenn ihm danach ist, und den tropfenden Wasserhahn für das kalte Wasser im Bad. Um all dieses Zeug. Ich habe es gründlich satt, stark zu sein und immer weiterzumachen. Ich möchte nicht weitermachen, ich möchte, dass sich irgendein anderes armes Schwein um alles kümmert, während ich mir die Jungs schnappe und mich an einem schönen ruhigen Plätzchen erhole.

Ich habe keine Ahnung, wie es weitergehen soll. Und meine Knie tun weh. Und mein Rücken. Und ich bin zu müde, um nach unten zu gehen und mir einen Tee zu machen und ein paar Kekse zu essen. Es müsste eine Klingel geben für derartige Notfälle, und dann sollte jemand in einer sauberen Uniform kommen und alles für mich erledigen: eine Kreuzung aus Mary Poppins und brillanter persönlicher Assistentin, die so gut kocht wie Nigella. Ich könnte eine Wellnesspause einlegen und mir Gedanken darüber machen, in welcher Farbe ich meine Nägel lackieren möchte.

Tatsächlich ist das noch etwas, was ich auf meine verdammte Liste setzen muss: Gran hat ewig und drei Tage nach dem perfekten rosa Nagellack passend zu meinem Puddingkleid gesucht, sodass ich meine blöden Nägel innerhalb der nächsten vierundzwanzig Stunden lackieren muss. Vielleicht sollte ich mich doch nach unten schleppen und es jetzt erledigen.

Jemand steht auf, geht aufs Klo und betätigt die Wasserspülung. Na toll, das wird jede Minute Archie auf den Plan bringen.

»Mummy.«

»Nein, Archie. Zurück ins Bett.«

Er steht in der Tür und schwankt leicht.

Mist. Ich muss aufstehen, wenn ich ihn wieder in sein eigenes Bett stecken möchte, ohne dass er hysterisch wird und Jack aufweckt.

»In Ordnung. Aber sei mucksmäuschenstill.«

Er schlurft über den Flur, kommt ins Bett gekrabbelt und wickelt sich in den größten Teil des Bettlakens und der Wolldecke ein.

Ich ziehe kräftig und erobere mir ein Stück Bettlaken zurück.

»Lieg still, Archie.«

Er macht ein quiekendes Geräusch.

»Ich bin eine Maus.«

»Also, sei eine Maus, die ganz fest schläft.«

Ich spüre, wie er im Dunkeln lächelt.

Das Baby bewegt sich.

»Und du kannst das auf der Stelle sein lassen – ich bin absolut nicht in Stimmung dafür.«

»Ich mache doch gar nichts.«

»Ich rede mit dem Baby.«

»Nacht, Mum, nacht, Baby.« Er tätschelt mir den Rücken, und das Baby bewegt sich wieder und versetzt mir einen kleinen Stoß in die linke Hüfte.

Hervorragend. Noch ein Kind, das sich nicht im Geringsten um das schert, was ich sage. Was für eine Überraschung.

Samstagmorgen zehn Uhr, und es herrscht das totale Chaos. Aus einem nur ihr ersichtlichen Grund hat Gran beschlossen, sich in meinem Haus für die Hochzeit fertig zu machen, sodass Linda ihr oben das Haar frisiert, während Vin bei Reg ist und ihm hilft. Elsie schmückt alles mit weißen Bändern, einschließlich Trevor, der jetzt eine große weiße Schleife um den Hals trägt. Mr. Pallfrey versucht, ihn davon abzuhalten, sie aufzufressen, während er selbst zwischen der Reihe weißer Geranien und Lavendel Unkraut zupft, die er beiderseits des Gartenpfads gepflanzt hat.

Martin wurde von Elsie zum Einparker abgeordnet, und er ist vollauf damit beschäftigt, alle Autos in der Straße neu zu parken, damit die Wagenkolonne für die Kirche vor dem Haus halten kann, während Mum eifrig damit beschäftigt ist, im Badezimmer letzte Hand an ihr Outfit zu legen. Ihr Koffer ist Gott sei Dank gestern angekommen, obwohl ich mir beinahe das Gegenteil gewünscht hätte, jetzt, wo ich das volle Ausmaß ihres orangefarbenen Outfits mit einem halluzinogenen Schal und dem dazu passenden Hut gesehen habe. Sie sieht aus wie eine Pearly Queen auf LSD Trip.

Lulu lackiert ihre Nägel ein letztes Mal mit meinem rosenroten Nagellack, während ich mich abmühe, in meine Sandalen zu kommen. Die verdammten Dinger haben vor drei Wochen perfekt gepasst, aber jetzt bekomme ich die Riemen einfach nicht mehr zu, sodass ich mit einer Stopfnadel ein zusätzliches Loch bohren muss. Ich hatte die Sache mit den anschwellenden Knöcheln bei einer Schwangerschaft komplett vergessen, aber ich darf deswegen auf keinen Fall einen Aufstand machen, sonst verlangt Gran bestimmt von mir, dass ich mich mit einem Waschlappen über dem Gesicht eine halbe Stunde aufs Sofa lege.

Ich habe gerade fünf ruhige Minuten für mich und esse ein paar verdauungsfördernde Kekse, als Mum hereinkommt, die grantig aussieht.

»Dieser Spiegel in deinem Badezimmer ist absolut grauenvoll, Darling. Ich weiß wirklich nicht, warum du dir keinen anständigen anschaffst.«

»Ich habe es noch nicht geschafft, Mum. Ist Gran fertig?«

»Nein, und diese Frau lässt mich einfach nicht ins Zimmer, sagt, sie möchte nicht, dass die Überraschung verdorben wird. Sie war ziemlich unhöflich.«

Gut gemacht, Linda.

»Möchtest du einen Tee?«

»Nein danke, und hör auf, andauernd Kekse zu essen, es sei denn, du möchtest unbedingt dick werden.«

»Ich glaube, es ist unter Umständen ein wenig zu spät, sich darüber Sorgen zu machen, Mum. Was hältst du von meinem Kleid?« Ich gehe auf und ab in der Küche.

»Ganz hübsch, aber versuch, dich gerade zu halten; du möchtest doch sicher nicht den Gang hinunterwatscheln. Rosa hat dir eigentlich nie besonders gestanden, aber egal. Ich denke immer noch, dass es ein Fehler ist, in ihrem Alter eine Brautjungfer zu haben, aber meine Meinung zählt offenbar nicht, wie üblich. Wo ist dein Vater?«

Dad hat es sehr gut drauf, sich in Krisenzeiten unsichtbar zu machen: Gewöhnlich beschäftigt er sich dann mit einer dringenden handwerklichen Arbeit. Vorhin hatte er angedroht, eins der Wohnzimmerfenster auszuhängen. Es klemmt immer, und er wollte es abschmirgeln, aber mit dem Versprechen auf späteres Abschmirgeln habe ich ihn gebeten, stattdessen eine Runde mit den Jungs zu spielen.

»Im Wohnzimmer, er passt auf die Jungs auf.«

»Typisch für ihn, es sich irgendwo gemütlich zu machen, während ich die ganze Arbeit erledige.« Sie bleibt in der Tür stehen. »Derek, hast du deine Fliege ordentlich gebunden? Vielleicht wäre eine Tasse Tee doch ganz nett. Kannst du uns eine bringen, Darling?«

Ich setze den Kessel auf, als Lulu mit Martin kommt.

»Die Wagen sind da.«

»Danke, Martin.«

»Es sind Oldtimer, wirklich schön, aber nur damit du Bescheid weißt, Mum hat sich in den Kopf gesetzt, in einem mitzufahren. Ich habe versucht, es ihr auszureden. Ich meine, es ist ja nicht so, als ob wir zur Familie gehören oder so, aber du weißt ja, wie sie ist.«

»Ist schon gut, Martin. Wir können alle etwas zusammenrücken, und ihr gehört ja quasi dazu, zur Familie meine ich. Kannst du bitte nach oben gehen und Gran sagen, dass die Wagen da sind, Lulu? Und achte darauf, dass Mum nichts mitbekommt, sonst versucht sie, Gran zu sehen zu kriegen, bevor sie fertig ist.«

»Klar, kein Problem.«

Martin trägt seinen vermutlich besten Anzug und sieht ziemlich gut aus.

»Toller Anzug.«

»Danke, du siehst auch toll aus.«

»Martin, es besteht kein Grund, nett zu sein. Ich sehe aus wie ein Pudding.«

»Ich mag Pudding. Ich gehe dann mal und eröffne Mum die guten Neuigkeiten, okay? Und dann mache ich mich lieber auf den Weg zur Kirche.«

»Ja bitte, und danke für das Umparken der Wagen.«

»Gern geschehen.«

»Meine Güte, ich bin vielleicht nervös. Ich war noch nie Brautjungfer, und Mum sagt, ich fange an zu watscheln. Also ein prima Start.«

»Ignoriere sie einfach. Das tue ich gewöhnlich mit meiner.«

»Guter Tipp. Aber es spielt eigentlich auch keine Rolle, so lange Gran es genießt und die Jungs sich vor dem Altar nicht gegenseitig schubsen. Oder sich streiten.«

»Ich bin sicher, dass sie sich vertragen.«

»Ich hoffe es.«

»Mummy, Jack schubst mich ständig. Sag ihm, er soll aufhören.«

Martin grinst.

»Oder vielleicht auch nicht. Bis später.«

Um zehn nach elf haben es plötzlich alle eilig, verschwinden und lassen mich mit Gran im Haus zurück. Elsie schafft es, sich in den zweiten Wagen zu quetschen, und Martin nimmt Betty mit, die inzwischen in ihrem Hochzeitsornat einschließlich eines bombastischen Huts eingetroffen ist.

»Sie ist fertig.«

Linda steht unten an der Treppe, als Gran langsam Schritt für Schritt herunterkommt mit ihrem Strauß rosa Rosen und in ihren neuen Schuhen ganz vorsichtig auftritt.

»Oh Gran, du siehst wunderschön aus.«

»Findest du nicht, dass dieser Hut albern ist?«

»Nein, er ist perfekt.«

Sie trägt einen cremefarbenen Seidenhut mit hellen Tupfen und einem winzigen Schleier, passend zu ihrem Kostüm.

»Sind die Blumen nicht hübsch?«

»Wunderschön. Alles ist wunderschön, Gran.«

Ich bin kurz davor, in Tränen auszubrechen, als Linda mir die Schulter tätschelt.

»Fang ja nicht an, Schätzchen, sonst heulen wir alle gleich mit. Also, ich gehe jetzt in die Kirche. Bis später, Mary, und du siehst bildschön aus. Es wird Reg glatt umhauen.«

»Danke, Linda. Wie spät ist es?«

»Zehn vor, also lass dir Zeit. Trink einen Gin oder so. Das wirkt bei mir immer.«

Wir trinken Tee, vorsichtshalber mit einem sauberen Geschirrtuch über unserem Festtagsstaat, als Gran in ihre Handtasche greift und mir eine kleine, in rosa Seidenpapier eingewickelte Schachtel reicht.

»Sie sind von mir und Reg, als Dankeschön dafür, dass du unsere Brautjungfer bist. Und es sind echte Diamanten, allerdings nur kleine. Aber dennoch. Ich hoffe, sie gefallen dir.«

»Oh Gran, sie sind wundervoll. Komm, hilf mir mal dabei.«

Ich lege die silbernen herzförmigen Ohrringe, die ich zur Hochzeit mit Nick getragen habe, auf die Kommode. Tatsächlich bin ich froh, dass ich heute etwas Neues tragen kann – es kommt mir angemessener vor. Was mich an etwas erinnert.

»Also, was ist dein blaues Teil, Gran?«

»Meine Unterhosen. Mir fiel absolut nichts anderes ein, was ich tragen könnte, was man nicht sieht. Außerdem trage ich meine alte Perlenkette, und Betty hat mir ihre Ohrringe geliehen, und sie passen beinahe genau, sieh nur. War das nicht ein glücklicher Zufall? Und das Neue, das ich trage, ist die Armbanduhr, die Reg mir zu Weihnachten geschenkt hat. Ich habe sie erst einmal umgehabt, aber das zählt doch noch, oder?«

»Ich bin sicher, dass das zählt.«

»Erinnert mich an die Hochzeit mit deinem Granddad.«

»Gran.«

»Ich weiß, aber ich muss nun mal daran denken, Liebchen. Er war so ein gut aussehender junger Mann. Natürlich wäre er jetzt ein alter Mann, aber dennoch. Ich habe mit Betty darüber geredet, und wir gehen davon aus, dass er nichts dagegen hat, nicht nach all diesen Jahren.«

»Bestimmt, Gran.«

»Und ich sage dir noch was: Ich wünschte, dein Nick wäre hier, auch wenn er nicht wieder vernünftig geworden wäre und weiter die Scheidung gewollt hätte und alles. Ich wollte, dass du das weißt. Ich weiß, dass er Fehler gemacht hat, und es wäre insgesamt viel besser, wenn seine Mutter es auch wüsste, weil sie dann vielleicht ein bisschen netter zu dir wäre. Aber was geschehen ist, ist geschehen, und das ist zwar bedauerlich, aber nicht zu ändern. Ich sehe ihn immer noch in seinem Hochzeitsanzug vor mir an dem Tag, an dem ihr geheiratet habt. So jung. Wie mein Tom. Das Leben kann sehr grausam sein.«

Heilige Scheiße. Wenn sie so weitermacht, werden wir den ganzen Weg zur Kirche schluchzen.

»Ja, aber nicht heute, Gran.«

»Nein, aber es passiert an Tagen wie diesen, dass man sich zurückerinnert. Ich weiß, dass du auch daran gedacht hast, Herzchen, aber es wird leichter mit den Jahren, mehr kann ich dazu nicht sagen. Und ich bin so stolz auf dich. Das wollte ich dir auch noch sagen. Wenn du nicht den Laden übernommen hättest, bezweifele ich, dass Reg und ich heiraten würden. Es bedeutet mir unglaublich viel, dich hier zu haben. Das weißt du, nicht wahr?«

»Ja, Gran.«

»Gut. Also, dann machen wir uns jetzt lieber auf den Weg. Ich möchte Reg nicht warten lassen. Er könnte nervös werden, und dann macht ihm immer sein Magen zu schaffen. Komm jetzt, nimm meine Hand und führe deine Gran zum Wagen, Schätzchen. Ich fühle mich in diesen Schuhen immer noch nicht hundertprozentig sicher.«

Die Kirche ist gerammelt voll, als wir ankommen, und Mrs. Davies hat überall Blumen hingestellt, sodass es nach Rosen und Gesangsbüchern und einem Hauch Freesien riecht. »For Those in Peril on the Sea« wird gespielt, und die Rettungsbootleute singen einen komplizierten Refrain. Ich wusste gar nicht, dass sie vorhatten, aufzutreten, aber ich schätze, sie haben geübt, weil sie alle geschlossen im hinteren Teil der Kirche stehen und schick gekleidet sind und ihre Rettungsbootabzeichen tragen.

Der Hochzeitsmarsch setzt ein, und Gran beginnt zu zittern, als wir den Gang hinaufgehen; ich sollte eigentlich hinter ihr gehen, aber sie umfasst meinen Arm so fest, dass ich schließlich neben ihr gehe. Jack und Archie gehen langsam vor uns und streuen Blütenblätter. Bis wir beim Pfarrer angelangt sind, ist Archies Körbchen leer. Er dreht sich um und überreicht ihn mit strahlendem Lächeln Mum, dann macht er eine Verbeugung vor Gran, bevor er sich neben Dad setzt. Jack tut es ihm nach, und dann sind wir bei »Meine lieben Anwesenden, wir haben uns heute hier versammelt …«

Vin zwinkert mir zu, als Reg beinahe den Ring fallen lässt, und es ist alles sehr bewegend, sodass die meisten von uns am

Ende schniefen, einschließlich Lady Denby, die einen riesigen Hut trägt und sich laut trompetend die Nase schnäuzt, als wir die Prozession zurück durch den Gang antreten, was Jack zum Kichern bringt.

Reg sieht schon deutlich weniger blass aus, als wir draußen vor der Kirche für die Fotos posieren, während Vin und ich in den Kulissen warten. Wir sitzen auf der Holzbank des Kirchhofs, während Lulu mit den Jungs ein bisschen umherschlendert, damit sie nicht zu zappelig werden.

»Sie sehen schrecklich glücklich aus, nicht wahr, Vin?«

»Du wirst doch nicht etwa schon wieder weinen, oder, weil mir die Taschentücher ausgegangen sind.«

»Du bist ein solcher Romantiker, und außerdem habe ich dich ertappt.«

»Ertappt, wobei?«

»Du hast dir die Tränen aus den Augen getupft.«

»Tränen der Erleichterung, glaub mir. Und Männer tupfen nicht. Du meine Güte, ich dachte heute Morgen, er würde einen Schlaganfall kriegen oder so. Er hat dermaßen gezittert, dass ich ihm sogar das Hemd zuknöpfen musste. Und dieser alte Knacker Alf war auch zu nichts zu gebrauchen. Ich dachte, der Trauzeuge sei dafür da, alle zu beruhigen, aber er war genauso schlimm wie Reg. Diese verdammte Fliege mussten wir sechsmal neu binden, bevor beide zufrieden waren.«

Reg hatte sich seinen ältesten Freund Alfred als Trauzeugen gewählt; sie sind glaube ich schon zusammen zur Schule gegangen.

»Tja, ihr saht alle wunderbar aus. Der Stresemann steht dir wirklich gut.«

»Ich komme mir total bescheuert vor.«

»Lulu sieht großartig aus, nicht wahr?«

»Ist mir nicht aufgefallen.«

»Vin.«

»In meinen Augen sieht sie immer gut aus.«

»Weil du sie liebst.«

»Sachte, sachte.«

»Los, sag es.«

»Nein.«

»Ich werde Mum sagen, dass du das Loch in den Wohnzimmerteppich gebrannt hast, und wehe, du haust deine schwangere Schwester vor der Kirche! Also los, ich möchte es von dir hören.«

»Also gut, ich habe sie ganz gern.«

»Vin.«

»Wenn es sie nicht gäbe, würde es sich anfühlen, als wäre die Welt geschrumpft. Für immer. Bist du damit zufrieden?«

»Sehr zufrieden, vielen Dank.«

Du meine Güte, ich glaube, ich muss schon wieder weinen.

Vin hüstelt.

»Mum hat es tatsächlich geschafft, sich bis jetzt ganz gut zu benehmen, nicht wahr? Diese Kräuterdinger müssen stärker sein, als wir dachten. Ich frage mich, ob sie Reg wohl Dad nennen wird?«

»Das bezweifle ich. Aber es muss schon ein bisschen merkwürdig sein für sie. Stell dir mal, wie du dich fühlen würdest.«

»Was, wenn sie Dad verlassen und jemand anders heiraten würde, meinst du? Ich würde nicht hingehen.«

»In der Männerwelt ist immer alles unglaublich einfach!«

»Ja, wenn man die Frauen davon abhält, es kompliziert zu machen.«

»Es muss merkwürdig sein für sie, Vin. Sie hat Granddad Tom

nie kennengelernt, vergiss das nicht, aber ich wette, sie fühlt sich immer noch ein bisschen hin und her gerissen.«

Er legt seine Hand über meine.

»Reden wir über Mum oder über das Baby? Sie hatte nie Probleme damit, das weißt du.«

»Ja, aber damals war Krieg; keinen Dad zu haben, weil er während des Krieges im Atlantik versenkt wurde, ist eine Sache, aber wenn er nicht da ist, weil es ihm nicht in den Kram passt, eine völlig andere. Und ich würde es wirklich hassen, wenn das Baby das Gefühl hätte, nur zweite Wahl zu sein oder so.«

»Das wird es nicht. Keins deiner Kinder wird sich jemals so fühlen.«

»Danke, Vin.«

»Die Zeiten haben sich geändert, Schätzelchen. Familien gibt es jetzt in allen Formen und Größen. Wir müssen Gott sei Dank nicht mehr in kleinen, erdrückenden Verhältnissen leben.«

»Tja, das ist eine Erleichterung, weil ich glaube, dass ich geraume Zeit nicht mehr in irgendwas passen werde, was klein ist.«

Er drückt meine Hand.

»Na dann komm, Big Bertha, hieven wir dich hoch. Ich glaube, jetzt sind wir an der Reihe für die Freudenfotos.«

Als wir eintreffen, haben Connie und Mark den Pub über und über mit weißen Schleifen geschmückt, es sei denn, Elsie ist vorhin auf einen Sprung vorbeigekommen. Nelly steht in ihrem Ballerinakostüm an der Tür und trägt ein Körbchen mit gezuckerten Mandeln in kleinen, jeweils mit einer weißen Schleife umwickelten Tüllsäckchen. Es gibt Champagner, und auf allen Tischen stehen Platten mit Sandwiches. Außerdem diverse Törtchen und Marks spezielle Kuchen und Kekse, sodass ein großes Gedrängel einsetzt, als alle sich bedienen. Einige schlendern hinaus in den Garten, bis Connie in die Hände klatscht und sie wieder hineinscheucht und Mark die Hochzeitstorte hereinrollt.

Die Figuren auf der obersten Lage drehen sich langsam zu Walzerklängen aus einer winzigen weißen Musikbox. Alle klatschen und stoßen an. Gran hat sich gegen jegliche Rede entschieden, hauptsächlich weil wir beide Schiss vor dem hatten, was Mum möglicherweise sagen würde. Also bringt Reg nur einen Toast auf seine schöne Braut aus, sie schneiden die Torte an, und Elsie bricht in Tränen aus und wedelt mit ihrem Taschentuch. Alles ist perfekt, und Gran scheint ganz benommen vor Glückseligkeit.

Die Torte ist eine märchenhafte Kombination aus Marone und Praline, und ich überlege gerade, wie ich an ein weiteres Stück komme, bevor ich Mum vor einem von Regs Verwandten errette, der sie schon den ganzen Nachmittag Felicity nennt, als Connie zu mir kommt.

»Ist alles gut?«

»Ganz wunderbar. Danke, Con, ihr beide habt es perfekt gemacht für sie.«

»Sie sieht so glücklich aus.«

»Wenn sie noch glücklicher wäre, würde sie platzen.«

Connie lächelt und setzt sich.

»Zwei Leute haben uns schon gefragt, ob wir für sie das Gleiche machen können. Mark hat ihnen einen geradezu lächerlichen Preis genannt, weil er so erschöpft ist, und sie haben ja gesagt. Kannst du dir das vorstellen? Wenn wir so weitermachen, können wir einen der Kredite frühzeitig abzahlen.«

»Also, ihr verdient es, meine Süße – ihr habt hier Wunder vollbracht. Und Alison und Peggy haben ihre Sache auch gut gemacht, findest du nicht?«

Sie nickt; verlässliche Kellnerinnen zu finden, die den hohen Ansprüchen von Connie und Mark genügen, war gar nicht so leicht. Aber nach und nach haben sie eine Personalliste zusammengestellt, auf die sie sich verlassen können, einschließlich Pete, dem neuen Barmann, der sich als wirklicher Schatz herausgestellt hat, trotz gelegentlicher spektakulärer Besäufnisse. Er sieht sehr gut aus und mixt Linda und Tina eifrig seinen speziellen Hochzeitscocktail, der offenbar sehr gut ankommt.

»Jetzt habe ich das Gefühl, hierher zu gehören. Eine Hochzeit gibt dir dieses Gefühl. So als wäre nicht mehr nur Italien meine Heimat.«

Ich beuge mich vor und küsse sie, als Vin vorbeikommt.

»Störe ich bei irgendwas?« Er sieht ziemlich erhitzt aus.

»Wie viel Champagner hast du schon intus, Vin?«

»Ich habe aufgehört zu zählen. Hab ganz vergessen, wie gern ich das Zeugs saufe. Du hättest ihr Hochzeitskleid stricken sollen, Jo, bin ganz überrascht, dass du dir das entgehen lassen hast. Also, was wollte ich euch noch sagen? Oh ja, Archie. Ist auf einen Baum geklettert und kommt nicht wieder runter. Aber wenn du mir eine Leiter besorgst, hole ich ihn runter, kein Problem, also fang ja nicht an, einen Aufstand zu machen. Also, hast du? Eine Leiter, meine ich.«

»Im Moment nicht bei mir, nein, und du wirst nicht hinaufklettern, wenn wir eine finden. Con, eine Leiter?«

»Wir haben eine Trittleiter.«

»Perfekt.«

»Ich suche Mark.«

Nachdem wir uns alle um den Apfelbaum versammelt haben und zusehen, wie Mark den schmollenden Archie herunterholt, der steif und fest behauptet, dass er jederzeit hätte herunterkommen können, ist es Zeit für Gran und Reg, zu ihrer Kreuzfahrt aufzubrechen.

Die Leute vom Bowlingclub stellen sich als Ehrengarde auf, was ein wenig irritierend ist. Ich hoffe zutiefst, dass sie jetzt nicht anfangen, mit Bowlingkugeln zu schmeißen und irgendwelche Gehirnerschütterungen verursachen, aber stattdessen vollführen sie irgendeinen speziellen Bowlinggruß, und Gran kommen die Tränen.

»Also, bist du sicher, dass du klarkommst, Liebchen? Drei Wochen sind eine lange Zeit, weißt du. Versprich mir, dass du mich anrufst, wenn du mich brauchst.«

»Natürlich tue ich das, Gran, aber wir werden schon zurechtkommen.«

»Sie können mich in einem dieser kleinen Körbe per Helikopter vom Schiff holen, wenn du mich brauchst. Reg hat alles darüber gelesen.« Sie hält seine Hand. Du liebe Güte.

»Es wird schon nichts passieren, Gran. Jetzt fahrt nur schön und genießt eure Flitterwochen, und wir freuen uns auf eure Rückkehr. Ich wünsche euch eine schöne Reise, Reg.«

Er streckt die Hand aus, dann zögert er, beugt sich vor und küsst mich auf die Wange.

»Was ich dich noch fragen wollte, Reg – wenn ihr wieder da seid, hättest du etwas dagegen, wenn die Jungs dich Granddad nennen? Nur weil sie mich das gefragt haben. Das würden sie gern tun, wenn es dir recht ist. Ist es das?«

Ich hatte mir das als mein letztes Hochzeitsgeschenk aufgespart, da ich weiß, dass sie beide sich wahnsinnig darüber freuen würden.

»Ich würde mich geschmeichelt fühlen.«

Gran umarmt mich noch einmal, dann helfen wir ihnen in den Wagen und winken ihnen zum Abschied hinterher. Sogar

Mum sieht jetzt leicht gerührt aus, und sie trägt die Amethystbrosche, die Reg ihr gestern geschenkt hat.

»Gehen wir wieder rein, Mum? Verabschieden uns und sehen zu, dass wir nach Hause kommen, was meinst du? Ich würde gern Mark finden und ihm danken. Möchtest du mich begleiten?«

»Ja gern, meine Liebe. Man merkt, dass er in Italien ausgebildet wurde – diese Biscotti waren deliziös.«

Ich gebe ihr einen Kuss.

»Wofür war das denn?«

»Nur so. Darf eine Frau denn nicht ohne Grund ihre Mutter küssen?«

»Ich habe meine Meinung über dich und Rosa übrigens geändert – ich glaube, die Farbe steht dir doch. Vielleicht ein zwei Schattierungen dunkler, aber du sahst sehr hübsch aus in der Kirche.«

Wunder hören nie auf: ein Kompliment von Mum.

»Du sahst auch sehr schön aus.«

Vin zwinkert mir zu, als wir wieder hineingehen.

Mittwoch bin ich im Laden und schreibe eine SMS an Ellen, die kurz vor dem vorhochzeitlichen Zusammenbruch steht, was sich auf ihre Arbeit im Sender verheerend auswirkt. Sie hat ihren Co-Moderator gestern zwölf Sekunden vor den sechs Uhr Nachrichten vom Stuhl gestoßen und eine offizielle Verwarnung bekommen, die sie vor ihren Vorgesetzten in kleine Fetzen zerrissen hat.

Habe das Kiltthema mit den Jungs besprochen. Schlage Reservehosen vor, nur für alle Fälle.

Das Telefon klingelt.

»Was zum Teufel sind Reservehosen?«

»Morgen, Ellen. Wie geht es dir heute?«

»Ziemlich nah am Ausflippen, wenn du schon fragst. Technisch gesprochen glaube ich, dass ich mich am Rande einer Katastrophe bewege.«

»Herzchen, du musst dich beruhigen.«

»Nein, muss ich nicht. Glaub mir. Wir fliegen heute Nachmittag, und Rebecca liegt mit dem Floristen in heftigem Streit wegen weißer Rosen, sodass wir das verdammte Glasgow nach Alternativen abgrasen müssen, und dann steht mir ein Familienessen mit meiner Mutter bevor. Also ist mich zu beruhigen wirklich keine Lösung.«

»Wie kann es sein, dass ein Florist nicht in der Lage ist, weiße Rosen zu beschaffen? Ich werde Mrs. Davies für dich fragen, wenn du möchtest. Wir können sie im Wagen mitbringen.«

»Es sind irgendwelche speziellen Duftrosen, die sie auf ihrer Liste hatte, und wenn es erst mal auf ihrer Liste steht, ist der Teufel los, wenn es nicht klappt. Aber sie hat es im Griff, glaube ich. Ach ja, kannst du ihr vielleicht eine SMS schicken wegen dieser Reservehosen?«

»Klar.«

»Klinge ich schon wie eine Spinnerin?«

»Ansatzweise.«

»Gut.«

»Wie macht sich deine Mum?«

»Kurz davor, von mir betäubt zu werden.«

»Das klingt nicht gut.«

»Ich habe mir ein paar Spritzen besorgt, sodass ich ihr jedes Mal, wenn sie mich nervt, eine ins Bein verpassen kann.«

»Was war ihr letztes Vergehen?«

»Wie lange hast du Zeit? Sie hat mich heute Morgen um sieben angerufen, um mit mir über Mousse au Chocolat zu reden.«

»Kriegen wir Mousse au Chocolat?«

»Nein.«

»Aha. Also, womit kann ich dir helfen?«

»Kaufe Gift.«

»Ellen. Zähl bis zehn. Langsam.«

»Komm einfach so früh wie möglich.«

»Vin besorgt einen großen Leihwagen für die Rückfahrt nach ihrem Besuch bei Lulus Mum. Wir fahren, sobald die Jungs morgen aus der Schule kommen. Okay? Vin fährt gern nachts, deshalb fahren Lulu und ich die erste Strecke, und dann übernimmt er. Wir sollten Freitagmorgen bei dir sein. Früh genug?«

»Nein. Sag ihm, er soll verdammt noch mal Gas geben.«

Du liebe Zeit; nachdem wir Mum und Dad gestern weggebracht haben, hatte ich auf zwei ruhige Tage gehofft, um wieder zu Atem zu kommen. Wir haben eine SMS von Reg erhalten, in der er uns mitteilt, dass sie eine wunderschöne Zeit haben. Ich nehme an, dass er ihren Steward darum gebeten hat, da sie voller ganz un-Reg-mäßiger Herzchen- und Smilie-Abkürzungen war, aber offenbar gab es Blumen in ihrer (Herz)Kabine und einen Gruß vom Captain (Smilie). Aber ich werde das dumme Gefühl nicht los, dass Grans Hochzeit das reinste Kinderspiel war gegen das Kunststück, Ellen unbeschadet über die nächsten Tage zu bringen.

Freitagmorgen acht Uhr, und Lulu und ich haben eine Straßenkartenlesekrise, während Vin hinten bei den Jungs im Wagen ein Nickerchen macht. Er hat den größten Teil der Fahrt übernommen gestern Nacht, und ich fühle mich gut. Nachts Auto fahren wiegt mich immer sofort in Schlaf, und Vin hat den größten Minivan gemietet, den er finden konnte, sodass alles bemerkenswert einfach ist und viel billiger, als wenn wir geflogen wären. Auch wenn Vin denkt, dass er an einem neuen Weltrekordversuch teilgenommen hat, wie oft eine schwangere Person unterwegs eine Pinkelpause einlegen muss.

»Da müsste bald ein See kommen.«

»Wie bald?«

Wie es scheint, fahren wir gerade mitten durch einen Wald.

»Vor ungefähr zehn Minuten.«

Oh Gott. Ellen wird mich umbringen, wenn wir uns verfahren.

Mein Telefon kündigt den Eingang einer SMS an.

»Lies sie nicht – die ist bestimmt von der Braut, und die wird langsam ein bisschen nervig.«

»Sie schreibt nur *Hilfe.* Sieh mal, da ist ein Schild.«

Ich fahre langsam an eine Forstinformation heran, die uns mitteilt, dass wir zwar gern ein Picknick machen dürfen, sie uns aber sehr verbunden wären, wenn wir nicht den Wald abfackeln würden. Verdammt. Ein Feuer anzuzünden ist möglicherweise der einzige Weg, jemanden auf uns aufmerksam zu machen, der vielleicht weiß, wo zum Teufel wir sind.

»Fahren wir diese Straße noch ein bisschen weiter. Sie muss einfach irgendwo enden.«

»Du bist definitiv ein echter Optimist, nicht wahr, Lulu?«

Sie lächelt.

Bitte, lass da bald einen See sein.

»Ist das eine Art weibliche Abkürzung?«

Hervorragend. Vin ist wach geworden.

»Ja.«

Die Straße verläuft jetzt in einer Rechtskrümmung.

»Lügner. Ihr habt keine Ahnung, wo wir sind, richtig? Ich hoffe, ihr habt einige Leuchtraketen eingepackt in eine dieser siebenhundert Taschen im Kofferraum.«

Lulu dreht sich um und sieht ihn an.

»Nein. Wir dachten, wir verbrennen stattdessen deine Mütze.«

Er trägt eine schottengemusterte Fleecemütze, die er sich in der Nacht irgendwann an einer Tankstelle gekauft hat, als wir alle schliefen.

»Wie lange dauert es denn noch, bis wir da sind?«

»Nicht mehr lange.«

Lulu und ich tauschen besorgte Blicke aus, als die Straße scharf nach links abbiegt und wir aus dem Wald kommen, um festzustellen, dass wir jetzt an einem See entlangfahren mit einem anscheinend großen schlossartigen Gebäude in nicht allzu weiter Entfernung.

Hurra.

»Na bitte, siehst du wohl. Ziemlich elegante Abkürzung.«

Bitte lass es das Hotel sein und nicht irgendein hochherrschaftliches Anwesen, wo Eindringlinge verhaftet werden, weil wir jetzt, wie es aussieht, ihre vordere Zufahrt hinauffahren. Wir passieren ein sehr diskretes dunkelblaues Schild. Es ist das Hotel. Zweimal hurra.

Ein junger Mann kommt heraus, um uns bei dem Gepäck zu helfen, und alles läuft ganz entspannt, bis Ellen in die Rezeption rauscht.

»Gott sei Dank, dass ihr da seid. Willkommen in Loch Loon.«

Der junge Mann zieht sich hinter den Empfangstresen zurück.

Du lieber Schreck.

Unsere Zimmer sind wunderschön; die Jungs schlafen in einem kleinen, an meins anschließendes Zimmer mit einem riesigen Fernseher und einem Stapel altersgemäßer DVDs. Das Badezimmer ist größer als unser Wohnzimmer und verfügt über einen derart kräftigen Duschstrahl, dass er mich beinahe umgeworfen hätte, als ich schnell eine Dusche zum Wachwerden genommen habe. Alles ist in Schiefer und Chrom gehalten mit stapelweise weißen Handtüchern und jeder Lotion, die man sich nur wünschen kann, weshalb wir alle blitzsauber sind. Gefrühstückt haben wir auf unserem Zimmer, und es war fantastisch, besonders die Bücklinge.

Die Jungs sehen sich *The Incredibles* an, und Vin und Lulu haben ein Auge auf sie. Sie wohnen quasi neben uns, nur ein Stück weiter den Korridor hinunter. Ihr Zimmer ist nicht ganz so prunkvoll wie unseres, aber dafür haben sie eine eingelassene Badewanne, welche die Jungs zu gern ausprobieren möchten, gleich nach dem Swimmingpool im Wellnessbereich. Alles sieht ziemlich gut aus.

Ich bin in Ellens Suite, und die perfekten weißen Rosen sind inzwischen aufgespürt worden, aber das Familienessen war kein voller Erfolg, besonders nachdem Harry mit seinem Bruder Jimmy ein Wettsaufen veranstaltet hat.

»Wo ist eigentlich Harry?«

»Weiß der Teufel. Als ich ihn das letzte Mal zu Gesicht gekriegt habe, wollte er angeln gehen.«

»Ich wusste gar nicht, dass er angelt.«

»Tut er auch nicht. Seine Kumpels haben das organisiert, sodass er wahrscheinlich bis über die Gummistiefel klebrig und pitschnass zurückkommt.«

»Da werden sich die Fotografen aber freuen.«

Sie schenkt sich noch einen Kaffee ein.

»Und meine Mutter will mit dir reden, wahrscheinlich, um dich wegen der Tischdecken auf ihre Seite zu ziehen.«

»Was ist denn damit?«

»Ihr gefällt die Farbe nicht. Die Tische sollen in verschiedenen Karamell- und Cremetönen gedeckt werden. So was in der Art. Frag Rebecca. Wie auch immer, sie möchte rosa oder etwas dergleichen. Ich habe nicht richtig hingehört. Mannomann, es fängt schon an. Ich verwandle mich in eine dieser Frauen, die sich über verdammte Tischdecken unterhalten und bin noch nicht mal verheiratet.«

»Ellen.«

»Machen wir einen Spaziergang.«

»Wohin?«

»Mir egal.« Sie fängt an zu weinen.

»Schatzimaus.« Ich knie mich neben ihren Stuhl und nehme sie in die Arme. »Es wird alles gut. Du liebst Harry, und alles wird perfekt.«

»Ich liebe ihn, wie er jetzt ist, aber was ist, wenn ich ihn nicht mehr liebe, wenn er mein Ehemann ist? Allmächtiger, allein wenn ich das ausspreche komme ich mir vor wie eine dieser Frauen, die sich einen totalen Verlierer angeln, nur damit sie ›ich und mein Ehemann‹ sagen können.«

»Das trifft nicht auf Harry zu.«

»Ich weiß, aber wenn wir ehrlich sind, wird er nie anständig verdienen, also bleibt es an mir hängen, alles am Laufen zu halten, und das finde ich auch okay, glaube ich wenigstens. Aber dann sehe ich andere Frauen vor mir, die ganztags arbeiten, nur damit irgendwelche Wichser von ihnen schmarotzen und den Hausmann spielen können, und das ist immer totale Scheiße.«

»Das wird Harry nie tun.«

»Ich weiß. Aber möglicherweise doch. Freie Aufträge könnten irgendwann knapp werden, besonders wenn du keinen Bock hast, ständig zu akquirieren und dich da draußen abzustrampeln, und was dann? Und ich hasse es, dass mir ständig jeder sagt, dass ich bestimmt bald ein Baby bekomme, so als wärst du keine richtige Frau, wenn du keine Spucke auf der Schulter und die Handtasche voller nasser Tüchwischer hast.«

»Wischtücher.«

»Die auch. Einfach totale Scheiße.«

»Ich weiß, aber du möchtest Kinder, hast du jedenfalls gesagt, also was kümmert es dich?«

»Ich will nicht, dass man von mir erwartet, dass ich welche bekomme. Ging es dir nicht so?«

»Nein, hauptsächlich, weil Mum nie besonders scharf darauf war. Sie hätte es vorgezogen, wenn ich weiter gearbeitet und mich auf meine schillernde Karriere konzentriert hätte.«

Sie lächelt.

»Irgendwie erhasche ich hin und wieder einen flüchtigen Blick auf das, was möglich ist, so als sähest du aus einem Taxi heraus die perfekten Schuhe in einem Schaufenster, aber wenn du dann zurückgehst in den Laden, sind sie nicht mehr da oder es gibt sie nicht in deiner Größe. Weißt du, was ich meine?«

»Ansatzweise.«

»Was, wenn ich es hasse? Verheiratet zu sein und Babys zu haben und alles? Was mache ich dann?«

»In Panik geraten und einfach weitermachen, wie der Rest von uns?«

»Was, wenn das nicht reicht?«

»Natürlich reicht das nicht, nicht für jeden Moment des Tages. Tut es nie. Aber wenn du ihn liebst und er dich liebt, ist es ein verdammt guter Anfang.«

»Aber du und Nick wart früher auch so; ihr wart so ein perfektes Paar.«

»Da bin ich mir gar nicht mehr so sicher, wirklich nicht. Ich glaube, ich habe ihn immer mehr geliebt als er mich. Wenn ich heute zurückblicke, begreife ich das. Er war der Geliebte. Und ich die verdammt Dankbare.«

Sie lächelt.

»Du stellst wie üblich dein Licht unter den Scheffel.«

»Nein, tue ich nicht, Ellen, und außerdem sind du und Harry anders. Er betet dich an. Und Nick und ich wollten völlig verschiedene Dinge.«

»Was zum Beispiel?«

»Ich brauchte die Jungs zum Glücklichsein, und er wollte ein berühmter Reporter sein und mit jüngeren Frauen schlafen.«

Sie lacht.

»Mistkerl. Aber versprich mir, dass du mir aus der Patsche hilfst, wenn ich es vermassele.«

»Natürlich.«

»Ich kann zu dir kommen und bei euch am Meer leben und stricken?«

»Jederzeit.«

»Gut. Dann haben wir die Sache mit meinem Notausgang geklärt. Also, gehen wir nach unten ins Bad. Rebecca hat uns das volle Programm gebucht; du bekommst eine Art Schwangerschaftsversion mit allen möglichen speziellen Anwendungen.«

»Oh Gott. Ich habe nicht die richtigen Unterhosen für ein schickes Bad.«

»Ich bitte dich. Du bist schwanger. Sie werden wohl kaum etwas Aufreizendes erwarten.«

Ich bin sicher, dass sie auch keine olle Unterwäsche von M & S mit ausgeleiertem Gummiband und bezauberndem Grauton vom vielen Waschen erwarten, aber egal. Ich schätze, das ist mal 'ne nette Abwechslung für sie.

Die Kombination aus dem Aufenthalt im Bad und reichlichem Champagnergenuss hat gestern Abend schließlich und endlich Ellens Laune gehoben, und sie drohte mit einer Runde Strippoker, als ich zu Bett ging. Harrys Glasgower Verwandte waren prima, besonders seine Tante Nell, die ein echter Schatz ist, obwohl sie sehr herrisch sein kann, genau wie Gran. Sie sorgte irgendwann dafür, dass ich meine Füße hochlege, was Vin unglaublich belustigte.

Es war beinahe zwölf, bis ich die Jungs ins Bett kriegte; sie waren von der Phase, wo sie sich wie die Häschen in der Duracell Werbung in Zeitlupe bewegen, direkt in die Ganz-müde-Phase übergegangen. Aber wenigstens schlafen beide noch, als ich um zehn nach neun aufwache. Ich kann mich gar nicht mehr erinnern, wann ich zuletzt so lange geschlafen habe.

Ich schaffe es sogar noch, schnell ein Bad zu nehmen, bevor Archie aufwacht, der heute eine seiner »Ich bin ein kleiner Sonnenschein«-Launen hat, was sehr ermutigend ist, besonders da ich versuchen muss, ihm einen Kilt aufzuschwatzen. Die Trauung ist erst um zwei, damit alle Medientypen die Chance haben, rechtzeitig aus ihren schicken Hotels in Glasgow und Edinburgh hierherzukommen. Ich denke, ich nähere mich dem Kiltthema so behutsam wie möglich.

»Bist du hungrig, Schätzchen?«

»Ja, aber nicht auf Porridge.«

»Okay. Du musstest es gestern nicht probieren, weißt du.«

»Jack hat mich herausgefordert.«

»Na gut, heute kannst du Pfannkuchen essen, wenn du möchtest.«

»Und Würstchen?«

»Ja.«

»Und können wir wieder schwimmen gehen?«

Wahrscheinlich nicht nach Pfannkuchen und Würstchen, es sei denn, wir möchten herausfinden, ob Onkel Vin noch weiß, wie man Mund-zu-Mund-Beatmung macht.

»Mal sehen, aber wir könnten einen Spaziergang machen. Vielleicht sehen wir einen Hirsch.«

»Kann ich zuerst Cartoons sehen?«

»Ja, aber leise. Wir wollen Jack nicht aufwecken.«

Ich gebe ihm ein Glas Saft aus der Minibar. Ich habe die teuren Getränke und Erdnüsse ins oberste Regal der Garderobe verbannt und die Minibar aufgefüllt mit Saft und Wasser und Smarties für den Notfall. Ich hatte alles in einer Kühltasche mitgebracht. Ich weiß, seine eigenen Vorräte in ein schickes Hotel mitzubringen ist nicht gerade übermäßig stilvoll, aber das Zimmer für zwei Nächte und den Leihwagen zu bezahlen, hat mein Budget bereits für die nächsten beiden Monate über den Haufen geworfen, also versuche ich, unsere Rechnung so niedrig wie möglich zu halten.

Ich mache mir gerade eine Tasse Tee, als Jack mit seinem Kilt über dem Pyjama hereinschlurft.

»Sieh mal, Mum, du kannst ihn über der Hose tragen.«

Archie kreischt vor Lachen.

»Du hast einen Rock an, wie ein Mädchen.«

»Hör auf, du musst auch einen tragen. Sag es ihm, Mum.«

Das ist möglicherweise ein guter Zeitpunkt, um die Smarties ins Spiel zu bringen.

Wir stehen vor dem Ballsaal und sind beinahe abmarschbereit mit Ellen, die umwerfend aussieht in Vera Wang. Ihre Haare sind hochgesteckt, und sie trägt eine Diamanttiara mit dazu passenden Ohrringen, wodurch sie unglaublich glamourös wirkt und gleichzeitig zurückhaltende Eleganz ausstrahlt. Ich trage ein lila Seidenbrokatkleid mit passendem Mantel und Schuhen, genau wie die beiden kleinen Brautjungfern. Ellens Mum hat schließlich an der unbedeutenderen Verwandtschaftsfront triumphiert, und der Schneider hat es in Rekordzeit geschafft, zwei schlichte Hängerkleidchen zu nähen.

Ellens Cousinen sind begeistert, dass ihre Töchter eine tragende Rolle spielen. Miranda, die Mutter der kleineren, hat uns schier wahnsinnig gemacht mit ihrer Bitte um zusätzliche Proben und ihren Blumenvorschlägen, aber Rebecca lässt sie keine Sekunde aus den Augen. Archie und Jack tragen beide ihren Kilt, nur dass Archie darauf bestanden hat, seine Badehose darunter zu tragen, sodass er bei jeder Bewegung raschelt.

Ellen lächelt und hält die Hand ihres Dads, während Rebecca ein letztes Mal an ihrem Kleid zupft und leise in ihr Headset spricht. Schließlich wird es ganz still. Und dann öffnet sich die Tür zu den Trompetenklängen des Hochzeitsmarsches. Ellen hat Harry erzählt, dass sie zu den Klängen des Titelsongs aus *Titanic* auf Dudelsäcken zum Altar geführt werden will, also schätze ich, dass er ziemlich erleichtert ist. Archie und Jack setzen sich in Bewegung und halten ihre Rosensträußchen und sich selbst so weit wie möglich entfernt von den Brautjungfern, rennen aber Gott sei Dank nicht, und ich schaffe es, nicht auf das Kleid zu treten oder den Strauß fallen zu lassen, als Ellen ihn mir reicht. So weit, so gut.

Sie schieben sich gegenseitig die Ringe auf die Finger, und Harry scheint kein Wort herausbringen zu können und braucht drei

Anläufe, um seinen Namen zu sagen, während ich ein Taschentuch suche und Archie anfängt, zappelig zu werden, was zu noch mehr Rascheln führt. Und dann sind sie verheiratet, und alle umarmen und küssen sich und posieren für die Fotos und versuchen, die kleinen Brautjungfern für das Gruppenfoto nach vorn zu schieben.

Ellen ist völlig aufgedreht und umarmt mich zwischen mehreren Aufnahmen und flüstert mir zu, dass sie noch nie glücklicher war, sodass ich schon wieder nach einem Taschentuch suche. Und Harry küsst mich und dankt mir, dass ich Ellen in den letzten paar Tagen davon abgehalten habe, jeden umzubringen, insbesondere ihn, und ich das Gefühl habe, den Brautjungferntest mit fliegenden Fahnen bestanden zu haben, was eine große Erleichterung ist. Dann besteht Ellen auf einigen Fotos nur mit ihr und Harry und mir und den Jungs, was Miranda gar nicht schmeckt, aber wir schaffen es bis zum Lunch, ohne dass irgendjemand einen Tobsuchtsanfall kriegt.

Die Ansprachen sind glücklicherweise kurz und nicht allzu verlogen, und dann wird daraus eine merkwürdige Mischung aus einem Fernsehevent für die ganzen Medientypen, von denen viele per Hubschrauber gekommen sind, und einer Familienhochzeit mit Reminiszenzen, wer bei der letzten Hochzeit was zu wem gesagt hat. Die Medienbrigade sieht sehr selbstzufrieden aus, und es ist seltsam, wie fremd sie mir vorkommen. Ich erkenne durchaus einige Gesichter, Leute, mit denen ich vor Jahren mal zusammengearbeitet habe und die jetzt leitende Nachrichtenproduzenten sind oder in den oberen Managementetagen gelandet. Alle sehen so aus, als wären sie auf einer schicken Londoner Hochzeit, aber sie scheinen sich nur über Arbeit unterhalten zu können.

Ständig blicken sie einem über die Schulter, wenn sie mit

einem reden, falls jemand Wichtigeres am Horizont auftaucht, aber schwanger zu sein hilft auf jeden Fall, besonders bei den Männern, die erleichtert wirken, dass sie nicht länger Mitleid zeigen müssen wegen Nick. Und die Frauen sind nicht viel besser; jede Menge überschwängliche Küsschen, und ein paar halten die Geschichte vom Wollladen für einen spitzenmäßigen Witz, bis ihnen aufgeht, dass ich es ernst meine. Aber dann gibt es auch schon kein Gesprächsthema mehr, und ich bin offenbar schrecklich langweilig. Aber während ich mich in der Vergangenheit deswegen fehl am Platz fühlte, weil ich nicht die richtigen Fernsehqualitäten hatte, ist es mir jetzt piepegal.

Sobald wir Ellen und Harry in ihrem Helikopter zum Abschied gewunken haben, der sie nach Heathrow bringt, von wo aus sie in ihren Siebensterne-Luxus-Urlaub in Marokko aufbrechen, und ich es glücklicherweise geschafft habe, Archie davon abzuhalten, sich an Bord des Helikopters zu schleichen, gehen wir zurück ins Hotel. Ich möchte nichts weiter, als früh ins Bett. Vin und Lulu haben Lust auf die Bar und darauf, die Glasgower Verwandtschaft dabei zu beobachten, wie sie sich über den Medienhaufen lustig macht, aber ich glaube, ich passe. Wenn Nick hier wäre, würde ich mir plump und zweitklassig vorkommen; er hätte auch gern die ganze Nacht über Fernsehstorys geredet und über Noteinsätze in fremden Hauptstädten zwischen irgendwelchen Raketeneinschlägen, und ich hätte die Jungs gern ins Bett gebracht. Aber jetzt kann ich tun, was ich möchte, und es ist alles ziemlich entspannt.

Schon komisch, aber zwei Hochzeiten scheinen mir bewusst gemacht zu haben, wie glücklich ich bin, nicht mehr verheiratet zu sein, vielen Dank auch. Und obwohl einige Leute anzunehmen scheinen, dass man paarweise auftreten muss, so als wären wir dabei, an Bord von Noahs verdammter Arche zu gehen, bin ich nur erleichtert, dass ich mich mit den Jungs verdrücken kann, ohne mir Gedanken darüber zu machen, was Er möchte.

Ellen so glücklich zu sehen, war sehr schön, aber es hat mich nicht so nostalgisch oder einsam oder sonst irgendwie gemacht, wie ich angenommen hatte. Das ist eine Überraschung, aber ich bin tatsächlich sehr viel weniger einsam, als ich in London war. Weil es nichts Schlimmeres gibt als die nervtötende, selbstzerstörerische, dich völlig fertigmachende Einsamkeit, die du empfindest, wenn du mit jemandem verheiratet bist, der eigentlich nicht mehr mit dir verheiratet sein möchte. Und du ziemlich sicher bist, dass alles deine Schuld ist, weil du so langweilig bist. Hah. Und als Sahnehäubchen obendrauf habe ich auch noch ein fantastisches lila Outfit, das ich tragen kann, sollte ich noch mal schick ausgehen. Also war es alles in allem ein guter Tag.

Vin hat sich beim Congatanzen eingereiht, als ich die Jungs zu Bett bringe, und Lulu tanzt mit Harrys Onkel Alan, der für seine zweiundachtzig Jahre noch sehr rüstig ist.

»Mum.«

»Ja, Jack?«

»Dürfen wir im Bett noch einen Cartoon sehen?«

»Nein, es ist schon sehr spät. Drück den Fahrstuhlknopf, Schätzchen.«

»Aber als Belohnung, dass wir so gut waren mit unseren Blumen?«

»Vielleicht noch fünf Minuten, aber leise.«

»Mum?«

»Ja, Archie?«

»Wenn ich heirate, will ich keine Jungs in Röcken.«

»Okay. Drück noch mal den Knopf, Jack.«

»Und ich will auch keine doofen Blumen.«

»Aha.«

»Aber du kannst meine Brautjungfer sein.«

»Danke, Archie.«

Hervorragend. Noch eine Hochzeit, auf die ich mich freuen kann.

»Und, Mum?«

»Ja, Archie.«

»Wenn ich heirate, behalte ich meine Torte. Alle kriegen nur Sandwiches. Die Torte ist nur für uns.«

Noch mehr Torte am Horizont, wenn auch in sehr weiter Entfernung.

Das wird ja immer besser.

Kapitel fünf – Juli

Weiße Elefanten und rosa Flamingos

Die letzte Woche vor den Sommerferien rückt näher, und am Sonnabend ist das Sommerfest, sodass ich im Laden weiße Elefanten aus Wollresten aus dem Wohltätigkeitskorb stricke und um Regen bete. Es ist noch heißer geworden in den letzten Wochen, und in glühendem Sonnenschein hinter einem Stand zu stehen wird ein unglaublicher Albtraum. Nachdem wir uns entschieden haben, nicht als Küchenmägde zu gehen, was Annabel unserer Meinung nach heimlich hofft, haben Connie und ich uns endlich eine Kostümierung überlegt. Connie hatte die Idee, als viktorianische Milchmädchen zu gehen, wie in dem Film *Oliver*, den sie und Nelly lieben, nur ohne die Milcheimer an einer hölzernen Tragevorrichtung über den Schultern. Wir glauben, dass Annabel etwas Ländliches gutheißen wird, und unsere Leinenblusen mit langen Baumwollröcken werden schön kühl sein – auch wenn ich in meiner Bluse sehr viel mehr Dekolletee zeige als normalerweise, dank meines jüngst erworbenen Schwangerschaftsbusens, an den ich mich immer noch nicht richtig gewöhnt habe.

Letzte Woche sind Connie und ich nach Canterbury gefahren wegen der Röcke, und ich habe zwei riesengroße Leinenhosen mit weiten Beinen und elastischen Bündchen gefunden, sodass ich nicht mehr täglich in meinen geblümten Zelten herumlaufen muss. Und wir haben auf dem Markt auch einige hübsche Kaftanoberteile aus Baumwolle gekauft, und Connie noch ein paar neue T-Shirts für Mark.

»Ich setze den Kessel auf. Möchtest du einen deiner Tees?«

»Ja, bitte, Elsie.«

Im Moment trinke ich hauptsächlich Pfefferminztee, was schon seltsam ist, da ich ihn noch vor wenigen Wochen eklig fand.

»Du solltest dich hinsetzen, weißt du – sonst kriegst du noch schreckliche Krampfadern. Bei Martin hatte ich ganz schlimme.«

Es ist eminent wichtig, dass ich sie auf keinen Fall zu einer ihrer weiteren »Als ich schwanger war«-Reminiszenzen ermuntere, nicht zuletzt, weil sie nie sehr aufbauend sind. Aber wenigstens hat sie aufgehört, mir Geschichten über Zangengeburten zu erzählen, nachdem ich letzte Woche deswegen einen kleinen Schreianfall bekommen hatte.

»Ich schaue nur noch mal kurz in den Computer, ob vielleicht weitere Bestellungen eingegangen sind, und um elf muss ich bei Grace sein.«

»Ich finde, du siehst schick aus heute. Diese Farbe steht dir, und ich glaube, dass sie sich gut verkaufen werden, wenn ich das sagen darf.«

Ich trage einen von Elsies neuen Baumwollschals, deren Muster sie sich selbst ausgedacht hat. Einen Lilanen über einem weißen Hemd und meiner neuen schwarzen Leinenhose. Und ich habe es gestern Abend sogar geschafft, mir die Fußnägel zu lackieren, auch wenn es eine reichlich schweißtreibende Angelegenheit war, aber jetzt fühle ich mich so bereit, wie man sich für eine Sitzung mit der Diva nur fühlen kann. Tatsächlich bin ich ziemlich aufgekratzt: Gran und Reg fanden ihre Flitterwochen toll, genau wie Ellen und Harry, und der Laden läuft prima mit all den Sommertagesgästen, die die Geschäfte wirklich ankurbeln. Und bei meinem letzten Krankenhausbesuch habe ich allerbeste Noten bekommen, sowohl was meinen Blutdruck als auch die Gewichtszunahme des Babys anging. Wenn es also einfach aufhören könnte, so verdammt heiß zu sein, wäre alles rundum perfekt.

Elsie kommt wieder herunter mit dem Tee.

»Martin meinte, wenn du ihm sagst, wann es passt, würde er vorbeikommen und diese Fotos machen.«

»Sag ihm jederzeit, Elsie. Er will deinen Schal auf die Website stellen, sodass wir lieber noch ein paar Sonderangebotstüten zusammenstellen. Olivia hat Samstag zwei verkauft, und wie du siehst, hat sie alles fein säuberlich im Buch eingetragen.«

Elsie ist nicht glücklich darüber, dass Olivia samstags im Laden aushilft; dafür ist Cath begeistert. Wir haben letzte Woche in unserer Strick & Zick-Gruppe darüber geredet, und sie sagte, dass Olivia so begeistert war, dass sie sogar angeboten hat, nach dem Mittagessen beim Abwasch zu helfen, als Cath ihr das mit dem Samstagsjob bei mir im Laden erzählte.

»Die Kasse war in einem schrecklichen Zustand, als ich Sonnabend gekommen bin. Fünfpfundnoten bei den Zehnern und überhaupt keine Pfundmünzen.«

»Das war wahrscheinlich mein Fehler, ich habe ihr gesagt, dass sie es dir als langjährige Mitarbeiterin überlassen soll, für das nötige Wechselgeld zu sorgen. Ich denke, das muss deine Verantwortung bleiben, nicht wahr?«

Sie zögert.

»Das ist absolut richtig, und ich muss ihr zugutehalten, dass sie wirklich hart gearbeitet hat, um die neuen Lieferungen auszupacken – sie war beinahe fertig, als ich kam. Ich möchte nicht ungerecht sein.«

Hervorragend; vielleicht haben wir an dieser Front einen unsicheren Waffenstillstand.

»Sie kann auch gut mit Computern umgehen.«

»Martin hat mir gezeigt, wie man ihn bedient, darum muss sie sich gar nicht kümmern. Aber ich schätze, in den Schulferien kann sie uns durchaus nützlich sein. Demnächst musst du wirklich etwas kürzertreten, weißt du. Die letzten beiden Monate können die heikelsten sein. Meine Knöchel waren so geschwollen, dass ich während der letzten sechs Wochen nur noch Hausschuhe tragen konnte.«

»Bisher geht es mir noch gut, Elsie. Wie auch immer, wenn du Martin sagen könntest, dass es jederzeit passt, wäre das fein.«

Nach einer Serie technischer Probleme, die ich allesamt nicht kapiert habe, hat Martin endlich unsere Website fertig installiert. Bisher hatten wir ein halbes Dutzend Bestellungen, eine E-Mail von einer Spinnerin, die keine Knopflöcher kann und angefragt hat, ob wir sie für sie machen können, und natürlich die übliche Flut von Angeboten für Kredite und Penisvergrößerungen. Aber als die erste Bestellung hereinkam, war es wirklich aufregend, und Elsie hat sich selbst zum Bestellmanager ernannt, sodass sie mit Mrs. Parish vom Postschalter den neuesten Klatsch austauschen kann, wenn sie die Päckchen aufgibt.

»Welche Farben möchtest du für die Sonderangebote für die Schals?«

»Auf jeden Fall Schwarz, und das neue Karamell, das helle, und Weiß. Und vielleicht das neue Nilgrün; ich glaube, das wird auch gern genommen. Und auch das Lila. Und vielleicht noch das Silbergrau?«

»Sehr schön.«

»Ich habe mir auch schon einige der neuen Herbstfarben angesehen. Ich denke, wir stricken noch ein paar Mohairschals.

Sie haben sich letztes Jahr so gut verkauft, und es gibt einige wunderhübsche neue Tweeds. Ist die Bestellung für Mrs. Forrest schon da?«

»Nein. Ich rufe mal an und frage nach, okay?«

»Ja bitte. Und sag ihnen, dass wir die Bestellung stornieren, wenn sie sich nicht beeilen. Das funktioniert in der Regel.«

»Da hast du ganz recht, meine Liebe.«

Es ist bereits unangenehm heiß, als ich in Graceland ankomme, und mein Hemd ist total verknittert. Es scheinen noch ein paar mehr Knipser herumzulungern als üblich, als ich hineinfahre, aber dankenswerterweise sind Tom und Jerry anderswo beschäftigt, wodurch ich ins Haus gelange, ohne von oben bis unten mit Hundesabber bedeckt zu sein. Maxine schickt mich gleich nach oben in Lilys Spielzimmer, wo Grace umgeben ist von all den knallbunten Plastikspielsachen, die Lily liebt, und all den teuren aus Holz, die sie ignoriert.

»Hi, Jo. Dauert keine Minute. Meg ist unten und macht ihr Mittagessen fertig. Wir waren sehr früh dran heute Morgen. Madam scheint im Moment gern früh aufzuwachen.«

Lily steht aufrecht auf Graces Schoß und sieht sehr zufrieden mit sich aus.

»Ich kann es nicht fassen, wie sehr sie sich von Mal zu Mal verändert.«

Grace gibt ihr ein Küsschen auf den Kopf.

»Aufrechtstehen ist im Moment ihr Liebstes.«

Ich hatte vergessen, wie gern sie die ganze Zeit aufrecht stehen wollen, wenn sie in diesem Alter und eigentlich noch nicht kräftig genug dafür sind. Ich hatte immer eine Reihe kleiner Druckstellen auf meinen Oberschenkeln, wo Archie in dem Alter immer seine Zehen hineingebohrt hatte.

Meg kommt herein und nimmt Lily mit hinunter, und wir sehen uns verschiedene Muster für Babyjäckchen aus Kaschmir an, als Maxine hereinkommt, die ziemlich aufgelöst aussieht.

»Tut mir leid, wenn ich euch stören muss, Grace, aber es ist Jimmy.«

»Was hat er jetzt schon wieder angestellt?«

»Er ist hier, draußen vor dem Tor, und er hat Presse dabei. Er sagt, er möchte Lily sehen und geht nicht eher, als bis er sie zu sehen bekommt.«

»Verdammte Scheiße.«

»Was sollen wir tun?«

»Ich weiß es nicht. Lass mich kurz nachdenken. Hast du Ed angerufen?«

»Ja, er redet von Einsatz von Hubschraubern. Er ist auf Leitung drei.«

Grace nimmt den Hörer auf.

»Zum Teufel noch mal, Ed, das würde ihn doch nur noch mehr anfeuern. Hör zu, rede mit den Rechtsanwälten, und ruf mich zurück. Finde heraus, ob wir eine Art einstweilige Verfügung kriegen können.« Sie legt den Hörer auf und dreht sich um zu Maxine. »Wie viele Kameras?«

»Das volle Programm, würde ich sagen.«

»Allmächtiger.«

Genau genommen fängt Jimmy langsam an, mir ein bisschen leidzutun; auch wenn ich mir ziemlich sicher bin, dass es auf meine überquellenden Schwangerschaftshormone zurückzuführen ist. Gestern war ich den Tränen nahe, als ich ein Pinguinbaby in einem von Jacks Natur-in-Not-Programmen sah. Aber die Vorstellung, Jimmy einfach vor dem Tor stehen zu lassen, erscheint mir ein bisschen hart.

»Wäre es denn so schrecklich, wenn er sie sehen würde?«

Himmelherrgott. Ich wollte es doch *absolut* nicht laut aussprechen.

Grace sieht wütend aus.

»Ja.«

»Aber vielleicht wäre es gar nicht so schlimm. Ich meine …«

»Hör zu, vielleicht sollten wir einen neuen Stricktermin vereinbaren.«

»Oh, sicher … gut, ja, klar.«

»Wenn du jetzt gehst, wird dich wahrscheinlich die Presse am Tor aufhalten. Wenn du also eine Weile unten warten würdest, bis wir das hier geklärt haben, wäre das wunderbar. Maxine zeigt dir, wo. Danke, Jo.«

Mist. Ich glaube, ich bin entlassen worden.

»Tut mir leid, Grace. Ich wollte nichts Falsches sagen.«

Sie wirft mir einen seltsamen Blick zu; eine Mischung aus Verärgerung und noch etwas anderem, einer Andeutung von Verletzlichkeit unter all dem Stahl. Verdammt, ich war tollpatschig, und das kann sie überhaupt nicht leiden.

»Ich weiß, dass du sie nur schützen willst, Grace, natürlich willst du das. Und ich weiß, dass es hart ist. Du weißt, dass ich das weiß. Aber musst du nicht irgendwann, wenn er sich hier blicken lässt, zulassen, dass er sie zu sehen kriegt? Und im Übrigen, wenn sie dich fragt, wer er ist, was willst du ihr dann sagen?«

Maxine nickt.

»Das stimmt, Grace.«

Grace sieht Maxine an, die rot wird und sich zu mir umdreht.

»Und ich weiß, wie schwer das ist, Grace, glaub mir. Ich fände es schrecklich, wenn Daniel so etwas täte, wirklich. Nicht dass es wahrscheinlich ist, aber wir wären ja alle hier bei dir. Solltest du uns brauchen. Und wenn du ihn hereinließest, hätte die Presse keine Geschichte, nicht wahr?«

Sie lächelt.

»Okay, okay, ich verstehe. Du könntest recht haben.«

Maxine sieht überrascht aus.

»Soll ich dann Ed zurückpfeifen?«

»Ja.«

»Vielleicht sollten wir eine Presseerklärung abgeben, gleich nachdem er drinnen ist. Etwas in der Art, wie froh du bist, dass er endlich Interesse zeigt und hoffst, dass sich alles freundschaftlich regeln lässt?«

»Guter Plan, Max. Ed soll sich drum kümmern. Ich frage mich, warum er sich gerade jetzt blicken lässt; bringt er diese Woche ein neues Album heraus oder etwas in der Art?«

Maxine nickt und beginnt, sich Notizen auf ihrem Block zu machen.

»Also, warum zum Teufel hast du mir das nicht gesagt? Wir hätten wissen müssen, dass er so eine Show abziehen wird. Himmelherrgott. Okay, sag, dass ich mich über sein Kommen freue und wir davon ausgehen, dass es nichts mit seinem neuen Album, das diese Woche herauskommt, zu tun hat. Dass es mir nur um Lily geht. Und wenn er eine Beziehung zu ihr aufbauen möchte, na schön, bitte sehr.«

»Bindung ist besser.«

»Ja, Bindung. Aber ich möchte, dass er vorher einen Drogentest macht, nur um sicherzustellen, dass er nicht wieder in seine alten Gewohnheiten verfallen ist. Brillant. Das müsste reichen. Jo, kannst du hier bleiben? Maxine kennt er, sodass es alles nur verschlimmern würde, wenn sie dabei wäre, und ich hätte gern eine Zeugin.«

»Wie bitte?«

»Wenn wir ihn hereinlassen.«

»Natürlich, wenn du dir sicher bist. Ich meine, es besteht doch immerhin die Möglichkeit, dass er sich vernünftig verhält, oder nicht?«

»Nicht wirklich, nein. Max, hat er irgendeine Puppe dabei?«

»Ja.«

»Und was macht sie?«

»Posiert mit einem riesigen rosa Teddybär.«

»Was hat sie an?«

»Nicht sehr viel.«

»Dann ist das also ihre Coming-out-Party. Clever. Na gut, sag Bruno, er soll Jimmy hereinlassen, aber nicht das Mädchen, sobald du das mit unserer Presseerklärung geklärt hast. Ich gehe mich jetzt umziehen.«

Zwanzig Minuten später sitzen wir unten in dem eleganten Wohnzimmer mit den smaragdgrünen Samtsofas, und Grace trägt jetzt ein wunderschönes Wickelkleid und scheint in eine Art Atemübungstrance versunken zu sein. Sie sieht umwerfend aus und ist rundum ganz die Diva, als die Tür geöffnet wird und Bruno Jimmy hereinbegleitet.

Mann, es ist wirklich Jimmy Madden. Er sieht nervös aus und sehr dünn, aber ist dennoch unmissverständlich jeder Zoll der Rockstar. Bruno bezieht Stellung neben der Tür, als ob Jimmy jemand wäre, der möglicherweise ein Gemälde mitgehen lässt.

»Hi, Kleines, nette Hütte.«

Grace lächelt, und zwar ihr volles Megawattlächeln.

»Was willst du, Jimmy?«

»Wer weiß, Darling? Der Teufel soll mich holen, wenn ich das nur wüsste.«

Grace seufzt.

»Ich hab keine Zeit für das hier.«

»Hat aber deine Aufmerksamkeit erregt, was?« Er grinst. »Und ich habe das Recht, meine Tochter zu sehen.«

Sie versteift sich, und dann scheint sie sich wieder an etwas zu erinnern, als sie langsam ausatmet.

»Du hast was?«

»Ich möchte sie nur kurz sehen. Was kann das schon schaden?«

»Und werden Kameras da sein bei diesem anrührenden Moment?«

»Was soll der Scheiß?«

»Jimmy, du redest hier mit mir.«

»Ich möchte sie kennenlernen. Ich glaube, das wäre cool.«

»Was ist mit deinen anderen Kindern? Sind die auch cool?«

Ich hatte vergessen, dass er andere Kinder hat; zwei, glaube ich, vielleicht auch drei aus seiner ersten Ehe, oder vielleicht der zweiten. Ich habe den Überblick verloren, und ich habe den Verdacht, er auch. Sie müssen inzwischen Teenager sein.

»Ich weiß, dass ich den einen oder anderen Fehler gemacht habe, aber ich möchte, dass es dieses Mal anders läuft.«

»Darauf würde ich wetten. Wie verkauft sich das neue Album?«

»Nun sei doch nicht so zickig. Das ist sehr schlechtes Karma, Kleines.« Er dreht sich zu mir um und bedenkt mich mit diesem speziellen, langsamen, schiefen Lächeln, seinem Markenzeichen, und mein Magen gerät ins Schlingern. Du meine Güte. »Wer zum Teufel sind Sie?«

»Sie ist eine Freundin von mir, Jimmy. Lass sie in Ruhe.«

»Oh, hast du jetzt eine Freundin? Wie viel zahlst du ihr?« Er lächelt wieder. »Was auch immer Sie Ihnen zahlt, Darling, glauben Sie mir, es ist nicht genug.«

Bevor ich es verhindern kann, platze ich mit »Ich glaube nicht, dass das irgendjemandem weiterhilft« heraus und werde rot, als er mich ansieht und lacht.

»Ach, glauben Sie nicht? Tja, mir hilft es definitiv.«

Grace erhebt sich.

»Also, es war sehr nett, dich wiederzusehen, Jimmy. Wirklich süß von dir, vorbeizuschauen; gib uns nächstes Mal, wenn du mal wieder in der Gegend bist, rechtzeitig Bescheid.«

»Wo ist sie?«

»Oben. Schläft.«

»Meine Süßen, ich weiß, dass ihr sie nur beschützen wollt, und das respektiere ich. Total. Aber wenn ich nur ein bisschen Zeit mit ihr verbringen und sie kennenlernen könnte ... ich fände es schrecklich, wenn sie dächte, dass sie ihrem Dad gleichgültig ist. Das ist alles.«

Grace lächelt, ein ziemlich trauriges Lächeln. Ich glaube, eine Teil von ihr möchte ihm wirklich glauben.

»Okay. Dann komm nächstes Wochenende irgendwann vorbei, vielleicht Sonntag. Eine halbe Stunde. Keine Medien. Und du unterschreibst eine Vertraulichkeitsklausel. Keine Interviews, keine Fotos.«

»Nun komm schon, sei fair. Alles, was ich möchte, sind ein paar Schnappschüsse für meine Mum.«

»Deine Mum ist tot, Jimmy. Wir waren auf der Beerdigung, weißt du noch? Das war kurz bevor meine Mum krank wurde. Und wenn du Fotos möchtest, gebe ich Max den Auftrag, dir Abzüge machen zu lassen. Sie wird sie sogar rahmen lassen für dich. Oh, und wir haben eine Presseerklärung herausgegeben, in der steht, dass du einen Drogentest machst, bevor du Lily besuchst. Die Anwälte haben darauf bestanden.«

»Du bist ein echtes Stück Scheiße, weißt du das?«

»Tja, wie meine Mum zu sagen pflegte, man muss eins sein, um eins zu erkennen. Bye, Jimmy.«

Bruno tritt vor und öffnet die Tür.

»Achte darauf, dass er keine Umwege macht, Bruno. Und Jimmy, nimm nächstes Mal das verdammte Telefon in die Hand.«

Er zögert, dann geht er.

Du meine Güte. Meine Hände zittern, sodass nur Gott allein weiß, wie Grace es schafft, so ruhig zu sein.

Sie setzt sich wieder.

»Also. Letztendlich doch nicht interessiert an meinem wunderbaren Mädchen.«

»Es tut mir so leid, Grace.«

»Ist schon okay.«

»Nein, ist es nicht. Und es tut mir leid, dass ich da saß wie ein Hornochse. Ich hätte etwas sagen sollen. Abgesehen von dieser dummen Bemerkung, dass das niemandem hilft.«

»Das hat mir gefallen. Er hält dich wahrscheinlich sowieso für meine Anwältin, also mach dir keine Gedanken. Du warst klasse.«

»Man weiß ja nie, vielleicht wird er, wenn Lily älter ist, ein bisschen umgänglicher.«

»Baut nur noch organisches Gemüse an und spielt auf der Laute? Höchst unwahrscheinlich, er braucht das Rampenlicht und den Ruhm und die großen Rock'n-Roll-Auftritte. Es ist erstaunlich, dass er überhaupt so lange geblieben ist. Irgendwo da draußen wartet ein Hotelzimmer mit seinem Namen an der Tür, glaub mir.«

»Na ja, du hast ihm eine Chance gegeben.«

Sie lächelt.

»Nächstes Wochenende ist so viel wie nächstes Jahr in Jimmys Welt. Achtundvierzig Stunden sind ungefähr das Äußerste, womit er klarkommt. Ich habe ihm überhaupt keine Chance gelassen. Das kann ich mir nicht leisten. Er würde alles vermasseln. Es gäbe Fotos von ihr in allen Blättern, und das möchte ich nicht.«

»Natürlich nicht.«

»Keine weiteren Nachrichten von Daniel, nehme ich an?«

»Nein, nicht seit dem Dann-Brief.«

»Mann, Männer können unglaublich nutzlos sein.«

»Einige.«

»Alle. Welchen Mann kennst du, dem du wirklich vertrauen würdest bei deinen Kindern?«

»Meinen Bruder Vin.«

»Den habe ich vergessen. Okay, außer ihm?«

»Es gibt einige nette Männer da draußen, Grace, ich bin sicher, dass es das gibt.«

»Namen?«

»Der Ehemann meiner Freundin Connie, Mark. Er ist sehr lieb, und Martin, er hilft mir bei der Website für den Laden, und Reg, der ist nett.«

»Er ist mit deiner Gran verheiratet, richtig?«

»Ja.«

»Ich habe immer schlechten Geschmack gehabt bei Männern. Habe mich durchgängig in die bösen Jungs verknallt. Aber ich glaube, nächstes Mal versuche ich es mal mit etwas weniger Kompliziertem.«

»Nächstes Mal?«

»Es sprechen gerade verschiedene Kandidaten vor, und demnächst wird die Hauptrolle vergeben.«

»Wie schön.«

Maxine kommt wieder herein.

»Er hat ein kurzes Interview am Tor gegeben und ist dann in seinen Wagen gestiegen. Er sagte, er respektiere die Privatsphäre seiner Tochter und habe nichts zu sagen. Er sah allerdings ziemlich sauer aus.«

»Jede Wette. Also, ich sterbe vor Hunger. Was ist mit dir, Jo? Ich glaube, Sam hat Kuchen gemacht, wenn du Lust hast? Und ich möchte mir diese Muster ansehen. Stehen die Studiotermine schon fest, Max? Ich möchte, dass Jo sie sich in ihren Terminkalender einträgt.«

»Es haben noch nicht alle bestätigt.«

»Gut, gib sie ihr, sobald wir sie haben. Morgen fahren wir nach Paris für einige Meetings wegen des Simone de Beauvoir Films. Komm mit, wenn du magst.«

»Würde ich sehr gern, aber ich muss Samstag zum Sommerfest der Schule. Ich mache den Weiße-Elefanten-Stand. Passt prima, findet ihr nicht auch?«

Maxine lächelt.

»Ich stelle ein paar Beutel zusammen für dich. Wir erhalten haufenweise Anfragen nach Zeugs für Wohltätigkeitsauktionen, sodass ich einen ganzen Schrank voller Sachen habe, die Grace ausrangiert hat. Komm und wirf einen Blick darauf.«

»Das wäre toll. Wenn du sicher bist?«

Grace nickt.

»Wir treffen uns dann in der Küche. Ich brauche was zu essen.«

Nachdem ich den Wohltätigkeitsschrank draußen vor Maxines Büro bewundert und einige der Kostüme aus Graces Filmen wiedererkannt habe, wird mir klar, dass Maxine nicht so richtig geschnallt hat, wie bescheiden es an unserem Weiße-Elefanten Stand wahrscheinlich zugehen wird. Auf gar keinen Fall können wir irgendwas von den Klamotten hier für auch nur annähernd so viel Geld verkaufen, wie sie bei einem richtigen Wohltätigkeitsanlass bekämen. Also einigen wir uns darauf, dass ich einen wunderschönen perlenbestickten Schal nehme, den wir als Hauptgewinn ausloben können, und dann stricke ich eine halbe Stunde mit Grace, während sie an einem Salat pickt und ich der Versuchung eines zweiten Stücks Obstkuchen widerstehe.

Sie umarmt mich zum Abschied, als ich gehe, etwas, was sie noch nie getan hat.

»Danke, Jo.«

»War mir ein Vergnügen. Na ja, nicht eigentlich ein Vergnügen, aber du weißt schon. Jederzeit.«

»Du würdest also auch kommen, wenn du nicht auf der Gehaltsliste ständest?«

»Natürlich, und sei es auch nur wegen des Kuchens.«

Sie lacht.

»Wunderbar. Und du hast doch auch diese Vertraulichkeitsklausel unterschrieben, nicht wahr, die Max dir geschickt hat?«

»Selbstverständlich, Grace.«

»Tut mir leid. Ich hätte es nicht erwähnen sollen. Du bittest mich nie um Dinge, und das gefällt mir. Sonst will alle Welt ständig etwas von mir.«

»Also, jetzt, wo du es erwähnst ...«

»Was?«

»Ich habe nur Spaß gemacht; aber einige Spitzentipps, wie ich es hinbekommen soll, als viktorianisches Milchmädchen verkleidet hinter unserem Weiße-Elefanten-Stand zu stehen, wären schon hilfreich.«

Sie lächelt, als Maxine mit einer großen Tragetüte kommt.

»Grace hat mich gebeten, ein paar Extradinge für dich und deine Freundin einzupacken. Aber die sind wirklich nicht für den Stand, okay?«

»Vielen Dank. Das ist wirklich sehr nett.«

Maxine bringt mich zu meinem Auto.

»Danke für heute, Jo – es hat wirklich sehr geholfen, dass du da warst. Sie war ziemlich durcheinander.«

»Das kann ich ihr nicht verdenken.«

»Wenn sie versuchen, dich aufzuhalten am Tor, sag einfach, du weißt nicht, wovon sie reden, okay?«

»Klar.«

»Die meisten sind bereits weg, sodass du keine Probleme haben solltest. Bruno bringt dich hinaus. Und ich rufe dich später an wegen der Termine.«

»Danke, für den Schal und alles. Er wird *die* Attraktion unseres Standes sein.«

Sobald ich außer Sichtweite des Hauses bin, halte ich an und werfe einen Blick in die Tragetüte. Da ist ein wunderschöner hellblauer Kimono, den Grace, wie ich mich erinnern kann, getragen hat, als sie hochschwanger war, und er ist so weit, dass ich ziemlich sicher bin, dass er mir passen wird, auch wenn ich ihn nicht so weit um mich wickeln kann wie sie. Und dann ist da noch eine goldene Abendtasche, die Connie ganz sicher heiß und innig lieben wird. Wir werden etwas Geld in die Kasse des Standes legen und uns gleichzeitig wie Filmstars fühlen. Brillant.

Ich bin zehn Minuten zu früh für die Schule, also gehe ich auf einen Sprung in die Aula, um zu sehen, wie es mit dem neuen Schulbanner vorangeht. Mrs. Chambers ist gerade dabei, eines der viereckigen Bilder auf das Banner zu nähen, das von den oberen Klassen gestrickt wurde. Auf dem Banner werden sie unterbrochen von bunten Vierecken aus unterschiedlichen Stoffen. Hauptsächlich Satin und Samt aus Stoffresten, die irgendwelche Eltern beigesteuert haben. Sie hat ein großes Flanelltuch hellgrau gefärbt, und wir haben die Buchstaben für Broadgate School aus den verschiedenen Wollschnüren gebastelt, die Mrs. Callenders Klasse produziert hat. Die See sieht besonders gut aus in den verschiedenen Blauschattierungen der Strickquadrate, die wir Archies Klasse verdanken, und das Schulgebäude ist jetzt viel deutlicher, seit Mrs. Pickering die grauen und braunen Quadrate mit schwarzer Wolle umsäumt hat.

»Morgen beginnen wir mit dem Stricken der Bäume. Die Kinder sind schon ganz aufgeregt. Sie kommen ständig vorbei und schauen es sich an und wollen sehen, wo das ist, was sie gestrickt haben. Sogar Mrs. Morgan hat vorhin vorbeigeschaut.«

Wir tauschen Blicke aus.

»Bleibt es immer noch bei Freitag, um mit den Menschen anzufangen? Mr. O'Brien übernimmt nachmittags den Geschichtsunterricht in meiner Klasse, ich wäre also bis drei Uhr frei.«

»Ja, Freitag sollte kein Problem sein. Wie viele Vierecke haben wir bis jetzt?«

Mrs. Chambers hat das Problem, wie man aus Haufen von unterschiedlichen Strickmaterialen kleine Menschen formt, gelöst, indem sie sie auf graue Flanellflicken näht und stapelweise an all die Strickfreiwilligen verteilt, um Arme und Beine und Gesichter hinzuzufügen. Jane Johnson und Mrs. Pickering haben schon ziemlich viele gemacht, und Mrs. Williams, die den Keksstand betreut, müsste definitiv die goldene Stricknadel verliehen bekommen für die vielen tollen bunten Gesichter und Haare, die sie fein säuberlich aus Seide oder Wolle aufgestickt hat.

»Ich dachte daran, Freitag auch Mr. O'Briens Glocke auf den Glockenturm zu nähen. Er legt allergrößten Wert darauf, dass wir das nicht vergessen.«

»Prima.«

»Und ich dachte, ich warne Sie lieber vor, dass er Sie in seinem Rundbrief zum Ende des Schulhalbjahres erwähnt hat. Dass er Ihnen dankt, zum Stricken gekommen zu sein.«

»Das war sehr nett von ihm. Ich hoffe, er hat Ihnen auch gedankt.«

»Oh ja, aber Sie werden extra erwähnt.« Sie zwinkert mir zu, und ich weiß genau, was sie denkt: Annabel Morgan wird sich darüber wahnsinnig freuen.

Connie ist begeistert von der goldenen Abendtasche, und wir verabreden, morgen nach der Schule den ganzen Ramsch zu sortieren; wir haben bereits zwei große Mülltüten aussortiert für den Recycling Container vor Sainsbury's, und ich habe so das Gefühl, dass da noch mehr auf uns zukommt, wenn wir mit dem nächsten Stapel Tüten beginnen, die im Schulsekretariat auf uns warten.

Connie bringt Nelly zu ihrem Ballettunterricht, mit dem sie kürzlich begonnen hat, hauptsächlich, weil sie gern Ballettkleidung trägt. Also kommt Marco mit zu uns nach Haus, und Archie schmollt gewaltig, als er und Jack ihn bei ihrem Legospiel ausschließen.

Ich bin total erledigt als endlich Schlafenszeit ist, aber ich habe den Kimono anprobiert, und er passt, sodass ich nach meinem Bad noch ein bisschen herumschlendere, als es plötzlich anfängt zu regnen und schön abkühlt.

Jimmys Vorstellung heute hat mich ziemlich aus dem Konzept gebracht; sie hat mich daran erinnert, dass irgendwann wahrscheinlich von Daniel noch mehr zu erwarten ist. Weitere Rechtsanwaltsbriefe, wer weiß. Das Baby ist sehr unruhig heute Abend, so als würde es versuchen, eine bequeme Stellung zu finden. Oh

Gott, ich wünschte, es wäre Nicks Baby. Wirklich. Es wäre so viel einfacher. Ich weiß, ich werde eine Liste schreiben; das hilft immer. Eine Liste und etwas Tee, und dann lege ich mich hin und lausche dem Regen und versuche, etwas Schlaf zu bekommen.

Donnerstagmorgen bin ich im Laden und stelle eine Bestellung für unsere Strandsonderangebote zusammen und versuche, herauszufinden, wo Elsie die Schere hingelegt hat, als sie total aufgelöst und atemlos hereinplatzt.

»Du solltest lieber schnell mitkommen, es ist Mr. Pallfrey. Dieser dumme Hund hat ihn umgerissen, mitten auf der Straße. Es ist ein Wunder, dass er nicht tot ist. Ich halte hier die Stellung – er ist draußen vor dem Bäcker, und er hat nach dir gefragt.«

»Geht es ihm gut?«

»Tja, er hat eine komische Gesichtsfarbe, aber ich glaube ja. Sie haben den Unfallwagen gerufen, um sicherzugehen, und er konnte sich aufrecht hinsetzen, aber man weiß ja nie.«

Der Unfallwagen war schon da, und eine kleine Menschenmenge hatte sich eingefunden, einschließlich Betty und Mrs. Davies, die beide besorgt aussehen.

»Da ist sie, Arnold. Nun reg dich bitte nicht auf.«

Er liegt auf einer Tragbahre, und einer der Sanitäter gibt ihm eine Spritze, und Trevor liegt neben ihm und verhält sich ungewöhnlich still.

»Hallo, Mr. Pallfrey.« Ich glaube, ich nenne ihn lieber nicht Arnold. Es kommt mir irgendwie zu aufdringlich vor.

Er lächelt, wenn auch sehr schwach.

»Hallo, meine Liebe. Tut mir leid, das hier. Unnötige Aufregung um nichts, da bin ich mir sicher. Ich bin nur ganz leicht hingefallen.«

Ich knie mich neben ihn, was keine ganz leichte Übung ist, und ich bemerke den Seitenblick, den der Sanitäter auf meinen Bauch wirft.

»Kein Grund, sich aufzuregen, Schätzchen. Er ist ein taffer alter Knacker, nicht wahr, Arnie?«

Mr. Pallfrey sieht etwas peinlich berührt aus, nickt aber.

»Hat sich den Ellbogen und das Handgelenk gebrochen, wenn ich mich nicht irre. Muss ziemlich hart aufgeschlagen sein, auch auf die Hüfte, und das kann heikel sein. Wir bringen ihn ins Kreiskrankenhaus.«

»Brauchen Sie irgendwas, Mr. Pallfrey? Soll ich zu Ihnen nach Haus gehen und einige Dinge für Sie zusammenpacken?«

»Würden Sie das tun, meine Liebe, und könnten Sie meine Christine anrufen? Sie ist in Spanien, aber ich habe ihre Handynummer im Buch beim Telefon. Ich gebe Ihnen den Schlüssel.« Er zuckt zusammen, als er versucht, in seine Tasche zu greifen, und der Sanitäter fasst mit seiner gummibehandschuhten Hand hinein und zieht die Schlüssel für ihn heraus.

»Bitte sehr, Schätzchen. Soll ich Ihnen aufhelfen? Wir wollen schließlich nicht gleichzeitig sie beide einliefern, was? Sie haben doch keine Stiche oder so?«

»Nein, mir geht es gut, danke.«

»Ein Schock kann gefährlich sein, wissen Sie. Lange her, dass wir Geburtshilfe geleistet haben – wäre ganz nützlich, etwas in Übung zu bleiben. Normalerweise kommst du in die Zeitung, wenn sich unterwegs ein Baby blicken lässt.« Er grinst, und ich glaube, dass das alles Teil seiner Art ist, uns aufzuheitern. Aber es scheint keine große Wirkung auf Mr. Pallfrey zu haben.

»Mir geht es prima. Ich habe noch massig Zeit.«

»Also, man kann nie vorsichtig genug sein.«

Der andere Sanitäter kommt jetzt herübergeschlendert und trägt eine Nylontasche.

»Hören Sie bloß nicht auf Dave. Er macht sich immer einen Spaß daraus, unterwegs neue Kundschaft zu werben. Also dann, Arnold, Sie sind so weit. Bringen wir Sie ins Krankenhaus. Ich stelle die Sirene an, wenn Sie möchten. Dazu besteht natürlich kein Anlass, aber wenn es Ihnen Spaß macht, bin ich dabei. Was meinen Sie?«

Mr. Pallfrey lächelt.

»Und was machen wir mit dem Hund?« Er sieht mich an.

Mist.

»Soll ich ihn mit zu mir nehmen?«

»Würden Sie das tun, meine Liebe? Nur bis ich wieder zu Haus bin. Ich weiß nicht, wen ich sonst fragen sollte, und er hat Sie und Ihre Jungs so gern.«

»Natürlich, kein Problem. Bis später dann, und machen Sie sich bitte keine zu großen Sorgen, ich bin sicher, dass alles gut wird.«

»Ich bin sicher, dass sie mich nicht da behalten.«

Ich wette, dass sie es doch tun.

»Beruhigen Sie sich bitte, und ich komme so schnell wie möglich vorbei.«

Betty begleitet mich zurück zum Laden, und Trevor trottet relativ ruhig neben mir hier und macht nur hier und da einen Satz vorwärts.

»Dummes Viech, gleich reißt er dich auch noch um.«

»Keine Sorge, Betty. Wir haben eine Übereinkunft, nicht wahr, Trevor?« Ich ziehe an seiner Leine.

»Bei Fuß, Trevor, oder ich setze mich auf dich, wie letztes Mal, und ich bin sehr viel schwerer als damals. Okay. Marsch.«

Er dreht sich um und leckt mir die Hand, was Betty zum Lachen bringt.

»Also, er scheint dich zu mögen, das sehe ich. Und ich wette, die Jungs werden sich freuen.«

»Sich freuen? Sie werden vor Begeisterung völlig aus dem Häuschen sein.«

Es ist beinahe elf Uhr durch, als ich endlich bei Mr. Pallfrey war, zusammen mit Betty, die darauf bestand, mitzukommen, damit sie Trevor festhalten kann, aber in Wirklichkeit war sie nur neugierig und wollte sich schnell in seinem Haus ein bisschen umsehen. Sie ist sehr beeindruckt, wie sauber alles ist, und offenbar hat Mr. Pallfrey die gleiche Spülbürste wie sie.

Elsie platzte im Laden vor Neugierde. Insgeheim hoffe ich, dass sie auf den Hund aufpasst, wenn ich zu Mr. Pallfrey ins Krankenhaus fahre, aber sie hat es bisher nicht direkt freiwillig angeboten. Und Trevor hat bereits Mrs. Marwell erschreckt, als sie in den Laden kam, um einen neuen Vorrat pfirsichfarbene Four-Ply zu kaufen, und er von seinem ihm frisch zugewiesenen Platz hinter der Ladentheke aufstand.

»Ich setze den Kessel auf, meine Liebe – du siehst aus, als könntest du eine Tasse vertragen. Mag er Kekse, was meinst du?«

»Das ist eine gute Idee. Ich bringe ihm ein paar Kekse und Früchte mit, wenn ich ihn besuche.«

»Nein, Schätzchen, ich meinte Trevor.«

»Ich weiß nicht, aber gib ihm lieber keine. Das Letzte, was ich jetzt gebrauchen kann, ist etwas von dieser Größe mit einer Überdosis Zucker.«

Wir beide sehen Trevor an, der jetzt bäuchlings auf dem Boden liegt und sich Zentimeter für Zentimeter hinter der Theke vorschiebt. Er gähnt und lässt eine Reihe ziemlich großer Zähne sehen, und Elsie tritt einen Schritt zurück.

»Also, hier drin kann er nicht bleiben, weißt du – einigen unserer Damen würde das nicht gefallen. Ich würde ihn ja mit nach Hause nehmen, du weißt, dass ich das tun würde, aber mein Jeffrey hat Hunde noch nie gemocht. Ich mache uns jetzt den Tee, okay?«

Ich stehe hinter der Ladentheke, und Trevor leckt hin und wieder meine Knöchel, während ich überlege, wie viel Schaden er in unserem hinteren Garten anrichten kann, wenn ich ihn dort zurücklasse, während ich ins Krankenhaus fahre. Ich könnte ihn zum Beispiel an etwas richtig schön Stabilem festbinden, aber ich weiß nicht genau, ob das erlaubt ist, und worauf ich nun echt verzichten kann, ist, dass zu allem anderen auch noch der Tierschutzverein bei mir aufkreuzt, weil mich jemand angezeigt hat. Verdammter Köter.

Ich bin kurz davor, in Panik zu geraten, als Gran kommt. Hurra. Endlich. Die Kavallerie ist eingetroffen.

»Da bist du ja. Was für eine schreckliche Sache. Betty ist gerade zu den Rettungsbooten gekommen und hat es mir erzählt. Also habe ich mit Mrs. Tanner getauscht und bin jetzt hier, um zu helfen.«

»Danke, Gran.«

»Ich habe Reg angerufen, und er ist schon unterwegs.«

»Großartig. Hör zu, könntest du für mich zum Krankenhaus fahren und ihm diese Sachen bringen, damit ich Seine Lordschaft hier herausschaffen kann, bevor er noch mehr Kundschaft verschreckt?«

»Natürlich, Liebchen.«

»Und sag ihm, dass es Trevor gut geht, ja? Er wird sich Sorgen machen.«

Trevor kommt hoch, und Gran schnaubt.

»Du gehst jetzt nach Haus und ruhst dich etwas aus. Schließ ihn in der Küche ein. Und ich komme dann später vorbei.«

Ihn in der Küche einschließen? Ist sie noch bei Sinnen?

Teufel noch eins, was für ein verdammter Mist.

Trevor zockelt im Garten umher, während ich mir das Hirn zermartere, wo zum Teufel noch eins er schlafen soll. Definitiv nicht oben. Definitiv. Und wenn ich mich die ganze Nacht quer vor den Treppenaufgang legen muss.

Ich rufe Ellen im Sender an.

»Du wirst nie erraten, was passiert ist.«

»Es sind Zwillinge.«

»Nein. Und das ist nicht witzig. Ich hab Trevor am Hals. Mr. Pallfrey hatte einen Unfall.«

»Herrjemine. Wird er abkratzen?«

»Ellen!«

»Sorry. Aber wird er?«

»Nein, aber ich glaube, dass er eine ganze Weile im Krankenhaus bleiben muss.«

»Scheiße.«

»Du sagst es.«

»Die Jungs werden hellauf begeistert sein.«

»Glaubst du wirklich?«

»Ich fahre Harry runter, um dir zu helfen, wenn du möchtest. Er geht mir in letzter Zeit sowieso ziemlich auf die Nerven.«

»Warum?«

»Ganz allgemeiner Männerkram. Gestern hat er mir einige Dinge für die Reinigung dagelassen, als sei ich plötzlich verantwortlich für seine Klamotten. Du liebe Güte. Die Flitterwochen sind definitiv vorbei.«

»Und?«

»Und ich bin immer noch nicht schwanger.«

»Schätzchen, ihr habt doch gerade erst angefangen. Du musst etwas geduldiger sein.«

»Nein. Jetzt, wo ich beschlossen habe, dass ich ein Kind will, sehe ich nur noch schwangere Frauen vor mir auf der verdammten Straße.«

»Kommt runter am Wochenende. Du klingst, als könntest du eine Pause gebrauchen.«

»Vielleicht. Vielleicht versuche ich, zu eurem Fest zu kommen und dich als weißen Elefanten verkleidet zu sehen.«

»Milchmädchen.«

»Glaub mir, Darling, mit so viel Musselin kommt es aufs Gleich hinaus.«

»Vielen Dank auch.«

»Gern geschehen. Viel Glück mit dem Hund.« Sie lacht.

»Ellen?«

»Ja, Darling?«

»Fall tot um.«

Ich liege auf dem Sofa, während Trevor im Garten Löcher buddelt. Mr. Pallfrey hat kürzlich die Blumenbeete umgegraben, und ich glaube, Trevor möchte das gute Werk fortsetzen. Im Fernsehen sehe ich eine herrische Frau, die vorführt, wie man seine Picknicktische mit handbemalten Serviettenringen decken soll. Hah, wäre das doch nur meine einzige Sorge. Da ich nicht im Laden bin, sollte ich wahrscheinlich mit dem Riesenhaufen Bügelwäsche beginnen, aber ich bringe es einfach nicht über mich. Vielleicht wäre ein kleines Nickerchen nicht schlecht;

erst ein bisschen schlummern, dann ein bisschen naschen. Perfekt.

Ich habe es mir gerade auf dem Sofa mit strategisch platzierten Kissen gemütlich gemacht, als das blöde Telefon klingelt. Es ist Martin, was ideal ist, weil das, was ich jetzt wirklich am dringendsten brauche, eine erneute Diskussion über die verdammte Website ist, oder über Holz.

»Sorry, Martin, ich hatte noch keine Gelegenheit, Gran dazu zu bewegen, aber ich bin sicher, dass sie es irgendwann macht.« Ich sollte sie dazu bringen, ihr Muster für die gerüschten Teewärmer aufzuschreiben.

»Oh, klar, na ja, gut, aber tatsächlich rufe ich wegen etwas anderem an. Ich schätze, es gibt einen Hund, der unterzubringen ist?«

»Sorry? Oh, du meinst Trevor?«

»Ja, und na ja, die Sache ist die, ich würde ihn schrecklich gern nehmen, wenn du nichts dagegen hättest.«

»Fang nicht an zu flunkern, Martin. Hat Elsie dich angerufen und es dir eingeredet?«

»Ich wollte immer einen Hund, ehrlich, und dies wäre eine gute Gelegenheit, es auszuprobieren. Sich einen anzuschaffen, meine ich, nur ist es so, dass ich im Moment einige Aufträge zu erledigen habe, die mir helfen, die Scheune zu finanzieren. Könnten wir ihn uns also teilen? Bis Mr. Pallfrey wieder auf dem Damm ist. Seine Tochter arbeitet jetzt in Spanien, stimmt's?«

»Ja, sie ist auf dem Weg hierher, aber sie kann nicht lange bleiben, sagt sie, sonst verliert sie ihren Job.«

»Und deine Gran sagt, dass sie eine Operation seiner Hüfte und auch seines Armes für nötig halten. Offenbar müssen sie ihn irgendwie nageln oder so. Es könnte sich also eher um Wochen als um Tage handeln.«

»Wann hast du denn mit Gran geredet?«

»Mist. Das hätte ich eigentlich nicht sagen sollen.«

»Martin.«

»Ich möchte ihn wirklich. Ich dachte daran, mir einen Welpen anzuschaffen – ich dachte eventuell an einen Labrador. Ich hatte immer schon eine Schwäche für sie. Aber Trevor zu haben wäre eine prima Übung, so lange er bei dir bleiben kann, wenn ich arbeiten muss. Ich glaube nicht, dass es sehr fair wäre, ihn ganz allein bei der Scheune zurückzulassen, nicht wahr?«

»Nicht, wenn sie nicht sehr viel demolierter sein soll als ursprünglich beabsichtigt.«

»Könntest du ihn nehmen, wenn ich unterwegs bin zum Arbeiten?«

»Bist du dir wirklich sicher, Martin?«

»Absolut.«

»Also, ja, das wäre wunderbar.«

»Na gut, dann hole ich ihn heute Abend ab, okay? Im Moment bin ich in London, aber ich bin gegen zehn zurück. Ich dachte daran, ihm ein Geschenk zu besorgen, vielleicht etwas, worauf er herumkauen kann, damit er gern mit mir mitgeht. Was meinst du?«

»Gott segne dich. Der Schutzheilige der Schwangeren wird auf ewig auf dich hinablächeln.«

»Gut. Man weiß nie, wozu das noch mal nützlich sein kann.«

Gran kommt, als ich gerade anfange zu bügeln, und tut ganz überrascht, dass Martin angeboten hat, sich Trevor mit mir zu teilen.

»Das war nett von ihm.«

»Wann hast du ihn angerufen und ihm eingeredet, dass er sich freiwillig anbieten soll?«

»Vom Krankenhaus aus, und ich habe ihm überhaupt nichts eingeredet, aber mir fiel wieder ein, dass Elsie ihm nie erlaubt hat, Haustiere zu haben, nicht mal ein Kaninchen durfte er haben, der arme Kleine.«

»Wollte er denn ein Kaninchen?«

»So weit ich weiß nicht, aber ich weiß, dass er einen Hund wollte, Jeffrey auch, aber Elsie wollte nichts davon wissen.«

»Das kann ich ihr nicht verdenken.«

»Also, wenigstens hast du jetzt keinen großen Hund, der das Haus wochenlang unordentlich macht.«

»Ich weiß, Gran, und danke. Wie ging es ihm im Krankenhaus? Glaubst du, dass er lange drin bleiben muss?«

»Das würde mich nicht überraschen. Es wird ihm ziemlich schlecht gehen, wenn sie seine Hüfte operieren, weißt du, und wenn er seinen Arm nicht bewegen kann, glaube ich nicht, dass sie ihn entlassen, bevor sie nicht sicher sind, dass er es irgendwie schafft. Wann kommt seine Christine?«

»Heute Abend. Sie fährt erst gleich zum Krankenhaus, und für hinterher habe ich sie zum Abendessen eingeladen. Wenn ich immer noch bei Strick & Zick sein sollte, im Kühlschrank sind Quiche und Salat.«

»Das hast du gut gemacht. Ich besorge etwas Kuchen, falls sie schon gegessen hat und nur eine Tasse Tee möchte.«

»Danke, Gran.«

Trevor ist unleugbar die Hauptattraktion, als ich die Jungs von der Schule abhole, obwohl ich ihn so fest wie möglich an der Leine halte, damit er nicht irgendwelche Kleinkinder umreißt. Er kann ziemlich gut mit Kleinkindern umgehen und legt sich in der Regel hin, damit sie ihn kraulen können. Aber er setzt sich aufrecht hin und nimmt quasi Haltung ein, als Annabel vorbeigeht, und ich bin ziemlich sicher, dass ich sie missbilligend schnauben höre. Die Kinder lösen sich beim Leinehalten auf dem Nachhauseweg ab, und Marco und Nelly bedrängen Connie, sofort den größten Hund zu kaufen, den sie finden kann.

»Mummy?«

»Ja, Archie?«

»Das ist mein allerbester Tag. Mein allerbester.«

»Also, es war nicht der allerbeste Tag für den armen Mr. Pallfrey.«

Oder für mich, wenn man's recht bedenkt.

»Ich weiß, aber es ist doch schön für ihn zu wissen, dass Trevor bei uns ist. Weil er uns liebt, Mum, nicht wahr?«

»Ja, aber er bleibt nicht die ganze Zeit bei uns, Archie. Es wäre nicht fair für ihn, wenn ich im Laden bin und arbeite. Einen Teil der Zeit wird er bei Martin sein.«

Genau genommen die meiste Zeit, hoffentlich.

»Aber manchmal schläft er bei uns, nicht wahr?«

»Ja, manchmal.«

Er strahlt.

»Das ist wunderbar, nicht wahr, Mum?«

»Ja, Schätzchen.«

Herrgott, ich frage mich, was als Nächstes kommt. Jetzt, wo ich mir quasi eine Hundehälfte aufgeladen habe, hätte Bruno vielleicht gern einen Wochenendsitter für Tom und den verdammten Jerry. Ich ende noch am Strand wie einer von diesen Spinnern, die versuchen, einen Haufen Hunde spazieren zu führen und sich total in den Leinen verheddern und von oben bis unten besabbert sind.

Es ist der Morgen des Sommerfestes, und ich stopfe Kapok in den letzten der weißen gestrickten Elefanten, bevor ich sie zusammennähe, während ich gleichzeitig Archie davon zu überzeugen versuche, sein Frühstück nicht in dem Cath Kidston Hundekorb zu essen, den Ellen geschickt hat, als kleine Wiedergutmachung dafür, dass sie für dieses Wochenende ihren Besuch abgesagt haben. Sie ist an einer größeren Geschichte dran und hat ihn mit einem Kurier vorbeigeschickt. Archie hat gestern Nacht in dem verdammten Ding geschlafen, was mich zu Tode erschreckt hat, als ich wegen einer meiner zunehmend häufigen Klogänge aufgestanden war. Nichts sorgt schneller dafür, dass man hellwach ist und überlegt, ob man 110 anruft, als wenn man auf der Suche nach einem kleinen Jungen, der eigentlich in seinem Bett sein müsste, ein total dunkles Haus patrouilliert und ihn schließlich eingerollt im Hundekorb in der Küche findet.

»Nun komm schon, Archie, bitte, und setz dich an den Tisch.«

»Das ist nicht fair. Du hast gesagt, wir haben Trevor auch manchmal, und das stimmt nicht. Wir haben ihn so gut wie nie. Das war eine Lüge.«

»Wir hatten ihn Dienstag, Archie, und Martin muss nächste Woche wieder arbeiten, sodass wir ihn dann wieder haben.«

Ich glaube, Mr. Pallfrey wird noch eine Weile im Krankenhaus bleiben: Ich habe ihn gestern besucht, und er steckte in einem riesigen Pyjama, den Christine ihm gekauft hatte, bevor sie wieder zurück nach Spanien flog. Er hat zwar versucht, tapfer zu sein, zuckte aber bei der kleinsten Bewegung zusammen.

Sie kommt zurück, wenn sie ihn entlassen, und nimmt ihn mit nach Spanien, damit er sich dort erholt. Sieht ganz danach aus, als müssten wir noch eine Weile länger Hundesitter spielen. Wenn das man nicht der Anfang vom Ende ist.

»Das ist nicht fair. Martin will ihn uns wegnehmen, und wir hatten ihn zuerst.«

»Er ist Mr. Pallfreys Hund, Archie, und er hat unglaublich gern so viel Platz wie bei Martin, du weißt, dass es so ist.«

»Wir sollten ihm einige Spielsachen kaufen, so welche wie Martin. Ich kann mein Taschengeld dafür nehmen.«

Wir haben Trevor Dienstag vor der Schule von Martin abgeholt und festgestellt, dass er eine tolle Zeit hatte mit seinem Hindernisparcours aus Planken und Brettern und Latten und einer wachsenden Sammlung teilweise übel zugerichteter Quietschspielzeuge.

»Okay. Wie viel hast du gespart?«

»Beinahe 50 Pence.«

»Aha.«

Hervorragend. Nicht genug für etwas, was allzu quiekig war.

»Mum?«

»Ja, Jack?«

»Ich könnte Trevor auch ein Spielzeug kaufen. Wie viel glaubst du kosten sie?«

Jetzt wird es langsam ernst; wenn Jack überlegt, sich ebenfalls mit etwas von seinem sorgsam gesparten Vermögen daran zu beteiligen, bin ich wirklich in Schwierigkeiten, besonders wenn Trevor letztendlich wieder nach Haus kommt und wir die Spielsachen haben aber keinen Scheißköter. Verdammt.

»Ich weiß es nicht, Schätzchen. Viel Geld, glaube ich. Ich gehe jetzt nach oben und mache mich fertig. Iss dein Frühstück auf, Archie.«

Viktorianisches Milchmädchen, los geht's.

Oh Gott.

Connie und ich stehen um zehn vor zwei hinter unserem Stand, und ich habe immer noch Probleme mit dem zu offenherzigen Dekolletee und meiner Unfähigkeit, die Bluse daran zu hindern, mir wie einem viktorianischen Straßenmädchen über die Schulter zu rutschen. Ich tue mein Bestes mit einem schwarzen Baumwollschal, aber Mr. Nelson war bereits zweimal bei uns und hat seine Hilfe beim Auspacken angeboten.

»Gib mir eine Sicherheitsnadel, Con – ich glaube, ich hatte gerade einen brillanten Einfall.«

Wir haben eine Tupperwaredose voller Sicherheitsnadeln dabei, um Preisschilder an den verschiedenen Dinge zu befestigen, wovon wir keine einzige benutzt haben, weil wir dann beschlossen haben, dass alles zwei Pfund kostet. Nachdem ich die Träger meines BHs innen am Schultersaum der Bluse befestigt habe, bittet Connie mich, das Gleiche auch bei ihr zu tun, und ich beuge mich gerade über ihren Ausschnitt, als Mr. Nelson schon wieder kommt, diesmal mit einem alten Eisbecher voller Kleingeld. Mit einem unangenehm lüsternen Ausdruck im Gesicht beugt er sich leicht vor und sieht uns zu. Das wird wahrscheinlich der Höhepunkt seiner Woche sein.

»Tut mir leid, Sie zu stören, Ladys. Annabel hat mich gebeten, Sie daran zu erinnern, dass Ihr Tagesziel 95 Pfund sind, und hier ist Ihr Wechselgeld. Nicht gerade wenig, würde ich sagen, aber ich bin ziemlich sicher, dass Sie es schaffen. Zwei so hübsche Damen wie Sie.«

Das ist ein ziemlich heftiges Ziel für eine Ladung Ramsch, der pro Stück zehn Pennys wert ist, also ist es gut, dass wir einen raffinierten Plan haben.

Er steckt die Hände in seine Hosentaschen und klimpert mit seinem Kleingeld; wenigstens glaube ich, dass er das tut. Er trägt auch ein viktorianisches Kostüm; das tun alle Mitglieder des

Elternbeirats. Allerdings waren die Lehrer vernünftig genug, so zu tun, als wäre ihnen nicht klar, dass Annabel auch wollte, dass sie sich verkleiden. Laut Jane Johnson ist sie deswegen stinkwütend. Mr. Nelson trägt einen Anzug mit einem Halstuch und einem Zylinder und scheint Leslie Phillips nachzuahmen. Annabel trägt eine rosa gerüschte Pracht mit einer Turnüre und einem passenden Sonnenschirm, und es raschelt unüberhörbar, wenn sie vorbeigeht, was sie meiner Meinung nach liebt. Mrs. Nelson scheint den Kürzeren gezogen zu haben mit einem ziemlich grauenhaften Grün, und sie scheint auch Probleme mit ihrer Turnüre zu haben, weil die reichlich schief sitzt.

Alle anderen haben sich anscheinend für Variationen des Themas lange Kleider entschieden, mit der einen oder anderen Baumwollschürze darüber, und Jane Johnson und Tina Davies haben sich uns mit langen geblümten Röcken angeschlossen, aber sie haben sich vernünftigerweise für hochgeschlossene weiße Blusen entschieden statt für ein Milchmädchen-Dekolletee. Und dann ist da noch Mrs. Denning, die ebenfalls mit Annabel befreundet ist, die ein viktorianisches Badekostüm trägt, was bei der Größe ihres Hinterteils wirklich echt mutig ist; Querstreifen sind schrecklich gnadenlos.

Annabel hat sich mit einem Megafon ausgerüstet und sieht sehr zufrieden aus angesichts der versammelten Menschenmenge, als sie das Tor öffnet.

Mark und die Kinder marschieren direkt auf die Hüpfburg zu.

»Hallo, Mrs. Marwell.«

»Hallo, meine Lieben. Wie viel kosten diese Flamencos?« Sie hält ein Paar der rosa Plastikflamingos in die Luft.

»Alles kostet zwei Pfund, aber Sie dürfen auch ein Los aus

unserem Glückstopf ziehen und können einen Schal oder Kekse gewinnen.«

Mark hat Kekse für uns gebacken, die in einem weißen Pappkarton unter dem Tisch im Schatten auf den glücklichen Gewinner warten, und wir haben den Schal von Grace in einem Karton mitten auf unseren Tisch gestellt, umhüllt von goldenem Seidenpapier. Die Kombination aus reinem Chiffon wunderschön bestickt mit Perlen sieht toll aus im Sonnenschein.

»Was für Kekse sind es, meine Liebe?«

»Haselnuss und weiße Schokolade, und Baisers.«

»Ich bin nicht besonders scharf auf Nüsse – ich bekomme sie immer unter die Zähne, aber machen Sie nur, da es für einen guten Zweck ist.«

Sie reicht mir einen Fünfer, und ich gebe ihr vier Pfund heraus; sie strickt immer für wohltätige Zwecke, und ich weiß, dass ihre Rente ihr nicht viel Spielraum lässt. Sie merkt sowieso nicht, dass ich zu viel herausgegeben habe.

»Habe ich gewonnen?«

»Sie müssen ein Los aus dem Glasbehälter ziehen und es auffalten.«

Sie hat nichts gewonnen, ist aber sehr glücklich mit den Flamingos, die neben den Zwergen an ihrem Teich stehen sollen. Sie glaubt, dass sie die Reiher abschrecken werden.

»Gibt es viele Reiher hier in dieser Gegend?«

»Ja, und sie sind echte Sch …kerle, wenn Sie meine Ausdrucksweise entschuldigen würden – fressen alle Goldfische auf, wenn man sie lässt. Ich sage ihnen jeden Morgen beim Füttern, bleibt schön am Grund, aber letzte Woche habe ich trotzdem zwei verloren.«

»Du liebe Güte.«

»Ich freue mich schon darauf, das neue Schulbanner zu sehen, meine Liebe. Mrs. Pickering hat mir alles darüber erzählt. Sehr schön, die Kinder zum Stricken anzuhalten – zu meiner Zeit haben wir alle gestrickt. Also, natürlich nur die Mädchen. Es gab immer helle Aufregung, wenn man die Jungs gebeten hat, sich zu beteiligen. Nicht wie heutzutage. Wie auch immer, bis später.«

Wir packen noch mehr Krimskrams aus und tun unser Bestes, ihn attraktiv zu arrangieren, was nicht ganz leicht ist, während die Menschenmenge stetig größer wird. Connie erzählt jedem, dass Grace den Schal zu einer Filmpremiere getragen hat, was möglicherweise sogar stimmt, und uns gehen langsam die Plastiktüten aus, da die Leute gleich zwei oder drei Sachen auf einmal kaufen, um ihre Chance zu vergrößern, ihn zu gewinnen.

Die große Glasschale, in der unsere Glückslose sind, wird von Minute zu Minute leerer, als Jane Johnson den Kekskarton gewinnt. Sie ist begeistert und sagt, dass sie zum ersten Mal in den fünf Jahren, in denen sie im Schulsekretariat arbeitet, etwas gewonnen hat, und ich freue mich sehr für sie, aber wenn bald jemand den Schal gewinnt, sitzen wir hier mit einer Ladung alten Ramsches ohne irgendeinen Bonus als Lockmittel. Verdammt; das hätten wir bedenken müssen.

Gran kommt mit Reg und Betty und bringt uns eine Tasse Tee. Mark ist auf dem Feld hinter dem Spielplatz und hat spontan ein Fußballspiel gestartet, und Horden von Kindern scheinen schon den ganzen Nachmittag an seinen Rockschößen zu hängen, einschließlich Trent Carter und Kyle, die zwischen Stapeln von Pullovern im Tor stehen. Er winkt uns zu und sieht ziemlich panisch aus, was Connie zum Lachen bringt.

»Sollten wir ihm nicht jemanden zu Hilfe schicken, Con?«

»Nein, er liebt es.«

Mr. O'Brien kommt vorbei und lobt unsere Wollelefanten, die sich recht gut verkaufen, bevor er sich mit seiner Pfeife in Richtung Fußballspiel trollt, als Martin mit Elsie und Trevor auftaucht, und das Fußballspiel hat zwei weitere Spieler, von denen einer mit dem Ball wegrennt und quer über das Spielfeld verfolgt werden muss.

Mr. Nelson kommt vorbei, um sich mal wieder ein Holzkästchen mit einem kaputten Deckel anzusehen, und er stiert dabei derartig offenkundig auf Connies Busen, dass sie ihn mit einem kleinen Wackeln so provoziert, was einen ziemlich hastigen Rückzug auslöst, schweißüberströmt. Ich hole die letzten Tragetüten aus dem Auto. Ein Buttergefäß aus Glas mit einem Riss für irgendwen gefällig?

Den letzten Strickelefanten verkaufe ich einem kleinen Mädchen aus Archies Klasse, die laut ihm Nettle heißt, was nicht richtig sein kann, sodass ich versuche, herauszufinden, wie ihre Mutter sie nennt, als Mrs. Pickering, jedermanns Lieblingsschulköchin, ihr Glückslos entfaltet und den Schal gewinnt.

»Aber ich gewinne nie etwas.«

Connie lächelt.

»Lassen Sie mich mal, ich helfe Ihnen, den Schal umzulegen.«

Mrs. Pickering marschiert wie benommen mit dem um die Schultern drapierten Schal davon, um ihn ihrem Mann zu zeigen.

Connie beginnt damit, die letzten paar Dinge auf unserem Tisch in einem der Pappkartons zu verstauen.

»Ich glaube, wir sind fertig, ja?«

»So gut wie.«

»Was sollen wir hiermit anfangen?«

»Stell sie in mein Auto, und ich werfe sie in den Müllcontainer, wenn ich das nächste Mal bei Sainsbury's bin.«

»*Brava.*«

»Es war ja so toll, dass Mrs. Pickering den Schal bekommen hat.«

»Ja.«

»Connie?«

»Ich habe ein wenig nachgeholfen.«

Zehn Minuten später haben wir die übrig gebliebenen Kartons mit Ramsch in meinem Auto verstaut, und ich stehe auf der Bühne neben Annabel, die von hinten drängelt, während Mr. O'Brien die Tombolalose zieht und Weinflaschen und Pralinenschachtel verteilt. Mrs. Nelson kommt die Treppe herauf und reicht ihm mit ziemlich grimmiger Miene ein Stück Papier, und er verkündet, dass die heutige für die Schule eingenommene Gesamtsumme sich offenbar auf beinahe 900 Pfund beläuft, was ein Rekord ist, und alle klatschen.

»Und wir müssen Mrs. Mackenzie und Mrs. Maxwell gesondert applaudieren, weil sie allein 217 Pfund an ihrem Weiße-Elefanten-Stand eingenommen haben, was ein weiterer Rekord ist.«

Alle klatschen, und Mark küsst Connie.

Annabel sieht sauer aus.

»Und jetzt wollen wir, bevor wir aufbrechen, unser neues Schulbanner enthüllen. Bitte sehr, Mrs. Chambers.«

Sie hilft zwei der größeren Jungs aus der oberen Klasse eine Art Trennwand aus Pappe hereinzurollen und das noch verhüllte Display auf die Bühne zu heben, und andächtiges Schweigen senkt sich, als sie davor innehält.

»Vielen Dank, Mr. O'Brien. Ich glaube, die meisten von Ihnen wissen, dass wir in diesem Schulhalbjahr viel über Stricken gelernt haben, und dass alle sich an unserem neuen Banner beteiligt haben. Also bevor wir die gemeinsame Arbeit bewundern, möchte ich Mrs. Mackenzie und allen, die in den jeweiligen Klassen geholfen haben, danken.«

Applaus setzt ein, als die Jungs das Bettlaken von der Trennwand ziehen und das neue Banner in all seiner Pracht enthüllen. Meine Güte, sie muss Stunden über Stunden damit zugebracht haben, noch mehr Menschen und Bäume aufzunähen, weil es praktisch überhaupt keine leere Fläche mehr gibt. Und jemand anders, wahrscheinlich Mrs. Pickering, hat den Schulnamen mit Goldfäden eingefasst und kleine glitzernde silberne Schatten aufs Meer gestickt, und etwas, was wie grüne Perlen aussieht, in die Bäume. Es sieht fantastisch aus, und Mr. O'Brien wirkt geradezu überwältigt und küsst uns beide.

Annabel wirkt, als würde sie gleich vor Wut platzen, als wir von der Bühne gehen, aber Mrs. Chambers strahlt.

»Ist das nicht wunderbar, etwas, worauf wir wirklich stolz sein können, und alle haben sich beteiligt. Können Sie wohl kurz mit ins Lehrerzimmer kommen, nur, weil ich die Blumen vergessen habe. Ich hatte eigentlich vor, sie Ihnen zum Dank zu überreichen.«

»Das hätte nicht nötig getan, wirklich, es hat mir Spaß gemacht.«

»Also, das ist gut, weil Mrs. Pickering mittwochs gern aushelfen würde beim Stricken als Teil des Kunstunterrichts, und wir beide hatten gehofft, dass Sie uns vielleicht mit einigen einfachen Mustern helfen, die sie für diejenigen benutzen kann, die Lust zum Stricken haben.«

»Natürlich kann ich das.«

Sie zeigt mir im Lehrerzimmer ein Strickbuch für Kinder, das sie gekauft hat, als wir Annabel und Mrs. Nelson hören, die auf dem Weg nach nebenan ins Sekretariat sind.

»Sie sahen in diesen lächerlichen Kostümen aus wie richtige Schlampen.«

Unüberhörbar schnappt Mrs. Nelson begeistert nach Luft.

»Ich weiß. Ist das nicht schrecklich?«

»Mich überrascht das nicht. Diese Wollladenfrau hielt sich schon immer für was Besseres mit ihren extravaganten Freunden. Offenbar sind Bastarde der letzte Schrei, sodass der normale Standard an schicklichem Benehmen für sie nicht gilt.«

Du liebe Güte. Mrs. Chambers sieht unglaublich verlegen aus, als ich aufstehe und mit meinem Blumenstrauß zur Tür gehe.

Scheiß drauf, wie Ellen sagen würde.

»Hallo, Annabel. Dachte ich mir doch, dass Sie es sind.«

Mrs. Chambers steht hinter mir, als Annabel ihre Schritte verlangsamt. Ich glaube, sie überlegt verzweifelt, ob ich gehört habe, was sie gesagt hat, oder, was noch wichtiger ist, ob Mrs. Chambers es gehört hat.

»Ich wette, Sie sind hochzufrieden damit, wie gut heute alles gelaufen ist. Sie dürfen nicht vergessen, Connie zu danken.«

»Wie bitte?«

»Mrs. Maxwell zu danken. Sie hat den größten Teil der Arbeit geleistet an unserem Stand, und ihr Ehemann hat die hervorragenden Kekse gebacken. Es ist ja ein so wichtiger Bestandteil der Elternbeiratsarbeit, allen Leuten für ihre harte Arbeit zu danken. Meinen Sie nicht auch?«

Mrs. Nelson sieht jetzt echt erschrocken aus, während Annabel angestrengt versucht, sich wieder zu sammeln.

»Ja, natürlich. Ich bedanke mich immer bei meinem Team.«

»Tun Sie das? Den Teil muss ich versäumt haben. Egal, ich mache mich lieber auf die Suche nach den Kindern. Oh, und übrigens, Annabel, kein Mensch benutzt heutzutage noch den Ausdruck Bastard, es sei denn, er ist total bigott. Tolles Kostüm, obwohl es so aussieht, als sei Ihnen ein wenig heiß. Das ist der Vorteil daran, sich wie eine Schlampe anzuziehen; es ist wundervoll kühl.«

Ich gehe über den Flur zurück zur Aula und bin hochzufrieden mit mir selbst. Ich bin zwar aufgeregt, aber nicht wirklich erschüttert, und zum ersten Mal in meinem Leben habe ich es geschafft, genau das zu sagen, was ich sagen wollte, statt dass es mir erst zehn Minuten später einfällt. Und das geschieht ihr ganz recht.

Mrs. Chambers lächelt.

»Das war spitze. Das haben Sie sehr gut gemacht.«

»Blöde Kuh.«

»Genau. Ich kann es kaum erwarten, es Mr. O'Brien zu erzählen. Hat mir echt den Tag verschönt.«

»Mir auch.«

Wir lachen, während Annabel stinkwütend mit Mrs. Nelson im Schlepptau an uns vorbeistürmt.

Tja, Pech gehabt.

Mark muss zurück in den Pub, um Vorbereitungen für den abendlichen Ansturm zu treffen, sodass Martin und Reg mit den Kindern und Trevor nach Haus gehen und ich mit Connie und Gran zurückfahre. Gran hat einen Sommerpudding gemacht, und ich habe kaltes Hähnchen im Kühlschrank, also muss ich nur noch Salate machen und Kartoffeln kochen, und das war's.

»Wollen wir im Garten essen?«

»Liebend gern, Liebchen – unter dem großen Baum wird es schön kühl sein.«

Die Jungs amüsieren sich prächtig im Garten, während Nellie im Zelt spielt und wir in der Küche Tee trinken und die Salate machen.

Ich habe die Kühltasche ausgespült, die wir mit zur Schule

genommen hatten, und stelle sie zurück in den Kofferraum, als ich bemerke, dass Martin im Vorgarten an einen Baum gebunden ist, mit, wie es scheint, Trevors ausziehbarer Hundeleine.

»Macht's Spaß?«

»Ich bin eine Geisel.«

»Aha.«

»Nur dass ich meine Hände nicht bewegen kann, und ich glaube, sie haben mich irgendwie vergessen. Du könntest mich wohl nicht losbinden?«

»Warum hast du nicht gerufen?«

»Sie haben doch nur gespielt.«

»Martin.«

»Es war mir zu peinlich. Ich dachte, ich könnte mich selbst befreien und ins Haus stehlen, aber ich habe den Knoten nur noch fester gemacht.«

Die kleinen Spitzbuben haben seine Beine mit der Leine am Baumstamm festgebunden und sie dann um seine Hände geschlungen, bevor sie die Leine verknotet haben.

Archie kommt durch die Seitenpforte herangestürmt.

»Mum, du darfst ihn nicht freilassen – er ist unser Gefangener.«

Ich fahre fort, die Hundeleine abzuwickeln.

»Sei nicht albern, Archie. Du kannst Leute nicht einfach festgebunden an einem Baum zurücklassen.«

Trevor rennt bellend um uns herum.

»Nächstes Mal binden wir dich fest.«

»Oh nein, das werdet ihr nicht tun, nicht wenn ihr heute Abend Nachtisch möchtet.«

Er schnaubt.

»Tee, Martin?«

»Bitte. Oder möglicherweise etwas Stärkeres.«

»Was, gegen den Schock? Als Geisel genommen worden zu sein muss ja echt seinen Tribut gefordert haben.«

»Ich glaube, ich würde es vorziehen, wenn wir es nie wieder erwähnen, wenn du nichts dagegen hast.«

»Das muss ich mir noch überlegen. Was ist es dir wert?«

»Wie bitte?«

»Was bringt es mir, deiner Mum nicht zu erzählen, dass die schrecklichen Jungs dich an den Baum gebunden haben?« Er schüttelt den Kopf.

»Das wird mir bis ans Ende meiner Tage aufs Brot geschmiert, was?«

»In Ordnung, ich verspreche es, Thema beendet.«

»Toll.«

»Na komm, Houdini. Du kannst mir helfen, den Tisch zu decken.«

Er seufzt.

Das Abendessen ist ein Triumph. Wir tragen alle möglichen Stühle in den Garten, oder eher Connie und Martin tun es, während Reg die Sache überwacht. Ich habe sogar ein paar Kerzen aufgetrieben, die wir in Blumentöpfe stecken, und Connie hat Rosenblätter auf die Tischdicke gesprenkelt.

Nach dem Essen folgt ein spontanes Fußballspiel, und ich gönne mir fünf Minuten auf dem Sofa, bevor ich mich ans Kaffeekochen mache. Zwei Portionen Sommerpudding haben mitgeholfen zu verhindern, dass ich auch nur versuche, im Tor zu stehen.

Als ich aufwache, sitzt Gran neben mir und strickt, und es ist beinahe dunkel.

»Die Jungs sind im Bett, Schätzchen – wir wollten dich nicht aufwecken. Reg ist mit Martin gefahren, um sich die Scheune anzusehen. Klingt ganz danach, als ob sie sich prima macht, nicht wahr? Und Connie sagt, dass sie dich morgen anruft. Ich habe die Jungs schnell in die Badewanne gesteckt. Unser Archie hatte die Haare total mit Eis verschmiert – ich weiß wirklich nicht, wie er das hinkriegt.«

»Danke, Gran.«

»Möchtest du etwas trinken, Schätzchen?«

»Gern. Was strickst du da?«

»Eine Decke für das Baby?«

»Wer bekommt denn ein Baby?«

Sie sieht mich an.

»Oh, na klar. Wunderbar.«

»Ich stricke jetzt schon ein paar Dinge, damit ich rechtzeitig fertig bin.«

»Das klingt gut.«

Genau darum müsste ich mich auch bemühen, rechtzeitig fertig zu sein, statt auf dem Sofa einzuschlafen, wenn ich Leute zum Abendessen eingeladen habe.

»Tee?«

»Wunderbar. Ich mache ihn. Du bleibst hier sitzen.«

Tee am Ende eines perfekten Tages, an dem ich es endlich geschafft habe, Annabel Morgan zu sagen, dass sie sich verpissen soll, ohne das Wort verpissen auch nur in den Mund zu nehmen. Wie perfekt ist das?

KAPITEL SECHS – August

Schuhe, Schiffe und Siegellack

Die erste Woche der Schulferien kündigt das Ende der Hitzewelle an, sodass ich mir etwas überlege, was man an Regentagen unternehmen kann, was kein Geld kostet und zwölf Stunden täglich vor dem Fernseher hocken ausschließt. Olivia ist jetzt häufiger im Laden, und Betty vertritt Elsie, die ihren einwöchigen Spanienurlaub macht, was alles nicht gerade einfacher macht. Ordentliche Mütter hätten im Voraus schon perfekte Aktionspläne ausgearbeitet, einschließlich irgendwelcher Museumsbesuche mit vorbereiteten Fragebögen, aber alles, was ich habe, ist ein neuer Strohhut und neue Gummibadelatschen für die Jungs. Sei's drum, wir haben Brot gebacken und einen ziemlich misslungenen Früchtekuchen, sind mit Trevor im Regen am Strand spazieren gegangen, und gestern war ich so verzweifelt, dass ich sogar einer Schatzsuche zugestimmt habe. Also musste ich stundenlang Zettelchen mit Spurenhinweisen schreiben, was mir überhaupt nicht liegt, und hinterher war eine kolossale Aufräumaktion fällig, weil Archie es ein bisschen übertrieben hatte. Aber wenigstens liegen jetzt alle Handtücher wieder ordentlich gefaltet im Wäscheschrank, und Jacks *Batman* Lieblingspyjama hat sich auch wieder gefunden.

Heute ist es beinahe sonnig, sodass wir voller Hoffnung sind. Archie hat sich bereits seinen Schnorchel umgeschnallt. Einer der wunderbaren Vorzüge, eine Strandhütte zu haben, genauer, dass Gran eine hat, ist ja, dass man spontan zu einem Picknick aufbrechen kann. Man muss sich nicht einen halben Zentner verschiedenster Taschen und Beutel um den Hals schlingen und gleichzeitig versuchen, Fischernetze und Eimer und Spaten zu schleppen, ohne irgendjemandem damit die Augen auszustechen. Jack füllt eine Tragetüte mit Plastiksoldaten, aber alles andere, was wir brauchen, ist bereits in der Hütte, bis auf den Lunch, den ich gerade zubereite: Hätte gern jemand Polenta mit getrockneten in Balsamico eingelegten Tomaten? Wahrscheinlich nehmen wir doch lieber die allseits beliebten Babybels und KitKats.

Ellen ruft an, während ich Brötchen schmiere.

»Wie läuft's, Darling?«

»Es sind Schulferien – was glaubst du, wie es läuft?«

»Auf einer Skala von eins bis zehn?«

»Einhundertachtundvierzig.«

»Was hast du für deinen Geburtstag geplant? Soll ich kommen?«

»Ich dachte an ein Strandpicknick und ein Barbecue.«

»In Broadgate?«

»Nun kling bloß nicht so schockiert.«

»Und was ist, wenn es regnet?«

»Dann findet das Picknick und das Barbecue in meiner Küche statt.«

»Ich kann es kaum erwarten. Okay, plan mich mit ein. Ich bringe Harry mit, sollte er greifbar sein. Er ist ziemlich zufrieden mit sich selbst, jetzt, wo er alle Tests hinter sich hat.«

»Was für Tests?«

»Habe ich das nicht erzählt? Wir hatten einen Termin mit dem Fruchtbarkeitsguru, und alles ist bestens.«

»Das ist toll.«

»Er meint, wir sollen dem Ganzen ein Jahr geben, uns entspannen, und er sei sich sicher, dass wir schwanger werden. Mann, ich hasse die Art und Weise, wie sie immer sagen, ›wir werden schwanger‹. Was für ein Schwachsinn. Wir können aber auch gleich mit der Behandlung beginnen, und dann erleichtert er mich um zehntausend Pfund. Oder wir kaufen uns stattdessen eins.«

»Das klingt doch vielversprechend.«

»Ich weiß, aber ein Jahr, die haben sie wohl nicht alle. Und jetzt, wo ich keins kriege, weiß ich gar nicht mehr, ob ich überhaupt noch eins will, wenn du weißt, was ich meine. Was ist, wenn ich schwanger werde und es bekomme und dann feststelle, dass ich noch nicht richtig dafür bereit bin? Kruzitürken, ich will doch nicht, nur weil es möglich ist, eine Bruthenne werden. Und das mit Harry besprechen zu wollen ist reine Zeitverschwendung. Er sagt immer nur, er will das, was ich will. Als ob ich das wüsste – ich habe so viel zu tun im Moment, dass mir nie richtig Zeit bleibt, in Ruhe darüber nachzudenken. Hier ist die Rede davon, dass ich halbstündige Sondersendungen machen soll.«

»Das ist doch großartig, Ellen.«

»Ja, aber nicht mehr, wenn ich in einem verdammten Schwangerschaftskittel stecke.«

»Warum denkst du nicht während eurer einwöchigen Segeltour darüber nach?«

»Wir sind auf einer Luxusyacht, Darling, ich bitte dich. Ich werde bestimmt nicht irgendwelche Taue hochklettern, wenigstens hoffe ich das stark.«

»Also, dann wirst du ja genügend Ruhe und Frieden haben.«

»Ich hasse Ruhe und Frieden, aber mal sehen, vielleicht. Ich muss irgendwas unternehmen – es macht mich schier wahnsinnig. Oh, und sieh zu, dass du auch die Diva zu deiner Geburtstagsparty lockst und ich ein Exklusivinterview mit Jean-Luc kriege, okay?«

»Okay.«

»Wirklich?«

»Nein.«

Sie lacht.

»Wir reden später weiter, Darling.«

Die Chancen, dass Grace mit dem Mann, den sie laut allen Zeitungen und Zeitschriften aus Paris mitgebracht hat und den ich noch nicht mal zu Gesicht bekommen habe, am Strand von Broadgate zu meinem Geburtstagspicknick auftaucht, sind mehr als dürftig. Aber Maxine werde ich von der Party erzählen, wenn ich sie nächste Woche sehe. Sie waren so süß bei Archies Geburtstag, und ich möchte sie auf keinen Fall kränken. Aber sie werden hoffentlich nicht kommen können, weil abgesehen von der Aussicht, dass wir dann alle in unseren Normalobadeklamotten fotografiert werden und ich versuche, Ellen zurückzuhalten, was ziemlich schwierig ist, wenn eine große Geschichte winkt, wüsste ich wirklich nicht, was ich ihnen zu essen anbieten soll. Bisher dachte ich an gemischten Salat und vielleicht selbst gemachten Kartoffelsalat, aber wenn man Leute bewirten muss, die eigene Küchenchefs haben, müsste man wohl so ausgefallene Dinge wie Quinoa anbieten, was immer das ist. Ich wette, es ist unglaublich kompliziert zuzubereiten. Mark weiß es wahrscheinlich. Genau genommen sollte ich Maxine gegenüber vielleicht lieber doch nichts erwähnen.

Nun, wo Jack all seine Soldaten beisammen hat, sind wir endlich bereit zum Aufbruch an den Strand.

»Dürfen wir schwimmen gehen, Mum?«

»Wahrscheinlich. Mal sehen, wie warm das Wasser ist.«

»Hast du auch deinen Badeanzug an, Mum? Weil du ihn letztes Mal vergessen hast.«

»Er ist in meiner Tasche, Archie; und nimm das bitte ab, mein Spatz – ich kann dich nicht richtig verstehen.«

Er hüpft schon vor lauter Vorfreude.

Mist. Ich hatte gehofft, mich nicht in meinem neuen Schwangerschaftsbadeanzug in aller Öffentlichkeit zeigen zu müssen, der wirklich unglaublich voluminös ist. Eigentlich gefiel mir der silberne mit dem kleinen Röckchen ganz gut, aber ich befürchtete, dass der mir beim Schwimmen hoch und ins Gesicht rutschen könnte, weshalb ich mich für ein riesiges schwarzes Lycrateil mit extrabreiten Trägern entschieden habe, welches das Kunststück vollbringt, gleichzeitig sackartig weit und dennoch nicht lang genug zu sein, sodass ich immer leicht gekrümmt stehen muss. Bitte, lass niemanden von der Schule am Strand sein. Oder jemanden von der Walrettung, sonst laufe ich Gefahr, in feuchte Tücher gewickelt zu werden, während sie versuchen, mich wieder ins Wasser zu rollen.

»Ich will auf dem Weg zum Laden noch Brötchen beim Bäcker kaufen.«

Beide stöhnen unisono.

»Nur eine Minute.«

Ich muss überprüfen, wie Olivia klarkommt, und mir neue Baumwolle für einen weiteren Schal holen; sie verkaufen sich jetzt wirklich gut an den Wochenenden. Ich muss zügig stricken, um am Ball zu bleiben.

Als wir in den Laden kommen, ist Olivia gerade dabei, Mrs. Bishop zu bedienen, die ihre übliche Unentschlossenheit und übertriebenes Getue an den Tag legt, aber auf besonders hochnäsige Art und Weise.

Ich nehme die Jungs mit nach oben, damit sie einen Saft trinken können und ich schnell einen Blick in die Post werfen kann: Die neue Lieferung für unsere Strandsonderangebote ist eingetroffen, und Olivia hat schon mit Auspacken begonnen, sodass der Tisch im Arbeitszimmer mit halbfertig gepackten McKnits-Tüten übersäht ist. Allen sind bisher ein Muster und zwei Stricknadeln zugeordnet.

Ich sehe mir die neue Herbstfarbkarte für die genoppte Wolle an und überlege, welche wohl der Renner werden, als Olivia heraufkommt.

»Endlich ist sie weg. Sechs Knäuel von diesem schrecklichen flaumigen Zeugs. Tut mir leid, dieses Chaos.«

»Nein, sieht ganz so aus, als hättest du ein gutes System gefunden. Lass dich nicht von mir abhalten. Ich wollte nur sichergehen, dass du hier klarkommst.«

»Eigentlich wollte ich dich etwas fragen, wegen samstags. Es ist nämlich so, dass einige meiner Freundinnen gern in den Laden kommen würden, als Gruppe, wie die donnerstags, nur ohne unsere Mums. Wir möchten unsere eigene haben. Ich könnte ihnen beibringen, wie man aufnimmt und so, und es wäre echt toll. Könntest du uns bei der ersten helfen? Wir wären auch ganz leise.«

»Ich habe tatsächlich daran gedacht, samstags eine neue Gruppe zu starten, wenn das Baby da ist. Hat es nicht Zeit bis dahin? Weil ich wirklich nicht weiß, ob ich es jetzt schaffe, mitten in den Ferien mit den Jungs und allem.«

Sie sieht unglaublich enttäuscht aus.

»Verstehe, es ist nur so langweilig hier.«

»Wie viele deiner Freundinnen würden denn kommen, was glaubst du?«

»Ungefähr fünf oder sechs. Sophie und Lauren ganz sicher,

und Gemma, und wahrscheinlich auch Anna Maddox, und Polly. Sie sind wirklich nett, und wir würden auch ganz leise sein. Bitte.«

Da sie meine zukünftigen Kundinnen sind, sollte ich wahrscheinlich einen Versuch wagen.

»Wie wäre es damit, wenn wir es diese Woche mal ausprobieren und sehen, wie es läuft? Wenn es ihnen gefällt, ist Elsie vielleicht bereit, auszuhelfen, wenn ihr irgendwie nicht weiterkommt oder so. Sie wird sowieso unten sein, wenn wir uns für den Samstagnachmittag entscheiden.«

»Das wäre toll. Danke, Jo. Und es wird spitze. Normalerweise ist hier absolut nichts los – es ist echt Scheiße.«

Archie hat das Wort Scheiße gehört und probiert es flugs aus, indem er es unter seinem Schnorchel vor sich hin murmelt.

»Archie, hör auf mit dem Quatsch.«

Ein unterdrücktes Seufzen ist zu vernehmen, und dann atmet er mehrmals hintereinander schnell in den Schlauch, was eine Reihe sehr befriedigender, unanständig klingender Geräusche verursacht, die Jack zum Kichern bringen.

Olivia gibt sich alle Mühe, nicht loszuprusten; es ist schon erstaunlich, wie unanstandige Schnorchelgeräusche alle Altersklassen begeistern.

»Du müsstest mir auch nichts bezahlen oder so, Jo.«

»Natürlich bezahle ich dich, Herzchen, du arbeitest schließlich, aber lass mich erst mit Elsie reden, und dann rufe ich dich an, okay? Ich bin sicher, dass sie nichts dagegen hat, aber ich möchte sie erst fragen. Sie wird gern gefragt. Jack, wirf das in den Mülleimer, wenn du fertig bist, mein Spatz, lass es nicht dort liegen. Ist genug Wechselgeld in der Kasse?«

Olivia nickt.

»Ich glaube schon, und Mum kommt später vorbei, und sie

besorgt mir Wechselgeld, wenn ich was brauche. Oh, und das Kreditkartendings hat Streifen auf dem Papier. Soll ich eine neue Rolle einlegen?«

»Ja bitte.«

Elsie wird in dem Wissen gegangen sein, dass Olivia heute Morgen im Laden ist. Sie ist viel schneller mit allen technischen Dingen wie zum Beispiel Kassenrolle oder Druckerpatrone auswechseln.

»Dann kommt. Auf zum Strand.«

Jack zieht wieder seine Sandalen an.

»Darf ich mein Buch mitnehmen?«

Ich habe einige neue Bücher und Papierblöcke und Farbstifte gekauft, damit sie etwas zu tun haben, wenn wir hier im Laden sind, aber Jack möchte sie immer mit nach Haus nehmen.

»Sie sind für den Laden, schon vergessen?«

Er seufzt.

Archie ist bereits halb die Treppe hinunter, als die Ladenglocke bimmelt, und dann ist das unmissverständliche Geräusch von Trevors Bellen zu hören. Mist.

Mist hoch zwei. Martin hat einen Ordner dabei.

»Ich dachte mir, dass ich euch hier finde. Ich wollte dir die neuesten Bilder für die Website zeigen, wenn du eine Minute Zeit hast. Sitz, Trevor. Sitz.«

»Eigentlich wollten wir gerade zum Strand, Martin. Können wir es nicht auf später verschieben?«

»Wir wollen ein Picknick machen, und du kannst mitkommen, wenn du möchtest – Trevor liebt Picknicks.«

Na toll, typisch Archie. Allerdings hat die Stadtverwaltung die brillante Idee gehabt, Hunde von acht Uhr morgens bis sechs Uhr abends vom Strand zu verbannen. Während also Martin Archie das verklickert, schiebe ich uns alle aus dem Laden auf den Bürgersteig. Ich habe versucht, das Trevor-Dilemma zu verdrängen und bin noch nicht bereit, mich ihm jetzt zu stellen. Christine hat Mr. Pallfrey mit nach Spanien genommen, damit er sich erholt, und eigentlich sollte er in ein paar Wochen zurückkommen. Aber als Gran zuletzt mit ihr gesprochen hat, hat sie ihr erzählt, dass sie ihn schon fast überredet hat, sein Haus in Broadgate zu vermieten und eine Wohnung neben ihrer zu kaufen, mit einem Swimmingpool und allem. Offenbar ist er dem örtlichen Expats Club beigetreten und genießt es, dort auf andere im Ausland lebende Engländer zu treffen, was ja schön für ihn ist, aber ein ziemliches, gewissermaßen Trevor-großes Problem hinterlässt.

»Ich habe gestern Abend mit Mr. Pallfrey gesprochen.«

Verdammt, da haben wir es.

»Ach ja? Wie geht es ihm?«

»Schon viel besser. Er braucht seinen Stock jetzt so gut wie gar nicht mehr, sagt er, und er hat sich entschieden, ein Appartement dort drüben zu kaufen.«

»Wirklich? Das klingt nach einer guten Idee.«

»Ich weiß, aber er macht sich Sorgen über seine Hoheit hier, sodass ich ihm gesagt habe, ich wäre mehr als glücklich, ihn zu behalten. Ich habe ihn ziemlich lieb gewonnen in den vergangenen Wochen, und wie du siehst, gehorcht er schon viel besser. Sitz, Trevor.«

Trevor steht auf, damit bloß keiner von uns auf die Idee kommt, er könnte abgerichtet sein, und dann macht er brav Sitz.

Martin strahlt.

»Ich dachte daran, ihm eine Hundehütte zu bauen, aber bis sie fertig ist, hatte ich gehofft, dass du ihn nimmst, natürlich nur bis das Baby da ist. Ich bin bestimmt lange vorher fertig, aber ich lasse ihn nicht gern allzu lange allein – er neigt dazu, große Löcher zu buddeln.«

»Wem sagst du das. Im Moment haben wir zwei unterschiedlich große in unserem Garten, und so schnell wir sie auch zuschütten, er gräbt sie immer wieder neu.«

»Ich glaube, das macht er nur, weil er Angst hat.«

»Nicht halb so viel Angst wie ich, wenn ich die Wäsche aufhänge und mich frage, ob ich gleich in einer Erdspalte verschwinde.«

Er lacht.

»Wenn du ihn noch für ein oder zwei Wochen nehmen könntest? Nächste Woche wäre es für zwei Nächte, aber in der Woche darauf habe ich hier vor Ort zu tun. Ich mache so schnell ich kann mit der Hundehütte. Mir ist klar, dass du keinen Hund haben kannst mit dem Baby.«

Archie schmeißt seinen Schnorchel auf den Boden.

»Das ist nicht fair. Er sollte unser Hund sein, nicht Martins. Trevor zu haben wäre viel schöner als ein doofes Baby.« Er bricht in Tränen aus.

Na toll.

Martin sieht unglaublich beschämt aus, und Jack legt Archie den Arm um die Schultern.

»Ist schon okay, Arch, das ist nur, solange es klein ist. Wir können doch einen richtigen Hund haben, wenn das Baby größer ist, nicht wahr, Mum?«

Herrjemine.

»Es geht nicht wirklich um das Baby, mein Schatz. Es geht mehr darum, dass er den ganzen Tag allein zu Haus wäre, während ihr in der Schule seid und ich im Laden bin. Das wäre nicht fair. Und ihr dürft Trevor jederzeit besuchen und ihn ausführen, wenn ihr möchtet, das dürfen sie doch, Martin?«

»Natürlich, und ich habe das Boot gefunden, von dem ich dir erzählt habe, Archie, in meinem Schuppen. Ich bringe es später vorbei, wenn du willst.«

Archie hört auf zu schniefen.

»Das aus Holz mit richtigen Segeln?«

Martin nickt.

»Würde dir das gefallen?«

»Ja, bitte. Und Mum, kriegen wir Doughnuts zum Lunch? Bitte, Mum, bitte?«

Mit dem Versprechen, Trevor ausführen zu dürfen und einem Holzboot in Aussicht, wird ein Doughnut seinen heutigen Tag krönen.

»Ja, Archie, kriegt ihr.«

Er hüpft jetzt wieder, als wir zum Bäcker gehen, und Martin geht pfeifend davon.

Verdammt.

Ich glaube, ich habe gerade wieder eine Runde verloren in der laufenden Hundekampagne. Und sie versuchen es schon wieder mit diesem verdammten Pfeifen. Martin pfeift immer gern vor sich hin, wenn er im Laden die Regale mit seinem Spezialtuch wachst, aber auch, wenn Elsie versucht, ihn herumzukommandieren, was meiner Meinung nach besonders Jack beeindruckt hat. Glücklicherweise kann keiner von ihnen richtig pfeifen, aber auf dem Weg zum Strand pusten und prusten sie vor sich hin.

Einige der ortsansässigen Familien sind da, als wir die Stufen zum Strand hinuntergehen, aber es ist immer noch recht ruhig. Zum Glück ist für später Regen angesagt, was die Tagesgäste fernhalten wird. Ich habe unserem Strand gegenüber eine ziemlich besitzergreifende Haltung entwickelt, jedenfalls ist es schön, ihn zur Abwechslung mal ein bisschen mehr für sich zu haben.

Gran und Reg sitzen vor der Strandhütte und lesen ihre Zeitungen, und Reg scheint in einen neuen dunkelblauen Sonnenschirm investiert zu haben.

Gran holt die Eimer und Schaufeln heraus für die Jungs.

»Da bist du ja, Schätzchen. Sieh nur, wir haben neue Liegen, aus diesem großen neuen Einkaufszentrum außerhalb von Margate. Sie waren so günstig, dass wir nicht widerstehen konnten. Wir dachten, sie wären bequemer für dich als die Liegestühle. Sie hatten sie in allen möglichen Mustern – schau, wie hübsch meine ist.« Sie steht auf und enthüllt die Art buntes Blumenmuster, das man nie und nimmer in einem Cath Kidston Katalog finden würde. »Deine ist orange. Siehst du.«

Reg tritt aus der Hütte und schwankt unter dem Gewicht einer Liege mit farbenprächtigen roten und rosa Blumen und orangefarbenen Papageien. Allmächtiger, was haben die Frauen meiner Familie bloß mit Papageien am Hut? Zuerst Mum und ihr wahnwitziger Kaftan, und jetzt auch noch Gran und ihre erstaunliche Technicolorliege.

»Sehr hübsch, Gran, danke.«

»Wir wussten, dass sie dir gefallen würde, Schätzchen. Die Papageien sind genau wie die, die wir auf unserer Kreuzfahrt gesehen haben, nur dass sie rote Schnäbel hatten. Reg hat Hüttensänger auf seiner, siehst du?«

Stimmt tatsächlich.

»Sie sind unglaublich bequem; probiere sie mal aus.«

Das muss ich Gran zugutehalten, wir haben möglicherweise nicht den gleichen Geschmack, was hübsche Muster für eine Liege betrifft, aber sie weiß definitiv, was eine bequeme ausmacht. Diese hat sogar noch Zusatzpolster, und Reg rückt mir eifrig die Rückenpolster zurecht und fixiert das Rückenteil, bis die Liege beinahe so bequem ist wie mein Bett. Genau genommen sogar noch bequemer. Ich frage mich, ob ich sie mit nach Hause nehmen kann.

»Das ist perfekt, Reg, danke.«

»Es gibt auch ein kleines Sonnendach. Ich befestige es für dich – du musst es nur noch hochziehen, siehst du, so.« Farbenprächtige orange Papageien schweben über meinem Kopf, umrahmt von einer dunkelorangen Franse. »Ist das nicht clever?«

»Brillant.«

Beide ziehen ihren Sonnenschutz hoch und machen es sich wieder auf ihren Liegen bequem.

»Gibt dir das Gefühl, ein Filmstar zu sein, nicht wahr?«

»Definitiv.«

Genau genommen brauche ich jetzt nur noch eine Schottendecke und würde dann wie jemand aussehen, der sich von etwas außerordentlich Tragischem erholt. Bitte lass Annabel Morgan nicht ausgerechnet heute beschließen, einen Ausflug zum Strand zu machen. Normalerweise tut sie das auch nicht; ich glaube, er ist nicht exklusiv genug für sie, aber heute wäre der perfekte Tag für sie, um ihre Meinung zu ändern.

Dienstag bin ich im Laden und genieße meinen ruhigen, friedlichen jungenfreien Tag: Connie hat sie beide mit in den Zoo genommen anlässlich Nellys Geburtstag, zu dem ich ein spezielles Geburtstagspicknick beigesteuert habe. Es schließt rosa Törtchen mit Ballerinas aus Reispapier obendrauf ein, die aus einer Fertigpackung stammen. Für später hat Mark eine richtige Torte gebacken. Er hatte sich geweigert, die rosa Törtchen aus der Fertigpackung auch nur in Betracht zu ziehen, sodass ich in die Bresche gesprungen bin, bevor Connie ihn mit seinem eigenen Spachtel attackiert.

Ein Gourmet zu sein ist ja gut und schön, besonders wenn es einschließt, köstliche Dinge für deine Frau herzustellen, die sie jede Woche zu ihrer Strickgruppe mitbringen kann, aber wenn es um Zuckergusstörtchen geht, weiß jeder, dass die knallrosa Teile der absolute Renner sind, und zwar jedes Mal. Sie sind spätestens bis zum Tee verputzt, und ich habe sogar kurz überlegt, mitzugehen. Aber meilenweit durch einen Zoo zu latschen, um eventuell einen Blick auf einen Löwen zu erhaschen, stand schon zu meinen besten Zeiten ziemlich weit unten auf meiner Vergnügungsliste, ganz zu schweigen von dem Fakt, dass ich inzwischen weit über den siebten Schwangerschaftsmonat hinaus bin.

Ich durchwühle die Flechtkörbe in den Regalen oben im Arbeitszimmer auf der Suche nach einer Eingebung für eine neue Schaufensterdekoration. Ich glaube, bis Ende August sind die gestrickten Fische ganz in Ordnung, aber im September möchte ich ein Schaufenster mit Teewärmern machen und gestrickten Törtchen auf dem Kuchenständer aus Glas, den ich letztes Jahr in Venedig gekauft habe, wenn ich ihn denn finde. Ich könnte mir auch gestrickte Wärmflaschenüberzüge vorstellen. Sie haben sich recht gut verkauft in der Vorweihnachtszeit, und ich möchte auch mehr Lavendelsäckchen anbieten. Sie sind ganz einfach zu stricken, und der ganze Laden duftet so wunderbar, und wir haben jetzt ja jede Menge Lavendel im Garten. Elsie hat bereits angefangen, einige mit kompliziertem Fair-Isle-Muster zu stricken. Ich denke, ein paar in schlichten Tiergestalten – Vögel und Kaninchen aus weicher Kaschmirwolle mit Schleifen zum Aufhängen – wären auch schön. Ich habe in einer Zeitschrift welche gesehen, die beinahe dreißig Pfund pro Stück gekostet haben, und ich bin sicher, dass ich etwas Ähnliches zum halben Preis hinbekomme und immer noch einen kräftigen Profit mache. Es sind einfach perfekte Geschenke und hübsche leichte Projekte für Herbstabende, wenn ich wahrscheinlich den Schoß vollhabe mit jemandem, der noch einmal gefüttert werden möchte, bevor er wieder einschlummert.

Ich kann es immer noch nicht wirklich glauben, dass am Ende von all dem ein Baby da sein wird. Es kommt mir immer noch total irreal vor, obwohl ich es schon zweimal durchgemacht habe. Eine ganz neue Person, die unsichtbar immer weiter wächst und sich auf den entscheidenden Tag vorbereitet. Es ist unglaublich. Die Hebamme sagt, dass wir, was das Wachstum betrifft, bereits ganz oben auf der Skala angesiedelt sind, und all meine Tests waren bis jetzt ausgezeichnet. Dennoch kommt es mir irreal vor.

Ich stehe da mit den Händen überm Bauch gefaltet, als Elsie hochkommt.

»Ich setze den Kessel auf. Möchtest du Tee?«

Sie war bisher ziemlich verschnupft über Olivias Idee einer Samstagsgruppe, sodass ich lieber beim kleinsten Wink mit einem Olivenzweig sofort zupacke.

»Gern. Danke, Elsie. Du hast nicht zufällig diese Keksschale gesehen, die wir letztes Jahr im Schaufenster hatten, oder?«

»Ich habe sie hinten in den Schrank unter die Spüle gestellt, eingewickelt in Plastik, damit sie nicht kaputtgeht. Es ist gefährlich, Glas auf diese Regale zu stellen – es könnte herunterfallen und jemanden verletzen.«

»Oh, klar. Großartig.«

Ich wünschte, sie würde mir Bescheid sagen, wenn sie irgendwas in der Küche versteckt.

»Wie viele Teenager glaubst du kommen? Weil du weißt ja, wie sie sind – sie stellen bestimmt allen möglichen Unsinn an, denk an meine Worte.«

»Olivia ist doch aber sehr vernünftig, findest du nicht?«

»Das mag sein, aber wenn sie alle auf einem Haufen sind, trinken sie Alkohol, bevor du dich versiehst.«

Sich oben einen Schwips antrinken mit Elsie unten im Laden? Wie sie das Kind schaukeln wollen, würde ich wirklich gern erleben.

»Ich werde diese Woche ein Auge auf sie haben, und dann sehen wir ja, wie es läuft, okay? Und wenn du glaubst, dass du nicht klarkommst mit ihnen, hat Gran sich angeboten, die nächsten paar Mal auszuhelfen.«

Das ist meine Trumpfkarte, und jetzt, wo ich sie ausgespielt habe, hoffe ich, dass sie sticht.

»Oh, ich bin sicher, dass ich es schaffe. Es besteht überhaupt kein Anlass für Mary, sich die Mühe zu machen; ich wollte nur sagen, dass wir vorsichtig sein müssen. Wir möchten schließlich nicht die falschen Elemente anziehen. Einige von ihnen sind schrecklich, weißt du, stehlen Autos und was weiß ich noch alles.«

»Die, die Autos stehlen, wollen aber in der Regel nicht stricken lernen, oder? Und ich glaube, sie sind sehr viel seltener, als du denkst, Elsie. Allerdings nicht gerade das, worüber die Zeitungen gern berichten, nicht wahr? Nette Kinder, die in aller Ruhe aufwachsen und ihre Eltern triezen. Diejenigen, die Autos klauen, geben bessere Schlagzeilen.«

Sie rümpft die Nase.

»Diese Maxine hat übrigens gerade angerufen für dich, wollte wissen, ob du auch um halb drei statt um zwei kommen kannst. Ich habe ihr gesagt, dass du zurückrufst.«

»Prima.«

»Ich setze den Kessel auf.«

Ich freue mich wirklich darauf, Grace wiederzusehen, und möglicherweise auch Jean-Luc kennenzulernen, obwohl ich

Maxine nicht danach fragen wollte, als wir zuletzt telefonierten. Aber Jane Johnson sagte, dass jede Menge Presseleute vor der Einfahrt herumlungerten, als sie gestern vorbeifuhr, sodass sie sich ziemlich sicher sein müssen, dass er da ist.

»Und das Wasser in der Küchenspüle läuft schon wieder nicht richtig ab.«

»Okay, ich versuche es noch mal mit der Saugpumpe.«

Wie nett. Ein bisschen Selbst-ist-die-Frau, bevor ich mich aufmache nach Graceland.

Links und rechts der Einfahrt parken überall Wagen am Straßenrand, und es gibt haufenweise gelangweilt aussehende Männer mit Kameras, aber glücklicherweise waren Tom und Jerry wohl inzwischen auf der Hundeschule und trotten drei Schritte hinter Bruno her, als ich aus dem Auto steige, und reagieren auf die Klicks eines speziellen Plastikklickers. Ich überlege, ob ich Martin so einen besorgen soll, damit er es bei Trevor ausprobieren kann.

Maxine tritt aus einer der Seitentüren und führt mich zu Grace.

»Sie ist im Garten. Ist das Wetter nicht toll? Es ist, als sei man in Südfrankreich. Ich wette, du gehst jeden Tag mit deinen Kindern zum Strand, oder?«

»Beinahe. Tatsächlich gibt es diesen Sonntag ein Geburtstagspicknick am Strand. Ab sechs ungefähr, wenn ihr Lust habt?«

»Kann ich dir später Bescheid sagen?«

»Natürlich.«

»Vielleicht können Bruno und ich kommen, wenn das okay wäre. Grace wird wahrscheinlich zu beschäftigt sein, glaube ich.«

»Das fände ich wunderbar.«

»Wenigstens hättest du keine Presseleute, die sich über die

Klippen abseilen, um einen Schnappschuss von Jean-Luc zu ergattern.«

»Oh, aha. Er ist also hier?«

»Oh ja, er ist definitiv hier.«

Sinnvollerweise ist der Küchengarten von einer alten Mauer umgeben, die einen vor Teleobjektiven schützt. Er ist makellos gepflegt mit Blumenbeeten und Gemüse und Obstbäumen und Sträuchern dazwischen, und es hängen sogar Weintrauben an den Weinreben über dem riesigen Holztisch. Ich habe keine Ahnung, wie viele Gärtner hier arbeiten. Sie haben wahrscheinlich einen Vertrag mit einer großen Firma, aber es müssen wirklich Heerscharen sein, damit es so umwerfend aussieht.

Lily planscht vergnügt in ihrem kleinen Pool unter einer cremefarbenen Markise, während Meg sie aus einer Babygießkanne mit Wasser bespritzt. Grace ruht auf einem Deckchair aus Holz mit cremefarbenen Kissen und trägt Jeans und ein winziges weißes T-Shirt.

»Wasser oder Saft, Jo?«

»Wasser, danke, Grace.«

»Wir lernen für den Film reiten, also haben wir jetzt Pferde in den Ställen. Sehr *Country Life*, findest du nicht?«

»Sehr.«

Maxine reicht mir ein Glas Wasser und nickt in Richtung des Tors am anderen Ende des Gartens, von wo eine Vision in einem sich bauschenden weißen Hemd und Reithosen auf uns zukommt. Du liebe Güte, ich bin froh, dass ich sitze. Er sieht absolut toll aus. Und er schafft es sogar, in Reithosen gut auszusehen, was nicht leicht ist.

»Ist Sartre denn viel geritten?«

»Wie bitte?«

Er kommt näher. Du kriegst die Motten. Wenn Jean-Paul Sartre so ausgesehen hätte, wären wir alle Existentialisten gewesen.

Maxine lächelt.

»Nein, Jean-Luc spielt Professor Emelius Browne in *Die tollkühne Hexe*, Jo. Für Sartre suchen sie immer noch einen bekannten Amerikaner.«

»Oh, aha. Ich erinnere mich an gar keine Reitszenen in *Die tollkühne Hexe in ihrem fliegenden Bett.*«

Grace lächelt, eins ihrer Divalächeln.

»Gibt es auch nicht. Aber das Drehbuch sieht alle möglichen Neuerungen vor. Und glaub mir, wenn du ihn auf einem Pferd siehst, wirst du froh darüber sein.«

Maxine schenkt Jean-Luc ein Glas Wasser ein, als er sich vorbeugt und Grace auf die Wange küsst und ihr eine Locke aus dem Gesicht streicht.

»Guter Ritt, Darling?«

»Ja, aber es ist so heiß, ich muss mich umziehen. Ich glaube, ich gehe schwimmen. Hast du eine Wünsch?«

Sein Akzent ist göttlich. Hast du eine Wünsch? Oh ja, gut möglich.

»Nein danke. Vielleicht komme ich später nach. Wenn du etwas möchtest, frag Sam.«

Er küsst sie noch einmal und schlendert über den Pfad zum Haus.

Maxine seufzt, was Grace zum Lachen bringt.

»Die Textproben waren toll bisher, großartig für die Chemie, Angela Lansbury wird vor Neid platzen. Obwohl sie ihm einen Stimmencoach besorgen, sodass er am Ende wahrscheinlich wie der verdammte Hugh Grant klingt.«

Maxine sammelt die Teller ein und stellt sie auf ein Tablett.

»Irgendwie glaube ich nicht, dass das eine Rolle spielt.«

»Wahrscheinlich nicht. Reicht's ihr langsam, Meg?«

Lily wirft eifrig Plastikboote aus ihrem Planschbecken.

»Sieht so aus. Soll ich sie jetzt hineinbringen?«

»Bitte. Und Max, bitte Sam doch, uns noch etwas Saft und Eis zu bringen, ja?«

»Sicher.«

Sam kommt mit einer Karaffe Saft und einem Teller Früchte.

»Danke, Sam. Ist er im Pool?«

»Ja. Und er möchte einen Kaffee. Soll ich koffeeinfreien nehmen?«

»Unbedingt.«

Er lächelt und geht zurück zum Haus.

»Ich rationiere seinen Koffeinverbrauch etwas, um ihn zu beruhigen; sonst ist es einfach zu anstrengend. Also, was hältst du vom Garten?«

»Er ist fantastisch. Du bist eine sehr glückliche Frau.«

»Glücklich? Ich habe hart gearbeitet für all dies.«

»Tut mir leid.«

»Ich habe Spaß gemacht. Herrgott, warum hält es denn nie jemand für möglich, dass ich einen Scherz mache? Obwohl, sie dazu zu bringen, Jean-Luc die Rolle zu geben, war großes Glück, das muss ich zugeben. Genau genommen ein Geniestreich.«

»Ist er also Franzose, in dem Film, meine ich?«

»Gewissermaßen. Er ist heldenhafter als in der alten Version, Ex-Armee, halber Franzose, evakuiert von Dünkirchen. Und dann begegne ich ihm, und er vergisst alles über die Résistance.«

»Na klar.«

»Wir fangen in ein paar Wochen mit dem Dreh an. Hat Maxine dir die Daten gegeben?«

»Ja. Und ich freue mich schon darauf.«

»Sie möchten, dass ich in dem Film stricke. Hat sie das erwähnt? Also haben wir gesagt, dass du etwas Passendes vorschlagen wirst. Sie haben alle Socken gestrickt, nicht wahr?«

»Ja, oder Kapuzenmützen. Meine Gran hat jede Menge alte Muster. Ich bringe welche vorbei, wenn du möchtest.«

»Gern. Sie bezahlen dich für die Recherche. Max hat bereits alles geregelt.«

»Wirklich? Das wäre toll, wenn du wirklich meinst?«

»Besprich es mit Max, sie hat alle Details. Scheiße, wer ist das denn?«

Das Telefon auf dem Tisch klingelt.

»Prima, stell ihn durch. Hi, Ed … weil ich es nicht möchte. Ich genieße einen ruhigen englischen Sommer. Wenn ich im verdammten LA sein wollte, wäre ich dort. Okay, aber schaff sie hierher. Sam kann einen Lunch vorbereiten oder so.«

Sie legt das Telefon wieder zurück.

»Sie bieten inzwischen echt viel Geld.«

»Wofür?«

»Für ein Foto von mir und Jean-Luc. Das Dreifache, wenn wir vögeln. Mistkerle. Ed kümmert sich darum, also gehen wir zu einem Dinner in London, oder vielleicht auch Paris. Max checkt gerade die verschiedenen Möglichkeiten.«

»Stört dich das nicht?«

»Ist Teil des Jobs, Darling.«

»Ja schon, aber …«

»Es gibt kein Aber. Das ist der Job – du tust es, oder du tust es nicht. Aber darüber gejammert wird nicht. Du kannst sie verklagen, wenn sie eine bestimmte Grenze überschreiten, aber der Rest dreht sich nur darum, wie du dein Geld verdienst.«

»Wann ist die Grenze überschritten?«

»Wenn sie deine Familie verfolgen.«

»Aha.«

»Ich habe Lilys Jacke fertig übrigens, die Wickeljacke, und sie liebt sie. Ich dachte daran, ihr noch eine zu machen, in diesem Olivgrün, das du mir gezeigt hast. War das Kaschmir?«

»Kaschmir mit Seide.«

»Okay, und ich möchte Max auch etwas stricken, zum Geburtstag. In diesem Buch, das du mir hiergelassen hast, ist eine Jacke, die perfekt für sie wäre. Ich habe die Seite markiert – sag mir, welche Farben, und dann kannst du mir das gleich mitbestellen. Ich möchte sie allerdings etwas abändern – die Ärmel sind schrecklich … Verdammt, es ist heiß hier draußen, lass uns hineingehen.«

»Wann hat sie Geburtstag? Ich würde ihr auch gern etwas machen.«

»Nächsten Monat irgendwann, aber nicht, dass du ihr etwas strickst. Ich möchte, dass meins das Stargeschenk ist.«

»Natürlich.«

»Du könntest ihr ein Puzzle schenken. Die liebt sie.«

»Wirklich?«

»Wenn Sam und ich sie ärgern wollen, verstecken wir einige Stücke. Es macht sie schier wahnsinnig. Sie ist ziemlich zwanghaft; muss sie auch sein bei ihrem Job. Sie ordnet alles immer exakt ausgerichtet und arrangiert die Blumen neu. Solltest du je eine weitere Mitarbeiterin brauchen in deinem Laden, entscheide dich für jemanden, der gern herumkommandiert und alles schön ordentlich mag.«

»So jemanden habe ich bereits, danke. Ich glaube nicht, dass ich es mit zweien aushalten würde.«

»Hast du Lust auf ein Bad?«

»Nein, danke. Ich habe meinen Badeanzug gar nicht dabei.«

Und auch wenn ich das hätte, würde ich lieber viel Geld bezahlen, als mich vor ihr und Jean-Luc damit zu zeigen.

»Sicher?«

»Ja, aber danke trotzdem.«

»Hol dir das Buch, bevor du gehst, und ruf mich wegen der Farben an. Danke, Jo. War schön, dich zu sehen.« Sie geht in Richtung Pool.

Samstag sehe ich Grans Sammlung alter Muster durch und warte auf sie, weil sie auf die Jungs aufpassen wird, damit ich in den Laden zu Olivias erster Strickgruppensitzung gehen kann. Es scheint jede Menge Kriegsmuster für Kapuzenmützen und Handschuhe zu geben, und eine wirklich bezaubernde Kinderweste mit passendem Gürtel, wahrscheinlich für die sichere Aufbewahrung des Taschengelds. Gran sagt, Wolle war jahrelang rationiert und wurde gewöhnlich in Strängen statt in Knäueln geliefert, was wir unbedingt für den Film berücksichtigen müssen. Und sie weiß auch noch, dass sie aus Aran Wolle Socken und Schals und Handschuhe für Seeleute gestrickt hat. Und sie und Betty haben Badeanzüge für sich selbst gestrickt. Die neigten allerdings dazu, in nassem Zustand stark durchzuhängen, was ziemlich unangenehm gewesen sein muss. Aber da sowieso der größte Teil des Strandes mit Stacheldraht bedeckt war und die Bürgerwehr auf und ab marschierte und jeden anschrie, der mal ein bisschen im Wasser planschen wollte, spielte es wahrscheinlich keine Rolle, wie unförmig dein Badeanzug war.

Viele Musterbroschüren scheinen gebührenfrei mitgeliefert worden zu sein, wenn man Wolle kaufte, obwohl es einige für Babykleidung gab, die drei Pence kosteten, und eine amerikanische für glamouröse Kleider und Pullover. Da dort die Wolle nicht rationiert war, variierten die Farben viel stärker, und ich bin ziemlich hingerissen von einer Bettjacke mit Rüschen. Ich frage mich, was die Jungs wohl sagen würden, wenn ich mit einer Jacke mit weißen Spitzenrüschen über meinem Nachthemd am Frühstückstisch erschiene. Wahrscheinlich nicht gerade etwas sehr Höfliches. Ich glaube, für Graces Rolle in dem Film ist luftwaffenblaue Wolle für einen Schal oder eine Kapuzenmütze die perfekte Wahl.

Ich suche einige in Frage kommenden Farben aus, als Gran mit einem Kuchen zum Tee eintrudelt.

»Du siehst müde aus, mein Spatz. Ich sage nur schnell den Jungs hallo, okay. Setz den Kessel auf.«

Tatsächlich fühle ich mich total erledigt: Ich habe nicht sehr gut geschlafen, was daran lag, dass das Baby sich die halbe Nacht bewegt hat und ich einen ziemlich unanständigen Traum hatte. In dem kam Jean-Luc vor, der sich in einem sehr entscheidenden Moment in Nick verwandelte, was dazu führte, dass ich senkrecht im Bett saß. Und dann habe ich stundenlang in die Dunkelheit gestarrt und eine Panikattacke nach der anderen bekommen, wie ich bloß alles auf die Reihe kriegen soll. Und dann, als ich gerade wieder einschlafen wollte, kam Jack zitternd herein, weil er seinen Traum hatte, in dem er mich nicht finden kann und er in einem langsam sinkenden Boot sitzt. Den hat er seit Monaten nicht mehr gehabt, aber ich glaube, dass Gran gestern immer wieder von dem Babyzimmer anfing, hat ihn beunruhigt.

Reg kommt, während wir unseren Tee trinken, und hat einige Tapetenmusterbücher mitgebracht: Gran hat ihn mit dem strikten Auftrag zu B & Q geschickt, eine hübsche Auswahl an Farben und Mustern mitzubringen. Schreck lass nach.

»Wir müssen langsam anfangen, Schätzchen. Du möchtest doch bestimmt alles fertighaben, bevor das Baby kommt.«

»Ja, aber wir haben erst Oktober. Es besteht absolut kein Grund, sich jetzt schon Sorgen zu machen.«

»Ich habe mir übrigens eins dieser mobilen Geräte besorgt. Wollte ich dir nur sagen.«

»Ich dachte, du benutzt das von Reg.«

Sie schnaubt.

»Für das Kinderbett. Es spielt eine Melodie mit kleinen Häschen. Ganz süß, nicht wahr, Reg?«

Er nickt. Ich glaube, im Stillen ist er genauso begeistert wie sie.

»Erstaunlich, was sie heutzutage alles machen. Du drückst einfach einen Knopf, und es spielt eine Melodie, und Martin hat gesagt, dass er mir mit dem Fußboden hilft. Macht immer viel Dreck, aber er hat eine Schleifmaschine, sodass wir nicht lange brauchen werden. Wir dachten, wir schleifen ihn ab und versiegeln ihn anschließend, und dann werden die Dielen weiß gewachst, was sie ein bisschen wärmer aussehen lässt, wenn du sicher bist, dass du keinen Teppich willst?«

»Das klingt wunderbar, Reg, aber …«

Gran stellt ihre Tasse ab.

»Und Tina vom Friseur hat mir von diesen Baby Shower-Partys erzählt, die sie heutzutage machen, und jetzt organisiert sie mit Elsie eine. Sie dachten an einen eurer Donnerstage. Ist das nicht nett? Ich glaube allerdings, dass sie dich überraschen möchten, aber ich weiß ja, was du von Überraschungen hältst, also wollte ich dich lieber vorwarnen.«

Aha, also Fußbodendielen, Malen und Tapezieren und eine Überraschungs-Baby-Shower: alles keine großen Sachen und hübsch zurückhaltend, genau, wie ich es liebe.

»Ich will keinen übertriebenen Aufwand, Gran – das macht mich nur nervös.«

»Nein, mein Schatz, was dich nervös machen wird, ist, wenn du in ein paar Wochen zu Verstand kommst und feststellst, dass du nichts fertig hast.«

»Ich habe eine Decke gestrickt.«

»Ich weiß, mein Spatz, und sie ist wunderschön.«

»Ich verdränge nichts oder so, Gran, aber ich habe es schließlich schon mal gemacht, weißt du, und außerdem schlafen sie in den ersten paar Wochen nicht in einem Kinderbettchen. Alles, was du brauchst, ist ein Körbchen und ein Autositz.«

Sie sieht aus wie vom Donner gerührt.

»Ein Autositz. Daran habe ich noch gar nicht gedacht.«

»Gran, alles wird gut. Bitte. Es wäre spitze, wenn ihr das Zimmer macht, aber wir müssen wirklich nicht jede Einzelheit vorher bedenken.«

Reg legt den Arm um Grans Schulter.

»Sie hat vermutlich recht, Mary.«

»Und, Gran?«

»Ja, Schätzchen?«

»Könntest du mir auch beim Auffrischen der Zimmer der Jungs helfen, besonders Jacks? Ihre könnten wir auch ein bisschen streichen, damit sie sich nicht ausgeschlossen fühlen.«

»Das ist eine wunderbare Idee.«

Schon ist sie weg, um die Jungs hereinzuholen.

»Ich und eure Mum und euer Granddad Reg haben darüber gesprochen, eure Schlafzimmer zu streichen. Welche Farben würdet ihr gern haben?«

Jack sieht beunruhigt aus.

»Ich weiß nicht. Mum, welche Farbe soll ich nehmen?«

»Wie wäre es mit Blau und Silber, so wie bei Marco?«

»Ja, bitte. Kann ich auch Monde und Sterne an meiner Decke haben?«

Gran nickt.

»Und bevor du anfängst, Madam, du wirst nicht auf irgendwelche Leitern steigen.«

»In Ordnung, Gran.«

Archie hüpft begeistert umher.

»Und ich kriege *Superheroes*, ja, Mum? Oder Haie. Ich kann Haie gut leiden.«

Haitapete. Wie beruhigend.

Reg schreibt eine Liste. Ich und meine große Klappe.

Olivia räumt auf oben und stellt Gläser hin, als ich in den Laden komme.

»Jeder bringt was zu trinken mit.«

Du liebe Güte, vielleicht hatte Elsie doch recht.

»Wir konnten uns nicht entscheiden, ob wir Wasser oder Cola oder sonst was besorgen, sodass sich jeder sein eigenes Getränk mitbringt. Gibt es noch mehr Stricknadeln zur Auswahl?«

»In dem Karton auf dem obersten Regal.«

»Elsie war ziemlich sauer, als sie kam.«

»Sie wird sich schon beruhigen.«

»Und Lady Denby war hier. Sie hat gesagt, dass sie später noch mal vorbeikommt.«

»Okay.«

»Oliver Benson und Matt Lewis kommen eventuell auch, aber ich habe ihnen gesagt, dass sie stricken müssen. Es ist doch okay, wenn auch Jungs kommen, oder?«

Teeniejungs. Damit hatte ich nun nicht gerechnet. Einige sind echt riesig, zumindest diejenigen, die ich ohne Krawatte und mit offenem Hemd aus dem Bus steigen sehe, entweder eifrig flirtend oder im Kampf mit ihren kolossalen Rucksäcken begriffen, die sie über die Schulter geschlungen tragen.

»Klar.«

»Oliver ist echt verknallt in Polly, als ob die geringste Hoffnung bestünde, dass wir mit gleichaltrigen Jungs ausgehen. Das ist so was von ausgeschlossen. Aber er ist ganz in Ordnung, und Matt ist ziemlich nett.«

»Ich freue mich schon, sie kennenzulernen.«

Ich hoffe nur, dass sie nicht zu den ganz riesigen Jungs gehören, weil ich nicht sicher bin, ob die Stühle der Unruhe großer Teenager standhalten werden. Wenn sie auch nur annähernd so sind wie Jack und Archie, werden sie auf den Stühlen hin und her kippeln, bis die Stuhlbeine kurz davor sind, einzuknicken.

Eine Stunde später stricken Polly und Sophie fleißig, während Lauren und Gemma immer noch versuchen, Maschen aufzuschlagen, und Olivia zeigt einem Mädchen, das Clare heißt, wie man kraus strickt. Oliver und Matt sitzen am anderen Tischende und haben anscheinend vergessen, wie man beim Stricken den Faden hält. Sie haben eine Weile vergeblich versucht, Maschen aufzunehmen, bis Sophie Mitleid mit ihnen hatte und ihnen geholfen hat, und jetzt wirft Oliver Polly gelegentlich sehnsüchtige Blicke zu, aber sie scheint nichts davon mitzubekommen. Der Arme, er gibt sich solche Mühe; als sie vorhin Lipgloss aufgetragen hat, befürchtete ich schon, dass er in Ohnmacht fällt.

»Entschuldigung, Mrs. Mackenzie.«

»Nenn mich bitte Jo, Sophie.«

Das scheint ihr zu gefallen.

»Gibt es hier eine Toilette, Jo?«

»Die Treppe hinunter gleich neben dem Geländer.«

»Danke.«

»Wie läuft es, Gemma? Brauchst du Hilfe?«

»Ja bitte.«

Oliver senkt sein Strickzeug.

»Ich auch. Jo.«

Polly wirft ihm einen Blick zu, und er errötet.

Ich helfe Gemma schnell, eine gefallene Masche wieder aufzunehmen, dann gehe ich weiter zu Oliver.

»Du hast es aber ziemlich schnell kapiert.«

Er lächelt.

»Macht echt Spaß, wenn man es erst geschnallt hat. Ich könnte etwas für meine Mum machen, zu ihrem Geburtstag, einen Schal oder so. Glauben Sie, dass ihr das gefiele?«

Alle lächeln.

»Da bin ich mir sicher.«

Polly nimmt einen Schluck aus ihrer Wasserflasche.

»Ich helfe dir, die richtigen Farben auszusuchen und so, wenn du möchtest.«

»Toll.«

Was für ein Triumph; er ist begeistert und sieht so erfreut aus, dass ich kurz davor bin, ihn in die Arme zu nehmen. Es ist bestimmt nicht leicht, ein Junge zu sein, umgeben von so raffinierten Mädchen mit ihren leuchtenden Haaren und Lipgloss. Sie scheinen so viel selbstbewusster zu sein als ich meiner Erinnerung nach in ihrem Alter war, und ich weiß nicht, ob viele der Jungs, die ich kannte, es über sich gebracht hätten, die Nachmittage mit Stricken zu verbringen.

Matt sieht Gemma an und grinst, was sie nervös zu machen scheint.

»Würdest du mir auch helfen, was für meine Mum auszusuchen?«

»Klar. Was willst du denn machen?«

Er betrachtet sein Strickzeug.

»Etwas sehr Kleines.«

Lady Denby kommt, als ich mir Muster für ziemlich irre Capes ansehe, die Polly von ihrer Schwester mitgebracht hat, die irgendwo in London Mode studiert. Sie sind schon beeindruckend, klare Farben mit eingeflochtenen breiten Schleifen oder riesigen Sicherheitsnadeln als Verschluss. Ich glaube zwar nicht, dass sie sich in Broadgate durchsetzen würden, aber sie haben unleugbar Stil. Und sind zweifellos auch noch warm. Vielleicht stricke ich eins für mich, einfach nur um Elsies Gesicht zu sehen.

»Hallo, meine Liebe. Fleißig wie immer, wie ich sehe. Die Hunde sind unten, sodass ich mich nicht lange aufhalte.«

Das bedeutet also, dass Elsie mal wieder mit Hundeleinen kämpft. Du liebe Zeit.

»Wollte Sie nur wissen lassen, dass wir wieder Silber gewonnen haben bei ›Meeresküste in Blüte‹. Ein absoluter Skandal.«

Oliver greift zu seiner Coladose.

»Mein Dad nimmt an, dass man die Preisrichter bestechen muss, wenn man Gold will.«

»Würde mich nicht überraschen, junger Mann. Verabscheuungswürdig. Aber Silber ist auch nicht zu verachten, schätze ich, besonders nicht zwei Jahre hintereinander. Und nächstes Jahr ist dann Gold fällig. Ich bin sicher, dass auch dieses Jahr Ihr Schaufenster wieder geholfen hat, so gut wie es war. Dachte, das wüssten Sie gern.«

»Vielen Dank, das ist nett von Ihnen.«

»Gern geschehen. War nett, euch kennengelernt zu haben. Gut zu sehen, dass junge Leute etwas Nützliches lernen. Stricken zu können ist ganz hervorragend; man weiß nie, wann man es mal braucht. Schönen Tag noch.«

Ich begleite sie nach unten und sehe, dass Elsie versucht, Algie und Clarkson eine Armeslänge auf Distanz zu halten, indem sie den Tresen zwischen sich und ihnen nutzt. Clarkson schiebt sich gerade Stück für Stück um die Ecke, als Lady Denby übernimmt und ihn zurückzieht.

»Danke, Enid.«

»Eigentlich ist es Elsie, Lady Denby.«

»Ach ja? Sind Sie sicher?«

Elsie sieht für einen Moment echt verwirrt aus.

»Für mich waren Sie immer Enid. Muss mich sputen – habe George im Wagen gelassen. Weiß der Himmel, was er inzwischen alles angestellt hat. Immer steigt er aus und wandert umher. Wirklich lästig. Aber die Jungs spüren ihn für gewöhnlich auf.«

Sie zieht wieder an den Leinen, und sie trotten davon.

»Du musst es ihr sagen.«

»Wie bitte?«

»Sie kann die Hunde nicht immer mit hereinbringen; das ist nicht nett.«

»Hast du irgendeine Idee, wie ich das bewerkstelligen soll, Elsie?«

Sie lächelt.

»Betragen sie sich anständig da oben?«

»Ganz wunderbar. Einer der Jungs möchte etwas für seine Mum stricken.«

»Tatsächlich? Also, das ist lieb von ihm. Ich habe die Dinge, die Martin mir gemacht hat, immer geliebt. Wir benutzen immer noch den kleinen Tisch, den er mir im Handwerksunterricht gemacht hat, und sie kamen mir auch sehr höflich vor, das muss ich einräumen.«

»Das sind sie auch, sie alle scheinen wirklich sehr nett zu sein.«

»Also, dann werde ich es mit ihnen versuchen, ich bin immer dafür, Menschen eine Chance zu geben, das weißt du. Aber wenn da irgendwelche krummen Sachen laufen, rufe ich dich, okay?«

»Sicher.«

»Einen kenne ich noch von früher, als er klein war. War immer bei seiner Mum. Er war ganz verrückt nach *Thomas die kleine Lokomotive*, und sie hat ihm Pullover gestrickt. Sie hat ihm auch einen Bademantel gestrickt, glaube ich.«

»Also, sprich ihn um Gottes Willen nicht darauf an heute – er versucht, die Mädels zu beeindrucken. Meine Güte, das kommt alles auch noch auf mich zu, nicht wahr? Mit den Jungs.«

Sie lächelt.

»Dein Jack wird keine Probleme machen; es wird dein Archie sein, auf den du aufpassen musst, er ist so ein kleiner Rabauke. Soll ich mal raufgehen und fragen, ob sie einen Keks wollen? Ich hab gesehen, dass du eine neue Dose Butterkekse gekauft hast, und in dem Alter sind sie ja immer hungrig, nicht wahr? Ich könnte eine Tasse Tee machen, wenn du auch eine magst?«

Hervorragend.

Ich wusste, dass die Dose Butterkekse sie früher oder später nach oben locken würde.

Sonntag bin ich gegen Mittag dank meines Notfalleinkaufs im Supermarkt total erledigt. Irgendwann wurde mir bewusst, dass unsere einlullende tägliche Sommerferienroutine von Strandpicknicks, unterbrochen von Kurzbesuchen im Laden und den Jungs abends in der Badewanne das Salz aus den Haaren spülen, ja gut und schön ist, gleichzeitig aber dafür sorgt, dass ich die

Sachen, die es auf meinem Geburtstagspicknick zu essen geben soll, glatt vergesse und sie nicht auf meiner Liste habe.

Ellen und Harry sind für später angesagt, und die meisten aus meiner Strick & Zick-Gruppe wollen auch nachher zum Strand kommen, zusammen mit Connie und Mark, die die Kinder mitbringen, sobald Mark mit den Lunchgästen im Pub durch ist. Das Restaurant ist heute Abend geschlossen. Sonntagabends ist es immer ziemlich ruhig, und es gibt nur an der Bar Snacks für Leute, die am Verzweifeln sind.

Ich habe Mark gesagt, dass er sich nicht die Mühe machen soll, irgendetwas für das Picknick beizusteuern, was ich jetzt langsam bedaure. Ich habe riesige Mengen Kartoffelsalat mit Lauchzwiebeln gemacht, und ich mariniere Lachssteaks in Honig und Ingwer und einem Schuss Sojasoße, genau genommen ein bisschen mehr als einem Schuss, weil der Verschluss an der Flasche nicht so klein war, wie ich gedacht hatte. Die Hähnchenteile lasse ich ungewürzt für diejenigen, die auch noch die kleinste Lauchzwiebel aus Mutters Kartoffelsalat picken. Aber nachdem ich das Essen in Plastikschalen verstaut habe, sieht es immer noch nicht genug aus, und mir sind die Plastikschüsseln ausgegangen. Ich könnte Gran anrufen, die eine unvorstellbare Sammlung nützlicher Behälter hat, alle mit passenden Deckeln, aber dann würde sie helfen wollen, und ich wollte das meiste Essen selbst machen, auch wenn sie darauf bestanden hat, den Kuchen zu backen.

»Mum.«

»Ja, Archie?«

»Wir sollten uns verkleiden zu deiner Party.«

»Es ist eine Strandparty, Herzchen.«

»Ja, aber wir könnten doch Fische sein. Kann ich ein Fischkostüm haben für deine Party, bitte?«

»Nein.«

»Oder könnte ich als Cowboy gehen mit meiner Kartoffelpistole. Wo ist meine Kartoffelpistole?«

»Weiß ich nicht.«

Und auch wenn ich es wüsste, würde ich es ihm nicht sagen.

»Ich glaube, Fische wären besser. Und Mum?«

»Ja?«

»Wann gibt's was zu essen? Ich habe Hunger.«

Mist. Das Mittagessen habe ich total vergessen.

»Iss etwas Müsli.«

»Zum Lunch?«

»Ja.«

Er sieht mich an und erkennt schließlich die Anzeichen einer Mutter kurz vor einer Krise.

»Ich will keine Shreddies.«

»Dann eben nicht, iss Weetabix.«

Jede Menge Schnauben und Seufzen setzt ein, aber ich bin viel zu sehr damit beschäftigt, mit Töpfen zu klappern und den Reis daran zu hindern, ein klebriger Klumpen zu werden, während ich die gebratenen Paprikaschoten häute und Erbsen koche, um mich darum zu scheren.

Jack kommt hereingeschlendert.

»Was gibt's zum Lunch?«

»Wir müssen Müsli essen.«

»Was?«

Archie sieht ihn an.

»Ich will keine Weetabix.«

»Dann nimm Shreddies, Jack, und dann könnt ihr beiden mir helfen, das alles ins Auto zu tragen.«

»Hast du auch Luftballons, Mum?«

»Nein, Jack, habe ich nicht.«

Er schnaubt.

»Ohne Luftballons ist es keine richtige Party.«

»Also, dann kommt eben nicht.«

Beide seufzen.

Sollte irgendjemand auf die Idee kommen, auch noch Pfeifversuche zu starten, bewerfe ich ihn, glaube ich, mit klebrigen Reisklumpen.

Ellen kommt um drei mit Harry, der in Ungnade gefallen ist, nachdem er heute Morgen um halb sechs mit einem Leitkegel auf dem Kopf nach Haus gekommen ist. Er liegt auf dem Sofa und »hilft« den Jungs beim Legospielen, während Ellen und ich uns in die Küche zurückziehen.

»Du liebe Güte, wie viele Leute kommen denn?«

»Keine Ahnung, Massen.«

»Also, verhungern werden sie jedenfalls nicht, Darling.«

»Das war der Plan.«

»Hast du deinen Kartoffelsalat gemacht?«

»Ja, aber sag Archie bloß nicht, dass er mit Mayonnaise ist, sonst isst er ihn nicht. Es ist Salatsoße; er glaubt, das ist so was Ähnliches wie Eis.«

»Na klar. Ich sterbe vor Hunger. Der verdammte Errol hat mich gestern stundenlang über dieses Laufband gehetzt. Ich würde ihn ja rausschmeißen, nur wäre ich, wenn er mich nicht so triezen würde, eine fette Planschkuh.

Sie trägt ein sehr kurzes weißes Strandkleid mit rosa Tupfen und sieht wie der Inbegriff für eine Schlankheitswerbung aus. Sogar ihr Haar wirkt dünn.

»Du siehst großartig aus.«

»Danke, Darling. Also, und was ziehst du an?«

»Das hier?«

»Nein, kommt nicht in Frage. Diese Hosen sind grauenhaft. Es ist deine Party – zieh etwas Hübsches an.«

»Sie sind cool.«

»Aus meiner Perspektive sind sie das mitnichten. Bitte. Zieh das Kleid an, dass du auf der Hochzeit getragen hast. Darin hast du toll ausgesehen.«

»Auf deiner Hochzeit, meinst du das Lilaseidene? Nein, das spare ich mir auf.«

»Wofür um alles in der Welt?«

»Stimmt auch wieder.«

Gegen fünf kühlt es langsam ab, und als wir ankommen ist wunderschönes, sanftes Licht am Strand. Es sind noch einige Leute da, die hinter ihren Windschutzen sitzen, aber man kann trotz der Unterhaltungen und der Einpackgeräusche für die lange Fahrt nach Hause das Meer hören. Das ist meine absolut Lieblingszeit am Strand, besonders wenn Flut ist, so wie heute.

»Hier, gib mir die große Tasche. Diese Treppe hinunter, richtig? Wo ist die Strandhütte?«

»Ungefähr auf halbem Wege zum Wasser. Oh.«

Gran und Reg sind bereits da und haben die Hütte mit Luftschlangen und Luftballons geschmückt, wovon die Jungs schwer begeistert sind.

»Hallo, mein Spatz, hallo, Ellen. Was haltet ihr davon? Wir dachten, wir sollten sie ein bisschen herausputzen. Was soll das, dass du diese Taschen schleppst? Reg, nimm sie ihr ab, bevor sie sich was tut. Setz dich und trink eine Tasse Tee.«

»Da ist noch mehr im Auto.«

»Wir holen es gleich. Du darfst dich nicht so überanstrengen – das sage ich dir immer wieder. Setz dich, Ellen, Schätzchen – ich gehe und fülle den Kessel. Es gibt hier jeden modernen Komfort. Der Tee kommt sofort.«

Ellen lächelt, hält dann aber vor einer der Papageienliegen inne.

»Gott im Himmel, wo um alles in der Welt hast du die denn her?«

»Gran und Reg.«

»Da bin ich aber echt froh, dass ich meine Sonnenbrille aufhabe.«

»Sie sind sehr bequem.«

»Das ist ja auch das Mindeste.«

Gegen sechs Uhr ist es wunderschön am Strand, immer noch warm aber ohne die kühle Brise, die manchmal gegen Ende des Tages aufkommt. Ich trage meinen grauen Mohairschal mit den silbernen Perlen am Rand, und alle machen mir Komplimente über mein Kleid. Ellen hat mir sogar die Fußnägel angemalt, was ich aufgegeben und auf die Zeit vertagt habe, in der ich weniger kugelförmig bin. Und sie macht ihren Spezialpunsch, der normalerweise tödlich ist, weswegen ich Limonade dazuschütte, als sie mal nicht hinschaut. Nicht, dass ich etwas davon trinken werde, aber ich glaube nicht, dass irgendjemand von uns auch nur annähernd bereit ist für eine total beschwipste Elsie.

»Mann, das ist perfekt. Scheiß auf stundenlanges Warten im Check-In-Bereich und dann zwölf Stunden in einem verdammten Flugzeug, wenn man so einen Blick hat.«

Die Ebbe hat eingesetzt, und die Kinder bauen Sandburgen und Militärbasen nach einem komplizierten, von ihnen ausgetüftelten Plan und rennen ständig mit ihren vollen Wassereimern zwischen Strand und Wasser hin und her. Alle scheinen viel Spaß zu haben, und ich habe mehr Geburtstagskarten bekommen, als jemals seit meiner Kindheit. Alle haben ein Geschenk mitgebracht, was sehr lieb ist. Maggie aus der Bücherei hat mir eine wunderschöne alte Ausgabe von *Mrs. Beeton* geschenkt, nachdem wir bei unserem letzten Strick & Zick-Treffen darüber gesprochen haben, wie gern wir Kochbücher lesen, und Tina und Linda haben mir vornehm aussehende Badeartikel für Schwangere gekauft und bewundern meine fantastische neue cremefarbene Ledertasche von Ellen. Auch Olivia und Polly werfen ihr zwischen ihren Versuchen, sich ein Glas Punsch zu stibitzen, wenn ihre Mütter mal nicht so genau aufpassen, sehr begehrliche Blicke zu.

Das Essen war ganz toll, hauptsächlich, weil Mark rechtzeitig gekommen ist und Rosmarinzweige auf den Grill gelegt und noch etwas Raffiniertes mit Olivenöl und Kräutern mit den Hähnchenteilen angestellt hat. Aber das Schönste ist, wie entspannt alles läuft: Jeder scheint sich zu amüsieren, ohne dass ich mich verantwortlich fühlen muss. Die Leute sitzen auf Decken, die sie mitgebracht haben, und plaudern oder schlendern ans Wasser und waten ein bisschen, oder, wie in Tinas Fall, versuchen Travis davon abzuhalten, dem Sonnenuntergang entgegenzuschwimmen.

Feuerwehrmann Graham hilft auch beim Grillen, und Maxine und Bruno sind mit einer wunderschön eingewickelten Flasche Calèche angekommen, meinem Lieblingsparfum, was Maxine mir vor ewigen Zeiten mal pfiffigerweise entlockt hat. Bruno tauscht mit Martin Hundetipps aus, während Tom und Jerry und Trevor abwechselnd mit den Kindern ins oder aus dem Wasser rennen. Es ist perfekt, und ich kann es kaum fassen, dass wir erst ein Jahr hier sind, weil es mir vorkommt, als lebten wir schon ewig hier.

Ich wate ein bisschen im Wasser, als Maxine sagt, dass sie und Bruno wieder zurückmüssen zu Grace.

»Aber vielen Dank, Jo. Das war wunderbar.«

»Freut mich, und danke für das Parfum.«

»Gern geschehen. Auf einer Strandparty, wo Leute tatsächlich richtig essen, war ich seit Jahren nicht mehr. Es war toll – nette, normale Menschen, sehr entspannend.« Sie dreht sich um und lächelt Ellen zu, die sich eifrig um engeren Kontakt zu ihr bemüht hat in der Hoffnung, ein Exklusivinterview mit Grace zu bekommen. »War schön, Sie wiederzusehen, Ellen, und wenn sie sich zu einem Interview entschließt, sind Sie die Erste, die es erfährt.«

»Wirklich?«

»Nein.«

Ellen lacht.

»Na gut. Aber ich verspreche, dass ich nicht versuchen würde, sie fertigzumachen.«

»Ich weiß, und ich setze Sie mit auf die Liste, versprochen. Jo, wir telefonieren.«

Sie küsst mich, und wir gehen mit beiden über die Treppe nach oben und winken zum Abschied, und Bruno hupt.

»Nette Person. Immer ein gutes Zeichen, wenn die persönlichen Assistenten dir nicht unbedingt auf die Nase binden wollen, was für Miststücke ihre Bosse sind. Und Schwalbenschwanz scheint sich ja prima mit Bruno zu verstehen.«

»Sie haben Hundetipps ausgetauscht, und hör auf, ihn Schwalbenschwanz zu nennen. Er redet nicht mehr annähernd so viel über Holz.«

»Tut er doch, wenn er dir haarklein alles über den Umbau seiner verdammten Scheune erzählt. Wie sieht sie eigentlich aus?«

»Im Moment sehr schmutzig, aber ich glaube, sie wird mal sehr schön.«

»Du solltest dich ein bisschen ins Zeug legen. Ich habe ihn vorhin beobachtet – woher ist er eigentlich so schön braun?«

»Vom Arbeiten auf seinem Dach.«

»Also, geh mit ihm aus, mach ihn betrunken und warte ab, was passiert. Wenigstens musst du dir keine Sorgen machen, schwanger zu werden.«

»Ellen, bitte.«

»Bitte was? Ein netter kleiner Flirt wird dir schon nicht schaden. Ich weiß, wir bringen die Kinder irgendwo unter und ziehen um die Häuser. Was steht hier denn so zur Auswahl?«

»Bingo.«

»Oder?«

»Nach Haus gehen und heiße Schokolade machen.«

»Du liebe Güte. Ich hätte meine Hausschuhe mitbringen sollen.«

»Du hast gar keine.«

»Doch. Pantoffeln. Mit Federn. Hat Harry mir gekauft. Eins seiner Schlechtes-Gewissen-Geschenke, nachdem er mal wieder spurlos verschwunden war. Dann lass uns doch Schwalbenschwanz mit nach Haus nehmen und Stripbingo mit ihm spielen.«

»Mum, sag Jack, er soll mich nicht immer herumkommandieren. Boss, Boss, Boss. Er tut nichts anderes.«

»Ignoriere ihn einfach, Schätzchen. Du verdirbst ihm doch nicht sein Spiel, oder?«

»Nein, ich und Nelly bauen unser eigenes Boot im Sand. Und es ist viel besser als seins. Komm und sieh es dir an.«

Ellen unterhält sich mit Gran, als ich die Schüsseln rings um den Grill einsammele. Sie sieht höchst zufrieden aus mit sich.

»Also, das ist geklärt.«

»Was denn?«

»Deine Gran bringt die Jungs nach Hause, und wir können noch irgendwo einen Schluck trinken gehen. Ich dachte, wir steuern eine Bar in Whitstable an. Da muss es doch irgendetwas geben.«

»Ich denke schon, aber …«

»Alles ist bestens, den Jungs geht es prima. Hör auf jetzt.« Sie wendet sich an Martin. »Hast du Lust, mitzukommen?«

»Würde ich sehr gern, aber ich habe ja Trevor. Ich könnte allerdings Dad fragen, ob er ihn mit nach Haus nimmt.«

»Großartig.«

Ellen zwinkert mir zu.

Oh Gott. Der arme Jeffrey.

In Whitstable ist ziemlich viel los, als wir ankommen, jedenfalls in den Weinbars und Restaurants, aber Ellen deichselt es irgendwie, dass wir einen Tisch draußen auf der Terrasse bekommen mit Blick auf den Strand. Chefmoderatorin von Großbritanniens beliebtester Nachrichtensendung zu sein hat definitiv seine Vorteile.

Sie klärt Martin gerade über ihre verschiedenen Lieblingscocktails auf, während Harry mir erzählt, wie gern er aus London wegziehen würde.

»Wie sind denn die Preise in dieser Gegend? Vielleicht könnten wir uns ein Wochenendhaus kaufen, etwas mit Blick aufs Meer.«

»Es würde dich eine ganz schöne Stange Geld kosten in Whitstable, aber es gibt immer noch die eine oder andere Ortschaft, die erschwinglich ist.«

»Ich wollte immer am Meer leben. Was meinst du, Darling? Sollen wir uns ein Haus kaufen hier unten?«

»Nein, ich versuche, Jo nach London zurückzulocken, also genau umgekehrt.«

»Ich habe es dir schon gesagt, Ellen, ich lebe gern hier unten.«

»Siehst du? Sie zieht nicht um, also was sagst du, mein Augapfel? Hättest du Lust auf ein Wochenendcottage?« Er beginnt, ihre Schulter mit Küsschen zu traktieren.

»Kommt nicht in Frage.«

»Wir könnten etwas kaufen, was wir renovieren müssen, wie Martin.«

»Ja, nur dass du nicht gerade der größte Handwerker unter der Sonne bist, nicht wahr, mein Darling? Anders als Martin, der weiß, was er tut.«

»Also, dann holen wir uns eben Experten, und lass dir von mir sagen, dass ich mal im Sommer das Boot meines Onkels abgeschliffen habe, und das lief prima. Und wir haben es auch noch lackiert. Es hat Tage gedauert.«

Martin stellt sein Glas ab.

»Was für Holz war das?«

Und schon legen sie los, unterhalten sich über Boote und spezielles Deckwachs, und Ellen schüttelt nur den Kopf.

»Lass uns etwas anderes bestellen.«

Ellen dreht sich nach der Kellnerin um, als eine Frau zu uns kommt und sie anstarrt, leicht schwankend.

»Sind Sie die aus dem Fernsehen?«

»Nein.«

»Sind Sie sicher?«

»Ja.«

Sie geht zurück zu ihren Freunden.

»Heilige Scheiße. Jetzt brauche ich definitiv einen neuen Drink.«

Die Kellnerin kommt vorbei und dann wieder mit etwas in drei hohen Gläsern zurück, das Wodka enthält.

»Bist du sicher, dass du nichts möchtest? Vielleicht noch einen Saft?«

»Was ich tatsächlich gern hätte, wäre ein Tee, aber ich nehme nicht an …«

»Sicher, kein Problem.«

Brillant. Ich gehe an einem Samstagabend wie eine richtige Erwachsene in meinem allerfeinsten Kleid aus und kriege sogar noch eine Tasse Tee.

Ellen lacht.

»Prost, Darling.«

»Ach du Jemine.«

»Was ist los, Martin? Zeigt der Wodka Wirkung? Trink schön langsam, und alles ist bestens, Darling – Tante Ellen wird schon auf dich achten.«

»Nein, es ist Patricia.«

»Wer?«

»Meine Exfrau. Mit Phil.«

Ellen und ich tauschen Blicke aus und drehen uns zur Terrassentür um. Da steht eine große Frau in einem Minikleid mit dunklen Haaren. Ich dachte immer, sie sei blond. Sie zögert, sieht sich nach einem Tisch um, und dann sieht sie ihn, und auch Phil in seinem Freizeithemd und Jeans, die etwas zu hoch geschnitten sind.

Martin scheint auf seinem Stuhl zu schrumpfen.

»Oh nein, sie kommt rüber.«

»Lass mich nur machen, Darling. Überlasse das einfach mir, okay?«

Ich werfe ihr einen warnenden Blick zu. Den sie übersieht.

»Okay. Banditen auf zehn Uhr. Das wird mal ein echter Spaß. Harry, leg deinen Arm um mich.«

»Warum?«

»Verdammt, tu es einfach. Himmelherrgott, du bist wirklich eine große Hilfe.«

Er lächelt und legt den Arm um ihre Schultern, während sie ihren Stuhl ein bisschen näher zu ihm rückt.

»Aber Vorsicht, okay? Ich möchte keine Schlägerei – dafür bin ich viel zu erledigt.«

Sie lächelt.

Oh Gott.

»Martin.«

»Hallo, Patricia.«

»Das ist aber eine Überraschung, dich hier zu sehen.«

Ellen mustert sie ausgiebig, und zwar mit einem Blick, der bei den meisten Frauen den Wunsch auslöst, nach Haus zu rennen und sich umzuziehen.

»Willst du uns nicht vorstellen, Darling?«

»Entschuldigung, das sind Patricia und Phil.«

Phil nickt uns zu und sieht aus, als fühle er sich nicht wirklich wohl in seiner Haut.

»Nett, Sie kennenzulernen. Ellen Malone, und das ist Harry. Sie sind die erste Frau, nehme ich an?«

Patricia sieht ziemlich erschüttert aus.

»Ich kenne Sie aus dem Fernsehen.«

»Gut möglich. Aber ich versuche, heute Abend inkognito zu bleiben. Die Leute neigen dazu, immer einen großen Aufstand zu machen. Ich bin sicher, dass Sie das verstehen.«

Patricia ist beeindruckt, gibt sich aber sichtlich Mühe, es nicht zu zeigen, als sie sich zu mir umdreht und mir einen kurzen Blick zuwirft, der dann plötzlich an meinem Bauch hängen bleibt.

Ellen lächelt.

»Ich weiß, unglaublich aufregend, nicht wahr? Und nicht mehr lange jetzt, nicht wahr, Jo? Wir haben uns gerade darüber unterhalten und überlegt, ob Martin den Umbau der Scheune wohl rechtzeitig fertigkriegt.«

Patricia sieht jetzt alles andere als glücklich aus.

»Was für eine Scheune?« Jetzt sieht sie richtig wütend aus, als sie sich an Martin wendet. »Du meine Güte. Du hast nicht viel Zeit verschwendet, was?«

»Es ist …«

»War sehr nett, Sie kennengelernt zu haben, Trish. Und Sie, Phil. Einen schönen Abend noch.« Ellen bedenkt sie mit ihrem großen Lächeln, und dann fixiert sie Patricia mit ihrem tödlichen Sie-sind-entlassen-Blick.

»Komm jetzt, Patsy. Lass gut sein, Süße.«

Aber sie kann es einfach nicht lassen. Sie funkelt mich an und sieht so wütend aus, wie man nur in einem spärlichen Hängerkleidchen und hochhackigen Sandalen aussehen kann.

»Wann ist es fällig?«

Blitzartig habe ich eine Eingebung, strecke die Hand aus und ergreife Martins Hand.

»Sehr bald.«

Sie dreht sich um und geht zurück zur Tür, und Phil nickt Martin zu, bevor er ihr folgt.

Martin kann gar nicht wieder aufhören zu grinsen.

»Vielen Dank, ihr beiden – das war unglaublich toll. Ich weiß, es ist kleinkariert, aber ihr Gesichtsausdruck, mein Gott, es war unglaublich.«

»Kriege ich jetzt meine Hand zurück?«

»Was? Oh ja, tut mir leid. Es war nur so spitzenmäßig.«

Er küsst mich auf die Wange.

»Danke, Jo.«

»Ich glaube nicht, dass sie noch guckt, Martin.«

»Das war nicht ihretwegen.«

Ellen stößt mit Martin an und zwinkert mir zu.

Die Fahrt nach Hause dauert Ewigkeiten, hauptsächlich, weil ich mich verfahre. Und Martin hat so viel Wodka getrunken, dass er auf dem Rücksitz kaum noch bei sich ist, neben Harry, der tief und fest schläft.

»Bist du sicher, dass es hier abgeht?«

»Ja. Du bist links abgebogen, als ich rechts gesagt habe. Aber es könnte auch anders herum gewesen sein. Egal, es muss hier runtergehen. Oder auch nicht.«

»Hör auf, Martin.«

Er lacht.

Endlich finde ich die Scheune, hauptsächlich, weil ich zurück nach Broadgate gefahren und von dort aus neu gestartet bin, sodass ich nicht Martins ungenauen Angaben folgen musste.

»Da sind wir.«

»Wer möchte meine Scheune besichtigen?«

Harry wacht auf.

»Ich, ich möchte sie sehen.«

Ellen seufzt.

»Also, aber beeil dich … Herrgott, ich hoffe, das ist dein verdammter Hund, sonst sind wir in großen Schwierigkeiten.«

Jede Menge Kläffen setzt ein, bevor Trevor erscheint und sich halb umbringt vor Freude, hochspringt, wie verrückt mit dem Schwanz wedelt und Martin beinahe umwirft.

»Nacht, Martin.«

»Nacht, Ellen. Das müssen wir ungedingt mal wiederholen.«

»Was, deine Exfrau total sauer zu machen?«

Er lacht.

»Nein. Na ja, ja. Ich meine, etwas trinken oder so. Ich könnte was zu essen machen, wenn ich eine Küche habe.«

»Toll. Mach was mit Jo aus, und wir sind dabei.«

Harry geht zusammen mit Martin den Pfad entlang, um sich die Scheune anzusehen, während Ellen und ich im Auto warten.

»Du hättest mitgehen und ein zweites Date verabreden sollen.«

»Ellen, dies war ja wohl kaum ein Date. Und außerdem kann ich keine Dates verabreden, wenn ich im siebeneinhalbten Monat bin. Es ist zu … was auch immer – ich weiß auch nicht genau, aber es gibt ganz bestimmt kein Kapitel darüber im ›Was erwarten Sie, wenn Sie ein verdammtes Kind erwarten‹.«

»Tja, sollte es aber geben. Willkommen in der wirklichen Welt. Schwanger von dem einen Mann, ausgehen mit dem anderen, und keiner von beiden ist dein Ehemann. Mein kleines Mädchen ist endlich erwachsen geworden. Ich bin sehr stolz auf dich, Darling.«

»Fall tot um.«

»Ich mag ihn.«

»Ich auch. Aber ich bin so voller Hormone, dass ich kaum sagen kann, was wirklich ich bin und was nicht.«

»Also, er hat definitiv Potenzial, mehr will ich ja gar nicht sagen. Streich ihn nicht von deiner Liste.«

»Was hast du nur immer mit Listen?«

»Sich mit dir zu unterhalten, ist immer wieder ein Vergnügen.«

Ein paar Stunden später bin ich kurz davor, einzuschlummern, zwar müde aber auch glücklich; es war der beste Geburtstag, den ich seit Jahren hatte. Der beste überhaupt, genau genommen. Nick war immer ein hoffnungsloser Fall mit Geschenken. Einmal hat er mir ein neues Bügelbrett gekauft, bis Ellen es spitzgekriegt hat und mit ihm shoppen gegangen ist. Aber dieses Jahr war ganz anders. Die Kinder sind glücklich, und ich habe eine fantastische neue Handtasche und genug Parfum für die nächsten Jahre. Und Ellen hat ein neues Rezept erfunden für heiße Schokolade mit Wodka, von dem sie schwört, dass es sie zur Multimillionärin machen wird. Also war es alles in allem ein Spitzentag.

Und zu sehen, wie Martin die gefürchtete Patricia in die Knie gezwungen hat, war auch ziemlich gut. Und Ellen hat recht, ich mag ihn wirklich. Aber ich werde jetzt nicht in Panik verfallen deswegen. Werde ich nicht. Ich werde morgen darüber nachdenken. Oder in ein paar Monaten. Nicht jetzt. Es gibt zu viel, worüber ich mir Sorgen machen muss. Wie zum Beispiel, zu verhindern, dass Gran sich bei der Operation Hausrenovierung zu sehr ins Zeug legt, und wie ich das mit dem Laden regele und alle Herbstlieferungen rechtzeitig vor dem Baby bekomme. Mein Rücken tut mir wieder weh, und das Baby ist sehr unruhig heute Nacht.

Vielleicht sollte ich lieber eine Liste machen.

Kapitel Sieben – September

Licht an, Kamera ab, Action

Nach einem hastigen Last-Minute-Einkauf neuer Schuhe und Hosen gehen die Jungs jetzt wieder zur Schule, und alles geht langsam wieder seinen gewohnten Gang, Gott sei Dank. Martin hat jede Menge Aufträge übernommen, damit er sich seine neue Küche leisten kann, und wir reden schon von einem Essenstermin mit Ellen und Harry in ein paar Wochen, den Ellen mit konstanter Bosheit ein Doppeldate nennt, weil sie weiß, dass es mich in Panik versetzt. Ich habe beschlossen, dass hochschwangere Frauen keine Dates haben, es ist einfach ungehörig, also ist es für mich nichts weiter als ein Abendessen, und das ist gut so.

Tatsächlich kann ich kaum fassen, wie schnell die Zeit vergeht; in der Schule reden sie sogar schon über die diesjährige Weihnachtsaufführung, und Archie hat sich die Rolle einer Aubergine geangelt, wenn auch glücklicherweise nicht im Krippenspiel. Ich glaube, im Moment könnte ich Annabels Selbstgefälligkeit, dass Harry eine bessere Rolle gekriegt hat, nicht so gut ertragen, und ehrlich gesagt ist so gut wie jede Rolle besser als die einer Aubergine. Jede Klasse soll entweder ein Gedicht vorsingen oder vortragen, und Archies Klasse bastelt riesige Pappmascheemodelle, um sie auf der Bühne hin und her zu schwenken. Jacks Klasse will »Slinky Malinky« vortragen, was Archie bereits umbenannt hat in »Stinky Maplinky«. Ich soll ihm eine schwarze Katze aus Chenille stricken, worauf ich wirklich gut verzichten könnte, aber Mrs. Chambers war so begeistert, dass ich einfach nicht das Herz hatte, nein zu sagen.

»Also, bist du sicher, dass es in Ordnung ist? Ich kann jederzeit einen anderen Termin vereinbaren.«

Elsie hat einen Termin beim Fußpfleger, weil ihre Hühneraugen ihr übel mitspielen.

»Nein, geh nur, Elsie.«

»Mein Martin schaut möglicherweise herein. Ich habe ihm gestern Abend ein bisschen Fisch vorbeigebracht in diesem neuen Wärmebehälter, den ich in meinem Katalog gefunden habe. Ist wirklich sehr gut. Und er sagte, er käme vielleicht vorbei.«

»Okay.«

»Er hat sich immer angestellt mit Fisch. Als er jung war, hatte ich gut zu tun, ihn dazu zu bringen, Fisch auch nur anzurühren.«

»Aha.«

»Ich habe ihm ein hübsches Stück Kabeljau in Petersiliensoße gemacht – das mag er. Du liebe Güte, so spät ist es schon – ich mache mich jetzt besser auf den Weg.«

»Okay.«

Du lieber Gott. Obwohl Kabeljau in Petersiliensoße tatsächlich ganz gut klingt; vielleicht sollte ich das heute Abend auch kochen. Archie wird zwar jedes Fitzelchen Petersilie herauspicken, aber Kabeljau in ganz ganz fein gehackter Petersilie könnte funktionieren. Gran und Reg werden wahrscheinlich auch da sein. Die Operation Renovierung ist im vollen Gange, und nach einem recht unruhigen Start, als wir den ganzen Tag im Garten verbringen mussten, weil Reg und Martin den Fußboden abgeschliffen haben, dicht gefolgt von Gran mit Gesichtsmaske, Staubsauger und einem feuchten Wischtuch, lief bisher alles relativ schmerzlos. Und der Fußboden sieht fantastisch aus. Jacks Zimmer ist fertig, und er liebt es, besonders die fluoreszierenden Farben in den dunklen Monden und Sternen, und in Archies Zimmer fehlen nur noch die Zierstreifen mit den Raumschiffen über der neuen Tapete, dann ist es auch fertig. Ich könnte sie vielleicht heute kleben, wenn Reg nicht schneller ist.

Ich hatte Sorge, dass sie sich übernehmen und mir irgendwelche Leute von Ageconcern die rote Karte zeigen, aber sie können ihre Kräfte und das richtige Tempo viel besser einschätzen als ich. Es gibt jede Menge Tassen Tee und kleine Pausen zwischendurch, und Gran scheint gegen Tagesende noch genauso munter zu sein wie morgens. Auf dem Markt haben wir neuen Stoff für Gardinen ausgesucht, sodass das Gästezimmer jetzt Buttermilchwände und weiße Baumwollgardinen mit gelben Gänseblümchen hat, die gefüttert sind, damit kleine Leute auch lernen, brav einzuschlafen. Und zwischen ihren Malerarbeiten sind sie mehrmals zu John Lewis in Bluewater gefahren, um die Babyabteilung unsicher zu machen und die Verkäufer dazu zu bringen, die verschiedenen Kinderwagen und Kinderbetten vorzuführen.

Ich habe ihnen versprochen, sie für die endgültige Entscheidung zu begleiten, aber ich schiebe es immer wieder vor mir her, weil ich noch ein paar Wochen Zeit habe und mich absolut noch nicht bereit fühle für Kinderwagenvorführungen. Ich habe den Termin für meinen Kaiserschnitt gebucht, versuche aber, nicht daran zu denken. Die Hebamme beim Arzt sagt, alles ist bestens, sodass ich gern noch ein bisschen das ganz normale Leben genießen möchte, bevor das Baby alles dominiert.

Ich habe das Teeschaufenster fertig, wobei mir Olivia Samstag geholfen hat. Polly war auch da; sie hat sich angewöhnt, immer etwas früher zu kommen als der Rest der Gruppe und mit Olivia zu stricken. Bisher haben sie sich kurze Röcke gestrickt, und jetzt stricken sie Taschen, was ganz toll ist, weil Polly definitiv das tonangebende Mädchen in ihrem Jahrgang ist, sodass die anderen es ihr ganz sicher nachmachen werden. Sogar Elsie ist beeindruckt, wie gut die Gruppe arbeitet: Es ist, als hätten wir den Laden einer ganz neuen Generation eröffnet, was mich daran erinnert, dass ich lieber noch etwas von dem grau melierten Tweed bestelle, der im Moment anscheinend ihre Lieblingswolle ist.

Zwanzig Minuten, nachdem Elsie weg ist, kommt Martin mit dem Wärmebehälter plus dazu passendem Deckel.

»Das hast du ja gut abgepasst.«

Er grinst.

»Sie macht mich wahnsinnig. Wenn ich es zulasse, bringt sie mir nächstes Mal gekochte Eier und arme Ritter.«

»Ich liebe gekochte Eier und arme Ritter. Habe ich seit Ewigkeiten nicht gegessen.«

»Ich hasse Petersiliensoße, und das weiß sie. Wie gut, dass Trevor es mochte, aber er würde alles fressen. Wie ist der neue Fußboden?«

»Wunderschön. Wir haben das Bett gegen die Wand gestellt, sodass das Zimmer jetzt viel größer wirkt.«

»Mum hat gesagt, dass du gern eine neue Dusche hättest, für das Baby.«

»Wie bitte?«

»Eine neue Dusche.«

Er muss die Baby-Shower meinen. Typisch Martin, dass er bei einer Babygeschenkparty an Klempnerarbeiten denkt.

»Eigentlich …«

»Also habe ich mit Gary geredet – er hilft mir bei den Klempnerarbeiten bei der Scheune – und er schenkt mir einen halben freien Tag, wenn ich ihm bei seinen Küchenschränken helfe. Ich könnte es also machen für dich, wenn du möchtest. An welche Dusche hattest du denn gedacht?«

»Darüber habe ich noch nicht nachgedacht.«

»Ich habe Risse in der Wanne bemerkt, als ich den Fußboden gemacht habe, aber die kann man leicht austauschen. Wenn du aber die Dusche rechtzeitig für das Baby fertig haben möchtest, sollten wir uns lieber ein bisschen ins Zeug legen.«

Ich kann ihm jetzt unmöglich sagen, dass es nicht um so eine Dusche geht, sonst kommt er sich wie ein kompletter Trottel vor.

»Also, das wäre toll, aber nur, wenn ich dich bezahle.«

»Sicher – du könntest mir Kochen beibringen. Ich kann ja nicht ständig nur von Dosensuppen leben, und ich würde gern einige einfache Dinge kochen können.«

»Wie gekochte Eier und arme Ritter?«

Er grinst.

»Ja. Und gebratenes Hähnchen, ist das schwierig?«

»Nicht wirklich.«

»Wunderbar. Also, du gibst mir Kochunterricht, und ich kümmere mich um die Dusche. Soll ich dir ein paar Prospekte vorbeibringen? Ich habe welche in der Scheune. Einige sind ziemlich teuer, aber es gibt auch ein paar schlichte, die gut sind. Wahrscheinlich brauchst du auch eine Pumpe. Wie ist dein Wasserdruck?«

»Gut, glaube ich.«

»Aha. Also, ich bringe die Prospekte mit, und dann sehen wir weiter, okay?«

»Großartig. Danke, Martin.«

»Kein Problem. Ich baue wirklich gern eine ein – dann weiß ich später genauer, worauf ich zu achten habe, wenn ich meine eigene in der Scheune einbaue.«

Eine anständige Dusche, die mehr von sich gibt als einen schwachen Strahl, stand zwar nicht gerade ganz oben auf meiner Liste, aber ich bin sicher, dass sie sich als sehr nützlich erweisen wird, besonders, da ich so jede Hilfe gebrauchen kann an der Recht-zeitig-aufstehen-und-für-die-Schule-fertig-werden-Front. Außerdem waren die Vorhänge nicht so teuer wie gedacht, und das Geld von den Filmleuten bekomme ich auch noch.

Ich sollte lieber mal Maxine anrufen und mich erkundigen, um welche Uhrzeit ich am Freitag gebraucht werde. Ich soll zum Drehort kommen, was aufregend ist. Ellen hat es noch nicht aufgegeben, als meine Gehilfin mitzukommen, als ob irgendjemand darauf hereinfallen würde. Aber das Medieninteresse an Jean-Luc ist nach wie vor gewaltig, obwohl alle schon die Fotos gebracht haben, auf denen er und Grace sich in einem Pariser Bistro küssen.

»Maxine?«

»Hi, Jo, wie geht's? Immer noch Baby on Board?«

Letztes Mal haben wir uns über diese albernen Autosticker amüsiert, und sie hat einen gesehen, auf dem »Baby, I'm Bored« stand, was wir beide für viel besser halten. Sie will einen für Ed kaufen und ihm an seinen Porsche kleben.

»So weit alles gut. Ich wollte wissen, wann ich Freitag kommen soll.«

»Gegen Mittag, oder auch früher, wenn du möchtest.«

»Soll ich irgendetwas mitbringen?«

»Nichts, es sei denn, du hast Valium vorrätig.«

Es ist eine dreistündige Autofahrt zu dem Hotel in Sussex, das die Filmleute zu ihrem Standort ernannt haben, vier, wenn man

Pinkelpausen machen muss. Aber es ist toll, mal einen Tag nicht in Broadgate zu sein, und ich komme mir ziemlich glamourös vor, zu einem Termin mit meiner Filmstarkundin zu fahren. Das gehört zu den Dingen, die ich am meisten vermisse, seit ich nicht mehr beim Fernsehen arbeite: sich wie eine richtige Erwachsene zu fühlen und unter Druck zu sein bei einem hochwichtigen Job. Wenn ich die falsche Wolle bestelle, stört das niemanden außer mir und Mr. Prewitt, wenn er die Bücher prüft, und manchmal vermisse ich die Hektik und die Drinks nach der Arbeit und all die Insiderscherze. Nicht, dass ich wirklich etwas ändern möchte, aber es ist nett, zur Abwechslung mal wieder unterwegs zu sein.

Alle sind gerade beim Lunch, als ich ankomme, stehen Schlange an einem Kantinenanhänger und sitzen an unterschiedlichen Tischen auf dem Parkplatz. Maxine hat mich bereits vorgewarnt, dass es ein bisschen chaotisch sein könnte, aber ich hätte nicht gedacht, dass es aussehen würde wie etwas, was freiwillige Helferinnen im Krieg arrangiert haben könnten: Jede Menge Leute tragen *Dad's Army* Klamotten, und überall stehen Kisten und stapelweise Ausrüstungsgegenstände. Beim Fernsehen hast du wenigstens nur einen Kameramann, oder höchstens einen Transporter; das wirkt eher wie eine Invasion.

Ich soll einen Assistant Producer suchen, der Rick heißt und mich zu Grace bringen soll, aber Maxine entdeckt mich zuerst.

»Hi, Jo. Möchtest du etwas zu essen?«

»Nein danke. Das ist ja so aufregend. Wie läuft es denn?«

»Ganz gut, das Wetter ist hoffnungslos, aber wir schaffen es. Essen wir eine Kleinigkeit. Grace ist ein bisschen beschäftigt, übt mit Jean-Luc.« Sie hebt vielsagend die Augenbrauen.

»Oh, aha, na gut, also dann gern. Lunch wäre toll.«

Ich sitze auf einem Plastikstuhl und esse Hühnersalat, während fortwährend Männer mit schwarzen Nylon-Steppjacken irgendwelche Dinge bei Maxine abchecken oder ihr Papiere reichen.

»Viertel vor fünf – ich werde ihr keinesfalls Viertel vor fünf sagen.«

»Tom möchte das Licht haben.«

»Tja, dann soll er es ihr sagen.«

»Gibt es ein Problem?«

Ein kleiner, etwas nuschelig aussehender Mann lächelt Maxine an.

»Jo, das ist Tom, unser Regisseur. Das ist Jo, Graces Strickcoach.«

»Ihr was?«

»Jo hilft Grace, Muster auszuwählen und Material zum Stricken, und sie gibt Strickkurse.«

Das muss ich mir merken, es klingt so effizient und professionell.

Tom lächelt.

»Was für eine tolle Art, sich seinen Lebensunterhalt zu verdienen; besser als dieser Wahnsinn. Also, Maxine Darling, ich nehme an, dass Grace den Text mit dem Märchenprinzen durchgeht. Wird das lange dauern, was meinst du?«

»Gestern war mein Fehler, Tom. Ich habe ihr die falsche Zeit gesagt. Tut mir leid.«

»Natürlich, kein Problem. War schön, Sie kennengelernt zu haben, Jo. Bis später, nehme ich an.« Er schlendert davon, verfolgt von einer Schar der schwarzen Nylon-Jungs und einer Frau mit einem Headset.

»Grace ist gestern zu spät gekommen, und er ist deswegen immer noch wütend.«

»Er scheint doch sehr nett zu sein.«

»Er ist ein brillanter Regisseur und nicht so ein Arschloch wie die übrigen, aber die meiste Zeit ist er mit sich selbst beschäftigt. Gelegentlich taucht er auf und macht alle zur Sau, bis auf Grace natürlich. Gestern hat er zwei Assistenten gefeuert, aber sie hatten auch tatsächlich Mist gebaut, sodass ich es ihm wirklich nicht verübeln kann. Beim Film laufen jede Menge Assistenten rum, die sich für was ganz Besonderes halten. Oh, und wir nennen Jean-Luc vor Grace auf keinen Fall den Märchenprinzen. Das hält das Team wohl für witzig, weil er ja ein Frog ist, also ein Franzose.«

»Aha.«

»Hast du die Wolle und alles Übrige?«

»Ja, ist alles im Auto. Soll ich es holen?«

»Nein, trink erst noch einen Kaffee. Koffeinfrei, nicht wahr?«

»Ja bitte. Ich habe einige Muster halb fertig gestrickt, damit sie auswählen kann, in Luftwaffenblau; ist das richtig?«

»Wunderbar.«

»Wo ist Lily? Ich dachte, sie wäre auch hier.«

»Ist sie auch. Wir haben ihr ein Spielzimmer eingerichtet, gleich neben Graces Suite. Sie liebt es.«

Die Frau mit dem Headset kommt herüber, während Maxine den Kaffee holt.

»Sie sind die Strickfrau, richtig?«

»Ja.«

»Also, holen Sie mir das Material – ich muss es zum Drehort bringen. Und wenn's geht bitte schnell – ich habe nicht den ganzen Tag Zeit.«

»Ich will nur noch …«

Maxine ist postwendend zurückgekommen, ohne den Kaffee.

»Schön, dass Sie Jo schon kennengelernt haben, Graces VIP Freundin. Wir bringen die Strickmuster gleich mit. Vorher trinken wir noch schnell einen Kaffee. Okay?«

»Aha. Klar, sicher.«

»Ach, könnten Sie uns wohl zwei Kaffee besorgen? Da ist scheint's eine Schlange. Beide nur mit Milch, kein Zucker, koffeinfrei für Jo. Haben Sie das?«

»Ja. Wird gleich erledigt.«

»Danke. Vielen Dank.«

»Du liebe Zeit.«

»Sie nervt mich schon die ganze Woche. Eine unglaubliche Kuh.«

»Soll ich denn jetzt die Stricksachen holen?«

»Nein. Wenn sie zurückkommt, gibst du ihr die Autoschlüssel, und sie holt es. Jetzt hält sie dich für eine VIP und wird an dir kleben wie Kaugummi. Da ist übrigens noch was, was ich dir sagen wollte.«

»Ach ja?«

»Grace ist morgen Nachmittag in London zu Fotoaufnahmen. *Vanity Fair* schickt Daniel Fitzgerald, damit er eine Fotoreportage über den Film macht.«

»Oh.«

»Er kommt aber nicht hierher.«

»Aha.«

»Aber ich dachte, du wüsstest es gern.«

»Danke, Max.«

»Hast du mit ihm alles geklärt? Sorry, ich wollte dich nicht bedrängen, aber Grace hat den Brief erwähnt. Hast du seitdem mit ihm gesprochen?«

»Nein.«

»Mistkerl. Also, du musst es nur sagen, wenn ich ihm irgendetwas ausrichten soll oder was auch immer.«

»Danke, Max, aber bei mir ist alles bestens, wirklich.«

»Freut mich für dich. Aber lass es mich wissen, wenn du deine

Meinung ändern solltest. Oh, da kommt sie schon mit den Kaffees. Hast du deine Autoschlüssel bereit?«

Himmelherrgott, Daniel in London. Mit Grace. Es ist schon ein bisschen komisches Gefühl zu wissen, dass er in England sein wird. Normalerweise stelle ich ihn mir an Flughäfen oder irgendwelchen exotischen Orten vor. Aber nichts hat sich geändert. Er wird sich melden, wenn er will, und wenn nicht, dann ist es auch in Ordnung.

Eine Flotte schwarzer Minivans transportiert alle zum Fluss, wo heute Nachmittag gedreht wird. Maxine klärt mich auf, dass in der aktuellen Szene Grace strickend unter einem Baum sitzt, während die drei evakuierten Kinder versuchen, einen Fisch zu angeln. Aber da sie nicht viel Glück haben, spricht sie einige magische Worte, und sie fangen eine Forelle. Und dann kommt Professor Jean-Luc.

Überall sind Leute, und Kameras und Scheinwerfer, und ein Mann klettert den Baum hinauf, um einen der Äste abzusägen, weil Tom dessen Form nicht gefällt. Alle sind hier, bis auf Grace und Jean-Luc, die immer noch in der Maske sind. Wir haben, kurz bevor wir aufbrachen, eine Stippvisite bei ihnen gemacht, und Grace trug ein wunderschönes Tweedkostüm und ihr Haar in einem Knoten. Aber jetzt gibt es keinerlei Zeichen von ihr.

Die Frau mit dem Headset schenkt Maxine einen sehr frostigen Blick, während sie mich ab und zu zögernd anlächelt, bis ein schwarzer Wagen mit abgedunkelten Fensterscheiben ankommt, und Grace aussteigt und toll aussieht. Von Kopf bis Fuß die Diva setzt sie sich unter den Baum und sieht sehr entspannt aus, und atemberaubend schön.

»Ruhe bitte.«

Ein junger Mann tritt vor, hebt die Hand und alles verstummt, als er die elektronische Version einer Klappe betätigt. Es ertönt ein Piepton, als er den Knopf drückt und die Uhr anfängt zu laufen.

»Szene vierzehn, Aufnahme eins. Action.«

Mann, das ist ja so aufregend. Ich habe Angst, irgendein Geräusch zu machen oder über irgendwas zu stolpern und die Aufnahme zu ruinieren. Es ist genau wie bei einer Auktion, wenn du irgendwelche gebrauchten Möbel kaufst und befürchtest, aus Versehen ein Set Keramikeulen erstanden zu haben.

Ich versuche, völlig unbeweglich zu bleiben, während sie die Kinder filmen, die am Flussufer im Schlamm spielen. Es ist seltsam, denn obwohl man weiß, dass es nicht real ist und überall Scheinwerfer und große weiße Trennwände und Leute hinter den Kameras stehen, sieht man für ein oder zwei Minuten nur die Kinder mit ihren Angelleinen im Sonnenschein und Grace, die sie anlächelt.

Wir sind ungefähr bei der hundertsten Aufnahme von den angelnden Kindern, die nichts fangen.

»Also, zieht den Fisch an Land, und kann es bitte so natürlich aussehen wie möglich, nicht hey presto – wir drehen hier nicht das verdammte *Bewitched.* Grace Darling, göttlich, wie gewöhnlich. Bin begeistert vom Stricken.«

Grace lacht, aber sie sieht wirklich göttlich aus. Das Licht fällt durch die Bäume auf ihr Haar, und Tom kniet neben ihr und redet auf sie ein, und sie lächelt.

Maxine reicht mir eine Flasche Wasser.

»Es dauert nicht mehr lange. Sie muss nur noch einmal die Kinder ansehen, und dann kommt Jean-Luc. Höchstens noch eine Stunde.«

Eine Stunde. Meine Güte.

»Aber sag mir, ob du mal aufs Klo musst oder dich kurz ausruhen möchtest – ein Wagen ist jederzeit verfügbar.«

Gott sei Dank, dass Maxine so gut ist in ihrem Job.

»Tatsächlich hätte ich nichts dagegen, mich einen Moment zu setzen.«

»Der Wagen steht gleich am Ende des Weges. Möchtest du jetzt gleich gehen und später wiederkommen?«

»Perfekt. Du bleibst hier – ich komme schon zurecht.«

»Sicher?«

»Natürlich. Du musst hier bleiben, und ich bleibe nicht lange. Soll ich dir einen Kaffee mitbringen?«

Sie sieht überrascht aus, und ziemlich erfreut.

»Das wäre toll. Danke, Jo.«

»Also, hat es dir gefallen?«

»Es war großartig, Grace, echt faszinierend. Vielen Dank, dass du mich eingeladen hast. Ich kann es kaum erwarten, den Film im Kino zu sehen.«

»Ich glaube, er wird ganz gut. Tom ist toll. Ein Genie genau genommen.«

»Der Teil mit Jean-Luc war gut. Na ja, für mich sah es gut aus.«

Wir haben die Nahaufnahmen auf dem Monitor gesehen, und da war meines Erachtens nach sehr viel mehr sexuelle Spannung drin als in der Angela-Lansbury-Version, besonders der Augenblick, wo er sich zu ihr auf die Decke gesetzt hat, ihren Arm berührte und sie kurz erstarrte und ihn dann ansah. Und sogar noch aus zehn Meter Entfernung konnte man es spüren, während man auf einen Monitor starrte und schon wieder dringend aufs Klo musste.

»Freut mich, dass es dir gefallen hat. Wir fahren nächste Woche nach Cornwall, glaube ich.«

»Maxine hat es mir gesagt.«

»Bisschen weit für dich, nehme ich an. Dauert jetzt nicht mehr lange, bis das Baby kommt, nicht wahr? Hast du alles so weit geregelt?«

»Nein.«

Sie lächelt.

»Lily liebt Babys – ich kann es kaum erwarten, dass sie deins sieht; und Häschen, Häschen tatsächlich noch mehr, um ehrlich zu sein. Ich dachte daran, ihr eins zu stricken. Kannst du mir ein Muster besorgen?«

»Klar.«

»Hat Max dir gesagt, dass wir morgen Mr. Fitzgerald zu sehen kriegen?«

»Ja.«

»Okay?«

»Kein Problem.«

»Ich weiß nichts, hm?«

»Bitte.«

»Kein Problem. Pass auf dich auf, Darling, und bis bald.«

Sie steht auf und umarmt mich. Eine richtige Umarmung. Und dann ist sie wieder ganz die Filmdiva. »Wo ist der Märchenprinz, Max?«

Maxine sieht verwirrt aus.

»Ich dachte, du wüsstest es nicht.«

»Ich weiß alles, Max Darling. Das solltest du doch wissen.«

»Er schwimmt gerade eine Runde.«

»Tatsächlich? Meine Güte, woher nimmt er nur diese Energie? Na gut, ich gehe jetzt zu Lily, und dann sag doch bitte Sam, dass er mir einen Salat macht, und etwas Reis, aber nicht dieses braune Zeugs, okay? Das hasse ich inzwischen.«

»Klar.«

Maxine bringt mich zurück zu meinem Auto.

»Deine Recherche war hervorragend, Jo. Ich werde für dich das Geld eintreiben – sie lassen sich normalerweise unendlich viel Zeit mit dem Bezahlen.«

»Danke, Maxine.«

»Fahr vorsichtig und ruf mich an, wenn irgendwas passiert, ja? Wahrscheinlich werden wir uns vorher noch sehen, aber wenn nicht, ruf mich an.«

»Sicher.«

»Du versuchst, nicht daran zu denken, stimmt's?«

»Das trifft es einigermaßen.«

»Okay. Ich habe etwas von uns geschickt, für deine Baby Shower.«

»Woher wusstest du das denn?«

»Von Elsie, der Frau aus deinem Laden. Sie hat mir auf der Strandparty alles erzählt.«

Wir stehen jetzt neben meinem Auto.

»Ich gehe jetzt lieber und finde Bruno. Sie möchte heute Abend mit Jean-Luc essen gehen; irgendwo in dieser Gegend muss es ein Lokal mit einem Michelinstern geben.«

»Viel Glück. Alles, was ich auf dem Weg hierher gesehen habe, waren jede Menge Little Chefs.«

»Also das wäre mal ein Titelbild, für das ich echt Geld bezahlen würde.«

Donnerstagabend esse ich mit den Jungs zu Abend, bevor die Strick & Zick-Gruppe beginnt. Heute soll die offizielle Baby Shower stattfinden, weil Angela nächste Woche nicht da ist, und die Woche darauf hat Maggie ihren Urlaub gebucht. Es gab keine Nachrichten von Daniel, was ich irgendwie geahnt habe. Obwohl Maxine angerufen hat, um zu erzählen, dass er ein noch größeres Arschloch war als gewöhnlich und den kreativen genialen Fotografen heraushängen ließ. Außerdem habe er jetzt zwei Assistenten und trüge sehr viel schickere Klamotten, was offenbar an Livs Einfluss läge. Es war nett von ihr, mich anzurufen, nicht dass ich wirklich erwartet hätte, dass irgendwas passiert, aber es war gut zu wissen, dass sie fertig sind und es nicht irgendwelche Unterhaltungen gegeben hat.

Archie schmollt.

»Ich hasse Pasta, das weißt du. Warum müssen wir immer Pasta essen?«

»Gestern hatten wir Fischpastete, Archie.«

»Ja, und die hasse ich auch. Und ich will keine Soße auf meinen.«

»Nur Spaghetti?«

»Ja.«

»Keinen Käse?«

»Ein bisschen.«

»Du musst Soße nehmen, wenn du Käse willst.« Er wirft seine Gabel auf den Fußboden.

Zeit für eine kleine Ablenkung, glaube ich.

»Archie, was ich dich noch fragen wollte, also, euch beide natürlich – heb deine Gabel auf, mein Schatz, und leg sie in die Spüle; ich hole dir eine saubere, aber hör auf, solchen Unsinn zu machen – ich wollte euch wegen der Geschenke fragen, von dem Baby.«

»Von dem Baby, nicht für das doofe Baby?«

»Nein, definitiv von. Als du geboren wurdest, hast du mir geholfen, Jack ein großes Geschenk zu machen.«

»Was war das?«

»Der Playmobil Zoo.«

»Das ist nur für Babys.«

»Ja, aber Jack war nur zwei, als du geboren wurdest. Ich dachte, dieses Mal können wir zusammen etwas aussuchen.«

»Nichts zum Anziehen. Gran sagt, jeder bringt etwas zum Anziehen für das Baby auf die Party heute Abend.«

»Das ist keine Party, Archie. Es kommen nur Leute, die uns Sachen für das Baby bringen.«

»Es heißt Shower.«

»Ja, Jack.«

»Das ist blöde.«

»Tja, mag sein, aber es ist nett, dass die Leute uns was schenken wollen, findest du nicht? Nur dass es alles ziemlich langweilige Sachen zum Anziehen sind, also warum überlegt ihr euch nicht, was ihr möchtet, und ich sehe zu, ob ich es rechtzeitig zur Geburt des Babys bekomme.«

»Ich hole meine Kataloge.«

Jack liebt es, sich Spielzeugkataloge anzusehen, und hat eine ziemliche Sammlung in seinem Schlafzimmer.

Archie nickt.

»Ja, und dann machen wir eine Liste.«

Martin bringt die Tassen von oben herunter: Er baut mit Kevin die Dusche ein, was sich als nicht ganz so unkompliziert erweist, wie sie gedacht haben. Sie sind schon den ganzen Tag dabei, und Martin hat pitschnasse Hosenbeine.

»Tut mir leid, euch zu stören. Hast du zufällig einen Eimer?«

»Im Schrank unter der Spüle – ich hole ihn dir. Wie läuft es?«

»Wir mussten den Boden ebnen, was etwas schwierig war, aber jetzt ist es geschafft. Bald können wir das Wasser wieder anstellen.«

»Wunderbar.«

»Die Pumpe ist bereits installiert.«

Reg wird das Fliesen übernehmen, wenn sie fertig sind, sodass morgen er derjenige sein wird, der stundenlang mit Mörtel hantiert. Meine Güte, ich wünschte, ich hätte es nie angefangen.

»Möchtest du eine Tasse Tee?«

»Gern.«

»Zwei Stück Zucker für Kevin, richtig?«

»Ja, und er sagt, wenn es noch irgendwelche Kekse gibt, wäre er dankbar; sie halten ihn aufrecht.«

Das Gefühl kenne ich.

»Bleibt es dabei, dass wir Sonntag Hähnchenbraten üben?«

»Klar.«

»Soll ich etwas mitbringen?«

»Nur deine Latzschürze.«

»Meine was?« Er grinst.

»Keine Sorge. Du kannst dir eine von mir ausleihen.«

Ich komme erst spät in den Laden, und Elsie ist bereits da und hat geöffnet und hilft Connie, den Tisch zu decken, als Tina und Linda eintreffen.

Tina trägt einen Tupperwarebehälter.

»Ich habe ein paar Würstchen in Blätterteig gemacht. Soll ich sie in die Küche bringen?«

»Ja bitte, Tina.«

Connie hat einen großen weißen Kuchenkarton dabei.

»Nicht angucken. Das ist eine Überraschung.«

Elsie setzt den Kessel auf.

»Warum setzt du dich nicht hin, und wir machen den Tee, meine Liebe?«

»Okay.«

Ich habe vorhin schon den Kamin angemacht; abends wird es jetzt bereits etwas kühl, sodass ich die Flammen beobachte, als Cath und Olivia nach oben kommen mit Polly, die den neuen Rock aus grauem Tweed trägt, den sie gestrickt hat, über schwarzen Leggings mit Ballettschuhen und einem engen schwarzen Stretchtop. Sie sieht fantastisch aus, und alle bewundern den Rock, als Maggie eintrifft.

»Ich kann mich noch gut erinnern, so etwas auch getragen zu haben, vor Urzeiten. Natürlich gab es damals sehr viel weniger von mir.«

Linda lacht.

»Wir alle waren damals deutlich weniger als heutzutage, Maggie, aber ich und Tina machen jetzt diese neue Diät, die Ein-Teller-Diät.«

Tina nickt.

»Es ist unglaublich einfach – du isst ganz normal, aber auf einem kleinen Teller. Ich habe schon drei Pfund abgenommen.«

Linda steckt Tina die Zunge raus.

»Und ich habe zwei zugenommen. Es ist erstaunlich, wie viel du auf einen kleinen Teller kriegst, wenn du dich anstrengst.«

Elsie wuselt eifrig um uns rum. Ich glaube, sie ist ziemlich aufgeregt; normalerweise kommt sie nicht zu den Gruppentreffen, weshalb sie wahrscheinlich immer so entspannt laufen. Sie hat Connie bereits schockiert angesehen, als sie anfing, Wein auszuschenken.

Cath setzt sich neben mich.

»Warten wir auf Angela?«

Linda reicht ihr ein Glas Wein.

»Sie hat gesagt, wir sollen schon anfangen. Sie kommt bald nach. Sie musste Peter zu irgendeinem Gemeindedingsbums nach Maidstone fahren. Mach dies hier zuerst auf.« Sie gibt mir ein in glänzendes Silberpapier eingewickeltes Päckchen. »Es ist von mir und Tina.«

Eine halbe Stunde später liegt Einwickelpapier über den ganzen Tisch verstreut, und ein Stapel verschiedenster toller Babysachen türmt sich vor mir auf. Sie haben wirklich an alles gedacht, und Connie ging hinaus zu ihrem Auto und kam mit einem weißgerüschten Babykörbchen mit zwei Bettbezügen aus weißem Flanell zurück, einem mit Enten und einem mit weißen Elefanten. Es ist perfekt, und sie hat auch noch eine süße kleine Zudecke aus weicher Baumwolle gestrickt, mit karamell- und cremefarbenen Quadraten. Ich habe Unterhemden und Schlafanzüge und mehr gestrickte Decken und Jacken und Mützen, als ein Baby wahrscheinlich je braucht, und Elsie hat bestimmt Stunden für einen hübschen Schal und eine pfirsichfarbene Kinderwagenausstattung mit Rosetten aus Satinband gebraucht, die ich, glaube ich, für unseren ersten Besuch im Laden aufspare. Maxine und Grace haben eine sehr schicke blau-weiß-gestreifte Wickeltasche geschickt, deren Seitentaschen voller kleiner Tuben teurer Babysalben und Waschlappen sind und auch noch zwei winzige altmodische Flanellnachthemden mit aufgestickten Lämmchen vorn drauf.

Ich bin den Tränen ziemlich nahe, als wir fertig sind.

»Es ist alles so wunderhübsch. Vielen, vielen Dank, ich bin …«

Linda steht auf.

»Fang ja nicht an, Schätzelchen, sonst heulen wir alle mit. Und außerdem warte ich auf den Kuchen und kann unmöglich noch länger aushalten. Connie?« Connie nickt und geht in die Küche, während Linda die Oberbeleuchtung ausschaltet. »Wir dachten, wir starten mal eine neue Tradition und schenken dir eine Torte zur Beinahegeburt. Du musst die Kerzen auspusten und dir etwas wünschen, Schätzchen.«

Alle beugen sich vor, als Connie die Torte, bedeckt mit flackernden Kerzen, vor mich auf den Tisch stellt.

»Wünschen wir uns alle etwas.«

Schokolade, Maronen und Baiser, meine absolute Lieblingstorte.

»Sag ihm vielen Dank von mir, Connie – sie ist wunderschön.«

»Er hat keinen Amaretto genommen, sondern irgendetwas anderes, was, habe ich vergessen.«

Die nächsten zehn Minuten sind wir damit beschäftigt, die Torte zu vertilgen und zu versuchen, die geheimnisvolle Zutat zu erraten, bis Connie sich daran erinnert, dass es selbst gemachte Quittenmarmelade ist, was sich eigentlich gar nicht sonderlich lecker anhört, aber absolut köstlich ist. Die Unterhaltung dreht sich hauptsächlich um Babys. Cath geht Olivia mit ihren Erinnerungen auf die Nerven, wie sie mit ihr aus dem Krankenhaus nach Hause gekommen und die ganze Nacht aufgeblieben ist, um sicherzugehen, dass sie immer noch atmet, und Linda erzählt uns davon, wie sie mal ihr Baby Gemma vor dem Laden vergessen hat, als sie erst ein paar Wochen alt war.

»Ich war schon wieder zu Hause, als ich es bemerkte. Es war schrecklich; ich hatte Knöpfe für eine Jacke gekauft, und ich habe sie auf den Küchentisch gelegt, und dann, mein Gott, so schnell bin ich in meinem ganzen Leben noch nicht gerannt. Und deine Gran war zauberhaft. Ich war völlig außer mir, und da war deine Gran und ist mit ihr auf und ab gegangen vor dem Fenster im Laden, damit sie mich sehen kann, und sie hat ihr den Rücken getätschelt, und Gemma war begeistert und hat sich neugierig alles angeguckt. Und deine Gran hat einfach nur danke gesagt, das war nett von dir, schon lange wollte ich mal wieder ein Baby im Arm halten, und hat sie mir in die Arme gelegt, als wäre es die normalste Sache der Welt. Hat mir nicht das Gefühl gegeben, als würde sie mich für die schlechteste Mutter überhaupt halten. Das habe ich nie vergessen.«

»Das ist mir mit Travis auch passiert. Ich habe ihn in seinem Autositz auf unserer Veranda vergessen und war schon die halbe Straße entlanggefahren, als es mir wieder einfiel. Gott sei Dank fuhr niemand hinter mir. Ich war zwar nie gut im Rückwärtsfahren, aber in dem Moment war ich innerhalb von drei Sekunden wieder vor unserer Einfahrt.«

Linda schenkt Tina noch Wein nach. Tatsächlich vermisse ich ein Glas Wein nur während unserer Strick & Zick-Treffen.

»Etwas Ähnliches ist mir mal mit Jack passiert. Er zahnte gerade, und wir hatten nicht viel geschlafen, und Nick dachte, ich hätte ihn in seinen Autositz gesetzt, und ich dachte, Nick hätte es getan, sodass wir auch schon ein gutes Stück gefahren waren, bevor wir bemerkten, dass er immer noch in seinem Laufstall im Wohnzimmer war. Und Nick ist einfach mitten auf der Straße ausgestiegen und zurückgerannt. Er hat das Auto mit laufendem Motor stehen lassen und alles.«

Olivia und Polly scheinen etwas geschockt zu sein von unseren Geschichten über mütterliches Fehlverhalten.

»Passiert das denn allen, dass sie vergessen, dass sie ein Baby haben?« Polly leckt sich den Finger und tupft ihn in die Kuchenkrümel auf ihrem Teller.

Tina lächelt.

»Nein, Schätzelchen, nicht wirklich, aber manchmal bist du so müde, dass du deinen eigenen Kopf vergessen würdest, wäre er nicht festgewachsen.«

Linda nickt.

»Du warst einfach die Hölle, was Schlaf betrifft – sie hat einfach nie mehr als eine Stunde am Stück geschlafen, bis sie achtzehn Monate alt war. Oh, tut mir leid, Jo.«

»Ist schon okay, Linda. Archie war genauso. Wenn ihr also bitte alle vor irgendwelchen Läden mit darauf achten würdet, wäre das spitze.«

Gran ist begeistert, als Connie und ich nach Hause kommen und ihr die Geschenke zeigen.

»Nein, wie wunderschön, und sieh nur, Elsies Schal. Sie muss Stunden dafür gebraucht haben.«

»Ich weiß, und guck, es gibt Decken für das Kinderkörbchen und ein Babybad und überhaupt alles.«

»Also, Gott sei Dank hast du ein bisschen was für den Anfang. Ich fing schon an zu befürchten, dass dieses Baby in den ersten Tagen ein Laken tragen und in einer Schublade schlafen müsste. Immerhin hat deine Mum in der untersten Schublade meiner großen Schlafzimmerkommode geschlafen, und es hat ihr auch nicht geschadet. Also hätten wir es auch irgendwie geschafft, denke ich.«

»Hat sie? Warum?«

»Sie ist zu früh gekommen, und ich war immer noch dabei, die alte Mrs. Butterworth herumzukriegen, die Schlafzimmer zu tauschen. Wir hatten das hintere, und es war bitterkalt, und sie wollte das große vorne als Gästezimmer behalten, die gemeine alte Frau. Ich habe sie schrecklich gehasst am Ende, weißt du. Ich weiß, man soll nicht schlecht über Tote reden, aber so war es. Egal, als ich mich endlich durchgesetzt und meine Sachen in das vordere Zimmer umgestellt hatte, blieb keine Zeit mehr, noch ein Kinderbett zu kaufen. Ich habe eine Garderobe transportiert an dem Tag, bevor sie geboren wurde.«

»Dann hattest du also nicht alles hübsch säuberlich gefaltet in Schubladen liegen?«

»Ich hatte einiges gemacht; damals machte man alles selbst. Aber nein, ich war nicht gerade fertig, Schätzchen. Ich schätze also, wir wissen, nach wem du kommst.«

Ich werde um Viertel vor sechs morgens von jemandem geweckt, der an die Vordertür klopft. Verdammter Mist. Der Postbote kommt normalerweise nicht so früh, und der Milchmann klopft nicht. Vielleicht ist es noch ein Paket von Vin und Lou von irgendeinem Lieferservice, der sich darauf spezialisiert hat, seine Kunden in aller Herrgottsfrühe zu wecken.

Es ist Feuerwehrmann Graham in Uniform mit einem gelben Plastikhelm in der Hand und er sieht erschöpft aus.

»Es tut mir leid, Liebes, aber es hat ein Feuer gegeben.«

»Was?«

Ich drehe mich um, sehe in den Flur und bekomme einen Adrenalinstoß, als ich in Richtung Treppe gehe, um die Jungs zu holen. Ein Feuer. Wie konnte ich nicht merken, dass das Haus in Flammen steht? Du liebe Güte. Ich muss die Jungs holen.

»Nein, tut mir leid, nicht hier, Liebes, im Laden, das hätte ich sagen sollen. Du kommst lieber mit und siehst es dir an.«

»Ein Feuer? Im Laden?«

»Du Idiot, Graham – du hast sie beinahe zu Tode erschreckt. Geh mir aus dem Weg. Es ist nur der Laden, Schätzchen, es ist nicht so schlimm. Na ja, es ist schon ziemlich schlimm, aber bitte gerate jetzt nicht in Panik. Graham wird dir alles zeigen, und wir haben deine Gran angerufen, sodass ich jede Minute mit ihr rechne.«

Ich hatte nicht bemerkt, dass Tina hinter Graham steht, mit Travis, der noch ganz schläfrig wirkt mit seiner Anorakkapuze übergestülpt und seinen *Batman* Hausschuhen. Sie hat ihr Haar in riesigen Schaumwicklern aufgerollt; ich hatte mich immer schon gefragt, wie sie es so lockig bekommt.

»Kommt rein, ich sollte wahrscheinlich …«

Tatsächlich weiß ich nicht, was ich wahrscheinlich tun sollte.

Tina nimmt mich in den Arm. Ich erleide Flashbacks von dem Tag, wo der Polizist vor unserer Haustür stand und mir von Nicks Autounfall erzählte. Oh Gott.

»Lass uns Wasser aufsetzen. Du setzt dich hin; ich komme schon klar. Keiner ist verletzt, und das ist das Wichtigste. Travis, möchtest du fernsehen, aber ganz leise, verstanden?«

Er nickt.

»Graham, such ihm irgendeinen Cartoon aus, ja? Eine schöne Tasse Tee, das ist genau das, was wir jetzt brauchen.«

Die Jungs schlafen immer noch, das überprüfe ich, als ich mich anziehe. Ich muss daran denken, den Rauchmelder oben zu checken; der in der Küche geht immer los, wenn ich Toast mache, aber den an der oberen Treppe habe ich seit Urzeiten nicht überprüft.

»Wie schlimm ist es?«

Tina schenkt mir eine Tasse Tee ein und sieht Graham an.

»Hauptsächlich ist es das obere Stockwerk. Das Dach ist an mehreren Stellen eingefallen, aber unten ist alles in Ordnung.«

Herrjemine, gerade dachte ich noch, ich wette, es war der Kamin. Wir hatten gestern Abend während unserer Strick & Zick Gruppe den Kamin an, und ich hatte es so eilig, all die Babysachen in mein Auto zu packen, dass ich vergessen haben muss, das Kamingitter ordentlich davorzustellen.

»Mums Laden hat die schlimmsten Schäden, besonders ihr Verkaufsraum. Ich liege ihr seit Jahren in den Ohren, die Elektroleitungen reparieren zu lassen – wir hätten es für sie tun müssen. Vier erwachsene Söhne, und einer von ihnen ist Feuerwehrmann, und nicht einer von uns hat es geschafft. Sie hat sich schrecklich aufgeregt.«

»Bist du sicher, dass es die Elektroleitungen waren, Graham? Es könnte auch der Kamin in unserem Laden gewesen sein. Normalerweise stelle ich das Kamingitter davor, aber vielleicht habe ich das gestern Abend vergessen.«

»Nein, Liebes. Es fing in Mums Laden an. Das ist natürlich noch inoffiziell, es wird eine Untersuchung geben, aber das kann ich dir jetzt schon sagen, es lag definitiv an der Elektrik. Wenn deine Gran da ist, gehe ich mit dir hinüber und zeige es dir, aber es könnte schlimmer sein, ehrlich, du wirst sehen.«

Tina schnaubt.

»Bis auf das Wasser.«

»Also, ja, Tina, wir müssen nun mal Wasser benutzen, um Feuer zu löschen.«

»Ich meine ja nur. Warum sie alles derartig klatschnass machen müssen, übersteigt meinen Verstand. In der Hälfte der Fälle richtet es mehr Schaden an als das Feuer.«

»Das muss ich den Männern unbedingt erzählen. Hast du irgendwelche tollen Ideen, wie wir Feuer löschen sollen, ohne Wasser zu benutzen?«

»Halt die Klappe, Graham.«

Gran trägt ihren Morgenmantel, als sie ankommt; sie ist zwar angezogen, aber sie hat statt ihren Mantel ihren Morgenmantel übergeworfen.

»Oh Schätzchen, was für ein Unglück. Wir sind gleich gekommen. Wie schlimm ist es? Hast du es schon gesehen? Wir sind über die Einbahnstraße gekommen, sodass wir nichts sehen konnten.«

»Ich weiß es noch nicht, Gran.«

»Geh nur, sieh es dir an, und dann komm wieder und erzähl mir alles. Ich bleibe hier bei den Jungs. Reg, du gehst mit ihr. Ich glaube nicht, dass ich es ertrage.«

»In Ordnung, Mary.«

Tina bleibt bei Gran, und Reg und ich gehen mit Graham den Hügel hinunter. Als wir um die Ecke biegen, kann ich das Feuerwehrauto sehen, das am Anfang der Seitenstraße parkt.

Graham setzt seinen Helm wieder auf.

»Glücklicherweise sind es wirklich nur eure beiden Läden, es hätte viel schlimmer sein können.«

Reg nimmt meine Hand.

»Ja, das stimmt wohl.«

Es gibt eine enge Seitenstraße zwischen Mrs. Davis Blumenladen und dem Rest der Geschäftsstraße; eine Zufahrtsstraße für Lieferanten. Die meisten der Läden haben kleine Hinterhöfe; ihr Laden hat auch einen. Tatsächlich ist unser Laden der einzige ohne, weil wir direkt an der Ecke liegen. Das Feuerwehrauto hat immer noch sein Blinklicht angeschaltet.

Stan vom Gemüsehändler steht auf dem Bürgersteig neben unserem Schaufenster.

»Ich habe sie angerufen. Ich hatte eingelegte Zwiebeln zum Abendessen, und sie machen mir immer zu schaffen, sodass ich gegen vier aufgewacht bin, und da habe ich den Rauch gesehen.«

Reg wirft einen Blick durch das Schaufenster.

»Wie gut, dass du das getan hast, Stan. Es sieht wirklich nicht allzu schlimm aus, Schätzchen.«

Für mich sieht es ziemlich schlimm aus: das Glas über der Tür ist zerschlagen, und überall ist Wasser.

Elsie steht neben Mrs. Davis.

»Ist es nicht schrecklich?« Sie scheint die ganze Aufregung fast zu genießen. »Und ich muss immer denken, dass wir alle hätten sterben können, weißt du, wenn es früher angefangen hätte, während wir oben waren. Diese Treppen wären eine tödliche Falle.«

»Wir hätten den Rauch gerochen und wären lange vorher draußen gewesen, Elsie. Vergiss nicht, in der Küche ist ein Feuermelder.«

»Wahrscheinlich.«

»Ich werde mir das nie verzeihen. Es tut mir so leid, meine Liebe.« Die arme Mrs. Davis wirkt völlig schockiert und halb erfroren.

»Bitte, es war ein Unfall. Ich bin nur erleichtert, dass nicht mein Kamin dafür verantwortlich war.«

Elsie sieht verärgert aus; ich glaube, sie hatte sich ein bisschen mehr Spannung erhofft.

»Natürlich komme ich für den Schaden auf.«

»Machen Sie sich jetzt deswegen keine Sorgen. Ich bin sicher, dass die Versicherung das abdecken wird.«

Gott sei Dank sind wir da auf dem Laufenden; Mr. Prewitt hat erst vor ein paar Monaten lamentiert, dass die Prämien immer teurer werden, und ich weiß noch, dass ich den Scheck ausgestellt habe. Und zwar äußerst ungern, weil es so viel teurer geworden war.

Graham kommt herüber und legt den Arm um seine Mutter.

»Mum, du solltest gehen. Hier gibt es nichts zu tun, bis wir fertig sind. Ich habe Pete angerufen, und er ist unterwegs. Warum lässt du dich nicht von mir nach Haus bringen?«

»Nein, mir geht es hier gut – ich möchte sicher sein, dass es wirklich ganz aus ist.«

»Es ist aus, Mum. Möchtest du reingehen, Jo? Ich muss dir einen Helm geben, aber ich kann dich reinlassen, wenn du es dir genauer anschauen möchtest.«

Möchte ich wirklich nicht. Eigentlich habe ich sogar Angst davor, aber ich muss sehen, wie schlimm es tatsächlich ist.

»Danke, Graham.«

Es ist viel schlimmer, als ich gedacht habe, und gleichzeitig seltsamerweise auch wieder nicht. Unten scheint alles sogar ziemlich normal, bis auf den Rauchgeruch und die nasse Wolle und einige schwarze Flecken an den Wänden. Der Fußboden ist voller Wasser, aber alles andere scheint in Ordnung zu sein, und die Regale neben der Eingangstür sehen total unbeschädigt aus.

Die Tür zur Treppe muss geschlossen gewesen sein, weil gleich dahinter alles schwarz und pitschnass ist, der Boden, die Wände, alles. Und man kann durch die Löcher im Dach das Tageslicht sehen, und der Gestank ist viel schlimmer, so stark und beißend, dass man ihn beinahe schmecken kann.

Du lieber Himmel, da muss aber wirklich eine Menge repariert werden.

»Nebenan ist es schlimmer, Schätzchen – da ist nicht nur das Dach, sondern auch der Fußboden kaputt.«

»Aha.«

»Genug gesehen?«

»Ja, danke.«

»Dann lass uns wieder an die frische Luft gehen.«

»Wie schlimm ist es?«

Elsie kann es kaum erwarten, die Neuigkeiten zu hören.

»Es ist ein totales Durcheinander, aber ich bin sicher, dass wir es wieder hinkriegen.«

Eigentlich bin ich mir da gar nicht so sicher, aber das werde ich ihr ganz bestimmt nicht hier auf der Straße auf die Nase binden, besonders nicht vor der armen Mrs. Davis, die aussieht, als würde sie jeden Moment in Tränen ausbrechen.

»Gehen wir alle zu mir nach Haus. Es ist am nächsten, und Gran ist da, und sie möchte Sie bestimmt sehen, Mrs. Davis. Kommen Sie, Sie sollten hier nicht länger stehen.«

»Ich bin nicht sicher, ob ich ihr unter die Augen treten kann, nicht nach all diesen Jahren.«

»Sei nicht albern, Mum – du hast es doch nicht absichtlich getan.«

Graham nimmt ihre Hand, und Reg nickt bekräftigend.

»Komm bitte, Pat – Mary möchte dich bestimmt sehen.«

Wir machen uns alle auf den Weg, aber Mrs. Davis steht immer noch vor unserem Schaufenster.

»Ich hätte nie gedacht, dass man Kürbisse stricken kann.«

Ich rufe lieber gleich Mr. Prewitt an und setze mich mit der Versicherung in Verbindung. Und dann sollte ich die Jungs für die Schule fertig machen. Vielleicht kann Reg sie heute Morgen hinbringen. Ich glaube nicht, dass ich all die Fragen ertragen kann.

Gran hat Schinkenbrote vorbereitet, und die Jungs schauen mit Travis Cartoons.

Wir sitzen um den Küchentisch, und alle sind in Schweigen verfallen, als Mrs. Davis ihre Teetasse absetzt.

»Also, das war es für mich, ich werde nicht wieder eröffnen. Ich habe zu viele Jahre mit meinen Händen in Eimern mit kaltem Wasser verbracht; das wirkt sich verheerend auf die Gelenke aus, wisst ihr – in manchen Nächten geht es meinen Händen ganz furchtbar. Nein, ich habe genug. Man kann eh kein Geld mehr mit Blumen verdienen, nicht mit all den Supermärkten und den Computern, in denen man sie auch kaufen kann.«

»Überstürze nur nichts, Pat.«

»Nein, Mary, ich habe schon seit Jahren daran gedacht, aufzuhören.«

Jetzt scheinen alle mich anzusehen. Und mir wird bewusst, dass dies einer der Momente ist, wo man eine Entscheidung treffen muss. Ich schätze, ich könnte erst mal den Schaden der Versicherung melden und dann entscheiden. Aber eigentlich habe ich mich schon entschieden.

»Nach all der vielen Arbeit, Schätzchen, es ist so ein Jammer.« Gran ist jetzt auch den Tränen nahe.

»Das ist schon okay, Gran, ehrlich, ich wollte sowieso renovieren.«

Alle lächeln.

Auch wenn ich glaube, dass mehr als ein paar Schichten Farbe nötig sind, um das hier wieder in die Reihe zu kriegen.

»Wir werden schneller wieder geöffnet haben, als ihr euch vorstellen könnt, ihr werdet sehen. Wir räumen auf und fangen von vorn an. Ich bin gut in Neuanfängen.«

Elsie putzt sich die Nase.

»Natürlich wirst du das, meine Liebe, und ich werde dir helfen. Wir haben das in null Komma nix wieder im Griff, Mary, und wahrscheinlich wird es mit all den wunderbaren Ideen, die Jo hat, sogar besser als vorher.«

Reg steht auf und stellt seine Tasse in die Spüle.

»Also gut, dann brauchen wir jetzt einen Plan. Ich rufe die Leute von der Versicherung an. Wir können nicht aufräumen, bevor sie sich den Schaden angesehen haben. Elsie, glaubst du, dass Jeffrey den Mann kennt, den die Versicherung aller Wahrscheinlichkeit nach vorbeischicken wird?«

»Das will ich meinen. Er hat alle gekannt, bevor er in Rente ging, und mit ganz vielen hält er Kontakt.«

»Also gut, das können wir zu unserem Vorteil nutzen. An diesem Punkt beginnt unser Aktionsplan.«

Als sich die Nachricht von dem Feuer verbreitet, kommen immer mehr Leute vorbei, und als die Jungs von Reg zur Schule gebracht werden, geht es hier zu wie am Piccadilly Circus.

»Mum?«

»Ja, Archie?«

»Können wir uns später das Feuer ansehen?«

»Es ist vorbei, das habe ich dir doch gesagt, Archie. Alles ist in bester Ordnung; du gehst jetzt zur Schule und machst dir einen schönen Tag, und wir sehen uns später. Was hättest du denn gern zum Abendbrot?«

Er schnaubt.

»Das ist nicht fair. Ich wollte es sehen und die Spritze vom Feuerwehrauto ausprobieren.«

»Sie haben viel zu viel zu tun, als dass sie Jungs mit der Spritze spielen lassen können, Archie.«

»Vielleicht hätten sie es nicht bemerkt.«

»Geh und such deine Schuhe, Schätzchen.«

Ich kann immer noch den Rauch riechen. Ich glaube, ich nehme ein Bad und wasche mir die Haare.

Reg zieht sich den Mantel an.

»Kommt jetzt, Jungs, wenn wir uns beeilen, haben wir vielleicht noch Zeit, eine Süßigkeit zu kaufen.«

Sie stürzen zur Haustür.

Ich bin im Bad und versuche so zu tun, als sei alles normal. Aber das ist es nicht. Ich weiß wirklich nicht, ob ich das schaffe. Ich bin zu müde. Das Baby bewegt sich, und ich fange an zu weinen, ganz leise. Das ist absolut verdammt typisch. Kaum fange ich an zu glauben, dass ich etwas im Griff habe, Bingo, da kommt die nächste Krise, die alles wieder über den Haufen wirft. Vielleicht sollte ich noch mal darüber nachdenken. Ich möchte ja weitermachen, aber dies ist möglicherweise einer dieser Momente im Leben, wo man einen Neuanfang machen sollte. Nur, wohin soll ich gehen? Es gefällt uns hier, uns allen. Und der Laden fing gerade an zu laufen, mit der Website und den Gruppen und allem.

Du liebe Güte, ich hoffe, die Versicherung versucht nicht, sich vor der Schadensregulierung zu drücken, weil ich mir absolut kein neues Dach leisten kann. Und ich muss dafür sorgen, dass die Jungs keinen Schreck bekommen; Jack wird sich bestimmt vorstellen, es wäre nur noch ein Haufen verkohlter Asche übrig. Ich muss sie mitnehmen und es ihnen zeigen, sobald es sicher ist. Archie wird begeistert sein.

»Bist du bald fertig, Schatzchen? Nur weil Reg zurück ist und gern mit dir reden möchte. Er hat einen Aufräumplan parat.«

»Ich bin in einer Minute unten, Gran.«

»Bist du sicher, dass alles in Ordnung ist? Du klingst so komisch.«

»Alles bestens.«

»Du solltest wieder ins Bett gehen, weißt du, dich ausruhen – ich möchte nicht, dass du dich übernimmst.«

»Mach dir keine Sorgen, Gran, mir geht es gut.«

»Möchtest du noch ein Schinkenbrot?'«

»Nein danke.«

»Ich könnte dir ein Spiegelei mit gebratenem Speck machen.«

Eigentlich klingt das ziemlich gut.

»Ja, gern. Ich bin gleich unten.«

»Ich stelle die Pfanne auf den Herd.«

»Danke, Gran.«

Gebratener Speck mit einem Spiegelei. Ich schätze, das ist ein Anfang.

KAPITEL ACHT – September

Im Zwielicht

Es ist Donnerstagmorgen, und nachdem ich die Kinder zur Schule gebracht habe, gehe ich mit Connie zum Laden. »Ich habe da eine Idee, Con, die ich gern mit dir besprechen würde, aber du musst wirklich ehrlich sein, okay? Mir offen sagen, was du davon hältst.«

Tatsächlich war ich die halbe Nacht wach und habe darüber nachgedacht, also hoffe ich inständig, dass ihr meine Idee gefällt.

»Na klar.«

»Du weißt, dass Mrs. Davis davon redet, ihren Laden nebenan zu verkaufen?«

»Ja.«

»Also, wenn ich das nötige Geld auftreiben kann, dachte ich daran, ihn vielleicht zu kaufen.«

»Dann hättest du einen viel größeren Laden, nicht wahr?«

»Ja, aber nicht nur für Wolle. Ich dachte mir, die Strickgruppen laufen so gut, und Elsie kocht sowieso allen Leuten immer Tee, dass wir vielleicht gleichzeitig einen Teeshop eröffnen.«

»Wie ein Café?«

»Ja, etwas ganz Einfaches, nur Tee und Kaffee und getoastete Sandwiches, kein Restaurant. Eine Mischung aus Starbucks und einem altmodischen Teesalon, etwas in der Art. Ein Ort, an dem

Leute sich treffen können, Leute aller Altersgruppen, Olivia und Gemma und Polly genauso wie die alten Damen.«

»*Brava.* Hier gibt es kein richtiges Café, das das ganze Jahr über geöffnet hat, und der Kaffee im Fisch und Chips Laden ist grauenhaft. Ich glaube, die Leute werden begeistert sein.«

»Es ist nur so, dass ich absolut nichts von Bewirtung verstehe, also hätten du und Mark Interesse, mir zu helfen?«

»Sehr gern, aber wir haben kein Geld, obwohl vielleicht ...«

»Nein, das Geld sollte kein Problem sein – ich denke, ich bekäme einen Geschäftskredit. Der Laden gehört mir, sodass ich eine Hypothek auf ihn aufnehmen könnte, wenigstens hoffe ich das: Nein, ich dachte an euch als meine Caféberater. Ihr sollt entscheiden, was für eine Kaffeemaschine wir brauchen und solche Dinge, und ihr bekommt Prozente vom Gewinn, wenn wir denn welchen machen. Was meinst du?«

Sie küsst mich.

»Mark kann das ganze Gebäck machen?«

»Genau.«

»Er wird begeistert sein; er wollte sowieso noch einen Koch fürs Restaurant einstellen, damit er mehr Zeit für die Torten hat. Das macht er am allerliebsten, und er hat so viele Ideen, aber nie genug Zeit.«

»Großartig.«

»Es wird perfekt für die Geburtstagstorten; die Leute kommen in den Pub, um sie sich anzusehen, aber immer ist zu viel los, und ich kann niemanden in die Küche lassen, weil das laut Mark gegen die Hygieneauflagen verstößt.«

Ich hatte wirklich sehr gehofft, dass sie das Potenzial erkennt: Wenn ich ein bisschen Kuchen verkaufe, nützt das dem Pub nicht sonderlich, aber wenn wir das Café als ihre Basis für Marks Hochzeits- und Geburtstagstorten an der High Street einsetzen, macht das viel mehr Sinn. Und man braucht nicht viel Platz dafür; eine dieser Kühltruhen mit verglaster Vorderfront und ein paar Kuchenbehälter, mehr brauchen wir wahrscheinlich nicht.

»Darf ich es ihm schon sagen?«

»Natürlich.«

Sie plappert aufgeregt in ihr Handy, als wir zum Laden kommen, wo Gran und Reg bereits auf uns warten.

Gran hat ihre Latzschürze umgebunden.

»Was hält sie davon?«

»Sie ist begeistert von der Idee.«

Heute Morgen habe ich als Erstes Gran angerufen, und sie war wirklich aus dem Häuschen. Ich wollte, dass sie Mrs. Davis aushorcht, um sicherzugehen, dass sie auch wirklich verkaufen will. Ich war davon ausgegangen, dass sie in den nächsten Tagen mal mit ihr reden würde, aber stattdessen hat sie sie gleich angerufen, und dann wieder mich, um mir zu sagen, dass Mrs. Davis hoch erfreut war.

»Wir haben oben alle Fenster aufgemacht.«

»Sehr schön.«

Wir beginnen heute mit der Operation Aufräumen, da die vereinten Anstrengungen von Reg und Jeffrey dazu geführt hatten, dass der Schätzer von der Versicherung in Rekordzeit da war und gesagt hat, dass wir den größten Teil der Waren abschreiben können. Es sieht so aus, als würden sie auch beim Schaden am Dach nicht lange herumfeilschen, sodass Reg mit seinem Freund Malcolm, der früher beim Elektrizitätswerk beschäftig war, elektrische Leitungen für zwei große Entfeuchter installiert hat. Einer läuft oben und einer unten. Es ist erstaunlich, wie oft die Plastikbehälter geleert werden müssen, weil sie voll sind von dickem schwarzen Wasser, aber es kommt einem definitiv schon etwas weniger feucht vor.

Der Plan ist, so schnell wie möglich alles sauber zu machen und nächste Woche schon wieder zu öffnen, um dann gleich nach Weihnachten und dem Baby wieder zu schließen und alles neu zu verputzen. Alle Decken sind fleckig geworden, und der Putz hat Risse, und das Dach muss komplett überholt werden, aber ich denke, bis dahin schaffen wir es auch so.

Alle sind unglaublich nett, bieten ihre Hilfe an und kommen auf dem Spielplatz der Schule auf mich zu und fragen, wie es mir geht; bis auf Annabel Morgan natürlich, die fast zufrieden aussah, bis sie mich sagen hörte, dass wir so schnell wie möglich wieder öffnen werden. Ich wünschte, ich könnte ihr Gesicht sehen, wenn sie hört, dass Grace bereit ist, das Band bei der großen Wiedereröffnungszeremonie zu zerschneiden, wenn alles wieder hergerichtet ist. Was mich daran erinnert, dass ich Max anrufen und sie fragen muss, was wir für Lilys Geburtstag kaufen sollen. Als ich das letzte Mal mit ihr geredet habe, hat sie an irgendeinem Drehort ihren Laptop auf den Knien balanciert und versucht, Schneeschieber aufzutreiben. Außerdem hat sie alle Welt informiert, dass die Party auf die letzte Dezemberwoche verschoben worden ist, weil sie mit dem Drehen in Verzug sind und Grace nicht im Januar feiern will, weil sie dann in Amerika ist. Es schien also nicht der passendste Moment zu sein, sie wegen Geburtstagsgeschenken zu nerven.

Martin und Jeffrey sind eifrig dabei, Plastikplanen über die Löcher im Dach zu ziehen, und der Rest von uns wäscht die Wände ab und kippt ständig dreckiges Wasser in den Gully vor dem Laden. Es riecht schon deutlich frischer, und ich versuche, die Wollknäuel zu retten, die noch in ihrer Plastikverpackung waren oder ganz hinten in den Regalen lagern. Alles, was feucht geworden ist, schmeiße ich in schwarze Müllsäcke. Morgen ist Sperrmülltag, und da will ich so viel wie möglich schon loswerden, obwohl ich die teureren Garne beiseitelege, weil ich es irgendwie nicht übers Herz bringe, sie wegzuwerfen: Es wird zwar jede Menge Waschen und Neuaufwickeln brauchen, aber ich bin sicher, dass ich einiges retten kann, und sei es nur für mich privat zum Stricken zuhause.

Gegen Mittag bin ich völlig fertig. Meine Ärmel sind total durchnässt vom Abwaschen der Regale, ich bin voller Ruß, und mir ist kalt, während Gran es irgendwie schafft, immer noch ziemlich frisch auszusehen. Aber sogar sie wirkt langsam etwas matt, sodass ich wohl lieber ein paar Sandwiches oder so organisiere.

»Möchte irgendjemand eine Tasse Tee?«

Elsie hat den Kessel mit nach unten gebracht, und wir kochen Tee, als Maggie von der Bücherei rüberkommt und anbietet, in ihrer Mittagspause zu helfen. Und dann kommt Cath mit selbst gemachter Erbsensuppe, gefolgt von Tina und Mrs. Davis mit Brötchen und Pasteten.

»Linda kommt später vorbei; sie muss noch eine Dauerwelle fertig machen, aber sie sagte, dass sie gerne kommt und hilft, und du kannst die Waschmaschine im Salon benutzen, wenn du möchtest. Wir haben auch einen Trockner.«

»Danke, Tina. Ich habe die Vorhänge mit nach Haus genommen, aber es sind noch einige Kissen oben, wenn du sicher bist.«

»Ich nehme sie nachher mit.«

Jeffrey hat seine Pastete aufgegessen.

»Wunderbare Pasteten. Wer hat sie gemacht?«

Mrs. Davis lächelt.

»Meine Jungs mochten meine Pasteten auch immer gern.«

Elsie schnaubt.

Wir essen und plaudern, als Betty mit Rosinenplätzchen und Angela mit selbst gebackener Pfefferminzpastete eintreffen, und es artet in eine ziemlich lustige Party aus, wenn auch vor einem eher schmuddeligen Hintergrund.

Alle finden die Café-Idee toll, besonders Betty.

»Früher gab es eine Eisdiele an der Hauptstraße, und das war sehr schön.«

Eis. Brillant.

»Das ist eine tolle Idee, Betty. Wenn wir einen Kühlschrank für die Torten haben, könnten wir doch auch Eis machen, nicht wahr, Con?«

Sie lächelt.

»Wir können auch Sorbets machen; wenn du Marks Aprikosensorbet einmal probiert hast, bist du süchtig. Für immer. Das ist einer der Gründe, warum ich ihn geheiratet habe.«

Betty schenkt sich Tee nach.

»Die Leute werden bis auf die Straße Schlange stehen, Liebes; das ist mal eine hübsche Abwechslung zu diesen Lollis vom Kiosk. Du solltest auch diese Fruchtsäfte anbieten, diese Smoothlies. Ich hatte letzte Woche einen mit Banane von Sainsbury's, glaube ich.«

Connie nickt.

»Mark will sowieso einen neuen Entsafter kaufen für den Pub, also kaufen wir vielleicht gleich zwei?«

»Wunderbar.«

Ich stapele Müllsäcke von total durchnässtem und unrettbar verlorenem Zeugs draußen auf dem Bürgersteig, als ein Labrador anfängt, mir die Füße zu lecken.

»Hallo, Lady Denby.«

»Wie ich höre, eröffnen Sie einen Teesalon. Ausgezeichnete

Neuigkeiten. Gab hier seit Jahren keine Gelegenheit, eine anständige Tasse Tee zu trinken. Sehr gut, wollte ich nur kurz sagen, und geben Sie mir Bescheid, wenn ich irgendetwas für Sie tun kann. Ich habe immer noch einigen Einfluss in der Gemeindeverwaltung, wenn es also irgendwelche Probleme geben sollte mit Genehmigungen oder so, lassen Sie es mich nur wissen. Das meiste ist sowieso totaler Blödsinn. Zu meiner Zeit musste man keine speziellen Haarnetze tragen, um Essen zu servieren, und es hat uns schließlich durch den Blitzkrieg gebracht, also kann es nicht allzu schlecht gewesen sein.«

Sie kommt rein.

»Wie ich sehe, sind Sie alle fleißig. Hör auf damit, Clarkson – du musst im Wagen bleiben, wenn du dich nicht benehmen kannst.«

Aus irgendeinem Grund leckt Clarkson wie verrückt den Fußboden ab und nähert sich bedenklich Elsies Füßen.

»Ich weiß wirklich nicht, was in ihn gefahren ist, wirklich nicht. Egal, ich wollte nur kurz sagen, gut gemacht. Sehr gut. Muss mich auf den Weg machen; George braucht eine neue Brille. Er behauptet, er könne immer noch meilenweit sehen, der dumme Mann, dabei zerbricht er andauernd mein Porzellan. Arbeiten Sie nur schön weiter. Guten Tag alle miteinander.«

Gran schmunzelt, und Elsie erholt sich von ihrem Versuch, einen Hofknicks anzudeuten und gleichzeitig zu vermeiden, sich die Füße abschlecken zu lassen.

»Das war nett von ihr.«

»Ja.«

»Sie hat wirklich immer noch großen Einfluss in der Gemeindeverwaltung, musst du wissen.«

Hervorragend; jetzt habe ich also die halbe Stadt auf meiner Seite, einschließlich unserer örtlichen Aristokratie, die sich für mich bei der Gemeindeverwaltung einsetzen wird. Und wir bieten auch Smoothies und Eis an. Klingt für mich wie der Hauptgewinn.

Am Wochenende sind wir beinahe fertig mit dem Laden, und ich war auch bei der Hebamme, um Gran zu beruhigen, dass mein Blutdruck nicht gestiegen ist. Er war in Ordnung, also bin ich Sonntagmorgen im Laden und versuche, das neue Schaufenster fertig zu dekorieren. Martin und Reg sind oben und installieren noch mehr Plastikbahnen. Es hat gestern Abend geregnet, sodass Elsie als Erstes Eimer und Schüssel leeren musste. Sie war wirklich spitze in den letzten Tagen, und sie scheint beinahe genauso begeistert zu sein über das Café wie Connie und ich, was auch toll ist.

»So, alles fertig. Sollte jetzt halten, bis wir das Dach neu decken.«

»Danke, Martin.«

»Ich finde, du solltest die Ladentheke da stehen lassen, wo sie jetzt steht, wenn du nebenan alles neu renovierst. Es ist so ein schönes Stück.«

Reg nickt.

»Ich sehe immer noch die alte Mrs. Butterworth hinter der Theke stehen. Vielleicht könntest du etwas Ähnliches für das Café machen, Martin?«

»Ich könnte es versuchen.«

Sie nehmen Maß und machen sich Notizen auf Papierfetzen, als die Ladentür geöffnet wird, und wir alle drehen uns zu dem großen Mann um, der hereinkommt.

Du lieber Himmel.

Es ist Daniel.

»Hallo, mein Engel. Wie geht's?« Er trägt eine Lederjacke und Jeans und sieht braungebrannt und ziemlich glamourös aus.

Meine Güte.

Er kommt auf mich zu und küsst mich.

»Hallo, Daniel.«

Meine Stimme klingt fremd.

Mann, was will der denn hier?

»Bist du beim Renovieren oder so?«

»Nein, es hat gebrannt.«

»Aber alles ist in Ordnung?«

»Ja, eine große Schweinerei, aber …«

»Ich meinte mit dem Baby.«

»Oh, aha, ja. Prima.«

»Gut.« Er tritt zurück und sieht mich an. »Du siehst toll aus, Darling. Ich dachte, ich lade dich zum Lunch ein. Du hast doch noch nicht gegessen, oder?«

»Nein, aber ich muss die Jungs abholen, und …«

»Das geht schon in Ordnung, Schätzchen – geh du nur essen. Ich und deine Gran kümmern uns um die Jungs.«

»Daniel, das ist Reg, und – « Ich drehe mich um und stelle fest, dass Martin nach oben verschwunden ist.

»Freut mich, Sie kennenzulernen, Reg.«

Betretenes Schweigen setzt ein.

»Dann komm, mein Engel, ich bin verdammt hungrig, bin direkt vom Flughafen gekommen. Im kleinsten Auto der Welt. Ein Twango oder etwas in der Art. Absolut grauenhaft.«

»Oh, aha.«

»Gibt es irgendetwas in der Nähe, sodass wir zu Fuß gehen können?«

»Es gibt den Pub, aber sie haben sehr viel zu tun.«

»Klingt toll.«

Am Ende fahren wir doch in den Pub, weil es anfängt zu regnen. Das kleinste Auto der Welt stellt sich als ein ganz normalgroßes Auto heraus, auch wenn es eine ziemlich schreckliche türkise Farbe hat.

»Tut mir leid mit diesem Teil; es war das Letzte, was der Autoverleih noch hatte.«

»Ist schon okay.«

»Ich bin auf dem Weg nach New York wegen eines Jobs. Aber ich dachte, ich schaue mal vorbei, um zu sehen, wie es dir geht.«

»Aha.«

Erneutes Schweigen. Meine Güte, ich weiß nicht, was ich ihm sagen soll. Außer: bitte geh weg, das schaffe ich jetzt nicht. Es passiert viel zu viel, noch mehr übersteigt einfach meine Kräfte.

»Hätte ich vorher anrufen sollen?«

»Wie bitte?«

»Vor meinem Kommen?«

»Nein, ist schon okay.«

»Gut. Hör zu, es tut mir leid, Engel. Ich weiß, dass ich hätte anrufen sollen, aber ich habe es immer wieder vor mir hergeschoben. Obwohl du mich auch hättest anrufen können. Warum hast du es nicht getan?«

»Ich wollte keinen weiteren Brief von den Anwälten.«

»Verstehe. Tut mir leid, das mit den Anwälten – ich bin in Panik geraten.«

»Das Gefühl kenne ich.«

»Du siehst toll aus.«

»Danke.«

»Mir war nicht klar, dass du so … so …«

»Riesenhaft?«

Er lacht.

»Schwanger. So schwanger bist.«

»Das Baby ist groß.«

»Aha. Also, das ist gut, oder?« Er lächelt.

»Ja. Es nimmt an Gewicht zu und tut überhaupt alles, was es tun soll.«

»Wunderbar. Also, soll ich hier parken?«

»Ja, sonst gibt es auch noch mehr Parkplätze seitlich vom Pub.«

Connie gibt uns einen Tisch im hinteren Teil des Restaurants, indem sie ein Reservierungsschild entfernt. Sie reicht Daniel die Speisekarte.

»Es bin gleich wieder bei euch.«

»Danke, Connie.«

»Kein Problem.«

»Entschuldige mich eine Minute, Daniel – ich bin gleich wieder da.« Ich gehe in Richtung der Damentoilette, und Connie ist in weniger als dreißig Sekunden bei mir.

»Ist er das?«

»Ja. Daniel.«

»*Porca Madonna.*«

»Das kannst du laut sagen. Er ist gerade einfach im Laden aufgetaucht.«

»Okay, aber das ist gut, oder?«

»Ich weiß nicht. Noch weiß ich nicht, was er will.«

»Ja, es ist gut; er möchte über das Baby reden.«

»Ich glaube schon.«

»Natürlich will er das. Warum sollte er sonst hier sein?«

»Ich weiß es nicht.«

»Wenn er nicht nett zu dir ist, haut Mark ihn. Ich werde ihm Bescheid sagen.«

»Wunderbar.«

Sie küsst mich.

»Es wird schon gut, und nicht vergessen, wenn du mir zuzwinkerst, hole ich Mark.«

»Hervorragend.«

Grundgütiger, zu allem Übrigen muss ich jetzt auch noch vermeiden zu zwinkern.

»Ich glaube, ich nehme Steak-und-Nieren-Auflauf; das Essen ist gut hier, oder?«

»Brillant.«

»Na spitze. Hör zu, es tut mir leid, dass ich einfach so aufgekreuzt bin. Ich weiß, ich sollte eigentlich einen Plan haben, aber ich bin nicht sonderlich gut im Planen. Ich wollte nur einfach nicht, dass du denkst, dass es mich nicht interessiert. Ich habe darüber nachgedacht.«

»Okay.«

Connie kommt und nimmt unsere Bestellung auf und überredet mich, den Lammeintopf zu nehmen, obwohl ich eigentlich nur einen Salat wollte.

»Sie ist eine Freundin von dir, hm?«

»Ja.«

»Sie wirkt sehr nett.«

»Ist sie auch. Ihr Ehemann kocht.«

»Ist er auch Italiener?«

»Nein, aber sie haben sich dort kennengelernt.«

Mann, ist das merkwürdig, hier mit ihm Smalltalk zu betreiben, als wären wir alte Freunde, die sich mal eben zum Sonntagslunch treffen.

»Also, ist geldtechnisch alles okay bei dir?«

»Bestens, danke.«

»Sicher?«

»Ja. Definitiv.«

»Wir müssen uns in der Richtung etwas überlegen. Es ist nur, also, ich war einfach nicht bereit für so was. Babys gehörten nie zu meinen Plänen. Ich bin schlicht noch nicht so weit. Ich glaube, das ist das Problem. Und ich habe so verdammt viel zu tun, es ist kaum zu glauben.«

»Das Gefühl kenne ich.«

»Tut mir leid, Engel. Mir ist klar, dass es schwer für dich ist.«

»Es geht hierbei nicht wirklich um mich oder dich, Daniel, stimmt's?«

»Nein, ich denke nicht. Nur dass es im Moment schwierig ist für mich, Engel.«

»Wie läuft es denn mit Liv?«

»Gut. Toll, genau genommen. Aber …«

»Du hast es ihr noch nicht gesagt?«

»Nein. Irgendwie schien es nie der richtige Zeitpunkt zu sein. Ihr erster Mann hatte Kinder, und es war kompliziert.«

»Ich wusste gar nicht, dass sie verheiratet war.«

»Zweimal.«

»Oh, aha.«

Weiteres Schweigen.

»Aber ich möchte nicht, dass du denkst, dass ich irgendein gefühlloser Mistkerl bin. Ich möchte hier das Richtige tun.«

»Nur dass du nicht weißt, was das ist?«

»Genau.«

Das Essen kommt, und ich merke, dass er überrascht ist, wie gut es ist.

»Hat Grace dir irgendetwas gesagt, als du sie getroffen hast?«

»Nein.«

»Wirklich nicht?«

»Nichts Spezielles. Sie hat mich behandelt, als sei ich radioaktiv, also habe ich sie gefragt, was sie für ein Problem hat.«

»Und?«

»Großer Fehler.«

»Oh.«

»Hat mich allerdings nachdenklich gemacht.«

»Was hat sie gesagt?«

»Nicht viel, nur dass sie nicht glaubt, dass du mich auch nur in die Nähe das Babys lassen wirst, weil ich so ein verdammter Scheißverlierer bin.«

»Oh.«

Er grinst.

»Süßes Mädchen.«

»Ist sie, wenn man sie näher kennenlernt.«

»Sicher. Also, wirst du? Es mich sehen lassen? Das Baby, meine ich.«

»Natürlich.«

»Gut. Ich dachte, ich könnte manchmal hierherkommen … tatsächlich wäre London besser. Ich könnte ein Haus kaufen. Was meinst du? Ich liebe London. Ich nehme nicht an, dass du gern umziehen würdest?«

»Wohin?«

»Ich könnte ein großes Haus kaufen, es als Basis nutzen, wenn ich in der Stadt bin.«

»Was, und wir würden darin leben? Wie würde sich Liv dabei fühlen?«

Er grinst.

»Sie würde an die Decke gehen.«

»Du hast es wirklich noch nicht richtig durchdacht, nicht wahr?«

Wir müssen jetzt beide lachen.

»Du meine Güte, ich versuche, das Richtige zu tun. Wie mache ich mich bisher?«

»Nicht so toll.«

»Ich liebe sie, das ist das Problem. Wenn das nicht der Fall wäre, würde ich sie verlassen und mit dir zusammenziehen, für eine Weile glückliche Familie spielen und sehen, wie es läuft.«

»Nein, würdest du nicht.«

»Würde ich. Ernsthaft. Ist möglicherweise genau das, was ich brauche. Würdest du es tun, wenn ich dich fragte?«

»Würde ich was tun?«

»Es probieren. Du, ich und das Baby.«

»Und die Jungs.«

»Na klar.«

»Was heißt na klar? Sie sind schließlich nicht optional. Hör zu, das ist lächerlich.«

»Ich wäge hier nur alles ab, erkunde alle Optionen.«

»Also, vergiss es. Erzähl mir nicht von irgendwelchen Vielleichts, erzähl mir, was Sache ist. Ich bin zu schwanger für Vielleichts.«

»Tut mir leid, Darling.«

»Ist schon okay.«

»Die Sache ist die, ich weiß nicht, was nächste Woche los ist, ganz abgesehen von nächstem Monat.«

»Ich weiß.«

»Wie wäre es, wenn ich der Onkel wäre, der ab und zu überraschend auftaucht?«

»Alle Jubeljahre ist irgendwie nicht das Richtige für Babys, Daniel. Und ich mag auch keine Heimlichkeiten; das würde nicht funktionieren, und es wäre dem Baby gegenüber nicht fair.«

»Nein, ich schätze, das wäre es nicht. Hör zu, ich bin sicher, dass wir eine Lösung finden. Ich muss jetzt nach New York, aber dann bin ich für ein paar Tage wieder hier. Überlasse es mir, und ich melde mich, okay? Nachdem ich mit Liv geredet habe.«

»Okay.«

Er mustert mich eingehend.

»Es steht dir, schwanger zu sein. Ich würde liebend gern einige Fotos machen. Vielleicht können wir einen Spaziergang machen – das Licht ist toll hier unten. Ist es weit zum Strand?«

»Nein. Aber wenn du glaubst, dass ich bei diesem Wetter für Fotos posiere, hast du dich schwer getäuscht.«

Er grinst.

»Das ist verständlich. Lass uns Nachtisch bestellen. Ich nehme doch an, dass schwangere Frauen Nachtisch zugeneigt sind, oder?«

»Jetzt verstehen wir uns.«

Nachdem er mich zu Hause abgesetzt hat und ich Gran erzählt habe, dass nichts entschieden wurde, was ihr mächtig missfällt, rufe ich Ellen an.

»Ich schließe mich der Meinung deiner Gran an. Was für ein Wichser.«

»Nein, ich glaube, es war gut; wenigstens denkt er darüber nach.«

»Als ob es dein Problem wäre, wie er es seiner verdammten Freundin verklickert.«

»Ich weiß, aber er hat mich daran erinnert, wie ich früher bei Nick war; du hast erst dann eine eigene Meinung, wenn sie durch deinen Partner gefiltert worden ist. Ich meine, ich wünschte mir schon, er wäre ein weniger hoffnungsloser Fall, aber in gewisser Weise tut er mir auch leid.«

»Um Gottes willen, reiß dich zusammen, Darling.«

»Er weiß nicht, wie er damit umgehen soll, und ich glaube, im tiefsten Inneren ist er wirklich betroffen.«

»Also, dann sollte er diese Phase lieber schnell überwinden

und anfangen, sich als nützlich zu erweisen. Habt ihr über Geld gesprochen?«

»Er sprach davon, es irgendwie regeln zu wollen, aber wir haben nichts Spezielles vereinbart.«

»Grundgütiger, in der Beziehung bist du wirklich nicht die Hellste.«

»Ellen, du weißt, wie ich über Geld denke: Es ist wirklich nicht das Wichtigste.«

»Doch, ist es doch, verdammt noch mal. Warum solltest du dir Sorgen darüber machen, wie du die Rechnungen bezahlst, während er sich ein schönes Leben macht und den Kreativen spielt? Mistkerl. Wenn du das nächste Mal mit ihm redest, erinnere ihn daran, dass ich ihn genau im Auge behalte, okay?«

»Okay.«

»Armer alter Schwalbenschwanz. Er hat sich einfach verzogen?«

»Ja. Und wir wollten eigentlich ein Hähnchen braten, sodass der Arme nicht mal was zu Mittag gekriegt hat. Meinst du, ich soll ihn anrufen?«

»Um ihm was zu sagen?«

»Ich weiß auch nicht.«

»Dann lieber nicht.«

»Es ist alles so kompliziert. Ich glaube, ich muss warten, bis das Baby geboren ist; das wird die Dinge entkomplizieren, nicht wahr?«

»Ich bin sicher, dass es das tut.«

»Meine Güte, gerade geht mir durch den Kopf, was ist, wenn Daniel es Liv erzählt, und sie das Baby haben wollen? Gemeinsames Sorgerecht oder etwas in der Art. Vielleicht möchte Liv es sogar adoptieren – das ist jetzt sehr in Mode, oder – besonders wenn du ein Filmstar bist und deine schlanke Taille bewahren musst.«

»Hör auf, Darling.«

»Ja, aber es könnte doch sein, und dann muss ich mir einen Anwalt besorgen und habe die Presse vor meiner Haustür genau wie Grace, nur dass ich keinen Bruno und elektronisch gesicherte Tore zu unserem Schutz hätte.«

»Schätzchen, das wird ganz sicher nicht passieren.«

»Könnte es aber. Man kann nie wissen. Daran hätte ich denken müssen, bevor ich es ihm erzählt habe.«

»Also, was beunruhigt dich außerdem noch? Was war das noch damals bei Jack?«

»Dass er mitten in der Nacht aus seinem Kinderbett gestohlen würde, während ich schlief.«

»Und du hast irgendein völlig durchgeknalltes Frühwarnsystem installiert, die Stühle mit Seilen vertäut, sodass Nick sich beinahe den Hals gebrochen hätte, als er die Treppen hinuntergefallen ist.«

»Hätte er nicht. Es waren nur zwei Stufen runter zum Badezimmer. Er hat einen Aufstand gemacht deswegen, als ob er sechs Stockwerke hinuntergeflogen wäre. Und außerdem war es Wolle, kein Seil.«

»Er hat mich angerufen, weißt du. War echt in Sorge, dass du überschnappst.«

»Nach den ersten paar Wochen war ich wieder ganz okay, und außerdem war er genauso verrückt wie ich. Geriet immer wieder in Panik wegen plötzlichem Kindstod und weckte ihn auf, nur um sich zu vergewissern, dass er noch atmete. Tatsächlich haben wir das beide relativ häufig gemacht.«

»Ich weiß, Darling, und das hier ist vergleichbar. Kein Mensch hat vor, dir dein Baby wegzunehmen.«

»Das sollten sie verdammt noch mal auch lieber bleiben lassen.«

»Was war bei Archie noch der Panikknopf-Moment, der tollwütige Dingo?«

»Es ging nicht um Dingos, es ging um jeden Hund. Schon ein bisschen ironisch, wenn man bedenkt, dass er sich seit Jahren nichts sehnlicher wünscht als einen Hund.«

»Aber er schläft nicht mehr im Hundekorb, oder?«

»Nein, aber hauptsächlich, weil der jetzt in der Garage steht.«

»Okay, also alles bestens. Keine bösen Hunde-Albträume, und du kannst ja wieder das wollene Warnsystem vor dem Treppenaufgang installieren.«

»Hör auf, dich über mich lustig zu machen. Meine Hormone spielen echt verrückt. Ich kann nichts dafür.«

Archie kommt herein und ist total empört, weil Jack ihn sich nicht seine *Herr der Ringe*-DVD ansehen lässt.

»Ich muss Schluss machen – sie streiten schon wieder.«

»Kein Problem. Gib Daniel ein paar Tage, und dann bekommt er meinen persönlichen Anwaltsbrief. Wird auch persönlich zugestellt. Und Schwalbenschwanz wird es schon verkraften, da bin ich mir sicher.«

»Danke, Ellen.«

Tatsächlich bin ich mir da überhaupt nicht sicher. Vielleicht sollte ich ihn anrufen, nur möchte ich heute wirklich nicht noch mehr angespannte Gespräche. Aber ich könnte ja anrufen und einfach einen neuen Kochtermin vereinbaren für das Hähnchenbraten. Das ist schön neutral, aber freundlich; das könnte funktionieren.

Er geht nicht ans Handy, sodass ich eine Nachricht auf seiner Mailbox hinterlasse, bevor Mum anruft, um sich über Dad zu beschweren. Und Jack ist eingefallen, dass wir noch Lesen üben müssen und hüpft vor mir auf und ab, während ich versuche, das Gespräch mit ihr abzuwürgen.

»Ich habe fünf Seiten auf.«

»Okay.«

»Aber ich könnte auch mehr machen.«

»Komm und setz dich, Schätzchen, und Archie, mach den Fernseher aus, und hol auch dein Lesebuch. Lasst uns eine halbe Stunde gemeinsam lesen üben.«

»Und dann gibt's einen Snack?«

»Vielleicht.«

Es ist Mittwochmorgen, und ich leere schnell die Waschmaschine, bevor ich zu Grace fahre. Sie sind wieder zu Hause und unterbrechen die Dreharbeiten für eine Woche, sodass ich heute um elf die bestellte Wolle vorbeibringen soll. Ich habe gerade noch Zeit, die Wäsche draußen aufzuhängen, bevor ich aufbreche. Und dann, gerade als ich ins Auto steigen will, fängt es an zu regnen.

Maxine wartet schon, als ich das Auto parke.

»Tut mir leid, dass ich zu spät bin.«

»Nein, alles bestens. Wie läuft es mit dem Laden?«

»Gut, denke ich. Wir haben schon wieder geöffnet, nur unten, aber es läuft so weit gut.«

»Wunderbar, und vergiss nicht, mir zu sagen, wann Grace die große Wiedereröffnungsnummer machen soll.«

»Wahrscheinlich im neuen Jahr, wenn wir mit der Arbeit im Café fertig sind?«

»Gut, solange ich ein Eis umsonst bekomme.«

»Abgemacht.«

»Ich sollte dich wohl besser vorwarnen: Sie hat ziemlich schlechte Laune.«

»Weswegen?«

»Es hat sich herausgestellt, dass Jean-Lucs Exfrau doch nicht ganz so ex ist. Sie leben seit Jahren getrennt und die Scheidung ist eingereicht, aber das hat sie nicht daran gehindert, einer Zeitschrift ein vierseitiges Exklusivinterview zu geben.«

»Mein Gott, wie schrecklich.«

»Ed kümmert sich darum; er arbeitet gerade an der Schadensbegrenzung. Ach übrigens, er liebt den Autoaufkleber.« Sie nickt in Richtung eines marineblauen Porsche-Kabrioletts in dessen Rückfenster ein ziemlich unpassender ›Baby I'm Bored‹-Sticker klebt.

»Er behauptet, die Frauen fahren total darauf ab.«

»Wie ärgerlich.«

»Das kannst du laut sagen; er hat sogar versucht, sich einen von Lilys alten Autositzen unter den Nagel zu reißen, meinte, das würde seine Chancen unglaublich erhöhen. Laut ihm funktioniert die Nummer mit dem geschiedenen Dad totsicher. Aber was an der Aussicht attraktiv sein soll, sich mit jemandem einzulassen, der seine Kinder verlassen hat, ist mir echt zu hoch.«

»Mir auch, obwohl ein Porsche wahrscheinlich hilft.«

»So wie er sich mit diesem albernen Ding anstellt, könnte es genauso gut ein Baby sein. Einmal haben wir einen von diesen Kratzern draufgeklebt. Sam war das, und es sah sehr realistisch aus, ein dicker fetter Kratzer direkt an der Seite, wirklich fantastisch. Er hat sich dermaßen aufgeregt, dass wir dachten, er würde jeden Moment in Ohnmacht fallen.«

Wir lachen beide, während wir nach oben gehen, aber, als wir zur Tür des oberen Wohnzimmers gelangen, wird sie wieder ganz die professionelle persönliche Assistentin.

»Wunderbar, dass du da bist. Max, hol mir einen Saft und Tee, und es wäre schön, wenn er dieses Mal heiß wäre.«

»Ja, natürlich. Jo, was hättest du gern?«

»Tee bitte.«

Sie zwinkert mir zu, als sie hinausgeht.

Lily fängt an sich zu langweilen und schmeißt mit Plastikfrüchten um sich, bis Grace sie nach unten zum Schwimmen zu Meg bringt. Ich betrachte die ganzen Spielzeuge und denke über die Vorteile einer Mutterschaft mit riesigem Budget nach: Ich frage mich, wie es wohl wäre, wenn eine deiner Optionen bei einem nörgeligen Baby die ist, es zu deiner Nanny nach unten zu bringen in deinen geheizten Pool. Verdammt brillant, schätze ich.

Maxine kommt mit einem Tablett zurück, auf dem ein Glas mit irgendeinem ekelhaft aussehenden grünen Saft steht und zwei Teetassen. Sie reicht Grace eine Tragetüte und wartet neben der Tür.

»Das ist von mir und Lily. Du hast so süße Dinge für sie gemacht, als sie geboren wurde, dass ich das Gleiche tun wollte.«

In der Tüte ist ein wunderschön in Seidenpapier eingewickeltes Päckchen mit Schleife. Sie hat eine Kaschmirdecke gestrickt und ein Kaninchen mit Schlappohren. Und ein Scheck über tausend Pfund liegt auch dabei.

»Oh Grace, danke, vielen Dank, das ist ganz wunderbar. Ich weiß nicht, was ich sagen soll.«

»Das ist wirklich nichts weiter; es ist für deinen Mutterschaftsurlaub.«

»Ich wusste gar nicht, dass ich Mutterschaftsurlaub bekomme.«

»Bekommst du auch nicht.« Sie lächelt.

»Aha. Also, vielen Dank; das ist wirklich großzügig von dir, und die Stricksachen sind sehr schön.«

»War mir ein Vergnügen.«

Maxine lächelt.

»Ich gehe hinunter und sehe mal nach, wie weit Ed ist, Grace. Soll ich ihn etwas Bestimmtes fragen?«

»Ja, was zum Teufel er wegen der Zeitschriftennummer zu unternehmen gedenkt? Ich werde ihnen nicht Lilys Geburtstagsparty geben, er muss sich also etwas anderes ausdenken.«

»Klar.«

Sie nippt an ihrem Saft, als Maxine die Tür hinter sich schließt.

»Ich hatte am Wochenende Besuch.«

»Ach ja?«

»Daniel.«

»Ach ja?«

»Ich glaube, dein Motivationsvortrag hat echt eingeschlagen.«

»Hat er? Tut mir leid. Ich weiß, du wolltest nicht, dass ich etwas sage, aber als ich ihn sah, konnte ich die Klappe einfach nicht halten. Was hat er gesagt?«

»Ich bin mir nicht sicher.«

Sie lächelt.

»Das klingt ganz nach Daniel. Typen wie er sind gerne rätselhaft.«

»Nein, genau genommen war es gut, glaube ich. Er hat über das Baby geredet und in welcher Form er beteiligt sein möchte, nur dass er eben noch nicht weiß, wie.«

»Er möchte also, dass du alles für ihn regelst?«

»Irgendwie ja.«

»Und, tust du das?«

»Nein.«

»Gut. Das Letzte, was du gebrauchen kannst, ist noch ein Kind, um das du dich kümmern musst.«

»Ich glaube, er macht sich Sorgen, wie Liv reagiert.«

»Das kann ich ihm nicht verdenken. Sie ist definitiv eine Frau, die gern im Zentrum der Aufmerksamkeit steht. Ich spreche aus Erfahrung.«

Ich stelle meine Teetasse ab.

»Grace, ich weiß, dass es wahrscheinlich albern von mir ist, aber glaubst du, dass sie sich plötzlich entscheiden könnte, das Baby haben zu wollen?«

»Das ist nicht ihr Stil, Darling; die Erdmutter zu spielen ist viel zu ernsthaft für sie, aber wenn es auch nur den geringsten Hinweis in diese Richtung gibt, sag mir Bescheid. Dann besorge ich dir die richtigen Anwälte. Wenn die mit ihr fertig sind, würde niemand ihr auch nur einen Wellensittich anvertrauen, von einem Baby ganz zu schweigen. Okay?«

»Danke.«

»Herrgottnochmal, Männer sind so nutzlos: Wenn sie nicht vergessen, dir zu erzählen, dass sie gerade Vater werden, dann vergessen sie, dir von ihrer verdammten Exfrau zu erzählen, die tatsächlich gar keine Ex ist. Manchmal frage ich mich, warum wir uns überhaupt mit ihnen abgeben, wirklich. Noch einen Tee?«

»Ja bitte. Wie laufen die Dreharbeiten?«

»Dauern endlos, wie üblich, aber bisher sieht es gut aus. Und Jean-Luc wird nächstes Jahr auf jeder Besetzungswunschliste ganz oben stehen, so viel ist sicher. Im Moment ist er in London bei seinem Anwalt.«

»Maxine hat etwas in der Art erwähnt. Es tut mir leid, es klingt schrecklich.«

»Das ist seine eigene Schuld, aber ich möchte nicht, dass es zu einer Geschichte wird, also muss es gestoppt werden. Mann.

Und ich dachte immer, Franzosen wären diskret. Trotzdem, es ist sein Problem, nicht meins. Ich habe an wichtigere Dinge zu denken, zum Beispiel an Lilys ersten Geburtstag.«

»Du musst mir einen Tipp geben, was sie besonders mag.«

»So ziemlich alles, was geschmacklos aussieht und schreckliche Geräusche macht. Sie hat einen grauenhaften Geschmack, genau wie ihre Mutter.«

»Grace, du hast einen wunderbaren Geschmack.«

Sie lächelt.

»Ich dachte, ich lade ein paar Kinder ein, zu einer ganz altmodischen Teeparty. Was meinst du?«

»Wie viele?«

»Dreiundfünfzig, bisher.«

»Dreiundfünfzig Einjährige? Du liebe Güte.«

Sie lacht.

»Einige sind auch schon älter – deine Jungs – und noch einige andere, aber die meisten sind unter zwei. Was für Hilfe werden wir brauchen?«

»Bewaffnete Wachen wären möglicherweise gut.«

»Ich dachte an ein Winter-Wunderland-Thema. Karussells und eine Zaubershow mit Kaninchen – sie ist verrückt nach Kaninchen.«

»Das klingt prima, aber vergiss nicht das Allergieproblem. Einige der Kinder haben bestimmt Probleme mit Fell.«

Sie greift zum Telefon.

»Max, überprüfe doch bitte mal, ob jemand allergisch ist, ja? Wenn es zu viele sind, musst du das mit den Kaninchen streichen. Und vorhin dachte ich, wir sollten mal überprüfen, wie es mit Schnee aussieht – sie hat noch nie Schnee gesehen. Nein, sag ihm, er soll auf keinen Fall fahren, bis ich mit ihm gesprochen habe.« Sie wendet sich an mich.

»Kannst du bitte noch eine Minute bleiben, Jo – ich muss mit Ed reden. Max, sag ihm, ich komme runter, und komm du rauf und sprich mit Jo über die Party. Notier dir all ihre fantastischen Tipps.«

Maxine setzt sich und schenkt sich ein Glas Wasser ein.

»Was ist das für grünes Zeugs, das Grace getrunken hat?«

»Im Wesentlichen Vitamine und Gras.«

»Wirklich?«

»Spezielles Gras, versteht sich. Spezielles Gras zur Aufmöbelung von Filmstarhaut.«

»Schmeckt es?«

»Absolut grauenhaft, und wenn ich dir sagen würde, was es kostet, würdest du wahrscheinlich in Ohnmacht fallen.«

»Täte es auch gewöhnliches Gras?«

Sie lacht.

»Nein, sonst könnten wir ein verdammtes Vermögen verdienen.«

»Wie weit bist du mit der Party bisher?«

»Es gerät völlig außer Kontrolle.«

»Ich helfe gern, wenn ich kann.«

»Sie möchte eine große Nummer.«

»Okay.«

»Ich meine eine monumentale.«

»Aha.«

»Ich habe Angebote für Karussells und Entertainer und aufblasbare Schlauchboote für den Pool, aber ich muss immer noch Rettungsschwimmer ausfindig machen. Und jetzt will sie auch noch Schnee.«

»Alle unter zwei werden nur versuchen, ihn zu essen … aber ich glaube, an der Rettungsschwimmerfront könnte ich dir behilflich sein. Wir haben eine Schwimmparty an Jacks Geburtstag am Sonnabend. Komm, wenn du möchtest – ich glaube, ich habe es vor Urzeiten schon mal erwähnt. Ganz viel Geschreie und Gebrülle, und alle werden klatschnass sein.«

»Ja … ich glaube, das schenke ich mir, danke, aber ich habe ein Geschenk für ihn unten.«

»Oh Max, das wäre nicht nötig gewesen.«

»Gern geschehen.«

»Ich frage mal nach, ob man Rettungsschwimmer mieten kann, wenn du möchtest …«

»Würdest du das tun? Das wäre toll. Und was das Essen angeht – Sam und ich dachten an einen traditionellen englischen Tee, mit Canapés für die Erwachsenen und Champagner.«

»Klingt wunderbar, aber nehmt auf jeden Fall lieber das Übliche. Die Kinder essen eh nichts Ausgefallenes, und die Erwachsenen werden viel zu beschäftigt sein, darauf zu achten, dass die Kinder nichts kaputtmachen.«

»Die meisten bringen ihre Nannys mit, sodass sie frei herumschlendern können. Ich habe schon E-Mails bekommen, in denen ich gebeten werde, Arrangements für Helikopterlandungen zu treffen. Also abgesehen von den normalen Leuten wie du und der Maskenbildnerin vom Film – die Grace wirklich liebt – kommen nur albtraumhafte Typen, die ständige Aufmerksamkeit erwarten.«

»Oh Gott. Dann achte einfach darauf, nichts mit Nüssen anzubieten.«

»Ich glaube, was das angeht, haben wir längst den Punkt erreicht, wo wir nicht mehr zurückkönnen.«

Es ist Sonnabendmorgen, und ich habe keinen Mucks von Daniel gehört, oder auch von Martin, wo wir gerade dabei sind. Aber heute ist Jacks Geburtstagsfeier, und irgendwie habe ich mir Fiona und James und die Mädchen zum Lunch aufgehalst, also muss ich mich darauf konzentrieren. Gestern habe ich das Haus größtenteils sauber gemacht, bereit für Fiona, die sich offenbar zu einer Art Familien-Verbindungsoffizier ernannt hat. Ich glaube, Nicks Mutter ist wegen des Babys immer noch beleidigt. Ich nehme an, ich hätte den Rest meines Lebens schwarz tragen sollen im Gedenken an ihren wunderbaren Sohn, was ja irgendwie auch verständlich ist. Aber sie ist so ein schrecklicher alter Snob, und ihr größtes Problem ist, was die Großkotze aus dem Golf Club von der Witwe ihres Sohnes denken, wenn die ein neues Baby bekommt und kein neuer Ehering in Sicht ist.

Als Fiona Donnerstag anrief und ankündigte, dass sie mit einem Geschenk für Jack vorbeikommen würden, hat sie irgendwas von einem Besuch auf dem Friedhof angedeutet, als wäre das mein Spitzenplan für Jacks Geburtstag, wo er doch erst kürzlich aufgehört hat, schlecht zu träumen und die trockene Haut an seinen Ellbogen gerade erst verheilt ist.

Ich rufe zur moralischen Unterstützung Ellen an und versuche gleichzeitig, das Wohnzimmer aufzuräumen.

»Um wie viel Uhr kommen sie?«

»Gegen zwölf, glaube ich.«

»Drück ihnen ein Sandwich in die Hand, sag danke für das Geschenk und wirf sie raus. In maximal einer Stunde bist du sie wieder los.«

»Ellen, so schnell kriege ich sie ganz bestimmt nicht wieder aus der Tür – es ist eine lange Fahrt.«

»Du hast sie nicht eingeladen. Es ist ihre eigene Schuld.«

»Ich weiß, aber ich möchte nicht, dass sie zu Hause erzählt, dass alles total chaotisch war.«

»Dann geht es also darum, dass sie der alten Schachtel von Schwiegermutter berichtet, wie toll du alles im Griff hast?«

»Irgendwie schon, ja.«

»Vergiss es. Das passiert sowieso nie.«

»Ich weiß.«

»Wie geht's Schwalbenschwanz?«

»Ich habe ihn noch nicht wiedergesehen. Elsie sagt, er hat einen großen Auftrag in Birmingham.«

»Mach dir nichts draus, Darling – ich liebe dich immer noch. Versuch, einen kühlen Kopf zu bewahren. Du bist jetzt zu schwanger, um dir derartige Dinge an die Nieren gehen zu lassen.«

»Ich weiß, aber wenn mir noch irgendjemand erzählt, dass ich schon einiges zu bewältigen habe, dann vergesse ich mich glaube ich, und werde gewalttätig.«

»Ich würde für mein Leben gern sehen, wie du Fiona eine runterhaust. Verdammt, ich muss nachher ins blöde Cardiff, sonst würde ich für eine Blitzvisite herunterkommen.«

»Cardiff?«

»Frag bloß nicht. Ist Teil von unserem ›Ist unser Land nicht schön?‹-Schwachsinn. Also, erzähl mir mehr von dieser ›viel zu bewältigen‹-Nummer.«

»Leute sagen mir andauernd, dass ich viel zu bewältigen hätte, so als meinten sie es ganz freundlich, und dabei komme ich mir immer wie ein Volltrottel vor, sonst würden sie es schließlich nicht ständig sagen. Als wüsste ich nicht selbst, wie viel ich tatsächlich zu tun habe, vielen Dank auch.«

»Idioten. Solltest du jetzt nicht langsam überflutet sein mit Glückshormonen, bereit für die Geburt?«

»Bin ich aber noch nicht.«

»Sag Fiona, sie soll sich verpissen. Sag ihr, du bist nicht in der richtigen Stimmung.«

»Oder ich könnte die Lasagne aufwärmen, die ich gemacht habe, und die Nette spielen.«

»Spitzenplan. Wiege sie in falscher Sicherheit, und wenn sie sich auch nur einmal muckst, kriegt sie was auf die Pfoten. Ist deine Gran auch da?«

»Ja, sie kommt mit Reg zum Lunch.«

»Dann ist ja alles in Butter. Sollte irgendjemand versuchen, dich und die Deinen zu diskreditieren, wird er es mit ihr zu tun bekommen.«

»Das hoffe ich.«

»Das ist todsicher, Darling. Also, feiere schön mit Jack, und ich kümmere mich mal für dich um diese Hormonnummer.«

»Wunderbar.«

»Testosteron soll gut sein. Marina, meine Freundin in New York, deren Mutter nimmt es, glaube ich. Alle möglichen alten Schachteln nehmen das da drüben. Es ist hauptsächlich für die Menopause, aber ich wette, es hilft in jedem Alter. Dir wächst ein leichter Bart, aber das ist es wert. Vielleicht muntert dich das auf?«

»Danke, aber ich glaube, ich passe.«

Tatsächlich ist das Letzte, was ich jetzt brauche, ein Bart.

Jack hilft mir beim Tischdecken für den Lunch.

»Ich helfe wirklich, nicht wahr, Mum?«

»Ja, Schätzchen, tust du.«

»Das kommt, weil ich jetzt acht bin.«

»Ach ja?«

»Ja. Wenn man acht ist, ist man viel erwachsener. Und nach

dem Mittagessen ist auch schon bald Zeit für meine Feier, nicht wahr?«

»Ja, beinahe.«

Ich trage heute meine Stiefel, bei denen ich den Reißverschluss wegen extremen Schwangerschaftswaden nicht mehr ganz bis nach oben bekomme. Mein langer schwarzer Stretchrock ist immer noch okay, und ich trage einen von Nicks alten Pullis, den ich ihm vor Jahren mal gestrickt habe. Er ist völlig ausgeleiert, und ich habe ihn immer angehabt, als ich mit Archie schwanger war. Ich hoffe von Herzen, dass ich aussehe wie eine Mutter, die alles unter Kontrolle hat, und den Schwimmteil der Party habe ich so brillant organisiert, dass ich Gott sei Dank nicht in meinem Badeanzug erscheinen muss. Polly und Gemma werden mit den Kindern im Wasser sein, und ich zahle ihnen jeweils zehn Pfund als zusätzlichen Anreiz, niemanden ertrinken zu lassen.

Fiona hat sich einen recht lebhaften Pullover gestrickt, auf den sie augenscheinlich stolz ist; ein kompliziertes Muster mit Früchten und Blättern und Herbstbeeren, wofür sie bestimmt Stunden über Stunden gebraucht hat. Der Pulli ist so bunt, dass einem ganz schwindlig wird, wenn man ihn zu lange anschaut. Und sie hatte ein Problem mit den Schultersäumen, sodass sie die ganze Zeit ein wenig gekrümmt wirkt.

»Wie hübsch, Fiona.«

»War ziemlich viel Arbeit, aber ich wollte nicht, dass du denkst, du wärst die Einzige in der Familie, die mit ihren Nadeln fleißig ist.«

Gott bewahre.

»Ständig werde ich gefragt, woher ich ihn habe.«

Da gehe ich jede Wette ein.

»Hättest du gern einen Kaffee? Das Essen ist gleich fertig.«

»Super. Ich sehe nur mal schnell nach den Mädchen; normalerweise erlaube ich ihnen nicht, tagsüber fernzusehen.«

Kein Wunder, dass sie so angespannt wirkt.

»Gran sollte auch bald hier sein, mit Reg.«

»Super. Ich freue mich sehr darauf, ihn kennenzulernen. So süß, in ihrem Alter noch zu heiraten, findest du nicht? Wie man sieht, sollte man nie die Hoffnung aufgeben.« Sie schaut ziemlich betont auf meinen Bauch. »Was riecht hier so gut?«

»Lasagne.«

»Ich mache inzwischen meine Pasta immer selbst – schmeckt so viel besser, findest du nicht auch? James hat mir zum Geburtstag eine wunderbare Maschine geschenkt, mit der man sie ausrollen kann.«

Herrjemine, wann hatte sie Geburtstag?

»Und danke für deine nette Karte.«

Panik vorbei. Schon wieder etwas, was meinem Kurzzeitgedächtnis entfleucht ist. Ich muss ihr ganz automatisch eine Karte geschickt haben. Ganze Tage können jetzt so vorübergehen.

»Ich muss dir mein Rezept geben, bevor wir gehen. Ich habe es von unserer Frauengruppe, aber es ist sehr einfach.«

»Sehr schön. Nehmen wir unseren Kaffee mit ins Wohnzimmer, ja? Oh, da sind ja Gran und Reg.«

Hurra. Die Kavallerie ist da.

»Die Lasagne schmeckt köstlich, Schätzchen.«

»Danke, Gran.«

»Sehr lecker, Liebchen; du kochst wirklich ganz toll.«

»Danke, Reg.«

Reg war fantastisch mit James und hat dessen Angeberei mit

dem neuen Navigationssystem in seinem Wagen und der besten Route nach London einfach über sich ergehen lassen. Nicht dass Reg jemals nach London führe.

»Nimmst du Muskatnuss für deine Bechamelsoße?«

Oh Gott, Fiona fängt schon wieder an.

»Manchmal.«

Wenn ich dran denke.

»Und schmecke ich Anchovis heraus?«

Archie legt seine Gabel auf den Tisch.

»Nein, nur Minze und Pancetta. Das ist nur Speck, Archie – iss auf, Schätzchen. Du brauchst jede Menge Energie für das Schwimmen nachher.«

»Mum, muss ich meinen Salat ganz aufessen?«

»Nein, Jack, aber nimm dir nächstes Mal nicht so viel.«

»Ich dachte, ich würde ihn mögen, aber jetzt mag ich ihn doch nicht.«

»Ist schon okay, mein Schatz.«

Lottie legt ihre Gabel ebenfalls auf den Tisch und sieht erleichtert aus, während Fiona sie böse anfunkelt.

»Also, wenn alle fertig sind, als Dessert gibt es Eis und Grans Apfelkuchen. Lottie, würdest du mir beim Abräumen helfen? Zuerst dein Teller, Schätzchen.«

Ich bin sicher, die Andeutung eines Schnaubens von Fiona zu hören.

James reicht mir seinen Teller ohne ein Wort.

»Spielst du viel Golf, Reginald?«

Meine Güte ist er nervig.

»Soll ich Kaffee machen, Schätzchen?«

»Danke, Gran.«

Sie zwinkert mir zu.

»Und dann dachte Reg daran, mit den Kindern in den Süßigkeitsladen zu gehen. James, du könntest mitgehen – ich bin sicher, du würdest auch gern einen Spaziergang machen.«

Fiona sieht entsetzt aus. Ich bin nicht sicher, ob es die Süßigkeiten sind oder die Vorstellung, dass James ohne ihre Hilfe einen Spaziergang mit den Mädels machen soll; ich nehme an, dass er von sich aus nicht sehr viel mit ihnen unternimmt.

»Lassen wir die Mums zu Hause ein bisschen ausruhen, würde ich sagen. Ich bin sicher, dass du mir da zustimmst. Sind viel zu fleißig, nicht wahr?« Reg lächelt James an, der nicht sehr überzeugt wirkt.

»Was. Oh ja, das sind sie.«

»Also, sobald ihr euer Eis aufgegessen habt, machen wir uns auf den Weg. Wer kommt mit für eine Süßigkeit?«

Alle unter zehn heben die Hand.

Wir sitzen am Tisch und trinken Kaffee beziehungsweise in meinem Fall entkoffeinierten Tee.

»Bist du sicher, dass Beth und Lottie nicht zu Jacks Party bleiben wollen, Fiona?«

»Nein, wirklich, wir müssen aufbrechen, sobald sie zurück sind. Wir haben vor, ein Pony für Beth zu kaufen, und auf dem Rückweg wollen wir an einem uns von vielen Seiten empfohlenen Gestüt vorbeifahren.«

Gran stellt ihre Tasse ab.

»Ein Pony. Wie schön. Das sollten wir uns für die Jungs auch mal überlegen – das könnte ihnen gefallen.«

Oh nein, das werden wir ganz sicher nicht tun. Alles, was Ausmisten erfordert, steht definitiv nicht auf meiner Liste für neue Hobbys, die wir mal ausprobieren möchten.

Fiona lächelt. Jetzt, wo wir uns auf *Horse and Hound* Gebiet befinden, fühlt sie sich wieder sicherer.

»Beth ist unglaublich begeistert; sie liebt Reiten. Obwohl es schon eine Verpflichtung mit sich bringt, und es ist schrecklich teuer, aber die Turniere machen unglaublich viel Spaß.«

»Da bin ich mir sicher. Und vielen Dank noch mal für die Geschenke, Fiona. Jack liebt Bücher.«

»Ich freue mich ja so, dass sie dir gefallen. Ich weiß, sie sind ein klein bisschen altmodisch, aber es sind Klassiker.«

Ich fand Beatrix Potter immer schrecklich spießig und moralisierend und außerdem ziemlich langweilig; ein bisschen wie Fiona, wenn ich es mir recht überlege. Und das ist wirklich nicht die richtige Wahl als Geschenk für einen achtjährigen Jungen. Meine Güte, ich werde noch zu einer richtigen mürrischen alten Kuh. Ich muss versuchen, etwas netter zu sein.

»Hat Elizabeth ihre Erkältung überstanden?«

»Oh ja, vollständig. Sie hat diese Woche den Damen-Dinner-Wettbewerb in unserem Golfclub gewonnen – es war super. Ich bin sicher, dass sie nächstes Jahr unsere Vorsitzende wird. Schrecklich aufregend. Sie wird unglaublich tolle Arbeit leisten.«

»Bestimmt wird sie das. Ich muss daran denken, ihr zu gratulieren, wenn wir uns Weihnachten sehen.«

Sie stellt ihre Tasse ab und sieht etwas besorgt aus.

»Dachtest du daran, uns zu besuchen?«

Letztes Jahr haben wir einen Miniweihnachtsbaum auf Nicks Grab gestellt. Jack wollte sichergehen, dass er wusste, dass Weihnachten war.

»Ich habe es noch nicht mit den Jungs besprochen, aber ich denke schon, dass sie kommen wollen. Warum, ist das ein Problem?«

»Nein, ganz und gar nicht – du liebe Zeit, es ist ein bisschen unangenehm – es ist nur so, Elizabeth würde es, glaube ich, vorziehen, na ja, wenn du im Moment nicht kämst.«

»Wie bitte, Fiona? Ich bin nicht sicher, ob ich das verstanden habe.«

»Ich bin sicher, dass sie keine Ungelegenheiten verursachen möchte, aber ich glaube, sie hat das Gefühl, dass es ein klein bisschen peinlich sein könnte; es ist schließlich ihre Kirche, und …«

Gran ist stinkwütend.

»Ihre Kirche? Wie kann das ihre Kirche sein? Du lieber Himmel, so etwas Grässliches habe ich in meinem ganzen Leben nicht gehört.«

»Die Leute werden sie nach dem Baby fragen, und ich glaube, sie fühlt sich …«

»Fiona, warum sagst du nicht einfach, was sie gesagt hat?«

»Es war nichts, wirklich; sie würde es vorziehen, wenn nur die Jungs zu Besuch kämen, um unangenehmen Fragen aus dem Weg zu gehen, das ist alles. Nur bis zum neuen Jahr. Vorsitzende zu werden ist so eine Ehre, und ich glaube, also, danach wäre es okay, natürlich, aber wenn du ihr vorher Bescheid sagen würdest, könnte sie rechtzeitig den Schlüssel besorgen. Sie müssen die Kirche jetzt abschließen, aber es gibt eine Liste für den Schlüssel.«

»Prima. Ich rufe sie später an.«

Gran wirft mir einen sehr ausdrucksstarken Blick zu, aber Fiona ist erleichtert.

»Oh gut, ich bin ja so froh, dass du es verstehst. Mir ist klar, dass du viel zu tun hast, aber ich glaube …«

»Ich werde sie anrufen und erklären, dass ich Nicks Grab, das Grab meines Mannes, besuchen werde, wann immer ich will, schwanger oder mit dem Baby, wann immer die Jungs wollen. Wenn die Kirche geschlossen ist, macht das auch nichts. Wir müssen nicht in die Kirche. Und wenn ihr das nicht gefällt, dann kann sie … na ja … dann kann sie bleiben, wo der Pfeffer wächst.«

»So ist's richtig, Schätzchen. Wurde auch langsam Zeit, dass du dich mal gegen diese schreckliche Frau zur Wehr setzt. Es gibt nichts, weswegen du dich schämen müsstest. Nicht wie irgendwelche Leute, deren Namen ich hier nennen könnte.«

»Gran.«

»Also, ich denke, irgendjemand sollte es ihr sagen.«

»Was meint sie?«

Fiona sieht ziemlich verzweifelt aus, jetzt, wo sie einen Hinweis auf einen fehlenden Eintrag in ihrem kleinen Buch der Familiengeheimnisse erhalten hat.

»Nichts.«

»Oh doch, das tue ich. Ich bin eine alte Frau, und ich muss kein Blatt vor den Mund nehmen, das ist einer der Vorteile vom Älterwerden. Verlassen mit zwei kleinen Jungs und kaum einem freundlichen Wort von seiner Familie. Schockierend nenne ich das, und er war absolut kein Heiliger, das kann ich dir flüstern; und ich bin sicher, dass du dein Bestes gibst, Fiona, aber um ehrlich zu sein, ich glaube, du solltest etwas weniger Zeit mit all diesem schicken Wohltätigkeitszeug in diesem albernen Golfclub verbringen und dich ein bisschen mehr um die Menschen in deiner Familie kümmern. Du musst wissen, dass sie dieses Haus ganz allein renoviert hat, und den Laden, richtige Wunder hat sie vollbracht, und du kannst Elizabeth gern von mir ausrichten, da du ja die Botin zu sein scheinst, von Großmutter zu Großmutter, wenn sie irgendeinem von ihnen krummkommt, den Jungs oder Jo oder dem Baby, wenn es da ist, dann bekommt sie es mit mir zu tun. Und mehr gibt es dazu nicht zu sagen. Es wurde langsam Zeit, dass ihr mal jemand sagt, dass sie von ihrem hohen Ross herunterkommen soll. Also, waschen wir jetzt ab? Wir müssen bald zu Jacks Party. Und wenn hier irgendwie dicke Luft sein sollte, wenn sie zurückkommen, werden sie es merken; unser Jack ist in der Beziehung sehr sensibel.«

Sie reicht Fiona ein Geschirrtuch.

»Ich wasche ab, du kannst abtrocknen. Jo muss sich ein bisschen ausruhen.«

Gran steht auf.

Irgendwie glaube ich nicht, dass Fiona heute ihre üblichen Kommentare vom Stapel lassen wird, wie super ihre Geschirrspülmaschine ist.

»Guter Plan, Gran. Ich räume das restliche Geschirr ab.«

»Oh nein, das wirst du nicht tun. Wir übernehmen das. Nicht wahr, Fiona?«

»Ja, natürlich.«

Reg merkt sofort, dass etwas passiert ist, als sie von ihrem Spaziergang zurückkommen. Wir sind fertig mit Abspülen, und Fiona gibt uns aus unerfindlichen Gründen ihr Rezept für Lemon Curd, aber ich glaube, er errät, dass hier, wie Gran sagen würde, jemandem die Leviten gelesen wurden.

Wir winken ihnen hinterher, während er den Arm um mich legt.

»Hat sie es ihr gesagt? Ich wusste, dass sie es tun würde. Sie sagte, sie würde sich bemühen, friedlich zu sein, aber Mary ist keine Frau, die aus ihrer Meinung einen Hehl macht.«

»Hat sie, das hat sie wirklich. Tatsächlich war sie richtig furchteinflößend.«

»Das sind die besten Frauen immer, Schätzchen; du wirst nicht so alt wie ich, ohne das zu verstehen. Du bist doch nicht verärgert, oder?«

»Ganz und gar nicht.«

Tatsächlich bin ich schon ein bisschen sauer; ich hasse die Vorstellung, dass es Leute da draußen gibt, die denken, dass das Baby irgendwie weniger wert ist als die Jungs, nur weil ich nicht verheiratet bin. Ich hasse das wirklich, obwohl ich weiß, dass es totaler Blödsinn ist.

»Das ist die richtige Einstellung. Es gibt immer Menschen, die sich für was Besseres halten als der Rest von uns, Schätzchen, aber am Ende sind sie immer einsam. Verpassen die wirklich kostbaren Dinge. Und noch etwas kann ich dir sagen, bei der Route, die er nehmen will, können sie von Glück sagen, wenn sie vor Mitternacht zu Hause sind. Es gibt eine Baustelle auf der M2, das habe ich im lokalen Radiosender gehört, und die Umgehungsstraße ist auch dicht, und ich würde wirklich gern sehen, wie ihn sein Navigationssystem da herausführt. Es sei denn, es kann ihn hochbeamen. Also, ich würde wirklich Geld bezahlen, um das zu sehen.«

Es regnet, als wir zum Schwimmbad kommen, und am Eingang ist ein Teenager in Sweatshirt und Jogginghosen, der einen Strauß Luftballons hält, und der sich als Scott, unser Partyhelfer herausstellt. Er scheint ziemlich in Panik zu sein, was nur zu verständlich ist, aber nach einer traumatischen halben Stunde, in der alle sich umziehen, während Scott ständig in seine Pfeife bläst, sind sie plötzlich alle im Pool und amüsieren sich prächtig. Sie klettern in die aufblasbaren Teile und versuchen, auf die Pirateninsel zu kommen. Sie haben sogar aufblasbare Delfine und Krokodile im flachen Becken platziert, sodass diejenigen, die noch nicht bereit sind für das tiefe Becken, sich begeistert gegenseitig mit Delfinen hauen. Ich mache Fotos und versuche, Archie im Auge zu behalten, der darauf bestanden hat, seinen

Schnorchel zu tragen und dafür auch eine Sondergenehmigung von Scott erhalten hat.

Großes Kreischen und Spritzen ist im Gange, und als es Zeit wird zum Abendessen, setzt Scott seine Trillerpfeife ein und gibt bekannt, dass derjenige, der als Erster angezogen ist, einen Preis bekommt. Und bevor wir uns versehen, sitzen alle mit ihren Partyhüten auf dem Kopf um den Tisch im Café, obwohl sie nicht unbedingt die Socken tragen, in denen sie gekommen sind.

Gran schenkt Fruchtsaft aus, während Scott die Bestellungen von wahlweise Pizza oder Hähnchennuggets aufschreibt. Es scheint hier keine Menüoptionen für Mittelklassemütter zu geben, also fallen Karottensticks oder Obstsalate von vornherein aus, und alles wird mit Pommes serviert. Aber da ich nicht selber kochen oder hinterher aufräumen muss, ist es mir echt schnuppe.

Connie und ich stecken die Kerzen in den Geburtstagkuchen. Mark hat eine wunderschöne Torte in Fischform gemacht, mit silberner Glasur für die Schuppen und rosa Shrimps aus Marzipan um den Boden, Jacks Lieblingssüßigkeit. Ich erzähle ihr von dem Lunch und Grans Ausbruch gegenüber Fiona.

»*Brava*, und jetzt musst du da hingehen mit dem *Bambino* und durch das ganze Dorf spazieren.«

»Nur wenn die Jungs es möchten.«

»Natürlich. Schreckliches Kuhschwein.«

»Nur Kuh reicht, Con.«

»Hier, zünde die Kerzen an.«

»Kriegt Nelly wirklich nichts ab?«

»Nein.«

Nelly ist in Ungnade gefallen, weil sie Anlauf genommen hat, als sich alle schon zum Umziehen versammelt hatten, und vom mittleren Sprungbrett gesprungen ist, ein perfekter, wirklich sehr hoher Sprung. Der Rettungsschwimmer hätte fast einen Herzschlag bekommen und Scott seine Trillerpfeife verschluckt, aber sie schwamm einfach an die Seite, und es ging ihr prima. Ganz im Gegensatz zu Connie, die immer noch wütend auf sie ist und ihr gesagt hat, dass sie kein Stück von der Geburtstagstorte bekommt.

»Und wenn sie noch einmal sagt, dass es ihr leidtut? Bitte, es wird schrecklich, wenn sie einfach so danebensitzt; und Jack wird am Boden zerstört sein. Geh und rede mit ihr, ob es ihr wirklich leidtut, ja?«

»Okay, okay. Du bist ja noch schlimmer als Mark.«

»Du hättest sie doch nicht einfach zusehen lassen, wie die anderen Torte essen, oder?«

Sie lächelt.

»Nein, aber sie hat mich erschreckt.«

»Ich weiß, Con. Ich glaube, Scott hätte auch gut darauf verzichten können.«

Als ich mich neben Jack knie, macht Reg noch mehr Fotos,.

»Wünsch dir etwas, mein Schatz.«

Er schließt die Augen, als wir alle »Happy Birthday« singen.

»Die ist meine allerallerschönste Feier, Mum, und kann ich nächstes Jahr wieder so eine haben, ja?«

»Ja, wenn du möchtest.«

»Und Dad wäre stolz auf mich, nicht wahr? Auf mein Schwimmen. Ich bin schon viel besser jetzt, oder?«

»Ja, bist du.«

»Und weißt du, was noch, Mum?«

Bitte bitte kein weiterer »Ich vermisse meinen wunderbaren Daddy«-Moment, nicht jetzt, wo er so glücklich aussieht.

»Was denn, Schätzchen?«

»Wenn wir nach Hause kommen, habe ich immer noch all meine Geburtstagsgeschenke zum Aufmachen, nicht wahr?«

»Ja, das hast du. Lass uns die Torte anschneiden. Wer kriegt das erste Stück?«

»Ich, weil ich das Geburtstagskind bin. Und Archie kann das zweite haben.

»Okay.«

»Und nächstes Jahr kann das Baby zu meiner Feier kommen, ja?«

»Ja, Schätzchen.«

»Aber es kriegt keine Torte, weil es noch zu klein ist.«

»Das stimmt.«

Archie nickt.

»Und ich bin der große Bruder von dem Baby, nicht wahr, Mum?«

»Ja, Schätzchen.«

Jack lächelt.

»Ja, aber nicht meiner. Ich bleibe immer der Älteste.«

Archie seufzt.

Sonntag faulenzen wir alle ein bisschen, während Jack mit seinen neuen Geburtstagsspielsachen spielt und Archie versucht, nicht neidisch zu sein, aber gegen Mittag fangen wir langsam an, uns zu langweilen, also brechen wir zum Picknick an den Strand auf. Für später setze ich einen Eintopf auf, und für jetzt habe ich uns Sandwiches gemacht, und ich kann in der Strandhütte sitzen, während sie wahrscheinlich ein letztes Mal in der Sonne herumtollen. Es ist heute etwas wärmer, aber ich glaube, dies ist möglicherweise einer der letzten warmen Tage, bevor der Herbst kommt.

Ich liege auf der Papageienliege, lese mit einer Tasse Tee in der Hand die Sonntagszeitung und bin rundherum zufrieden. Die Jungs spielen friedlich miteinander, und wir sind alle draußen an der frischen Luft. Damit komme ich doch dem Titel Spitzenmutter des Jahres ziemlich nahe, oder?

Alles läuft bestens, bis Trevor an den Strand gesprungen kommt und ins Meer rennt, dann wieder herausrennt und mit Wasser um sich spritzt. Die Jungs sind begeistert.

»Hallo, Martin.«

»Ich dachte, ich mache mal einen richtig langen Spaziergang. Ich bin seit Ewigkeiten nicht mit ihm mehr draußen gewesen.«

»Elsie sagte, du warst in Birmingham.«

»Ja. Dad hat sich in der Zeit um ihn gekümmert und ihn gefüttert; die neue Hundehütte ist wirklich ganz toll.«

»Das freut mich.«

»Und wie war die Geburtstagsfeier? Mum sagte, es war gestern.«

»Ja, stimmt, und er war begeistert.«

»Gut.«

Eigentlich bin ich immer noch ein wenig eingeschnappt, dass er nicht zurückgerufen hat.

»Hast du meine Nachricht gehört?«

»Welche Nachricht?«

»Ich habe eine Nachricht auf deiner Mailbox hinterlassen.«

»Oh. Nein, tut mir leid. Trevor hat mein Handy gefressen.«

»Er hat dein Handy gefressen?«

»Das meiste jedenfalls.«

Ich kann nicht anders, ich muss einfach lachen.

»Das ist nicht komisch.«

»Tut mir leid.«

Er lächelt.

»Ich glaube, ich muss einen dieser ›Helfen-Sie-mir-mein-Hund-ist-total-übergeschnappt‹-Spezialkurse mitmachen.«

»Gute Idee.«

»Ich würde sofort anrufen und buchen, wenn ich noch ein Telefon hätte. Also, was war das für eine Nachricht?«

»Ich dachte, wir könnten einen neuen Hähnchenbrattermin vereinbaren?«

»Oh, klar, also, das wäre toll. Jederzeit, wenn du sicher bist? Wie war dein Lunch?« Er sieht mich nicht an.

»Fein, danke. Es war sinnvoll, mal über das Baby zu reden. Er kommt vielleicht ab und an zu Besuch, etwas in der Art. Es gibt noch keinen definitiven Plan. Mal sehen.«

»Aber nur, um das Baby zu sehen?«

»Ja.«

»Aha. Also, das klingt gut.«

»Mum, Archie ist schon wieder im Wasser.«

»Herrjemine.«

»Tut mir leid, Jo. Trevor. Hierher. Hör zu, ich bringe ihn nach Hause, schaffe ihn euch aus dem Weg. Trevor. Bei Fuß. BEI FUSS. Verdammter Hund. Oh, sorry, Jo. Tu bitte so, als hättest du nichts gehört, Jack, okay?«

Jack nickt und sieht begeistert aus.

Erst ein schönes Verdammt, und dann hat sein Bruder mal wieder Ärger: alles ist einfach rundherum perfekt.

Trevor bleibt im Meer, aber Archie kommt mit pitschnassen Hosenbeinen zurück.

»Das ist wirklich sehr kindisch, Archie.«

»Ich weiß, tut mir leid.«

»Zappel nicht so, während ich dir die Socken ausziehe.«

Ich trockne ihn in der Strandhütte ab, während Martin es schließlich schafft, Trevor an die Leine zu legen.

Ich glaube, er versucht, eine ernste Miene aufzusetzen.

»Böser Hund. Ganz böser Hund.« Trevor leckt ihm die Hand. »Tut mir leid, Jo. Und du hast es versprochen, Archie; du hast mir gesagt, dass du nicht wieder ins Wasser gehst.«

»Ich weiß, Martin, und es tut mir sehr leid. Ganz doll leid. Aber manchmal kann ich einfach nichts dafür. Ich will gar nicht, und dann kommen die Wellen, wenn ich mal nicht hinsehe. Das tun sie manchmal, weißt du.«

Martin versucht, nicht zu lächeln.

»Nun komm, Trevor. Und benimm dich, geh anständig, nicht an der Leine ziehen. Ich meine es ernst.« Er pfeift, als sie die Treppe zum Strand hinaufgehen.

Der Eintopf ist perfekt, als wir zu Haus sind und uns entsandet haben, genau richtig durchgegart. Ich habe im Wohnzimmer den Kamin angezündet und genieße einen ruhigen Moment mit *The Antiques Roadshow*, bevor ich mich mal wieder auf die Suche nach irgendwelchen fehlenden Turnsachen begebe. Aber die Pausenbrote sind bereits fertig gepackt, sodass alles für einen schmerzfreien Schulanfang morgen früh spricht, nur Archies fehlendes Turnhemd muss ich noch finden.

Ich gebe ihnen noch zehn Minuten, bevor ich nach oben gehe und sie ins Bett stecke. Ich könnte auch mit dem Rest der Zeitung früh zu Bett gehen. Da sind auch noch einige ungelesene Zeitschriften, und meine Füße sind wund, und mein Rücken tut weh, sodass ein Bad und früh schlafen gehen vielleicht das Beste wäre. Das Baby kann seine nächtlichen Stretchübungen machen, während ich mich auf dem Laufenden halte, was ich tragen könnte, wenn ich noch eine Taille hätte. Perfekt.

Kapitel neun – Oktober

Nadeln und Perlen

In der ersten Oktoberwoche wird die Liste der wichtigsten noch vor dem entscheidenden Krankenhaustermin zu erledigenden Dinge länger und länger. Ich versuche, Ruhe zu bewahren, aber diese Nestbaunummer hat immer noch nicht eingesetzt. Immerhin habe ich es am Wochenende geschafft, mit Jacks und Archies »Hilfe« das Kinderbett aufzustellen. Und ich stricke wie eine Besessene; das ist quasi alles, was ich im Moment schaffe. Babydecken und Babyoberteile mit extraweiten Halsausschnitten, um möglichst diese Schreianfälle von Neugeborenen zu vermeiden, wenn man versucht, ihnen etwas über den Kopf zu ziehen und sie einen daran zu hindern versuchen, indem sie so laut brüllen, dass man glaubt, man würde sie gerade bis ans Lebensende traumatisieren.

Wir kommen von der Schule zurück, und Connie erzählt den Kindern von der Eisdiele ihres Onkels in Florenz.

»Und wir kriegen unsere eigene Eisdiele, Mum?«

»Ja, Archie.« Er hüpft auf und ab. »Und wir kriegen jeden Tag Eis?«

»Vielleicht nicht jeden Tag.«

»Aber beinahe jeden Tag.«

»Vielleicht.«

Ich frage mich, ob man sich an Eis überfressen kann, so wie

es Leuten geht, die in Süßwarenfabriken arbeiten und dann keine Schokolade mehr sehen können. Aber bei Archie wird es wahrscheinlich nicht funktionieren.

»Wann ist sie denn fertig?«

»Was, Schätzchen?«

»Die Eisdiele.«

»Dauert noch eine Weile; erst müssen wir noch alles aufräumen und den Laden fertig machen.«

»Zum Wochenende vielleicht?«

Sehr wahrscheinlich wird es ein bisschen länger dauern.

»Nach Weihnachten.«

»Also, beeil dich, Mum, ich kann es kaum erwarten. Was gibt's zum Abendbrot?«

»Omelettes.«

»Igitt.«

Es ist kurz nach Mitternacht, und ich habe einen meiner Ich-bin-sehr-schwanger-und-es-wird-alles-nur-noch-schlimmer-Panikanfälle. Ich schaffe das alles nicht, nicht mit dem Laden und allem, ich weiß, dass alles in Tränen enden wird. Und von Daniel habe ich immer noch nichts gehört, also weiß der Himmel, ob er es Liv schon erzählt hat. Und weiß der Teufel, was ich mir dabei gedacht habe, den Laden zu erweitern; ich schaffe es ja im jetzigen Zustand schon kaum. Ich muss mir ein stilles Plätzchen suchen und mich da verstecken, das ist es, was ich brauche. Irgendetwas, wo es sicher und dunkel und ruhig ist.

»Mum.«

Na toll. Das fehlte mir gerade noch.

»Ja, Jack.«

»Ich hatte wieder meinen bösen Traum.«

»Schon wieder, Schätzchen? Na komm, erzähl ihn mir.«

»Es war schrecklich.«

»Sprich es laut aus, dann geht er weg.«

»Ich habe dich gesucht, in einer Art Wald, und ich konnte dich nicht finden, und Archie war ganz blöde und hat geschrien.«

Also keine Änderung an dieser Front.

»Und dann war da ein Wolf.«

»Du liebe Güte.«

»Ja, aber es war Trevor, und das war in Ordnung. Aber ich hatte immer noch Angst.«

»Egal – er kommt jetzt bestimmt nicht wieder.«

»Darf ich hier bleiben?«

»Ja, wenn du ganz leise bist.«

»Mum.«

»Ja?«

»Ich glaube, der Eisladen wird ganz toll.«

»Gut.«

»Mum.«

»Jack. Schlaf jetzt.«

»Es ist hier viel besser als in London, nicht wahr?«

»Ja.«

»Weil wir hier all unsere Freunde haben.«

»Ja.«

»Und jetzt kriegen wir auch noch einen Eisladen.«

»Ja, aber jetzt schlaf, sonst musst du wieder in dein Bett gehen. Denk an deine ganzen Lieblingseissorten und entspann dich. Dann schläfst du ganz schnell ein.«

Tatsächlich sollte ich das auch mal probieren.

Kaffee und Haselnuss. Richtiges Himbeereis mit echter Vanille. Orangensorbet. Und dieses Honigeis mit kleinen knusprigen Stückchen drin. Vielleicht schaffe ich es ja doch. Vielleicht wachsen die Jungs auf als Broadgates Antwort auf Ben & Jerry's und transformieren die Familieneisdiele in ein globales Unternehmen. Was war das noch für ein Eis, das ich in Venedig hatte? Pistazie – das war köstlich, und das Pfirsicheis mit kleinen Baiserstückchen drin.

Das setze ich mit auf meine Liste.

Es ist Mittwochabend, und ich stricke an einer Babyjacke aus weicher Aranwolle mit Kapuze, während die Jungs fernsehen. Ich bin noch dabei, genügend Energie zu sammeln, um sie ins Bad zu stecken, als Mum anruft.

»Ich wollte mich nur erkundigen, ob du deine Meinung wegen Weihnachten geändert hast.«

»Nein, Mum, tut mir leid, schon gar nicht jetzt mit dem Laden.«

»Das Beste, was dir passieren konnte, wenn du mich fragst – dass er abbrennt und du neu anfangen kannst, einen anständigen Job, etwas Passenderes.«

»Mum, diese Unterhaltung hatten wir schon.«

»Ich verstehe nicht, wie du so egoistisch sein kannst, Josephine, wirklich nicht.«

»Ich muss Schluss machen, Mum. Ich rufe dich später an.«

»Mum?«

»Ja, Archie?«

»Kriegen wir jetzt Käsetoast? Du hast es versprochen.«

»Ja, und dann wird gebadet.«

»Und, Mum, du weißt, dass ich eine Aubergine bin in dem Theaterstück. Aber nicht morgen, morgen ist nur doofes Singen.«

Himmelherrgott, das morgige Schulherbstfest hatte ich ganz vergessen, und ich soll doch für den Stand des Elternbeirats nach der Aufführung Törtchen mitbringen. Verdammt. Ich glaube, ich habe genug Mehl und Eier im Haus. Ich werde sie backen, während Mummys kleine Helfer schlafen. Mist.

»Mum?«

»Ja, ich höre dir zu, Archie.«

»Also, ich bin doch keine Aubergine, weil ich sie zerbrochen habe. Ich bin eine Wurzel.«

»Okay.«

Das Telefon klingelt kurz nach ein Uhr morgens. Teufel noch eins, wenn es sich hier um einen weiteren Feuer- oder Flutalarm handelt, verlange ich meine Scheißsteuergelder zurück. Und wenn Mum mal wieder wegen Weihnachten anruft, lege ich einfach auf.

»Ich habe Harry verlassen.«

»Ellen, wo bist du?«

»Draußen.«

»Was?«

»Wach auf, Darling – ich stehe draußen, und du musst mich reinlassen. Das ist meine Stunde der Not.«

Ellen hat immer mitten in der Nacht angerufen, als wir noch in London lebten und sie sich gerade mit ihrer aktuellen Beziehung gestritten hatte. Gewöhnlich ging Nick ans Telefon und gab es mir weiter, ohne richtig wach zu werden. Aber das hier ist etwas anderes. Himmel, was kann nur passiert sein? Ich hoffe, Harry hat keine Affäre. Oder sie vielleicht? Nein, das wüsste ich.

Sie friert und zittert leicht.

»Tee oder heiße Schokolade? Ich glaube, ich habe noch etwas Kakao.«

»Tee bitte.«

»Was ist passiert?«

»Nichts.«

»Okay.«

»Ich langweile mich, das ist alles. Ich weiß, das sollte ich nicht, aber ich tue es. Ich wollte die ganz große Hochzeit, auch wenn ich so getan habe, als wäre es anders, aber ich wollte sie, und jetzt langweile ich mich. Alles ist schrecklich langweilig. Er ist nicht der Richtige für mich – ist ständig unterwegs mit seinen blöden Kumpels. Es ist so, als hätte sich nichts geändert.«

Da ist noch etwas, das weiß ich genau. Aber sie wird es mir schon erzählen, wenn sie so weit ist.

»So schlimm kann es doch nicht sein.«

»Doch. Weiß der Henker, warum ich ihn geheiratet habe; ich bin ein hoffnungsloser Fall. Was habe ich mir nur dabei gedacht?«

»Ellen, du bist das Gegenteil von einem hoffnungslosen Fall.«

»Und es tut mir wirklich leid, dass ich in letzter Zeit so selten hier war, mit dem Feuer und allem.«

Da steckt definitiv etwas anderes dahinter.

»Ich weiß nicht, was du meinst.«

»Aber bei Nick war ich gut, oder?«

»Du warst brillant.«

»Und damals, als du dachtest, dass Jack irgendwas Schlimmes hat und wir nachts mit ihm ins Krankenhaus gefahren sind und sich herausstellte, dass es Windpocken waren – da war ich auch gut, oder? Also zwei von drei Malen ist gar nicht so übel.«

»Was meinst du mit zwei von drei Malen?«

»Ich war nicht da für dich, als das mit dem Baby passierte, oder als es gebrannt hat, nicht wirklich. Ich bin zu egoistisch. Das ist das Problem.«

»Ellen, hör auf. Erzähl mir, was dich wirklich beschäftigt.«

»Ich war eifersüchtig.«

»Eifersüchtig auf das Feuer?«

»Andauernd passiert dir irgendwas. Mir passiert nie was. Meine Güte, ich bin so durch den Wind, was soll ich nur tun? Es ist nicht seine Schuld, weißt du. Er liebt mich, auf seine ureigene, pflegeleichte Art. Und komm mir jetzt bloß nicht mit diesem Blödsinn, dass Glücklichsein von innen kommt, sonst haue ich dir eine runter.«

»Verstehe.«

»Also?«

»Glücklichsein kommt von innen.«

»Danke, wirklich spitze.«

»Es liegt an dir, wieder glücklich zu werden; das ist das, was du mir gesagt hast, als Nick starb.«

»Also, das war Schwachsinn.«

»Nein, war es nicht.«

»Weißt du noch, als wir hierher gezogen sind und du mir gesagt hast, wie sehr du mich um meinen Neuanfang beneidest?«

»Ja.«

»Also, wenn es das ist, was du willst, dann schmeiß den Job hin, und such dir was anderes. Es sollte einen Versuch wert sein.«

»Ich mag meinen Job. Es ist mein Leben, das ich nicht mag. Ich vermisse es, einen neuen Mann am Horizont auftauchen zu sehen, all das Flirten und die Frage, wie er wohl ohne Klamotten aussieht. Immer dasselbe alte Lied.«

»Sprechen wir jetzt über Harry?«

»Ja.«

»Ellen, du liebst ihn, du weißt, dass du das tust.«

»Ja, aber das ist Teil des Problems. Himmel, was sollen wir nur tun?«

»Uns durchwurschteln, wie immer?«

»Mit unserem Strickzeug?«

»Ja.«

»Toll. Keine Nachrichten von Daniel, nehme ich an?«

»Nein.«

»Wichser.«

»Und was ist noch los, Ellen?«

»Nichts. Nur mein Leben. Und du eröffnest also definitiv dieses Café? Du willst nicht mit mir abhauen und in einem Weinberg in Frankreich oder so leben? Eine Farm bewirtschaften? Wir könnten Schafe züchten und du die Wolle spinnen. Um diese Stricknummer am Laufen zu halten.«

»Nein, danke. Schafe sind bekanntlich sehr dumm.«

»Das sind die meisten Menschen, die beim Fernsehen arbeiten, auch, Darling, das weißt du. Und in deiner Eisdiele wird es wahrscheinlich auch den einen oder anderen langweiligen Moment geben.«

»Ja, sicher. Aber ich kann mir jederzeit eine Kugel Eis genehmigen, um mich aufzumuntern.«

»Mann, ich brauche einen Drink.«

»Dann mach dir einen. Du hast noch etwas Wodka übrig gelassen, er steht im Schrank, glaube ich.«

»Nein, du hast ganz recht.«

Ich glaube, ich habe erraten, was sie derartig ins Trudeln gebracht hat.

»Ellen, du bist doch nicht schwanger, oder?«

»Ich möchte nicht darüber reden.«

»Du meine Güte, das ist ja wunderbar. Warum hast du das nicht gleich gesagt?«

»Weil ich davor fliehe, deshalb. Es ist alles zu real für mich, und ich habe Angst.« Sie fängt an zu weinen.

»Schätzchen, alles wird gut.«

»Aber vielleicht auch nicht.«

»Dann bin ich da, und wir schaffen es schon irgendwie, so wie wir alles andere auch geschafft haben.«

»Versprochen?«

»Versprochen.«

Sie stellt ihre Tasse ab.

»Fühlst du dich jemals wie in einer Falle?«

»Nein, nicht wie in einer Falle. Panisch manchmal. Eigentlich sogar ziemlich häufig.«

»Panisch weswegen?«

»Wegen Geld, weil ich mich um die Sicherheit der Kinder sorge, solche Sachen. Aber nichts, was mir das Gefühl gibt, in einer Falle zu sitzen.«

»Weil du glücklich bist.«

»Ich nehme es an, ja.«

»Du glaubst also, ich sollte zurückgehen zu Harry und mich durchwurschteln?«

»Wann habe ich das gesagt? Nein, ich glaube, du solltest ehrlich sein, und wenn es nicht das ist, was du möchtest, dann verschwende nicht deine Zeit oder seine. Das Leben ist zu kurz.«

»Und woher soll ich das wissen?«

»Keine Ahnung.«

»Danke, das ist toll. Wir sollten dir eine verdammte Kolumne verschaffen.«

»Ich habe nie behauptet, alle Antworten zu kennen.«

»Aber du kannst mir helfen, einen Pulli zu stricken, während ich versuche, es allein herauszufinden?«

»Etwas in der Art.«

»Immerhin ein Anfang.«

»Ein verdammt guter Anfang.«

»Reich mir mal die Törtchen rüber.«

»Sie sind für das Herbstfest.«

»Wie bitte?«

»In der Schule, morgen. Komm mit, wenn du magst. Genau genommen, komm bitte mit – es würde Annabel Morgen richtig sauer machen, wenn ich mit Englands beliebtester Nachrichtenmoderatorin aufkreuze.«

»Klar. Außerdem drücke ich mich dann bestimmt immer noch vor der Entscheidung.«

»Weiß Harry, wo du bist?«

»Nein.«

»Ruf ihn an.«

»Nein.«

»Ellen, rufe ihn an. Er wird sich Sorgen machen. Sonst ruf ich ihn an.«

»Meine Güte, du kannst einen ja ganz schön herumkommandieren.«

»Ruf Harry an, und ich setze den Kessel auf.«

Ich liege im Bett und lausche dem Geräusch der Wellen; es ist stürmisch heute Nacht, und mein Rücken pocht. Nichts Ernstes, nur ein unangenehmes, nagendes Pochen. Meine Güte, ich freue mich wirklich auf die Zeiten, wo ich mal wieder zwei Panadol schlucken kann, ohne mir Sorgen machen zu müssen, dass das Baby wegen einer drogensüchtigen Mutter sechs Beine kriegt. Tatsächlich wäre schon eine halbe Aspirin klasse. Die Hebamme in der Klinik fand diese Woche meinen Blutdruck ein bisschen zu hoch, also muss ich versuchen, mich zu entspannen. Obwohl das leichter gesagt als getan ist. Na gut. Zurück zum Erfinden neuer Eissorten. Bisher halte ich Brotpuddingeis für gar nicht so schlecht, und große Hoffnungen setze ich auf Schokolade und Walnuss.

»Mum.«

Herrjemine.

»Ja, Archie.«

»Ich habe ganz dollen Hunger.«

»Nein, hast du nicht.«

»Und ich brauche was zu trinken.«

»Archie, bitte, es ist Schlafenszeit. Geh zurück ins Bett, und sei still – Tante Ellen ist heute Nacht hier.«

»Okay, aber das ist nicht fair, Mum. Ich habe wirklich Hunger.«

»Hör auf, einen solchen Aufstand zu machen, Archie.«

»Schläft Archie in deinem Bett, Mum?«

Na toll. Ein volles Haus.

»Nein, tut er nicht, und du auch nicht.«

»Ich könnte wieder meinen Traum haben.«

»Nein, hast du nicht. Jetzt hört mal, alle beide, marsch zurück ins Bett, und seid leise. So leise wie Mäuschen, und kein Quieken, Archie. Versprochen?«

Er schnaubt.

Gran und Reg gehen gerade mit den Jungs spazieren, während ich Samstagmorgen im Laden bin, als Mum anruft.

»Ich muss mit dir über Weihnachten reden.«

Du liebe Güte.

»Können wir das auf später verschieben, Mum? Ich bin ziemlich beschäftigt.«

»Ich glaube, es wäre sehr viel besser, wenn ihr über Weihnachten hierherkommt, Darling, wirklich.«

In einen heruntergekommenen Palazzo ohne anständige Heizung oder heißes Wasser, den sie nur bewohnen dürfen, weil der Mailänder Banker, dem er gehört, sie als unbezahlte Hausverwalter ausnutzt. Die perfekte Unterbringung mit einem Neugeborenen.

»Ja, aber …«

»Wir hatten so viel Spaß letztes Jahr; es war schön, euch alle hier zu haben. Du kannst Vincent anrufen und es ihm sagen, und viele meiner Freunde möchten das Baby sehen. Ich dachte, ich gebe vielleicht einige kleine Empfänge.«

Mit anderen Worten, das Baby soll herumgereicht werden wie ein Paket, während ich als Kellnerin fungiere.

Das kommt überhaupt nicht in Frage.

»Nein, danke, Mum. Ich denke, wir werden …«

»Tut mir leid, Darling, ich kann dich nicht verstehen – die Verbindung ist schrecklich. Lass mich wissen, mit welchem Flug ihr kommt, und dein Vater holt euch ab. Oder soll ich einen Flug für euch buchen?«

»Ich glaube wirklich, dass wir dieses Jahr ein ganz familiäres Weihnachten vorziehen. Du und Dad seid natürlich herzlich eingeladen.«

»Ehrlich, Josephine, wie egoistisch; ich verlange doch wirklich nicht viel, und es würde mir viel bedeuten. Ich habe einigen Leuten schon erzählt, dass ihr kommt. Warum kannst du nicht einmal in deinem Leben ein bisschen hilfreich sein?«

Aha. Das langt. Zeit, mal richtig zu bluffen.

»Vielleicht hast du recht, Mum. Gran braucht mal eine Pause, und ich muss ja nichts weiter tun, als zu kommen, und den Rest übernimmst du. Du kümmerst dich um die Jungs und bereitest alle Mahlzeiten und hilfst mir nachts beim Baby mit der Flasche und beim Windelnwechseln, während ich mich etwas ausruhe und ein Nickerchen mache – das wäre toll. Wenn du wirklich meinst? Ich bin sicher, ich könnte es schaffen, zu einem oder auch zwei deiner Empfänge zu erscheinen, solange ich tagsüber genug geschlafen habe.«

Schweigen am anderen Ende der Leitung.

Ich glaube, sie überlegt es sich gerade noch einmal.

»Das muss ich mit deinem Vater besprechen, Darling. Du weißt ja, wie er ist. Und es könnte natürlich auch sein, dass ihr gar keinen Flug mehr bekommt. Überlasse es mir, und ich kümmere mich darum, ja?«

»Wunderbar.«

Hervorragend. Problem erledigt.

Ich glaube, das feiere ich mit einem Doughnut.

Mein Handy klingelt. Ich hätte nicht gedacht, dass sie so schnell zurückruft. Ich schätze, es ist kein Flug mehr zu bekommen, aber mal sehen.

Es ist eine SMS von Daniel.

Sorry. Hatte noch keine Gelegenheit zu reden. Arbeit reiner Wahnsinn. Hoffe alles in Ordnung. Ruf mich an, wenn was passiert. Daniel.

Ich werde keinen Aufstand deswegen machen. Dazu fehlt mir die Energie. Aber eine SMS? Ist das nicht erbärmlich? Irgendwie bin ich aber auch nicht sonderlich überrascht.

Ich antworte:

Alles bestens. Ruf mich an, wenn du ein Update willst. Jo.

»Mum.«

»Ja, Jack? Hattet ihr einen feinen Spaziergang?«

»Ja, aber ich habe schrecklichen Hunger. Kriegen wir Doughnuts?«

»Ja, Schätzchen.«

Mein Gott. Schon Donnerstagmorgen, und morgen ist der große Tag, was ich immer noch nicht richtig glauben kann. Ich soll um neun Uhr im Krankenhaus sein, und der Kaiserschnitt ist für elf gebucht, und ich habe meine Tasche fertig gepackt. Alles ist so unwirklich. Halb freue ich mich darauf, nicht mehr so unförmig zu sein. Ich möchte wieder in der Lage sein, mich spontan und ohne darüber nachzudenken bücken zu können, um etwas aufzuheben; in die Badewanne zu steigen, ohne Angst zu haben, dass ich mich vielleicht nicht wieder herauswuchten kann. Es war schlimm genug mit Jack und Archie, aber dieses Mal fühle ich mich dicker, und insgesamt viel langsamer. Alles, was ich in den letzten Tagen noch zustande gebracht habe, war Stricken und Watscheln.

Aber ein Teil von mir möchte so bleiben wie jetzt; so schaffe ich das. Weiß der Himmel, wie ich es mit einem neuen Baby schaffen werde – ich habe vergessen, wie es ist. All diese mitternächtlichen Momente, wo man mit ihnen auf und ab gehen muss. Ich habe das nie allein gemacht. Nicht, dass Nick viel getan hätte, aber er war da, manchmal jedenfalls, auch wenn er geschlafen hat. Herrgott, ich bin so absolut nicht bereit. Ellen wird bald eintreffen und mich begleiten, und ich habe für Gran eingekauft und den Kühlschrank gefüllt, sodass ich theoretisch startklar bin. Oder sein würde, wenn ich meine verdammte Liste abgearbeitet hätte.

Zum ersten Mal bin ich morgens vor der Schule vorzeitig bereit; die neue Dusche ist wirklich toll zum Aufwachen, obwohl ich es geschafft habe, die Düse so zu verstellen, dass gestern aus Versehen ein starker Wasserstrahl quer durchs Badezimmer schoss und alle Flaschen vom Fenstersims fegte.

»Komm schon, Jack. Wo ist dein Schulrucksack?«

»Weiß ich nicht.«

»Also, dann finde ihn, Schätzchen, und Archie, das kannst du nicht mitnehmen zur Schule.«

»Das ist für die Spielstunde.«

»Keine Schwerter in der Schule, Archie.«

»Aber …«

»Kommt schon, steigt ins Auto, sonst kommen wir zu spät. Überlegen wir uns, was wir zum Abendbrot essen wollen. Ihr dürft beide euer Lieblingsessen nennen, und dann entscheiden wir uns.«

»Keine ekligen Makkaroni.«

»Okay.«

Nachdem wir die von Archie gewählten Austern, die er noch nie gegessen hat und auf den ersten Blick hassen würde, verworfen haben, und auch die von Jack gewählte Hühnerpastete, weil ich zu müde bin, erst den Teig auszurollen und ihn später von der Arbeitsplatte abzukratzen, einigen wir uns auf Tagliatelle mit Garnelen.

Ich bin im Laden und kämpfe gegen eine Panikattacke an, aber es ist immer noch furchtbar viel zu erledigen. Ich möchte noch Wolle für Connie aussuchen, damit sie sie Donnerstag beim Strick & Zick-Treffen Angela geben kann. Stanley soll eine neue Decke für sein Bett bekommen, mit Tieren drauf, nur habe ich nicht alle notwendigen Farben vorrätig. Den Computer muss ich auch noch überprüfen. Und mich um die Hintertür im Haus kümmern. Sie klemmt, und es ist wirklich ein Problem, sie zu schließen. Ich habe mir dabei schon mehrmals praktisch die verdammte Schulter ausgerenkt. Vielleicht könnte Martin sie sich mal ansehen. Ich glaube, er wollte heute Morgen irgendwann vorbeikommen. Er hat fast alle seine Aufträge erledigt, sodass er jetzt mit Ausmessen anfängt. Ich darf nicht vergessen, Mr. Prewitt wegen Elsies Lohn anzurufen; sie arbeitet jetzt seit Wochen mehr als sonst, und ich möchte ihr einen kleinen zusätzlichen Bonus zahlen.

Ich habe weiterhin diese scharfen kleinen Krämpfe, die man in den letzten Wochen hat und die ziemlich unangenehm sind. Ich weiß, dass es nur Vorwehen sind; bei Archie hatte ich sie auch tagelang, aber ich wünschte, sie würden aufhören. Okay, mache ich mich auf die Suche nach dem Zettel mit den Farben, die Angela braucht, und den ich ins Bestellbuch gelegt habe, und dann sollte ich auch noch etwas Mohairwolle bestellen – wir haben am Wochenende jede Menge verkauft.

Als ich hochkomme, um Tee zu kochen, ist Martin oben und stochert in der Decke herum.

»Weißt du, das sieht gar nicht so schlimm aus.«

»Gut. Oh, und ich wollte dich bitten, mal einen Blick auf unsere Hintertür zu Haus zu werfen. Sie klemmt immer.«

»Das liegt sicher am vielen Regen in letzter Zeit. Lässt sich leicht beheben; sie muss wahrscheinlich nur ein bisschen abgeschliffen werden, das ist alles. Ich bin hier fertig, wenn du möchtest, können wir gleich hinübergehen und es erledigen.«

»Oh, aha. Okay.«

»Ich gehe mal eben nach Haus, Elsie, komme aber gleich wieder.«

»In Ordnung, meine Liebe. Und arbeite nicht zu viel. Fang ja nicht mit Hausarbeit an.«

Als ob die Gefahr bestünde.

Wir gehen langsam nach Haus, ich in meinem eleganten Watschelgang.

Martin wirft mir einen leicht besorgten Blick zu.

»Alles in Ordnung mit dir?«

»Ja, warum?«

»Du bist so still.«

»Bin ein bisschen müde, das ist alles. Wenn ich mich einen Augenblick hinsetze, geht es mir gleich wieder besser.«

»Einen Tee?«

»Ja gern.«

»Du musst richtig kräftig drücken, dich irgendwie dagegenstemmen und drücken.«

»Aha.«

»Sie zuzumachen ist genauso schwierig.«

»Kann ich mir vorstellen. Und morgen ist der große Tag?«

»Ja.«

»Also, ich drücke die Daumen, obwohl ich mir sicher bin, dass es nicht nötig sein wird. Hast du alles erledigt?«

»Ich glaube schon. Na ja, das meiste jedenfalls.«

Er lächelt.

»Eigentlich nicht mal die Hälfte.«

»Die Hälfte ist besser als nichts.«

»Das stimmt.«

Ich schenke Tee aus der großen blauen Teekanne ein und beuge mich leicht vor dabei.

»Bist du sicher, dass alles in Ordnung ist?«

»Ja.«

»Du hast doch keine, wie sagt man noch, Wehen?«

»Nein, natürlich nicht. Ich bekomme das Baby morgen im Krankenhaus – habe ich dir doch gesagt.«

»Aha.«

Ich stopfe Wäsche in die Waschmaschine.

»Also, jetzt reicht's.«

»Tut mir leid.«

»Ich rufe einen Krankenwagen.«

»Sei nicht albern, Martin.«

»Du machst komische Geräusche.«

»Nein, mache ich nicht.«

»Doch, verdammt noch mal, und andauernd driftest du weg, so als ob du in einer anderen Welt wärst, und ich wette, dass ist auch ein Zeichen.«

»Das ist nur ein Zeichen dafür, dass ich gestern Nacht nicht viel geschlafen habe.«

Herrjemine. Da kommt schon wieder eine.

»Vielleicht sollte ich doch ins Krankenhaus, nur um mich durchchecken zu lassen. Ich kann …«

Oh Gott. Entweder habe ich den Küchenboden vollgepinkelt, oder meine Fruchtblase ist geplatzt.

Das kommt nicht in Frage. So war das nicht geplant. Also gut. Ich fahre jetzt ins Krankenhaus, und alles wird gut. Obwohl selber fahren vielleicht nicht das Klügste ist. Martin kann fahren. Einen Krankenwagen zu rufen erscheint mir ein bisschen übertrieben.

»Martin.«

»Ich telefoniere.«

»Martin.«

»Ich weiß … versuch, ganz ruhig zu bleiben, sagen sie, und

der Krankenwagen ist unterwegs. Also. Bleib ruhig. Himmelherrgott, wie können sie erwarten, dass man ruhig bleibt? Was, Entschuldigung, ich frage sie. Sie möchten wissen, wie viele Minuten dazwischenliegen.«

»Nicht viele.«

»Sie sagt nicht viele – das ist nicht gut, nicht wahr? Ja, ich bleibe ja ruhig, verdammt noch mal, aber das ist ehrlich gesagt nicht ganz leicht. Können Sie sich bitte beeilen? Sagen Sie ihnen, sie sollen sich um Gottes willen beeilen.«

Du liebe Güte. Das hier ist nicht so, wie ich es von Jack und Archie erinnere. Das ist viel stärker, brutaler. Ich komme einfach nicht wieder zu Atem. Irgendetwas stimmt da nicht.

»Der Krankenwagen ist jede Minute hier. Sie haben mir gesagt, dass du auf und ab gehen sollst. Was soll das jetzt werden?«

»Ich wische die Küchenschränke aus. Was denkst du denn verdammt noch mal, was das … werden soll?«

Ich gebe merkwürdige ächzende Geräusche von mir; ich kann es selbst hören, und ich kann sie nicht unterdrücken. Du lieber Himmel, bitte lass mit dem Baby alles in Ordnung sein.

»Soll ich Wasser aufsetzen?«

»Was?«

»Wasser kochen, Handtücher holen, irgendetwas dergleichen?«

»Martin.«

»Ja.«

»Halt den Mund.«

»Okay.«

»Oh Gott.«

»Martin?«

»Ja.«

»Du bist wirklich absolut keine Hilfe.«

»Tut mir leid. Okay. Bleib ganz ruhig. Schön atmen. Atmest du auch richtig?«

»Ja, Martin, ich atme.«

»Gut. Das ist gut ... Oh Gott ...«

»Oh, Gott sei Dank. Der Krankenwagen ist gekommen; sie halten vor dem Haus. Warte, ich gehe und ... warte, okay?«

Grundgütiger. Wohin glaubt er sollte ich gehen?

Jetzt stehen zwei Sanitäter in der Küche, während ich neben dem Kühlschrank kauere und unfreiwillige Laute von mir gebe. Verdammt. Ich wünschte, ich hätte den Küchenboden gewischt. Was da alles neben dem Kühlschrank liegt; das ist echt peinlich.

Wenn ich nur nicht so eine Schlampe wäre, dann wäre alles spiegelblank. Wenn ich nur ...

Herrje, da kommt schon wieder eine.

Ich stöhne laut, als die Sanitäter den Reißverschluss ihrer Nylontaschen aufziehen.

»Bleiben Sie, wo Sie sind. Bob, geh und hol die andere Tasche. Sie dachten wohl, Sie können ohne uns anfangen, was, Schätzchen? Wohin wollen Sie denn?«

Martin ist schon halb aus der Küchentür.

»Ich bin gleich vor der Tür, Jo, okay?«

Die Sanitäter tauschen Blicke aus.

Tatsächlich erkenne ich einen von ihnen wieder; es ist derselbe, der Mr. Pallfrey ins Krankenhaus brachte, derjenige, der davon ausging, dass ich die Wehen auf der High Street bekommen würde. Spitze.

»Alles wird gut, Schätzchen. Lassen Sie mich bitte mal kurz sehen, okay? Können Sie sich ein bisschen bewegen?«

Ich packe seinen Arm.

»Aha, ich nehme das als ein Nein, ja? Dachte mir doch, dass ich Sie kenne – Sie sind die Lady mit dem Herrn, der gestürzt ist, nicht wahr? Der mit dem Hund. Dave wird untröstlich sein – er hat heute seinen freien Tag. Er liebt Hausgeburten.«

Hausgeburten? Heilige vermaledeite Scheiße, warum will mir denn keiner glauben? Das wird keine Hausgeburt.

Ich weine jetzt, und ich möchte jemandem eine verpassen. Das ist so unfair. Ich hatte alles so schön gebucht und überhaupt. Sogar meine verdammte Krankenhaustasche hatte ich gepackt.

Ich werde das Baby nicht hier bekommen, das steht fest.

»Alles in Ordnung, Schätzchen, alles wird gut. Wenn Sie für einen Moment meinen Arm loslassen könnten, können wir versuchen, es Ihnen etwas bequemer zu machen.«

Bequemer. Das klingt gut. Obwohl ich das dumpfe Gefühl habe, dass wir meilenweit von bequem entfernt sind, wenn er keinen Vorschlaghammer oder ein Betäubungsmittel in einer dieser Taschen hat. Gott im Himmel, schon wieder eine. Sie sind unglaublich viel schlimmer als bei Jack. Die Wirkung der Epiduralanästhesie ließ langsam nach, als er schließlich kam, aber das war nichts gegen das hier. Da kann was nicht stimmen. Etwas Schreckliches geht hier vor.

»Okay, bereiten wir die Entbindung vor, Bob. Würdest du bitte die Sachen holen?«

»Nein. Ich will nicht. Nicht hier. Ich bekomme einen Kaiserschnitt.«

»Ich glaube nicht, Schätzchen.«

»Doch, verdammt noch mal.«

»Aha, okay, Schätzchen, Sie machen das ganz hervorragend. Wir versuchen jetzt, Sie ein kleines bisschen vorzubeugen, damit ich kurz mal einen Blick drauf werfen kann. Geht das? Sie müssen nicht aufstehen, aber wenn Sie so bleiben, ist es ein bisschen schwierig für mich, Ihnen zu helfen. Können Sie das für mich tun, Kindchen?«

Na toll. Ich bin kurz davor, ein Kind zur Welt zu bringen vor jemandem, der mich Kindchen nennt.

»Tun Sie das nicht.«

»Wie bitte?«

»Nennen. Sie mich nicht. Kindchen.«

Er grinst.

»Tut mir leid. Meine Frau hasst es auch. Sie machen das ganz wunderbar. Hier, nehmen Sie Bobs Arm – er macht Krafttraining. Packen Sie ruhig ordentlich fest zu.«

Bob sieht ihn zwar böse an, ergreift aber meine Hand und drückt sie.

»Sie machen das großartig. Kommt schon wieder eine?«

Schon wieder? Die letzte ist doch noch gar nicht vorbei. Verdammte Scheiße. Ich versuche verzweifelt, mich an die Kurse zu erinnern, die ich bei Jack und Archie gemacht habe: ausatmen und zählen, sich etwas Wunderschönes vorstellen, was leichter gesagt als getan ist, wenn man sich an seinem Kühlschrank festklammert. Also, scheiß doch der Hund drauf. Ich will meinen Kaiserschnitt.

»Ich will. Kaiserschnitt.«

»Ich weiß. Wir klären das später, Schätzchen.«

Ich nicke und lasse das Kinn hängen.

»Sollen wir ihn wieder hereinholen für Sie, Schätzchen?«

»Wen?«

»Seine Lordschaft. Er ist draußen und läuft auf Ihrem Rasen auf und ab. Ist da draußen nicht gerade von großem Nutzen, wo er doch hier sein und Ihnen helfen sollte.«

Wahrscheinlich wäre Bob gern meinen Klammergriff um seinen Arm los.

»Ich bin. Er ist. Nicht.«

Ach, scheiß drauf. Ich habe keine Zeit dafür.

»Nein.«

Tatsächlich halte ich es für gut möglich, dass ich sterbe.

Es sollte längere Pausen geben zwischen den Wehen. Ich weiß noch, wie merkwürdig ich es damals bei Jack fand: Eben noch umklammerst du das Sauerstoffgerät und versuchst, einzuatmen, und es ist wie eine riesige Welle, die auf dich zukommt und du versuchst, hindurchzuschwimmen, ohne die Luft anzuhalten, und dann ist es schon vorbei, und alles ist wieder normal. Du fühlst nichts und unterhältst dich, bevor die nächste kommt. Nick und ich haben Kreuzworträtsel geraten und unanständige Limericks gedichtet, aber hier ist keine Zeit, dieses Mal gibt es keine Lücken. Da stimmt etwas nicht.

Nein. Ich kann das. Ich weiß, dass ich es kann. Ich werde es schaffen.

»Versuchen Sie bitte, nicht zu pressen, Schätzchen – ich habe das Tuch noch nicht ausgelegt.«

Versuchen nicht zu pressen? Ist er wahnsinnig?

»Können Sie, aha, okay. Also, weiter so – so ist's gut. Bob, reich mir mal das ... ich kann den Kopf sehen, ganz viele Haare. So ist es gut, weiter so, keuchen Sie – können Sie für mich keuchen? Genau so. Wir müssen etwas langsamer machen, nur einen Moment. Machen Sie bitte ein wenig langsamer, Schätzchen.«

Ich sehe jetzt nichts mehr, alles ist schwarz, und ich habe Sterne vor den Augen, aber das liegt wahrscheinlich daran, dass ich sie geschlossen halte. Ich bestehe nur noch aus Pressen. Und dann nicht mehr. Jemand umfasst meine Schultern, stützt mich, und plötzlich, für eine oder zwei Sekunden, fühle ich mich total erleichtert und friedlich, und alles ist vorbei.

Ich öffne die Augen und blicke hinunter. Und da ist ein Baby. Ein wirkliches Baby, blutverschmiert, und ich zittere. Als wäre mir eiskalt, was nicht der Fall ist. Es bewegt sich. Und öffnet die Augen. Sie tut es. Herrgott, es ist ein Mädchen. Es ist ein Mädchen.

Ich weine jetzt, und Bob auch, leise, während er immer noch meine Hand hält.

»Tut mir leid, meine Liebe. Überkommt mich jedes Mal.«

Dave blickt auf.

»Sie ist wunderschön. Großartig haben Sie das gemacht. Die schnellste Geburt, die ich je erlebt habe, aber Sie sind okay, und das Töchterchen auch. Die Hebamme wird jede Minute hier sein. Sie bleiben einfach, wo Sie sind. Möchten Sie die Nabelschnur durchschneiden?«

Meine Hände zittern, also legt er seine Hand über meine.

»Nur zu.«

Er reicht mir das Baby, eingewickelt in eine grüne Decke.

Das Baby. Mein Baby. Mit diesen marineblauen Augen eines Neugeborenen blickt es mich unverwandt an.

»Hallo.« Sie bewegt ihre Finger. »Hallo, meine Süße.«

Sie ist perfekt. Absolut perfekt.

Sie ist da. Und sie ist in Sicherheit. Und alles ist vorbei. Gott sei Dank.

Ich bin so glücklich, so unglaublich glücklich, dass ich einfach nicht weiß, wohin mit mir.

»Die Hebamme möchte Sie durchchecken, aber ich bin ziemlich sicher, dass sie nichts dagegen haben wird, dass Sie hierbleiben, wenn Sie möchten. Sonst können wir Sie auch ins Krankenhaus bringen. Warten wir ab, was sie sagt. Bob, setz den Kessel auf. Sehr praktisch, dass wir in der Küche sind, was? Sollen wir Ihren Ehemann jetzt wieder hereinholen, Schätzchen?«

»Wie bitte?«

»Er war ja in dem verdammten Garten eine echte Stütze. Oh, sorry, ich wollte nicht …«

»Er ist nicht mein Ehemann.«

»Aha, sorry, Ihr Partner. Er wird das Baby sehen wollen, nicht wahr?«

Martin taucht kurz mal vor dem Küchenfenster auf und gibt irgendwelche erstickten Laute von sich, um dann wieder zu verschwinden.

Bob lächelt.

»Er sah ziemlich erfreut aus. Geben wir ihm noch eine Minute, und dann hole ich ihn rein. Mit anzusehen, was die Frau ertragen muss, die man liebt, ist ziemlich schwer zu verkraften. Bei meiner Frau habe ich Wochen gebraucht. Na bitte, das wird die Hebamme sein. Ich lasse sie herein.«

Sie ist sehr beeindruckt.

»Bringen wir Sie nach oben und legen Sie ins Bett, okay, meine Liebe?«

Ich versuche, aufzustehen.

»Ach, könnte ich wohl noch ein wenig länger hier liegen bleiben?«

Sie lächelt.

»Kommt, Jungs. Helft ihr nach oben, ja? Diese Frau verdient ein hübsches, bequemes Bett. Und eine Medaille.«

Ich liege im Bett und betrachte das Baby. Sie ist Jack so ähnlich, ich kann es kaum fassen.

»Geht es dir gut?«

»Ja, Martin, danke.«

»Mein Gott. Es ist unglaublich – gerade eben warst nur du da, und jetzt seid ihr zu zweit.«

»Ich weiß.«

»Sie ist wunderschön.«

»Das ist sie, nicht wahr?«

Die Sanitäter stehen da und lächeln und sehen sehr stolz aus.

»Möchtest du irgendjemanden anrufen?«

»Gran.«

Martin lächelt.

»Hier, nimm mein Handy. Ich habe Mum angerufen, ich konnte einfach nicht anders. Ich war derartig von der Rolle, aber sie hat versprochen, nichts zu sagen.«

»Gran.«

»Ja, mein Schatz? Geht es dir gut? Ich wollte gerade vorbeikommen. Ich habe dir diese Bodylotion gekauft, die du so magst. Die im Krankenhaus sind nicht so gut, und …«

»Könntest du wohl vorbeikommen?«

»Natürlich kann ich das, mein Schatz. Was ist los? Du klingst so merkwürdig. Du hast doch keine Schmerzen, oder? Reg, hol das Auto, es fängt an. REG.«

»Gran.«

»Ja, mein Schatz.«

»Tatsächlich ist es schon passiert. Das Baby ist da.«

»Was. Oh mein Gott, ich komme, ich bin schon unterwegs. Bleib, wo du bist, Schätzchen. Reg, Reg, hol den Wagen.«

»Gran.«

»Ja, mein Schatz?«

»Hier, rede mit der Hebamme. Alles ist gut, glaube mir.«

Gran trifft ein, als die Hebamme das Baby gerade fertig gewaschen hat. Sie hat immer noch ihre Plastikschürze um, als Martin Gran nach oben führt.

»Da ist sie.«

Gran lächelt, sieht aber ziemlich erschreckt aus.

»Oh Schätzchen, geht es dir auch wirklich gut? Ich habe mir solche Sorgen gemacht. Bist du sicher, dass alles in Ordnung ist mit ihr, Audrey?«

Die Hebamme lächelt; ich hatte vergessen, dass Gran jeden in dieser Gegend kennt.

»Ihr geht es gut, wirklich sehr gut. Sie hat es wunderbar gemacht. Sturzgeburten können heikel sein, aber diese war es nicht, und ihre Narbe hat auch kein Problem gemacht.

Sie hat mir erzählt, dass man immer etwas Bedenken hat wegen alter Kaiserschnittnarben bei einer, wie sie es nennt, Sturzgeburt, aber alles ist gut, und ich kann hierbleiben, was toll ist.

Sie verstaut das Blutdruckgerät wieder in ihrer Tasche.

»Behalt sie bitte im Auge, Mary – sie wird müde sein.«

»Das will ich wohl meinen.«

»Und wenn sie irgendwelche größeren Blutungen hat oder sonst irgendwas Ungewöhnliches auftritt, ruf mich an. Aber ich bin sicher, dass es ihr gut geht, und heute Abend schaue ich noch mal vorbei. Aber ruf mich jederzeit an, wenn du dir irgendwelche Sorgen machst. Ich habe die Nummer unten neben das Telefon gelegt. Ich sage im Krankenhaus Bescheid, und auch dem Arzt – er wird wahrscheinlich später vorbeischauen. Herzlichen Glückwunsch, meine Liebe. Ich finde selbst hinaus.«

»Oh Gran.« Ich weine wieder, was so peinlich ist, aber ich kann nicht dagegen an. »Ich bin so glücklich, ich weiß wirklich nicht, warum ich heulen muss.«

»Das wird der Schock sein, mein Spatz, aber jetzt ist alles vorbei.«

Genau genommen fängt gerade erst alles an, aber egal.

Wir sehen beide das Baby an. Sie schläft tief und fest in ihrem Körbchen, fest eingemummelt in die neuen Laken mit den Kaninchen, und die cremefarbene Baumwolldecke, die Audrey in der Schublade im Gästezimmer gefunden hat. Ihrem Zimmer jetzt. Dem Kinderzimmer.

»Sie ist perfekt, nicht wahr?«

»Ja. Ich war sicher, dass sie ein Junge sein würde.«

»Ich weiß, deine erste Urenkelin. Vielleicht die einzige, es sei denn, Vin kommt in die Gänge, also machst du lieber das Beste aus ihr.«

»Das werde ich, mein Schatz. Bist du nicht eine ganz Schlaue?«

»Und, möchtest du sie nicht mal halten?«

»Ich dachte, du würdest mich nie fragen. Soll ich erst die Sachen herauf holen?«

»Was für Sachen?«

»Nur ein paar Kleinigkeiten, und …«

»Gran.«

»Ja.«

»Nimm sie einfach in den Arm.«

Sie hebt sie hoch, ganz ganz vorsichtig.

Großartig. Jetzt kann ich schlafen. Gran ist hier, und sie hat das Baby. Jetzt kann ich schlafen.

»Bist du hungrig, mein Spatz?«

»Sterbenshungrig. Wie spät ist es?«

»Beinahe drei. Reg holt die Jungs von der Schule ab. Iss etwas, bevor sie aufwacht. Was hättest du gern?«

»Tee und Toast?«

Ich hatte Tee und Toast in der Aufwachstation, nachdem ich die Jungs bekommen habe, und darauf hätte ich jetzt wirklich Lust.

»Das ist keine anständige Mahlzeit. Wie wäre es, wenn ich dir schöne Rühreier mache, und Reg holt dir zum Abendbrot ein Steak. Wir müssen dich wieder zu Kräften bringen. Ich mache euch auch Pommes, wenn du möchtest; Reg kann nach Haus fahren und meinen Pommestopf holen.«

»Sehr schön. Aber jetzt bitte nur Toast, danke.«

Gran bringt die Jungs gleich nach oben, als sie aus der Schule kommen, und Archie futtert meinen Toast auf, während Jack sich neben das Körbchen kniet und seine Schwester ansieht.

»Mum?«

»Ja, Jack.«

»Es ist also ein Mädchen, das Baby?«

»Ja, Schätzchen.

»Das ist egal, Mum. Sie kann mit uns spielen. Wenn sie größer ist. Wie heißt sie?«

»Ich weiß es noch nicht. Ich konnte mich ohne euch beide nicht entscheiden.«

Er lächelt, und Archie beugt sich vor und späht in das Körbchen.

»Wie wäre es mit Galadriel – sie ist eine Königin in *Der Herr der Ringe*, und sie ist ganz toll. Das wäre ein guter Name.«

»Ich dachte eher an Mary.«

Gran gibt einen unterdrückten Laut von sich und tritt einen Schritt zurück, während Reg den Arm um sie legt.

Archie setzt sich auf das Bett.

»Das ist ganz hübsch. Und was noch?«

»Wie wäre es mit Pearl?«

Jack nickt.

»Sie ist ziemlich perlig.«

»Also, wollen wir sic Mary Pearl nennen?«

»Ja.«

Archie nickt.

»Ja, und wir nennen sie Pearly. Pearly Girl, weil sie ein Mädchen ist.«

»Oder vielleicht nur Pearl.«

Ich klopfe leicht auf das Bett.

»Nun kommt schon, wo bleibt meine Umarmung?«

Ich muss daran denken, meine Beine nicht so schnell zu bewegen.

Beide kriechen zu mir aufs Bett und sind anfangs ganz ganz vorsichtig, bevor sie sich entspannen und sich richtig ankuscheln.

»Möchtet ihr das Baby auch mal knuddeln?«

»Pearl, Mum, du solltest sie Pearl nennen. Es wird ihr nicht gefallen, ständig nur Baby genannt zu werden.«

Archie genießt ganz offensichtlich seinen neuen Status als großer Bruder.

»Okay. Möchtest du Pearl mal knuddeln?«

»Nein, danke.«

»Aber ich.«

Gran legt sie mir auf den Schoß, und brillanterweise schläft sie weiter, als Jack sie probeweise das erste Mal im Arm wiegt.

»Sie hat so winzige Hände, Mum.«

»Ich weiß.«

»Weil sie noch ganz klein ist.«

»Ja.«

Tatsächlich sind acht Pfund vierhundert Gramm nicht sonderlich klein, vielen Dank auch.

»Waren meine Hände auch so klein?«

»Ja, mein Schatz. Und du hattest genau das gleiche Haar. Ganz viel schwarze Haare.«

»Aber jetzt ist es braun.«

»Es verändert sich.«

Tatsächlich ist es geradezu unheimlich, wie sehr sie Jack ähnelt; sie hat die gleichen langen dünnen Füße und langen Finger und die gleiche Kopfform. Archie war insgesamt runder und hatte weniger Haare. Bitte lieber Gott lass sie nach Jack kommen und manchmal schlafen. Aber wenn sie es nicht tut, ist es mir auch egal, wirklich. Sie ist da, und sie ist perfekt. Absolut perfekt. Alle drei sind da, und alles ist gut.

Wenn ich nicht aufpasse, fange ich gleich wieder an zu weinen.

»Erzähl uns, wie es war, als wir geboren wurden, Mum.«

»Können wir das auf später verschieben? Ich bin ein bisschen müde, und ihr müsst zu Abend essen. Vielleicht nach dem Bad?«

»Was gibt's zu essen?«

»Ich weiß es nicht, Archie – Gran hat das Kommando. Wahrscheinlich alles, was ihr gern mögt.«

»Jaaa! Alles, was wir mögen. Ich möchte Hummer. Gekocht. Mit Soße.«

Ich glaube, das zu regeln überlasse ich Gran.

»Kommst du später herunter?«

»Ich weiß nicht, Jack. Vielleicht nicht heute Abend. Ich bin jetzt ein bisschen müde.«

»Aber ich habe ein neues Lesebuch.«

»Kommt jetzt, Jungs. Eure Gran hat eine Überraschung für euch. Lassen wir eure Mum schlafen. Und eure neue Schwester. Sie war heute auch sehr beschäftigt, wisst ihr.« Reg hatte sie vorhin schon kurz auf den Arm genommen und scheint vor Freude über seine neue Enkelin ganz aus dem Häuschen zu sein.

Archie nickt.

»Bis später, Pearly.«

Ich döse noch, als Gran mit dem Telefon hereinkommt.

»Es ist Ellen. Ich dachte, du würdest gern mit ihr reden.«

»Danke, Gran.«

»Hallo, Darling. Mannomann, du bist echt von der schnellen Truppe, was? Was sollte das denn, ein Baby auf dem Fußboden zur Welt bringen? Du meine Güte. Ich fasse es nicht, dass du es tatsächlich zu Hause gekriegt hast.«

»Ich hatte keine große Wahl in der Sache, glaube mir.«

»Wie ist sie? Und wie geht es dir? War es schlimm?«

»Sie ist perfekt, und es war unglaublich beängstigend, aber gleichzeitig seltsam okay. Es ging so schnell, dass ich gar keine Zeit hatte, auszuflippen. Gott sei Dank war Martin hier.«

»Guter alter Schwalbenschwanz – ich wusste, dass er sich als nützlich erweisen wird. Hast du Daniel angerufen?«

»Nein. Es mag merkwürdig klingen, aber in gewisser Weise ist es richtig, dass er nicht weiß, dass sie da ist. Und wenn ich ihn anrufe, ist es so, als würde ich wollen, dass er es weiß, als ob das einen Unterschied machte, was es nicht tut.«

»Du kannst ihm ja jederzeit eine SMS schicken.«

»Stimmt.«

»Es ist dir wirklich egal, nicht wahr?«

»Ja.«

»Gut.«

»Jetzt, wo sie da ist, geht es einzig und allein darum, dass es ihr gut geht.«

»Stimmt. Und dir geht es wirklich gut?«

»Prima. Und sie ist sehr clever. Hat bereits zweimal getrunken.«

»Was für eine Überraschung.«

»Willst du damit unterstellen, dass sie in dieser Hinsicht nach ihrer Mutter kommt?«

»Da würde ich jede Wette eingehen, Darling. Auf jeden Fall gleicht sie ihrer Mutter in der Schnelle-Truppe-Abteilung. Toller Name übrigens. Ich frage mich, wer ihr wohl als Erster Perlen kaufen wird? Warum tue ich das eigentlich nicht, als mein erstes Patengeschenk?«

»Das wäre ganz lieb, Ellen.«

»Deine Gran sagte, sie heißt Mary Pearl, stimmt's? Süß.«

»Die Jungs nennen sie bereits Pearly. Ich muss ihr Perlenknöpfe auf das Mäntelchen nähen und ihr ein Tamburin kaufen.«

Ellen lacht.

»Es tut mir so leid, dass ich nicht da war, Süße. Du musst schreckliche Angst gehabt haben. Nicht, dass ich eine große Hilfe gewesen wäre. Ich wäre wahrscheinlich total hysterisch geworden, aber trotzdem. Du bist schon erstaunlich. Das weißt du, nicht wahr? Und morgen früh stehe ich als Erstes auf der Matte. Ich werde ihr alle möglichen Mädchensachen kaufen. Ich finde, das könnte meine neue Rolle werden, die gute Einkaufsfee. Weil, sehen wir den Tatsachen ins Auge, Darling, irgendjemand muss ihr beibringen, wie man einkauft. Brauchst du irgendetwas?«

»Zwölf Stunden Schlaf.«

Gran hält Hof unten, und Betty kocht Tee und kommt gelegentlich auf Zehenspitzen mit leckeren Snacks vorbei und betrachtet mit einem breiten Grinsen im Gesicht das Baby. Elsie brach in Tränen aus, genau wie Connie, und es gibt einen stetigen Strom von Besuchern, dem Geräusch des Anklopfens an der Tür nach zu urteilen, aber Gran erlaubt den meisten nicht, vor morgen heraufzukommen, und ich bin zu müde, um mich zur Wehr zu setzen.

Und außerdem, die einzige Person, von der ich wünschte, dass sie sie sehen könnte, jetzt, nachdem die Jungs und Gran sie gesehen haben, die Person, der ich meine Tochter am liebsten zeigen würde, ist Nick. Was bescheuert ist. Aber ich weiß, wie es ihn umhauen würde, dass sie Jack so ähnlich sieht, und er würde ihr erzählen, wie er die Jungs gehalten hat, als sie so winzig waren. Und er würde ihr etwas vorsingen, mit dieser tiefen Stimme, die sie so liebten: »Daisy, Daisy, give me your answer do.«

Verdammt. Jetzt weine ich doch tatsächlich schon wieder. Der hormonelle Mahlstrom setzt definitiv ein, und es ist total lächerlich, aber ich möchte, dass er hier ist, nur für eine klitzekleine Weile, damit er sie sehen kann, nur einmal. Sie ist mein Bonusbaby, das, von dem ich nie geglaubt hätte, dass ich es bekommen würde. Und was wirklich seltsam ist, ist die Tatsache, dass sie für mich viel mehr mit ihm verbunden ist als mit Daniel. Sie ist unser Baby. Ein Teil unserer Familie. Sobald ich sie sah, habe ich sie erkannt, so als würde ich sie seit Ewigkeiten kennen. Und ich möchte, dass er sie sieht, weil ich weiß, er würde sie auch anerkennen. Es hat etwas Magisches.

Martin sitzt neben dem Bett, als ich aufwache, und hält Pearl im Arm.

»Deine Gran sagte, es wäre okay.«

»Natürlich.«

»Sie fing an, mit den Händen zu wedeln, sodass wir sie hochgenommen haben. War das richtig? Deine Gran meinte, ich soll einfach sitzen bleiben und sie halten.«

»Das ist fein, Martin.«

»Sie ist so winzig. Und so schön. Also, wie fühlst du dich jetzt?«

»Völlig erschöpft. Genau genommen sogar jenseits davon; es ist beinahe unheimlich.«

»Das überrascht mich nicht. Es ist absolut typisch für dich.«

»Was denn?«

»Einfach weiterzumachen. Du bist schon erstaunlich.«

»Ich glaube, der arme Sanitäter ist da möglicherweise anderer Meinung. Ich wette, er muss morgen seinen Arm in einer Schlinge tragen.«

»Deine Gran ist im siebten Himmel. Sie hat mir all die Blumen gezeigt. Es ist der reinste Blumenladen unten; warum hast du hier keine stehen?«

»Gran denkt, Blumen saugen die Luft aus einem Zimmer.«

»Tun sie das?«

»Nicht soweit ich weiß. Obwohl das vielleicht der Grund ist, warum Filmstars in der Regel so bekloppt sind. Zu viele Blumen.«

Er lacht.

»Das würde viel erklären. Die Jungs scheinen sich auch ziemlich zu freuen. Archie erzählt mir immer wieder, dass er ein neues Baby hat und deswegen morgen vielleicht nicht zur Schule geht.«

»Aha.«

»Ich habe die Hintertür übrigens gerichtet.«

»Danke, Martin.«

»Also, hast du ihn angerufen?«

»Wen? Oh, tut mir leid. Nein, noch nicht. Er weiß, dass das Baby um diese Zeit kommen soll, und er hat meine Nummer.«

Er lächelt.

»Also, ich mache mich mal lieber wieder auf die Socken. Ich wollte nur sicher sein, dass es euch beiden gut geht. Ich komme vielleicht später noch auf einen Sprung vorbei, wenn das in Ordnung ist? Ich habe etwas, was ich gern vorbeibringen möchte.«

»Natürlich. Wir beide sehen dich immer gern.«

Er pfeift vor sich hin, als er nach unten geht.

Die Hebamme kommt zurück, und dann kommt Connie, gefolgt von den Jungs mit ihren Lesebüchern.

»Mum?«

»Ja, Archie?«

»Wenn Pearly größer wird, wen glaubst du, hat sie dann lieber, mich oder Jack?«

»Sie wird euch beide gleich lieb haben, weil ihr ihre großen Brüder seid.«

»Und wen hast du am meisten lieb?«

»Euch alle drei.«

Er nickt.

»Also teilst du deine ganze Liebe zwischen uns?«

Mit anderen Worten, seine Hälfte der mütterlichen Zuneigung ist gerade auf ein Drittel reduziert worden.

»Genau genommen ist es besser als das, Archie. Du teilst nicht, sondern du bekommst mehr. Als Jack geboren wurde, liebte ich ihn mehr als alles auf der Welt, und dann wurdest du geboren, und ich liebte dich auch mehr als alles auf der Welt, und jetzt, wo wir Pearl haben, passiert es wieder. Ist das nicht clever?«

Er lächelt.

»So wie tausendmal zum Mond und wieder zurück.«

»Ja, genau.«

Jack nickt.

»Aber sie bekommt ihre eigenen Spielsachen.«

»Ja, Schätzchen.«

»Wir können ihr manchmal was abgeben. Aber nicht immer.«

»Okay.«

Archie kichert.

»Wahrscheinlich wollen wir gar nichts von ihrem rosa Mädchenzeugs haben.«

»Vielleicht ist sie gar kein rosa Mädchentyp, Archie. Nicht alle Mädchen sind es.«

Wir betrachten sie.

Sie sitzt auf meinem Schoß, halb schlafend, von Kopf bis Fuß in Rosa. Gran hat sie vorhin umgezogen und ihr den blassrosa Strampelanzug angezogen, den Connie mitgebracht hat.

Er schnaubt.

»Also, wenn nicht, dann ist sie bestimmt schrecklich sauer, wenn sie ihre Kleidung sieht.«

Gran kommt herauf mit Martin, der etwas trägt, was wie ein kleines Sideboard aussieht.

»Ich dachte, ich hätte noch ein paar Tage länger, um es fertig zu machen, bis du aus dem Krankenhaus kommst.«

Es ist eine Krippe, eine wunderschöne, altmodische Krippe, die sanft hin und her schaukelt, wenn man sie anstößt. Die Jungs sind sehr beeindruckt.

»Ich habe das Körbchen schon vor langer Zeit ausgemessen, mit Hilfe deiner Gran, sodass es hineinpassen müsste. Wollen wir es mal ausprobieren?«

Das Körbchen passt perfekt in die Krippe.

»Ist sie nicht wunderschön, mein Spatz?«

»Sie ist wunderbar, Martin. Vielen vielen Dank.«

»Gern geschehen.«

»Ich setze den Kessel auf. Hättest du gern einen Tee, Martin?«

»Ja, gern, Mary.«

»Kommt jetzt, Jungs. Ihr dürft noch ein bisschen fernsehen, wenn ihr schön leise seid.«

»Danke, Martin, wirklich. Sie ist wunderschön.«

»Freut mich, dass sie dir gefällt.«

Wir schweigen.

»Also, ich sollte lieber gehen. Oh, was ich noch sagen wollte. Ich glaube, ich kann nächste Woche mit der Arbeit im Laden anfangen.«

»Großartig.«

Wieder schweigen wir.

»Übrigens wollte ich noch mit dir besprechen, wie man die Sache offizieller machen kann.«

»Wie zum Beispiel ein Schild draußen, auf dem steht: ›Tischlerarbeiten Martin Trent‹? Das ist eine gute Idee. Das wäre toll für dein neues Geschäft.«

Er seufzt.

»Nein, ich meinte, also, ich dachte, ich sollte dich fragen.«

»Tut mir leid, Martin, ich glaube, ich kann dir immer noch nicht folgen.«

»Nein, also, darum geht es ja. Ich meine, ich möchte nicht, dass du mir folgst, oder ich dir folge, ich möchte, dass wir uns richtig verstehen.«

Momentan hätte ich ehrlich gesagt nichts dagegen; ich glaube, ich weiß immer noch nicht, was er mir zu sagen versucht.

»Uns verstehen?«

»Ja. Ich wollte nichts sagen, bis das Baby geboren war, es schien mir nicht richtig, aber jetzt, wo sie da ist … also, ich dachte, ich sollte dich fragen.«

»Mich was fragen, Martin?«

»Hör zu, ich weiß, ich bin nicht sehr gut in solchen Dingen, und die Dinge sind kompliziert, und dies ist wahrscheinlich kein guter Zeitpunkt, aber ich fände es schön, wenn zwischen uns eine gegenseitige Übereinkunft bestünde. Ich weiß, das klingt altmodisch.«

»Nein, es klingt ziemlich nett.«

Er lächelt.

»Also, das ist großartig. Hervorragend, genau genommen. Und ich möchte nicht, dass du denkst, dass du dich auf einen Nichtsnutz einlässt. Und ich bin froh, dass er nicht da ist, ihr biologischer Vater. Ich weiß, es ist wahrscheinlich nicht richtig, das zu sagen, aber so ist es.«

»Bei dir hört es sich an, als sei er ein Paket Waschpulver.«

Er lächelt.

»Ich wollte nicht …«

»Tatsächlich war er bisher weit weniger nützlich als Waschpulver.«

»Das könnte sich ändern.«

»Vielleicht.«

»Und?«

»Und nichts. Ich werde das tun, was für Pearl das Richtige ist, aber sonst wird es nichts geben.«

Er blickt auf seine Füße.

»Du willst bestimmt neue Fußleisten, nicht wahr?«

»Will ich das?«

»Ja. Im Laden.«

»Okay. Ich sehe allerdings ein winziges Problem am Horizont.«

»Nein, darüber habe ich nachgedacht. Wir können sie für beide Läden gleich machen.«

»Ich meinte deine Mutter, Martin.«

»Aha. Tut mir leid. Also, darüber zerbrich dir mal nicht den Kopf. Überlass sie einfach mir.«

»Wie bitte?«

»Kümmer dich nicht darum.«

»Ich glaube, als du ganz nervös warst, mochte ich dich lieber.«

»Dann wechsele ich ab. Ich übernehme das Kommando bei Dingen, von denen ich was verstehe, zum Beispiel, warum du keine Holzfaserplatten nehmen darfst, sondern für diese Regale Geld für gutes Eichenholz ausgeben musst. Und du bist für, tja, für alles Übrige verantwortlich. Die Hälfte meiner Zeit liege ich dir zu Füßen, und den Rest der Zeit stehe ich auf einer Leiter.«

»Mein Gott, ich glaube, ich bin schließlich doch noch über den perfekten Mann gestolpert.«

Er lacht.

»Sorry, dass ich so damit herausgeplatzt bin. Ich hätte wahrscheinlich warten sollen.«

»Ich bin froh, dass du es nicht getan hast.«

»Trotzdem, ich sollte jetzt gehen und dich ausruhen lassen.«

»Okay.«

»Dann also gute Nacht.«

»Nacht.«

Er lehnt sich vor und küsst mich auf die Wange, wobei er eine leichte Beugung macht, um Pearl nicht zu quetschen.

»Bis morgen.«

»Wunderbar.«

Er pfeift beim Rausgehen.

Gute Güte. Das hatte ich wirklich nicht erwartet, und wer weiß, was alles passieren wird. Aber es ist ein guter Anfang. Und obwohl ich mir vielleicht jemanden mit einem nicht ganz so tiefen Interesse an Holz ausgesucht hätte, oder jemanden, der nicht Elsie als Mutter hat, in jedem Glück gibt es nun mal auch einen Wehrmutstropfen, wie Gran sagen würde.

Gute Güte.

Die Jungs kommen in ihren Pyjamas, um mir einen Gutenachtkuss zu geben. Gran hat ihnen die Haare gewaschen, und beide haben ungewöhnlich gerade Scheitel.

»Schläfst du jetzt, Mum?«

»Ja, Jack.«

»Dürfen wir heute bei dir und Pearly schlafen?«

»Nein, Jack. Heute müssen wir alle in unseren eigenen Betten schlafen.«

»Nur eine ganz kleine Weile?«

»Okay. Aber wirklich nur eine kleine Weile.«

Sie kuscheln sich an mich.

Alle drei in meiner Reichweite, und alle sind mucksmäuschenstill.

Besser kann es gar nicht werden.

Vielleicht sollte ich lernen zu pfeifen.